MW01530643

From Wiechs
To Vancouver

With Love PP...

Maman

Frohe Weihnachten
von
Enjoy
advent
picture!

© privat

Stefanie Neeb wurde in Bielefeld geboren und wohnt, nach einigen Station im In- und Ausland, jetzt mit ihrer Familie in Frankfurt. Immer in Bewegung bleiben – das ist für sie auch als Autorin wichtig, und so schreibt sie sich quer durch die unterschiedlichsten Genres, wobei ihr Herz ganz klar für emotionale Geschichten schlägt, bei denen die Liebe niemals zu kurz kommt.

Stefanie Neeb

COMING HOME FOR CHRISTMAS

CARLSEN

Wir behalten uns die Nutzung unserer Inhalte für Text und Data Mining im Sinne von § 44b UrhG ausdrücklich vor.

Originalausgabe
Oktober 2023
© 2023 Carlsen Verlag GmbH
Völckersstraße 14–20, 22765 Hamburg
Stefanie Neeb wird vertreten von der Agentur Brauer.
Umschlagbild: shutterstock.com © Irtsya; Tatsiana Tsyhanova; chelovector; LN.Vector pattern; robuart; vertukha
Umschlaggestaltung und -typographie: formlabor
Lektorat: Ellen Kurtz
Herstellung: Karen Kollmetz/Joy Knoff
Satz: Dörlemann Satz, Lemförde
ISBN 978-3-551-32163-3

Carlsen-Newsletter: Tolle Lesetipps kostenlos per E-Mail!
Unsere Bücher gibt es überall im Buchhandel und auf carlsen.de.

Samstag, 16. Dezember

Kjell

Lena Sommer. Oder war es Lisa? Lina? Lea? Mann, ich hab's echt nicht so mit Namen.

Hilfe suchend schaue ich zu Carlo hinunter, der es sich auf meinem Schoß bequem gemacht hat. »Weißt du noch, wie die Neue heißt?« Doch als Antwort erhalte ich nur einen schläfrigen Blick und ein müdes Schnurren. Was mir nicht wirklich weiterhilft. Egal, dann schreibe ich eben nur *L. Sommer*.

Ich tippe die Buchstaben ein, ziehe die Schrift Din-A4-Zettel-groß und versehe das Ganze mit unserem Hotel-Logo. Jetzt noch schnell ausdrucken und los geht's, bin eh schon spät dran. Behutsam setze ich den alten Kater auf den Boden, schnappe mir den Ausdruck, meine Jacke, mein Handy und spurte runter in die Lobby.

»Ich nehm den Jeep!«, sage ich zu Dad, der dort gerade eine frisch eingetroffene Familie begrüßt, und schnappe mir den Schlüssel vom Brett.

»Ist gut, aber mach langsam, okay? Das Schneechaos wird immer schlimmer.«

»Klar!« Ich nicke und wende mich noch kurz an die Familie. »Herzlich willkommen im *Slott Hotell* auch von mir!«

Als ich aus der Eingangstür ins Schneetreiben trete, stoße ich mit jemandem zusammen. Tessa. Natürlich. Vermutlich war sie zum Rauchen draußen.

»Ups.« Lächelnd sieht sie zu mir hoch. »Hab dich gar nicht gesehen.« Ihre Hand liegt wie selbstverständlich auf meiner Brust, und sie scheint nicht vorzuhaben, sie dort wieder wegzunehmen.

»Sorry, ich dich auch nicht«, erwidere ich und löse ihre Finger von mir. »Ich hab's eilig, wir sehen uns später.«

»Ach, du holst die neue Aushilfe ab, oder? Soll ich mitkommen?« Sie greift nach meinem Arm, und ich spüre, wie sich meine Schultern augenblicklich verspannen. Seit knapp zwei Wochen sind wir kein Paar mehr. Trotzdem lässt sie keine Gelegenheit aus, mich zu berühren.

»Geh lieber ins Warme, deine Finger sind eiskalt«, sage ich, ziehe mir meine Mütze über und flüchte durch die Dunkelheit zu unserer Garage.

Lars, unser treuster Mitarbeiter, hat vorhin erst alles freigeräumt, doch schon wieder liegt eine geschlossene Schneedecke auf der Zufahrtsstraße. Ich schüttele mir den Schnee ab, steige in den Jeep und schalte das Radio und die Heizung an. Schon krass, wie stark es in den letzten Wochen geschneit hat. Und heute nun dieser Schneesturm. 15 Meter? 20 Meter? Weiter ist die Sicht nicht. Und doch fahre ich gerne durch diese dunkle Winterlandschaft. Ich liebe den Wald und die Seen hier, kenne gefühlt jeden Winkel.

Ob mir das alles fehlen wird, wenn ich in Stockholm studiere?

Wie aus dem Nichts tauchen vor mir die enttäuschten Gesichter von Mum und Dad auf, doch ich versuche sie zu verscheuchen, indem ich lautstark *White Christmas* mitsinge. Schließlich habe ich ihnen nie versprochen, mal das Hotel zu übernehmen. Nur, mich bis zum Semesterbeginn um die Aushilfskräfte zu kümmern – diesmal ohne was mit einer anzufangen. Ein Versprechen, das ich definitiv halten werde, nach dem Ärger mit Tessa.

Svea

Drei Wochen Auszeit. In Schweden!

Irgendwie kann ich es immer noch nicht glauben. Doch dann tauchen in der Dunkelheit unter mir die Lichter von Stockholm auf, ich sehe die goldene Spitze vom *Stadshuset*, und mein Herz fängt an zu rasen.

Gleich sehe ich endlich Yva wieder! Fahre mit ihr raus nach Vaxholm. Das wunderschöne Blockhaus meiner Großtante liegt auf einer Insel mitten in den Schären. Ich werde am Meer sein. Literweise Kakao trinken. Mit Yva am Ofen sitzen. Sogar Weihnachten feiern. Und das Beste: Ich muss nicht Klavier üben. Ich darf es nicht mal – schließlich soll ich ja meine Handgelenke schonen.

Am besten wäre es, du würdest eine Zeit lang gar kein Klavier sehen, hat mein Arzt gesagt. Damit der Druck nachlässt, den ich mir selbst mache.

Ich selbst? Oder doch eher meine Eltern?, überlege ich, merke aber, dass mich dieser Gedanke runterzieht, und packe einfach schon mal meine Sachen zusammen. Mein Buch, mein Handy, mein kleines Kissen, die leeren Müsli-Riegel-Packungen.

Trotz des Schneetreibens gelingt dem Piloten eine erstaunlich sanfte Landung, und sobald das Anschnall-Signal erloschen ist, schnappe ich mir meine Tasche und quetsche mich in den Gang. Ich will nur noch raus. Raus und zu Yva.

Auf dem Weg zu den Gepäckbändern krame ich mein Handy aus der Jackentasche. Mehr als zwölf Anrufe in Abwesenheit!

Die meisten von meinen Eltern. Dabei kannten sie doch meine Flugzeiten ganz genau. Der letzte ist von Yva, aber sie hat mir nichts auf die Mailbox gesprochen, also rufe ich sie zurück.

»Svea? Bist du das?«

Ich muss mir ein Lachen verkneifen. Vermutlich hat sie ihre Brille nicht auf und kann das Display nicht richtig erkennen.

»Ja, ich bin's. Wir sind grad gelandet. Ich hol noch schnell mein Gepäck und komme dann raus.«

»Wie gut, dass du heil ange–« Es knackt in der Leitung. »... hier ist alles dicht und ... bin nicht da. Dafür ...« Wieder dieses Knacken.

Moment, hat sie gesagt, sie ist nicht da?

Ich presse mir das Handy fester ans Ohr. »Yva? Ich verstehe dich total schlecht.«

»Ich höre dich auch nur abgehackt. Aber ich hab dir ein Hotel gebucht. Etwas außerhalb von Stockholm. Es ist ... extra einen Shuttle. Am Ausgang ... deinen Namen ... nur eine Nacht.« Das Gestotter wird immer schlimmer, bis das Gespräch schließlich ganz abbricht. Und doch habe ich genug gehört.

Ich bleibe stehen. Meine Tasche rutscht mir von der Schulter, jemand rempelt mich an, aber ich bin irgendwie bewegungsunfähig. Yva ist nicht da. Kein Blockhaus heute Nacht, dafür ein Hotelzimmer. Wie in Tokio, Lissabon, Berlin – jetzt auch in Stockholm.

Ich hasse Hotelzimmer.

Da mein Akku fast leer ist, gebe ich es nach zwei erfolglosen Versuchen auf, Yva noch mal zu erreichen, und schicke dafür Nele einen Snap. Dazu filme ich meinen Koffer, der dank Priority-Gepäck gerade auf das Gepäckband gespuckt wird, bevor ich mit der Kamera auf mich schwenke und das Gesicht verziehe.

Schneechaos. Yva ist nicht da und ich muss ins Hotel, **texte** ich ihr noch hinterher und erhalte prompt eine Antwort.

Ein Foto von Nele – an ihrem Schreibtisch. Wobei von ihr außer ihren widerspenstigen blonden Locken nicht wirklich viel zu sehen ist.

Du Arme. Aber dafür musst du morgen nicht Physik schreiben. Ohne dich verhau ich das bestimmt …

Ich muss lachen. In Physik stehe ich auf Vier minus minus minus, Nele weiß, dass ich ihr da eh keine Hilfe wäre. Ich schicke ihr ein Lach-Emoji und ein Herz zurück. Dass sie mir als Freundin noch nicht verloren gegangen ist, grenzt echt an ein Wunder, so oft, wie ich weg bin. Berühmte Eltern. Da werden einem Freistellungen vom Unterricht fast hinterhergeschmissen.

Ich stecke das Handy weg und erlöse meinen Koffer vom Rumkurven. Sobald ich durch die Schiebetüren trete, sinken die Temperaturen. Ich wickele mir meinen Schal fester um den Hals und schaue mich nach dem Hotel-Shuttle um. Ich sehe Schilder, die hochgehalten werden. *Sheraton. Hilton. Best City Hotel.* Blöderweise hab ich nicht verstanden, wo Yva mich einquartiert hat.

Plötzlich bleibt mein Blick an einem Schild hängen. *Sommer.* Da steht mein Name! Der Zettel sieht etwas mitgenommen aus, doch *Sommer* ist noch gut zu erkennen. Erleichtert winke ich dem Mann zu, der den Zettel in den Händen hält, doch als er hochschaut und mich entdeckt, rutscht mir fast der Koffergriff aus der Hand.

Das soll mein Fahrer sein?

Der Typ ist höchstens Anfang zwanzig und … und könnte echt alles sein. Rockstar. Influencer. Model …

Ich schlucke und starre ihn weiter an, während er auf mich zukommt. Er ist groß, trägt Jeans, einen abgewetzten Parka und eine schwarze Wollmütze, unter der blonde Strähnen hervorschauen. Seine Augen leuchten hell, wahrscheinlich blau. Doch das Schönste an ihm ist sein absolut strahlendes Lächeln.

»Hi!« Er ist jetzt fast bei mir. Wieso bin ich doofe Nuss einfach stehen geblieben? »You are ... ähm, Miss Sommer?«

»Ja, hej!«, antworte ich und versuche, meine Atmung wieder in den Griff zu kriegen.

»I'm Kjell. Välkommen till Sverige. Welcome in Sweden.«

»Tack så mycket!«

Blau. Seine Augen sind blau und ruhen einen Moment auf mir, irgendwie erstaunt, bevor er dann lächelnd seine Hand ausstreckt. Immer noch wie benebelt greife ich fast nach ihr, kapiere dann aber gerade noch rechtzeitig, dass er nur meinen Koffer meint.

Auf dem Weg zum Wagen erzählt er mir von den abenteuerlichen Straßenverhältnissen und dass er froh ist, es noch rechtzeitig geschafft zu haben. Warum er dabei wieder ins Englische verfällt, verstehe ich nicht. Eigentlich sagen die meisten über mich, ich sei so das typische Schwedenmädchen.

»Here we are!« Die Lichter eines Jeeps blinken auf, als er auf seinen Schlüssel drückt, und der Kofferraumdeckel schwingt hoch.

An der Seite des Wagens entdecke ich ein Hotel-Emblem, doch mir bleibt keine Zeit, es genauer anzusehen, da Kjell mir bereits die Tür aufhält, und ich steige ein.

Wie alt er wohl ist? Im schwachen Schein der Innenbeleuchtung sieht er noch jünger aus. Seine Mütze liegt jetzt auf dem Armaturenbrett und seine Haare sind ziemlich verwuschelt. Sie sind sogar noch heller, als ich gedacht habe. An den Seiten kurz geschnitten, nur sein Pony fällt ihm etwas länger ins Gesicht.

Als er den Motor anlässt, schaltet sich automatisch auch das Radio ein. *White Christmas* ertönt in voller Lautstärke und ich stöhne unwillkürlich auf.

»Oh, sorry!« Kjell kappt mit einem verlegenen Grinsen die Verbindung von seinem Handy zum Radio.

Ich muss auch grinsen. Okay, sein Musikgeschmack ist speziell!

»We are glad to have you here«, sagt er nach einer Weile. »We absolutely need people.«

Sie brauchen Leute? Was meint er damit? Läuft das Hotel nicht gut? Hoffentlich ist das keine schmuddelige Absteige.

Ich weiß nicht, was ich dazu sagen soll, verkrieche mich ein wenig tiefer in den Sitz und sehe den Scheibenwischern beim Wischen zu. Ab und zu riskiere ich einen verstohlenen Blick zum Fahrersitz. Selbst im Profil sieht Kjell super aus. Und seine Lippen sind der Hammer. Sie sind schmal, haben aber genau die Form, die ich so mag. Dieses »Von-Natur-aus-Lächeln«.

Im Auto ist es jetzt kuschelig warm. Dunkelheit umhüllt uns, und ich spüre auf einmal, wie müde ich bin. Kjell erzählt irgendwas von Personalmangel, von Aushilfskräften. Ich versuche, ihm zuzuhören, muss aber immer wieder gähnen. Als er mich fragt, ob es mir etwas ausmacht, Weihnachten nicht zu Hause zu verbringen, verdrehe ich innerlich die Augen. Was hat Yva den Hotelleuten denn alles erzählt? Meine ganze Lebensgeschichte?

»Wir feiern eigentlich nie«, antworte ich und rutsche dabei wieder ins Schwedische. »Meine Eltern sind Musiker. Und über die Feiertage ständig auf Tournee. Deswegen ... bedeutet es mir gar nicht so viel.« Das Gähnen, das erneut in mir aufsteigt, lässt mich Kjells Antwort verpassen. Ich bekomme noch mit, dass er sich über mein gutes Schwedisch wundert, schaffe es aber einfach nicht mehr, gegen die Müdigkeit anzukämpfen, und schließe die Augen.

Verschwommene Bilder tauchen in meinem Kopf auf. Ich sehe meine Finger auf den Tasten. Wie sie sich plötzlich verkrampfen, dann innehalten. Mamas besorgter Blick. Fragende Gesichter im Publikum.

Die Bilder gehen und tauchen wieder auf.

Jetzt ist da eine andere Hand. Jemand hält sie mir hin. Jemand mit einer schwarzen Mütze. Und einem umwerfenden Lächeln.

»Lena? ... Lisa? Lea?«

»Svea«, erwidere ich und brauche eine Weile, um mich zu orientieren. Ich bin im Hotel-Shuttle! Und an der Beifahrertür steht Kjell.

»Entschuldige, ich bin wohl eingeschlafen.« Schnell setze ich mich auf. »Tokio, Lissabon, dann Berlin. Wir waren die letzte Woche nur unterwegs, und dazu die Zeitverschiebung ...« Sein Stirnrunzeln lässt mich innehalten. Ich rede hier wahrscheinlich nur wirres Zeug. Meine Beine fühlen sich völlig verschlafen an und kribbeln, als ich aus dem Jeep steige.

Was ich dann aber sehe, haut mich um.

Aus der Dunkelheit vor mir erhebt sich ein märchenhaft schönes Landhotel. *Slott Hotell* prangt in goldenen Buchstaben über dem Eingang, zu dem ein schmaler, von hohen Tannen gesäumter Weg führt. Überall hängen Lichterketten, in den Bäumen, an den gelb gestrichenen Fensterläden, an den mit Kugeln versehenen Girlanden am Giebel – selbst die Schneeflocken, die um mich herumwehen, funkeln im Lichterglanz des Hotels.

»Es scheint dir zu gefallen.« Kjells Hand berührt meine Schulter, ganz flüchtig nur, und doch steigt eine prickelnde Wärme in mir auf.

»Ja! Es ... es ist wunderschön.«

Ich drehe mich einmal um mich selbst. Überall Wald, tief verschneite Bäume. Wo bin ich hier nur gelandet?

Während Kjell meinen Koffer auslädt, schaue ich verstohlen auf mein Handy und rechne zurück. Um 17.45 Uhr bin ich gelandet. Jetzt ist es zwanzig vor acht. Das heißt, wir waren über eine Stunde unterwegs?

Yva hat gesagt, das Hotel läge *etwas* außerhalb. Ein mulmiges Gefühl steigt in mir auf. Ich schaue zu Kjell, zum Jeep, dann wieder zurück zum Hotel.

Lena hat er vorhin zu mir gesagt. Plötzlich durchfährt mich ein Gedanke, der mich schlagartig hellwach macht: *Bin ich hier etwa falsch?* Das würde auch erklären, warum es ihn erstaunt, dass ich Schwedisch spreche ... Oh Gott, hab ich den falschen Shuttle genommen? Und wenn ja ... steht dann eine Lena Sommer immer noch am Flughafen?

»Komm! Bevor wir hier eingeschneit werden, gehen wir lieber rein, oder?« Kjell lächelt mir zu, und ich weiß, dass ich etwas sagen sollte. Dass ich ihn fragen sollte, ob das hier wirklich mein Hotel ist. Aber ich schaffe es nicht. Dazu ist es hier zu zauberhaft schön. Und ich bin viel zu erschöpft.

In der Lobby versuche ich, mir meine Begeisterung nicht anmerken zu lassen, doch ich komme mir vor wie in einem Märchenfilm. Die Einrichtung trifft genau meinen Geschmack. Dunkles Holz, kombiniert mit warmen Farben. Große Kronleuchter, die goldglänzendes Licht spenden. Das ist definitiv keine schmuddelige Absteige! Alles ist so gepflegt, dass ich mich mit meinen nassen Schuhen nicht über die Teppichläufer traue. Blöderweise quietschen meine Schritte dafür auf den Holzdielen und erregen Aufmerksamkeit.

Der Mann an der Rezeption blickt hoch und kommt sogleich mit einem freundlichen Lächeln auf uns zu. Ein Lächeln, das ich kenne. Kjells Vater?

Nervös klammern sich meine Finger um den Gurt meiner Tasche.

Ich rechne fest damit, dass jetzt auffliegt, dass ich gar nicht die Person bin, die sie erwarten. Doch er heißt mich nur aufs Herzlichste im *Slott Hotell* willkommen. »I am Jerik. Great to have you here.«

»Thank you«, erwidere ich und muss mich räuspern.

»Dad, du kannst Schwedisch mit ihr reden. Sie spricht super. Aber ...« Er lächelt mir zu. »Ich zeig dir besser gleich mal dein Zimmer, okay? Nicht, dass du mir wieder einschläfst.«

Ich kann nicht anders, ich nicke.

»Toll, dass du Schwedisch sprichst«, sagt Kjells Vater und strahlt mich an. »Das macht vieles leichter für uns. Alles Weitere regeln wir dann morgen. Komm jetzt erst mal gut an und leb dich hier ein.«

Einleben? Morgen reise ich doch schon wieder ab. Spätestens jetzt bin ich mir absolut sicher: Hier liegt eine Verwechslung vor! Ich gehöre hier genauso wenig hin wie ein Elch in die Wüste.

Aber als Kjell zur Treppe deutet, meinen Koffer schon in der Hand, folgen ihm meine Füße und lassen meinen Verstand zurück.

Morgen. Ich werde morgen alles klären. Das Zimmer bezahlen. Und dann verschwinden.

Kjell

Svea also. Und ich war mir so sicher, dass ihr Name mit L beginnt ...

Ich höre ihre Schritte hinter mir und drehe mich zu ihr um. »Noch eine Treppe und dann haben wir es geschafft.« Wieder fällt mir auf, wie hübsch sie ist. Svea hat das, was Mum *klassische Schönheit* nennt. Sie sieht irgendwie edel aus, und das, obwohl sie müde und ungeschminkt ist. Ihre blonden Haare sind zu einem Pferdeschwanz gebunden, ein paar Strähnen umrahmen ihr Gesicht, schaffen es aber nicht, von ihren blauen Augen abzulenken. Doch das, was mich am meisten an ihr fasziniert, ist dieses Zerbrechliche. Sie ist nicht besonders dünn oder so. Ich glaube, das Zerbrechliche liegt in ihrem Ausdruck. Wenn sie mich anschaut, möchte ich sie einfach nur in den Arm nehmen. So wie vorhin vor dem Hotel. Zum Glück konnte ich mich gerade noch beherrschen.

»Dein Zimmer ist gleich hier links«, sage ich, nur um irgendwas zu sagen. Seitdem Dad sie begrüßt hat, ist sie noch zurückhaltender als im Auto. Und auch jetzt nickt sie nur.

Vor ihrer Tür ziehe ich die Chipkarte aus meiner Hosentasche und erkläre ihr kurz, wie das Schließsystem funktioniert.

Svea betritt das Zimmer, ich schiebe ihren Koffer hinein, bleibe aber im Türrahmen stehen. »Es ist nicht sehr groß«, entschuldige ich mich. »Aber du hast einen Balkon. Und die Morgensonne.«

»Mir gefällt das Zimmer total«, sagt sie, und an ihrem Lächeln kann ich erkennen, dass sie es wirklich mag. Wenn ihr etwas gefällt, strahlen ihre Augen, aber so richtig! So wie vorhin, als wir angekommen sind und sie das Hotel gesehen hat. Komisch eigentlich, dass sie so beeindruckt war. Für die Bewerbung hat sie sich unsere Webseite ja sicher gründlich angesehen.

»Also dann.« Ich stoße mich vom Türrahmen ab. »Wir essen gleich alle. Wenn du magst, kannst du ...«

»Nein danke. Ich will nur noch schlafen. Aber ...« Sie sieht kurz zu mir, und ich Idiot muss mich doch tatsächlich am Türrahmen festhalten. Krass, was für eine Wirkung dieses Mädchen auf mich hat.

»Danke, Kjell. Auch fürs Abholen.«

»Hab ich gern gemacht. Und alles Weitere klären wir dann morgen. Schlaf gut!«

Auf der Treppe kommt mir Tessa entgegen.

»Wow. Ein exklusiver ›Ich zeige dir hier alles‹-Service. Und das vom Junior-Chef persönlich, hm? Bekommen den jetzt alle Neuen?«

Ich presse die Lippen zusammen, um nicht irgendwas zu sagen, das ich später bereuen werde. Aber Tessa legt auf meiner Sympathie-Skala die Strecke von *Ich mag dich wirklich sehr* zu *Du gehst mir auf den Sack* gerade echt im freien Fall zurück. Ich atme tief durch und entgegne ihr: »Service wird hier großgeschrieben. Solltest du mittlerweile wissen, oder?«

»Oh, oh. So gereizt?« Tessa verdreht ihre dunkel geschminkten Augen. »War 'n Scherz, okay? Warte kurz hier, ich zieh mir ein anderes Shirt an, dann können wir zusammen runter.«

Um gemeinsam beim Essen zu erscheinen? Sicher nicht.

»Ich muss noch was erledigen. Wir sehen uns gleich«, antworte ich und schaffe es diesmal, ihrer Hand auszuweichen, indem ich mich schnell genug wegdrehe. Ihren Blick in Richtung Sveas Zimmer bekomme ich aber noch mit. Er klebt zu lange an ihrer Tür, und das Lächeln auf Tessas Lippen sorgt dafür, dass sich mein Magen zusammenzieht. Es hat etwas Raubtiermäßiges.

Shit! Mit schnellen Schritten laufe ich den Flur entlang, dann die Treppen runter. Meine Notlüge, ich hätte noch was zu erledigen, verwandelt sich gerade in Wahrheit. Wenn Tessa sich ein Opfer sucht, dann hat das selten eine Chance. Svea bestimmt schon gar nicht. Und ich bin mir ziemlich sicher, dass ich die beiden zu einer gemeinsamen Schicht eingeteilt habe. Doch das lässt sich mit wenigen Klicks ändern.

Im Büro ist zum Glück niemand mehr. Ich setze mich hinter den Schreibtisch und will gerade den Onlinedienstplan aufrufen, als in der unteren rechten Ecke neue E-Mails angezeigt werden. Darunter auch eine von ... Lena Sommer.

Mit offenem Mund starre ich auf den Bildschirm. Die Anzeige ist längst wieder verschwunden, und trotzdem starre ich weiter.

War das ...? Stand da wirklich *Lena Sommer*?

Meine Finger beginnen zu zittern, sie finden nicht sofort die richtigen Tasten, doch irgendwann hab ich es endlich und mir wird mein Postfach angezeigt.

Von: Lena Sommer

Betreff: Absage

Ich spüre förmlich, wie mir der Kiefer runterklappt. Atmen? Schwierig grade, dafür krieg ich echt Herzrasen. Hab ich etwa ...?

Ich fliege über den Text, und nicht alle Worte kommen bei mir an, aber eines verstehe ich: Lena Sommer hatte einen Unfall. Nicht schwerwiegend, aber sie kann nicht kommen. Und bittet vielmals um Entschuldigung, dass sie so kurzfristig absagen muss.

Langsam lasse ich mich in meinen Stuhl zurücksinken und gehe alles noch einmal in Gedanken durch, von meiner Abfahrt hier bis zu meiner Rückkehr. Und eins ist klar: Lena, unsere neue Aushilfskraft, habe ich nicht mitgebracht.

Wer aber ist dann das Mädchen in Zimmer 212?

Mein Handy vibriert und auf dem Display leuchtet Mums Foto auf. Wahrscheinlich fragt sie sich, wo ich bleibe, doch noch kann ich hier nicht weg.

Was zur Hölle soll ich meinen Eltern sagen? Wer ist Svea? Wo wollte sie hin?

Und ... warum hat sie nicht gesagt, dass sie eigentlich ein anderes Ziel hatte? Ihr muss doch aufgefallen sein, dass hier was falsch gelaufen ist.

Kopfschüttelnd beuge ich mich wieder vor. Und dann verselbstständigen sich meine Finger. Sie rufen den Schichtplan auf, fliegen über die Tastatur und korrigieren erst mal den Namen. Aus *Lena* wird *Svea*, aus ihrer geplanten Schicht als Kellnerin der Zimmerservice. Zwei weitere Klicks – und die Nachricht von Lena Sommer verschwindet im Archiv.

Svea hat nichts gesagt. Warum, weiß ich nicht. Aber sie ist hier. Und wenn es nach mir geht, kann das so bleiben.

Sonntag, 17. Dezember

Svea

Ich öffne die Augen, noch völlig verschlafen, und merke doch, dass etwas nicht stimmt. Es gibt nur drei Dinge, die mich aufwecken. Mein Wecker, Mamas Einsingübungen oder Papas lautes »Ab aus den Federn, Svenni!«.

Jetzt aber ist es einfach nur still.

Meine Hände wandern zu meiner Nase, ich will mir die Schlafbrille wegschieben, doch ... da ist nichts. Bin ich tatsächlich ohne das Ding eingeschlafen?

Ich rolle mich zur Seite und angle mein Handy vom Nachttisch. Irgendwas stoße ich dabei um, doch dann habe ich es endlich. Das Display leuchtet auf und die Dunkelheit um mich herum erhellt sich ein wenig. Das Erste, was ich sehe, ist eine kuschelige Bettdecke. Rot-weiß kariert. Verwirrt setze ich mich auf und schwenke das Handy durch den Raum. Er ist mir vollkommen fremd. Aber da steht mein Koffer. Meine Jacke liegt auf dem Boden. Daneben stehen meine Schuhe. Sie haben einen dunklen Fleck auf dem grünen Teppichboden hinterlassen. Und plötzlich ist alles wieder da. Das Schneechaos. Der Shuttle. Das *Slott Hotell*. Kjell!

»Scheiße!« Ich lasse mich zurückfallen und ziehe mir die Decke über den Kopf. Nichts sehen, nichts hören. Als ob das was nützt! Gedanken brauchen kein Licht. Und Vorwürfe schon gar nicht. Was hab ich nur gemacht? Warum zum Teufel hab ich nicht gleich was gesagt? Und ... was ist mit Lena Sommer?

Bei der Vorstellung, dass sie noch immer irgendwo wartet, bekomme ich unter der Decke keine Luft mehr und tauche wieder auf.

Sie hat wahrscheinlich ein Taxi genommen. Oder ist vielleicht wegen des Schneetreibens gar nicht gelandet, es sind ja einige Flüge ausgefallen.

Ich höre Yvas Worte von gestern, auch ihr herzliches Lachen, als ich ihr vor dem Einschlafen am Telefon von der Verwechslung erzählt habe.

Jetzt schlaf erst mal schön. Alles andere klärt sich morgen.

Irgendwie ist es ihr gelungen, mich zu beruhigen. Nur ist morgen leider heute. Einen Moment lang starre ich an die Decke, dann aber wühle ich mich aus dem Bett und ziehe die Gardine vor meinem Fenster zur Seite.

Es schneit noch immer, dicke Flocken tanzen im Licht unzähliger Laternen, die einen weitläufigen Garten säumen. Yva hat gesagt, ich soll erst mal ordentlich frühstücken, und allein bei dem Gedanken an warme Brötchen und heißen Kakao meldet sich mein Magen. Kein Wunder, das Letzte, was ich gegessen habe, war das matschige Sandwich im Flugzeug. Jetzt ist es halb acht. Ob Yva schon wach ist?

Ich schreibe ihr schnell eine Nachricht, bevor ich mich an meinem Koffer vorbeischlängele und die Tür zum Badezimmer öffne. Auch wenn es winzig ist, mag ich es total. Die weißen Fliesen, die chromblitzenden Armaturen, kombiniert mit dem dunklen Holzschränkchen. Ein Blick in den Spiegel lässt mich dann aber aufstöhnen, denn er genügt, um mir die Entscheidung »nur Duschen« oder »Duschen und Haare« abzunehmen.

So verstrubbelt, wie ich aussehe, kann ich mich unten definitiv nicht zeigen.

Unten. Allein der Gedanke an »unten« sorgt dafür, dass meine Haut zu kribbeln beginnt. Oder ist es der Gedanke an Kjell?

Dieses ganze Missverständnis aufzuklären wäre so viel einfacher, wenn er mir nicht so gefallen würde. Trotzdem möchte ich lieber ihm alles erklären, als mit seinem Vater reden zu müssen.

Hej Kjell, ich muss dringend mit dir sprechen. Ne. Das klingt blöd. *Hej Kjell! Du, irgendwie war ich gestern total benebelt. Ich hab nur das Schild mit meinem Namen …*

Unter der Dusche übe ich schon mal meinen Text, während des Haareföhnens dann das passende Lächeln. Beides gelingt mir nicht wirklich. Egal. Ich muss das klären, und am besten jetzt gleich.

Ich öffne meinen Koffer und stelle fest, dass meine Klamottenauswahl eine ziemliche große Lücke aufweist – und zwar genau zwischen bequemen Kuschel-Outfits und Konzertkleidern. Beides für das *Slott Hotell* nicht gerade passend. Aber das schwarze Sweatshirt vielleicht?

Ich fische es aus dem Koffer, schlüpfe in die Jeans von gestern und schnappe mir mein Portemonnaie und mein Handy. Yva hat mir eine Nachricht auf die Mailbox gequatscht: »Guten Morgen, Svenni-Schatz! Ich hab grad nicht viel Zeit. Hier ist immer noch totales Chaos. Und … tja, Berti hat den Geist aufgebgeben. Die Batterie ist jetzt völlig hinüber, wir kriegen ihn nicht mehr überbrückt. Von daher weiß ich noch nicht, wie ich dich heute abholen soll. Aber wir finden sicher einen Weg. Nur … sollten alle Stricke reißen, frag doch bitte einfach mal nach, ob du eventuell noch eine Nacht länger bleiben kannst, ja? Ach, und Svenni, eins noch. Selina und Hendrik glauben immer noch, dass du im Hotel in der Stadt bist. Ich dachte, das ist besser so.«

Und ob! Wenn meine Eltern wüssten, dass ich allein so weit draußen bin, würden sie vermutlich gleich einen Suchtrupp losschicken. Aber ... eine Nacht länger hier?

Ich sehe mein Lächeln im Wandspiegel und hoffe insgeheim, dass Berti, Ivas alter Kombi, tatsächlich kaputt ist. Am besten die Batterien aller anderen Autos gleich mit.

Dann könnte ich noch ein bisschen bleiben ...

In der Lobby unten ist es noch ruhig, dezente Musik spielt im Hintergrund, doch mein Herz pocht so laut, dass ich nicht erkennen kann, welches Lied es ist.

Die Rezeption ist besetzt, allerdings kenne ich den Mann nicht, der dort gerade telefoniert. Er hält kurz den Hörer zu und begrüßt mich lächelnd. »Du musst Svea sein. Ich sag Kjell gleich Bescheid.«

Ich erwidere sein Lächeln, doch es verrutscht etwas, als ich höre, wie er weiter in den Hörer spricht. »Nein, es tut mir wirklich leid, wir sind bis über die Feiertage hinaus restlos ausgebucht. Nicht mal ...«

Ausgebucht? Mist! Sollte Lena hier auftauchen, wird das nichts mit einer Verlängerung, denn mit mir teilen will sie ihr Zimmer sicher nicht.

Ich nehme mir einen Prospekt vom Tresen. *Slott Hotell Jönsson.* Was die Zimmer hier wohl kosten? 4500 Kronen hat Papa mir überwiesen, die üblichen 400 Euro für Weihnachten. Damit ich mir einen Wunsch erfülle. An eine Nacht in einem fremden Hotel hat er dabei sicher nicht gedacht. Ich steuere auf eine der Sitzgruppen zu, um dort auf Kjell zu warten. Dunkelbraunes Leder, das auf edle Art ein wenig abgesessen aussieht. Ich mag diesen Shabby-Chic und will mich gerade setzen, als ich Gekicher hinter einem der Sessel höre. Neugierig spähe ich um die Ecke. Drei Mädchen, sicher nicht älter als sieben oder acht Jahre, hocken dort vor einer Wand. An ihr ist eine kleine Tür angebracht worden, zu der eine noch kleinere Holztreppe hochführt. Die Stufen sind mit Kunstschnee bepudert und mit Lämpchen verziert. Ein Jutesack und ein winziger Schlitten stehen vor der Treppe und daneben ...

»Guck mal, Kimmo hat die Kerze vom Adventskranz geklaut!«, sagt eines der Mädchen zu mir und zeigt auf die große dunkelrote Kerze, die neben der Deko-Treppe steht.

»Wirklich? Und wer ist Kimmo?«

»Boah!« Die Kleine rollt mit den Augen. »Na, der Hotelwichtel. Der macht jeden Tag irgendwelche Streiche.«

Erst jetzt sehe ich die kleinen Fußspuren, die auf dem Boden von der Wichteltür bis zu dem Adventskranz auf dem Couchtisch führen. Und wirklich, dort fehlt die Kerze.

»Na, das ist ja einer.« Lächelnd hocke ich mich auf den Boden und lasse mir erzählen, was Kimmo bisher alles so angestellt hat. Zwei der Mädchen plappern gleich drauflos, das dritte aber bleibt still und mustert mich aus seinen großen blauen Augen.

»Du bist Svea, oder?«, fragt es dann plötzlich.

»Ähm ... ja.« Verwundert sehe ich das Mädchen an. »Und wer bist du?«

»Caja. Kjell hat schon von dir erzählt. Und er hat gesagt, dass du Schwedisch kannst. Und dass du schön bist.«

»Ach ja?« Mein Herz macht einen Hüpfer und ich verbeiße mir ein Lächeln. »Hat er das?«

»Ja, er ist nämlich mein Bruder und –«

»Stopft dir gleich den Mund mit Schnee voll, Caja!«, vervollständigt eine Stimme in meinem Rücken ihren Satz, und ich drehe mich um. Kjell steht mit hochgezogenen Augenbrauen da. Er lächelt zwar, doch ich glaube, dass seine Wangen ein wenig rot geworden sind. »Sorry, Svea! Ich hätte dich gestern schon vorwarnen sollen. Caja ist schlimmer als alle Wichtel dieser Welt zusammen. Von daher, was sie angeht: Pass bloß auf!«

»Gut zu wissen.« Ich zwinkere ihr zu und versuche aufzustehen, was nicht ganz einfach ist, wenn einem dabei die Knie zittern. Kjell sieht heute ganz anders aus. Klar, er hat immer noch dieses verdammt schöne Lächeln, die strahlend blauen Augen. Doch er trägt jetzt Hotelkleidung: eine hellbraune Stoffhose, ein weißes Hemd und eine dunkelblaue Weste, auf der das Hotel-Emblem prangt – und sieht damit ziemlich seriös aus. Einzig seine hochgekrempelten Ärmel erinnern an seine Lässigkeit von gestern.

»Jaaa! Aber bei meinem Bruder musst du auch aufpassen, Svea«, höre ich Caja hinter mir sagen. »Er ist nämlich –« Weiter kommt sie nicht, denn ein Schritt von Kjell auf sie zu genügt und sie flüchtet quietschend die Treppe hoch. Und die anderen beiden Mädchen gleich mit.

Einen Moment ist es seltsam still zwischen ihm und mir, und ich weiß, dass jetzt der passende Moment wäre, um mit der Sprache rauszurücken, doch Kjell hat sich irgendwie schneller gefangen als ich. »Hast du gut geschlafen?«

»Ja, super. Sogar ohne Schlafbrille.«

Sobald der Satz raus ist, könnte ich mich ohrfeigen. Schlafbrille? Echt jetzt?

»Mach dir nichts draus, ich kenn das«, erwidert Kjell zu

meinem Erstaunen, und ich will gerade erleichtert aufatmen, als ich sehe, wie seine Mundwinkel verräterisch zucken. »Von meiner Oma.«

»Was?« Auch meine zucken jetzt. »Vergleichst du mich grad mit deiner Oma?«

Kjell lacht auf und hebt beschwichtigend die Hände. »Hey, sie ist wirklich ne Nette. Aber hast du Lust zu frühstücken? Ich dachte, dabei können wir alles Wichtige klären.«

Ich nicke nur, kann mir aber beim besten Willen nicht vorstellen, wie ich in seiner Anwesenheit auch nur einen Bissen runterkriegen soll.

Der Speisesaal ist ganz anders, als ich das aus anderen Hotels kenne. Normalerweise stehen die Tische ja alle ein wenig separat, hier aber sind sie zusammengestellt. Also, nicht alle, aber immer so, dass sicher zehn Personen daran Platz haben.

»Das ist unser Konzept«, erklärt mir Kjell, der wohl mein Stirnrunzeln bemerkt hat. »Wir sind vor allem eins: ein Familienhotel. Im Sommer kommen die Leute zum Baden und Wandern hierher, im Winter zum Skifahren und Schlittschuhlaufen. Aber uns ist vor allem wichtig, dass die Gäste zusammenfinden, und – es klappt. Einige kommen tatsächlich seit Jahren immer wieder.«

»Ich find das toll«, sage ich und spüre gleichzeitig ein sehnsuchtsvolles Ziehen in meinem Bauch. Wie gern würde ich mit meinen Eltern so was mal erleben. Wir haben nicht viel Familie. Und Urlaub? Ich weiß gar nicht, wann wir das letzte Mal einen gemacht haben.

Kjell wird überall angesprochen. Mal geht es um Skikurse, mal um Shuttlebusse oder das Veranstaltungsprogramm, manchmal aber auch einfach nur ums Wetter. Und da er sich für jeden Zeit nimmt, dauert es eine Weile, bis wir zu dem Tisch kommen, den er anscheinend für uns reserviert hat. Er ist kleiner und etwas abseitsgelegen. Beides ist für mich okay, mich wundert nur, dass in der Mitte ein Stapel Kleidung liegt, daneben einige Papiere. Doch Kjell schiebt alles weg, damit wir mehr Platz haben, und setzt sich auf den Stuhl mir gegenüber.

Meine Finger fangen an, auf meinen Knien Klavier zu spielen, wie immer, wenn ich nervös werde. Komischerweise funktionieren meine Handgelenke dabei bestens.

Eine Kellnerin, die kaum älter sein kann als ich, begrüßt uns freundlich. Ihre schwarzen, ein wenig lila schimmernden Haare sind zu einem geraden Bob geschnitten. Ihre Lippen hat sie knallrot geschminkt, und an ihrer Nase meine ich ein kleines Loch zu sehen, in dem normalerweise sicher ein Piercing steckt. »Janne« steht auf ihrer Weste. Und die Art und Weise, wie Kjell mit ihr spricht, zeigt mir, wie familiär es hier tatsächlich zugeht.

Kjell und ich bestellen beide einen heißen Kakao, und als kurz darauf die dampfende Tasse vor mir steht, gebe ich mir einen Ruck. Ich hole Luft, nur fangen wir beide irgendwie gleichzeitig an zu reden, müssen lachen, verstummen dann wieder.

»Okay, Svea. Ich versuch es noch mal, ja? Heute also ganz offiziell: Wir freuen uns total, dass du da bist. Auch wenn ... egal. Ich werde dir nachher das ganze Hotel zeigen, hab aber hier schon mal alles Wichtige für dich zusammengesucht. Als Erstes die Kleidung.«

»Wie bitte?« Ich schlucke Luft und muss total blöd husten.

»Na ja, wie du siehst, tragen hier alle das Gleiche. Auch unsere Aushilfskräfte. Und ich hoffe, die Größe, die ich für dich herausgesucht habe, stimmt.« Er deutet auf den Kleiderstapel, ohne mich dabei aus den Augen zu lassen, und in meinem Kopf wirbeln die Gedanken umher.

Der Shuttle. Lena Sommer. *We absolutely need people.* Langsam setzen sich die Puzzleteile zusammen: Kjell denkt, ich bin hier, um zu arbeiten!

Die Vorstellung, es wäre wirklich so, zieht sich wunderbar kribbelnd durch meinen Magen. Es wäre das erste Mal, dass ich überhaupt arbeiten dürfte, mit anderen zusammen und noch dazu in diesem märchenhaften Hotel. Nur bin ich nicht Lena, sondern Svea. Eine angehende Pianistin, der es zu Hause nicht mal gestattet ist, ein Tablett zu tragen. Oder zu backen, zu kochen. Nur, um auch ja die Hände zu schonen.

»Oh, ich hoffe, ich störe nicht?« Jemand steht hinter mir und als Kjell hochschaut, verziehen sich seine Lippen zu einem schmalen Strich.

»Was gibt's denn?«

Neugierig zu sehen, wer es schafft, ihn mit nur einer Frage zu verärgern, drehe ich mich um.

Lange braune Haare, blaue Augen, endlose Beine. Und die Hotelkleidung macht klar: Das Mädchen arbeitet hier. Mit einem entwaffnenden Lächeln strahlt sie Kjell an, mich hingegen musterte sie herablassend. »Du bist die Neue?«

Ich hasse solche Blicke, kenne sie aber zur Genüge – vor allem von Wettbewerben. Aber das hier ist keiner. Oder doch?

Irgendwie streckt sich mein Rücken plötzlich wie von alleine und woher ich das Lächeln hole, weiß ich nicht. Es ist auf einmal da, genau wie die Worte, die aus meinem Mund sprudeln. »Ja, hi! Ich bin die Neue. Aber du kannst einfach Svea zu mir sagen.«

Kjell

Ich weiß, dass ich aufhören sollte, Svea anzustarren, aber ich schaffe es nicht. Dafür kriege ich wenigstens meinen Mund wieder zu. Von wegen zerbrechlich. Svea hat Tessa grade gut Kontra gegeben. Doch was mich noch viel mehr verwundert, ist, dass sie das hier anscheinend wirklich durchziehen will.

»Na dann, *Svea*«, betont Tessa ihren Namen überdeutlich, »willkommen im *Slott Hotell*. Und: immer schön lächeln. Dann klappt hier alles, nicht wahr, Kjell?« Sie streicht mir über die Schulter, bevor sie verschwindet, und ich ... könnte ihr den Hals umdrehen.

Das mit dem Lächeln hätte ich ihr nie sagen dürfen. Also, dass es mich manchmal nervt, es hier im Hotel unentwegt zeigen zu müssen. Aber hab ich echt geglaubt, sie nimmt die Trennung einfach so hin?

Fun und Action. Die zwei Worte beschreiben Tessa am besten. Für sie ist das Leben ein einziges Spiel, was mich am Anfang total fasziniert hat. Leider hab ich erst zu spät gemerkt, dass es dabei einzig und allein nach ihren Regeln geht.

»Tessa solltest du am besten einfach aus dem Weg gehen«, warne ich Svea. Und wechsele dann schnell das Thema. »Da du eine Springerin bist, also immer dort eingesetzt wirst, wo es grad brennt, musst du über alles Bescheid wissen. Aber du hast immer jemanden an der Seite, dem du zuarbeitest. Und wenn du Fragen hast, kannst du dich auch jederzeit an mich wenden.«

Svea nickt. »Okay, das klingt gut. Aber ... ähm, habt ihr eigentlich viele Aushilfskräfte? Ich meine, sind schon einige da? Oder kommen noch welche?«

Lena, schießt es mir durch den Kopf. Sie macht sich ihretwegen Sorgen. Was ja auch logisch ist, denn im Gegensatz zu mir weiß sie nichts von der Absage.

»Ach, weißt du, bei den Aushilfskräften blicke ich grad nicht so durch«, beginne ich zu lügen. »Wir hatten viele Zusagen, aber durch die Grippewelle und wegen des vielen Schnees haben einige abgesagt. Grad gestern noch jemand.«

Svea mustert mich stumm. In ihrem Blick liegt Skepsis, ein Haufen ungestellter Fragen, der wahrscheinlich genauso hoch ist wie meiner. Dann aber nickt sie und ein Lächeln erscheint auf ihren Lippen. Ein zaghaftes nur, und doch trifft es mich voll ins Herz.

Ich hatte nicht damit gerechnet, dass sie wirklich bleibt. Und wahrscheinlich mache ich hier gerade einen Scheißfehler. Aber ich kann nicht anders.

Nach dem Frühstück, bei dem wir beide irgendwie nicht viel runterkriegen, gehe ich mit ihr den Dienstplan durch, erkläre ihr, wie der Pager funktioniert, den hier alle Springer haben, und nehme sie dann mit auf einen Hotelrundgang. Unser Büro meide ich dabei. Auch wenn Mum heute ihren freien Tag hat, möchte ich ihr nicht doch zufällig über den Weg laufen. Dad ist das Herz des Hotels, Mum der Kopf. Ihr entgeht nichts, und ich hab noch keinen Plan, was ich ihr sagen werde, wenn alles auffliegt.

Svea hält sich während des Rundgangs eher in meinem Schatten, grüßt auch nur verhalten zurück, wenn jemand vom Personal sie willkommen heißt, doch mir entgeht nicht, wie begeistert ihre Augen zu leuchten beginnen, als sie unseren Wintergarten und den Ausblick von dort auf den zugeschneiten See sieht. Trotzdem wirkt sie erleichtert, als wir schließlich wieder am Tisch im Speisesaal landen.

»Danke für die Führung. Und ... ja, dann probiere ich die Sachen am besten gleich mal an, oder?« Sie nimmt sich den Kleiderstapel, und ich sehe, wie ihre Hände dabei leicht zittern. Ich will sie nicht allein lassen, doch ein Blick zur Uhr sagt mir, dass ich echt losmuss.

Aber ... Janne? Sie kommt gerade aus der Küche und ich fange sie ab.

»Sag mal, ihr seid doch eh gleich durch hier, oder? Kannst du Svea den Außenbereich zeigen? Also Eisbahn, Rodelberg, Schneebar?«

»Ja, klar! Supergern. Und: Hi, Svea! Ich wollt euch eben nicht stören. Aber ich freu mich, dass du da bist. Und, tja, dann würd ich sagen, wir ziehen uns schneetaugliche Klamotten an und los geht's, oder?«

Ich bin mir sicher, dass Svea keine Outdoorsachen im Koffer hat, aber ich sehe, wie sie strahlt. Und da Janne weiß, dass wir für das Personal einiges an Schneeklamotten dahaben, lasse ich die beiden gehen.

Obwohl ich mit dem Jeep ordentlich Gas gebe, sehe ich Lasse bereits auf dem Parkplatz stehen. Er lehnt an seinem Wagen, die Skier in der Hand.

»Hab schon gedacht, wir müssen im Dunkeln laufen!«, begrüßt er mich.

»Ey komm, es ist grad mal zehn nach eins.« Von den sicher hundert Malen, die wir uns hier sonntags schon getroffen haben, war *er* die meisten unpünktlich. Trotzdem hat er recht. Wir haben nicht mehr viel Zeit, spätestens um drei Uhr ist es hier um diese Jahreszeit stockdunkel.

»Die lange Runde?« Mit einem fetten Grinsen im Gesicht

bindet Lasse sich die Haare zusammen, um sie irgendwie unter seine Mütze zu kriegen, und schaut zu mir runter. »Oder machst du wieder schlapp?«

»Ich?« Spöttisch grinse ich zurück und bin mit einem Satz in den Skischuhen. »Pass auf, ja? Ich bin der kleine Punkt am Horizont. Nur falls du mich suchst.«

Gespurt ist hier nichts, dafür hat es wenigstens aufgehört zu schneien, und wir legen gleich mit ordentlichem Tempo los. Normalerweise schaffe ich es beim Langlauf immer, mich dabei so auszupowern, dass ich an nichts anderes mehr denken kann. Aber heute funkt Svea mir ständig dazwischen.

»Alles klar bei dir?« Bei meinem dritten Beinahe-Sturz sieht Lasse mich stirnrunzelnd an.

»Jaja, alles okay«, gebe ich zurück, weiß aber, dass ich damit nicht raus bin. Und behalte recht, denn kaum haben wir uns auf die nächste Kuppe hochgekämpft, bleibt Lasse vor mir stehen. »Sag schon, ist es wegen Tessa? Kapiert sie es immer noch nicht?«

»Ja ... auch«, rutscht es mir raus, und er hat mich am Haken.

»Wieso? Was noch?«

Ich schieb mir die Mütze zurecht, sehe Lasse nur durch unsere Atemrauchwolken und versuche, erst mal Luft zu kriegen. Er kennt mich seit dem Kindergarten, und ihm was vorzumachen ist genauso überflüssig, wie meiner Mum was von Zahlen erklären zu wollen. Außerdem interessiert mich tatsächlich, was er von der ganzen Sache hält. Aber jetzt? Wir sind total durchgeschwitzt. »Nachher im Auto, okay?«, sage ich und gebe Gas.

Eingemummelt in unsere Winterjacken sitzen wir nach einer Stunde und 10 harten Loipen-Kilometern bei mir im Jeep. Völlig ausgepumpt.

»Komm, Junge. Hau raus«, fordert mich Lasse auf, und ich fange tatsächlich an. Damit, dass ich Lena Sommer, eine deutsche Aushilfskraft, am Flughafen abgeholt habe. »Sie hat super Schwedisch gesprochen, war aber total müde und ist mir auf der Fahrt gleich eingeschlafen.«

»Echt jetzt?« Lasse grinst. »Die sitzt mit dir im Auto und schläft ein? Ey, deine Wirkung auf Frauen lässt ganz schön nach, Junge.«

Ich boxe ihn gegen die Schulter. »Also ... auf jeden Fall ist sie im Hotel sofort auf ihr Zimmer gegangen. Ich dachte da noch, es ist alles okay, nur hab ich dann ne E-Mail bekommen, in der Lena Sommer, die deutsche Aushilfe, abgesagt hat.«

»Hä? Das heißt, du hast das falsche Mädel eingesammelt?«

»Ja! Nein ... *falsch* trifft es irgendwie nicht.« Ich schüttele den Kopf. »Svea, das Mädchen, das ich in Wirklichkeit abgeholt habe, ist total nett. Und das Ganze war eine Verwechslung, weil sie mit Nachnamen auch Sommer heißt – und wohl auch einen Hotel-Shuttle brauchte. Aber bei uns zu arbeiten war definitiv nicht ihr Plan.«

Lasse runzelt die Stirn. Ist ja auch echt kompliziert.

»Sie hat mittlerweile kapiert, dass wir sie für die neue Aushilfe halten, aber sie sagt nichts ... Sie tut einfach so, als wäre sie es.«

»Moment!« Lasse kneift die Augen zusammen. »*Du* weißt aber doch, dass sie die Falsche ist. Wieso hast du ihr das nicht gesagt?«

Ich fange erneut an zu schwitzen, ziehe meine Mütze ab und

knautsche sie in den Händen. »Ich hab darauf gewartet, dass sie es macht. Aber wie gesagt, sie spielt mit. Und ich dachte, ich lass das jetzt mal laufen. Sie ist –«

»Und was sagen deine Eltern dazu?«, unterbricht mich Lasse. »Ich meine ...« Er sieht, wie ich die Lippen verziehe, und reißt die Augen auf. »Du hast es ihnen nicht gesagt?«

»Nope.«

»Okay ... Also: Was hat dieses Mädchen mit dir gemacht?!« Auch er nimmt jetzt die Mütze ab. »Ey, sei bloß vorsichtig! Wer weiß, was die vorhat, vielleicht ist das ne Betrügerin und das ist so ne Masche von ihr.«

Svea? Ich lache so laut auf, dass Lasse mich empört anschaut. »Was? Was ist daran lustig?«

»Das würdest du verstehen, wenn du sie kennen würdest.« Ich versuche, ihm Svea zu beschreiben. Wie anziehend ich sie finde, spare ich aus, doch Lasse hört wohl auch das raus, was ich nicht sage. Denn er stellt trocken fest: »Du stehst auf sie.«

»Quatsch, ich kenne sie doch noch gar nicht richtig. Aber ja, ich mag sie.«

»Du *magst* sie?« Mit einem schiefen Grinsen schaut er zu mir rüber. »Dich hat's voll erwischt, würd ich mal sagen. Aber ... ich muss los. Halt mich auf dem Laufenden, ja? Und pass auf, nicht dass du ne zweite Tessa an der Backe hast.«

»Mache ich«, antworte ich und schlage in seine Hand ein.

Lasse steigt aus, doch bevor er die Tür hinter sich schließt, beugt er sich noch mal zu mir. »Und recherchier am besten mal, ob sie irgendwo gesucht wird. Nicht, dass die Polizei noch bei euch aufmarschiert.«

Verdutzt schaue ich ihm nach und mir wird eng im Hals.

Läuft Svea vor irgendetwas weg?

Der Duft nach Kaffee und Zimtgebäck weht mir schon in der Lobby entgegen, und ich weiß, ich muss mich beeilen. Jeden Sonntagnachmittag, während die Gäste im Wintergarten von unserem Konditor verwöhnt werden, gönnen wir uns diese eine Stunde Familienzeit. Und die ist heilig. Von daher springe ich in unserer Privatwohnung sofort unter die Dusche, laufe mit noch nassen Haaren den Flur zum Wohnzimmer entlang und renne dabei fast Caja über den Haufen. Noch in voller Schneemontur, hinterlässt sie eine Matschspur auf dem Parkett.

»Hey, auch zu spät?« Ich helfe ihr schnell aus den Schuhen und aus der Hose. Doch Caja scheint es überhaupt nicht eilig zu haben, sie plappert fröhlich drauflos. »Ich war mit Janne draußen, und wir haben Svea gezeigt, wie man ein Schneeiglu baut. Die weiß echt nix.« Auch wenn sie empört den Kopf schüttelt, ihre roten Wangen und das Strahlen in ihren Augen verraten ganz klar, wie viel Spaß sie hatte. Und ich bin tatsächlich ein wenig neidisch. Mit Svea ein Schneeiglu bauen? Da hätte ich auch gern mitgemacht.

»Na, ihr zwei?« Mum kommt hinter mir aus ihrem Schlafzimmer, und ich zucke zusammen, als Caja plötzlich lauthals loslacht.

Doch als ich mich umdrehe, kann auch ich mich nicht zurückhalten. Meine stets akkurat gekleidete Mum steht in einem knallroten Wollpulli vor uns. Auf ihm prangt ein riesiger Weihnachtbaum, übersät mit ultrakitschigen Schneebommeln. »Also, ich bin fertig. Und ihr?«

Scheiße, ich hab tatsächlich vergessen, dass heute der 17. Dezember ist. Seit ein paar Jahren begehen wir im Hotel feierlich den internationalen Tag des hässlichsten Weihnachtspullis. Und ich habe Tessa noch nicht gesagt, dass ich unseren Pulli, nach allem, was war, definitiv nicht tragen werde. Aber wenn ich jetzt kneife und sie hängen lasse, kriegt Svea sicher noch mehr von ihr ab.

Ich unterdrücke ein Fluchen und schnappe mir Cajas Hand. »Was meinst du? Mum als Weihnachtsbaum. Da brauchen wir doch eigentlich keinen anderen mehr für die Lobby, oder?«

Svea

»Nele, ich sag's dir: Es war genial!« Ich steige aus der Schneehose und lasse mich aufs Bett fallen. Dabei halte ich das Handy so, dass sie mein knatschrotes Gesicht sehen kann. »Mir ist scheißkalt, meine Hände sind völlig erfroren, aber: Ich war mit Janne Schlittenfahren. Kannst du dir das vorstellen? ICH, Svea Sommer, war Schlitten fahren.«

»WAS?« Ich sehe Neles Strahlen, ihre Freude, dann plötzlich nur noch ihr eines Auge, dafür in ganz groß. »Siehst du das, Svea? Siehst du das? Ey, ich heul grad fast, so sehr freu ich mich für dich.«

Nur Nele weiß, wie enttäuscht ich war, als ich auf den Klassenausflug zum Rodelberg letzten Winter nicht mitdurfte. Und wie traurig, als ich hinterher die Fotos gesehen habe und mir anhören musste, wie viel Spaß alle hatten.

»Ich schick dir nachher mal Fotos«, verspreche ich.

»Hast du auch eins von Kjell?« Nele wackelt mit ihren Augenbrauen und ich muss grinsen. »Ne. Aber ich kann mal versuchen, unauffällig eins zu machen.«

»Auf jeden Fall! Aber ... was sagt Yva eigentlich dazu, dass du dableiben willst?«

Bei dem Gedanken an das Telefonat, das ich heute Mittag mit meiner Großtante geführt habe, wird mir ein bisschen komisch im Bauch. »Na ja, sie weiß natürlich nicht, dass ich hier arbeiten will. Aber ich hab sie echt angebettelt, dass ich noch ein bisschen bleiben darf. Und am Ende hab ich ihr dann einfach ehrlich gesagt, wie ich mich hier fühle. Nämlich endlich mal normal. Und sie hat gesagt, ich kann noch eine Nacht bleiben und wir reden morgen noch mal drüber.«

»Ich bin ja echt gespannt, wie du dich so als Zimmermädchen machst.« Nele liegt mittlerweile auch auf ihrem Bett und grinst in die Kamera. »Hast du überhaupt schon mal ein Bad geputzt? Oder ein Bett bezogen?«

»Nö, aber –« Ein Klopfen an meiner Tür unterbricht mich. Sicher Janne. Sie wollte mir noch dickere Handschuhe vorbeibringen – fürs nächste Mal. Doch dann höre ich meinen Namen und weiß: Janne ist es nicht. Und mein Herz fängt an zu flattern.

»Warte mal, Nele! Kjell ist an der Tür.«

»Was, echt? Dann halt die Kamera auf ihn. Schalte um, ja?«

»Mach ich.« Und Nele schalte ich stumm. Nicht, dass sie irgendwie blöd rumquietscht. Schnell angele ich mir aus dem Koffer eine Leggings, ziehe mir mein Sweatshirt über und öffne mit dem Handy in der Hand die Tür.

»Hej!« Kjell lässt seinen Blick über mein Gesicht wandern, erst irgendwie erstaunt, dann aber lächelt er. Weil ich rot wie ne Tomate bin? »Sorry, ich ähm, war grad draußen.«

»Ich weiß. Caja hat es mir erzählt. Und sie meinte auch, dass du das hier für heute Abend unbedingt brauchst.«

»Einen pinken Pullover?« Erstaunt blicke ich auf das Wollteil, das er mir überreicht, nehme dann aber meinen Mut zusammen und frage ihn tatsächlich, ober er nicht reinkommen will.

»Äh ... gerne.«

Ich befreie für ihn den Sessel von meinen Klamotten, muss

das Handy dafür jedoch weglegen und schalte es dabei gleich ab. Aber Nele müsste ihn gesehen haben, oder?

»Du hast ja noch gar nicht ausgepackt.«

»Ne. Ich ... ich bin irgendwie noch nicht dazu gekommen. Aber warum der Pulli?«, lenke ich ab.

»Gefällt er dir etwa nicht?« Kjell grinst mich an, und das ist echt fies. Weil es in mir alles durcheinanderbringt. Ich kann nur den Kopf schütteln, was ihn zum Lachen bringt. »Heute ist der Tag des hässlichsten Weihnachtspullis. Und bei uns gibt es da immer eine richtige Gala. Das heißt, alle Gäste *können* mitmachen, das Personal *muss*.«

»Oh, okay!« Ich falte das pinke Teil skeptisch auseinander und sehe erst mal nur glitzerbuntes Lametta. Das Ganze soll wohl einen Engel darstellen. Aber ich glaube, nein, ich weiß, dass ich so was abgrundtief Hässliches noch nie gesehen habe.

Kjell beobachtet mich vom Sessel aus. Er lächelt, beißt sich dabei aber auf die Lippe und wirkt auf einmal fast verunsichert. »Das war Cajas Wahl. Sie meinte, er würde dir bestimmt prima stehen.«

Ich sehe, wie er seine Hände auf die Knie stützt, um aufzustehen, doch ich will nicht, dass er schon geht. »Na, dann probiere ich das gute Stück doch gleich mal an, oder?«

»Klar, mach mal. Bin gespannt.«

Ich verschwinde kurz im Bad und stöhne innerlich auf, als ich im Spiegelbild meinem Gesicht begegne. Ich sehe echt immer noch aus wie eine Tomate. Und meine Haare toppen das Ganze noch. Vor allem, nachdem ich mir den Engel über den Kopf gezogen habe. Ich binde sie mir schnell zusammen und präsentiere mich Kjell mit einem »Tadaaaa!« im Zimmer. Nur pralle ich dabei mit ihm zusammen. Denn er sitzt nicht mehr, sondern steht so plötzlich vor mir, dass ich mit meinen Händen auf seiner Brust lande. Ich spüre seinen Herzschlag, seine Wärme. Und kann nicht mehr atmen. Da ... da ist viel zu viel Kribbeln in mir.

»Oh!« Auch Kjell wirkt überrascht, seine Hände liegen auf meinen Schultern und er schaut zu mir herunter. Das Blau seiner Augen schimmert, fast grün. Und für einen Moment habe ich das Gefühl, die Zeit würde stehen bleiben, wir sehen uns nur an.

Dann aber wird der Druck auf meinen Schultern schwächer, Kjell löst sich von mir. Und ich? Weiß gar nicht, wohin mit mir. Meinen Augen, meinen Händen.

Kjell aber auch nicht, oder? Er dreht sich zur Seite, ich sehe, wie er durchatmet, sich dann aber mit einem Lächeln wieder zu mir dreht. »Wenn du möchtest ...« Er räuspert sich. »Kristan kann nachher jede Hilfe gebrauchen. Er ist unser kreativer Kopf und kümmert sich um das Animationsprogramm. Und ich weiß, du hast heute noch frei, aber wenn du magst, kannst du ihm gleich ein wenig helfen.«

»Ja, gerne.« Ich nicke eifrig und versuche, einigermaßen normal zu wirken.

Kjell geht zur Tür, dreht sich dann noch einmal zu mir um. »Also, ich hab ja echt gedacht, der Pulli hätte Chancen auf den ersten Platz. Aber ...« Er schüttelt den Kopf. »Mit dir drin sieht sogar *der* süß aus.«

Ich stehe einfach nur da, schaue ihm nach und sehe, wie er die Tür schließt. Dann lasse ich mich rückwärts auf mein Bett fallen. Ist das gerade echt passiert?

Ich sehe seine Augen noch immer vor mir. Den grünen Schimmer im Himmelblau. Verdammt, ich mag ihn. Sein Lächeln. Die Art, wie er mich anschaut. Wie er mit mir spricht. Einfach alles an ihm.

Irgendwo neben mir vibriert mein Handy, und als ich es endlich finde, sind schon mehr als zehn Nachrichten eingegangen – alle von Nele.

Emojis. Herzchen in allen Farben, Daumen hoch, rote Knutschlippen und Sternchenaugen. Ich rufe sie zurück, und Nele kriegt erst mal einen Lachflash, als sie meinen Pulli sieht. Dann muss ich ihr alles erzählen.

»Sag mal, Kjell, hat der zufällig einen Zwillingsbruder? Oder wenigstens einen genauso süßen Freund? Dann würd ich ja glatt in den nächsten Flieger steigen und vorbeikommen.«

»Einen Bruder nicht, soweit ich weiß.« Aber ich verspreche ihr, nach einem Freund Ausschau zu halten.

White Christmas. Irgendwie liebe ich das Lied plötzlich. Ich ziehe es mir auf meine Playlist und springe singend unter die Dusche.

Meine Haare sind noch nass, als ich mein Handy erneut vibrieren höre, und ich schnappe es mir vom Bett. »Nele, ein bisschen mehr Zeit musst du mir schon geben, um Ausschau zu –«

»Nein, nein, Svenni. Ich bin's. Wie schön, dass ich dich endlich erwische.«

»Äh, hi, Mama! Wie ... wie geht es euch?«

»Gut so weit. Wir sind nur leider ein wenig in Eile. Unser Flieger geht ja gleich.«

»Ach, stimmt. Wo geht es noch mal hin?«

»Nach Toronto, dann Boston. Danach New York, das Wochenende dann ...« Sie erzählt mir von den anstehenden Konzerten und von ihren großen Erfolgen bei den letzten. »Aber du fehlst uns so sehr, Süße! Geht es dir gut? Das mit dem Schneesturm ist ja wirklich grässlich. Wie ist das Hotel? Was machst du den ganzen Tag? Wann holt Yva dich ab?«

Meine Finger klammern sich um das Handy. Ganz schön viele Fragen. Aber vielleicht gut so, denn ich kann mir ja quasi eine rauspicken. Und so weiche ich aus, sage ihr, dass alles prima ist, und atme erleichtert auf, als ich Papas Stimme im Hintergrund höre. »Selina, wir müssen. Das Taxi ist da. Grüß sie von mir, ja?«

Mama drückt mich ganz fest, bevor sie sich verabschiedet, und ich muss schlucken. Wenn sie wüssten ...

Einen Moment sitze ich nur da und höre dem Tropfen meiner Haare zu. Sie hinterlassen kleine Flecken auf meinem Bettlaken. Es ist falsch, was ich hier mache. Und ich weiß, ich werde mächtig Ärger kriegen. Aber ...

Mein Handy plingt auf, immer wieder. Fotos gehen ein. Mama und Papa, in Galakleid und schwarzem Anzug. Sie stehen nebeneinander auf der Bühne, singen und strahlen sich dabei an. Im Hintergrund das Orchester.

Das nächste zeigt einen Zeitungsartikel. *Selina und Hendrik Larson – das begnadetste Paar der Opernbühne.*

Dann eins von Mama mit einem Strauß Rosen.

Papa, glücklich aber erschöpft, hinter der Bühne.

Ich lege das Handy zur Seite und betrachte meine Hände. Ich hätte in Boston an einer Matinee teilnehmen sollen. Ein begehrter Platz, für den ich monatelang geübt, gekämpft und gehofft habe.

Amerika ist wichtig. Die internationale Bühne wartet auf dich, Svenni. Meine Eltern waren so stolz – und dann so enttäuscht, mehr noch als ich, als die Diagnose kam: Überlastung der Handgelenke. Mindestens vier Wochen Zwangspause. Aber ist es nicht eigentlich egal, wo ich die mache? Ob bei Yva oder hier?

Der pinke Pulli liegt neben mir auf dem Bett. Ich nehme ihn mir und fahre mit den Fingern über das Lametta.

Mit dir drin sieht sogar der süß aus.

Wahrscheinlich habe ich nur noch diesen Abend hier ...

Und ja, es ist ein Fehler. Es ist ein Fehler, dass ich allen hier was vorspiele. Aber was soll's? Wenn ich schon mal dabei bin, ihn zu machen, dann sollte ich ihn doch voll genießen, oder?

Kristan unten im Speisesaal zu finden, ist nicht schwer. Er steht auf einer Leiter und ist gerade dabei, eine bunte Girlande über einem der Fenster anzubringen.

»Hi, gut, dass du kommst. *Engelchen!*« Er grinst zu mir runter, und ich grinse zurück. Kristan ist sicher schon Mitte zwanzig und könnte mit seinen dunklen Haaren und braunen Augen glatt als Italiener durchgehen. Auf seinem Pulli prangt ein Rentier mit Sonnenbrille, roter Nase und einem Bier in der Hand.

»Und du bist der betrunkene Rudolph?«, frage ich.

»Noch nicht. Aber nach der Gala vielleicht, wenn wir das alles gut über die Bühne gebracht haben. Ich gehe in dem Scheißteil ja jetzt schon ein.«

Sobald die Girlande hängt, kommt Kristan zu mir runtergeklettert und weiht mich in meine Aufgabe ein. »Alle Gäste bekommen, gleich wenn sie reinkommen, einen Stimmzettel. Und es wäre super, wenn du die austeilen könntest.«

»Mach ich.«

»Super, dann kümmere ich mich noch schnell um die Technik auf der Bühne und du darfst schon mal deinen Posten beziehen.«

Bühne? Ich nehme die Zettel und schaue ihm interessiert nach. Und tatsächlich, der schwere cremefarbene Vorhang an der hinteren Wand lässt sich zur Seite schieben und offenbart ein gar nicht mal so kleines Podium. Auf dem sogar ein Klavier steht! Sofort verstecken sich meine Hände in meinen Hosentaschen. Dabei ... hätte ich eigentlich Lust zu spielen – zum ersten Mal seit Tagen. Irgendwas Fröhliches, Leichtes. Einen Walzer von Chopin? Oder *White Christmas*?

Ich drehe mich weg und nehme meinen Platz an der Tür ein. Noch ist die Lobby leer, aber ich höre bereits Schritte. Und Cajas Lachen? Sofort schlägt mein Herz schneller. Ob Kjell bei ihr ist?

Als wäre ich völlig in meine Aufgabe vertieft, schaue ich auf die Zettel in meiner Hand, dann allerdings überrascht auf, als ich eine Frauenstimme höre. »Ach, Svea! Wie schön, dich auch mal kennenzulernen.«

Es muss Kjells Mutter sein, denn die Frau vor mir hat sein Lächeln, oder ... er wohl eher ihres. Abgesehen von ihrem knallroten Weihnachtspulli sieht alles an ihr elegant aus. »Ich bin Annika. Und es freut mich sehr, dass du uns hier im *Slott Hotell* unterstützt!«

»Danke. Ich ... ich mach das wirklich gern.«

»Sehr schön. Wir sehen uns bestimmt nach der Gala noch. Und: Der Pulli steht dir großartig.« Sie zwinkert mir zu, bevor sie den Saal betritt. Erst da sehe ich Caja, und neben ihr steht wirklich Kjell. Aber ... in einem ganz normalen Sweatshirt?

»Wie, du machst nicht mit?«, frage ich ihn.

»Doch, das macht er«, antwortet Caja und hüpft dabei in ihrem Weihnachtseinhorn-Pulli aufgeregt an seiner Hand auf und ab. »Aber sein Pulli ist eine Überraschung. Er zieht ihn erst an, wenn die Gala anfängt, hat er gesagt. Und –«

»*Er* kann auch selbst sprechen, Caja«, unterbricht Kjell sie ungewohnt nüchtern, beinahe genervt. »Und außerdem ist der Pulli ... er hat keine Bedeutung.«

»Bin trotzdem gespannt«, antworte ich, fange dann aber einen Blick von ihm auf, der merkwürdig ist. Fast entschuldigend.

Ein ganzer Schwung Gäste trifft ein, und ich bin vollauf damit beschäftigt, ihnen ihre Zettel zu überreichen. Meinen Favoriten für den grässlichsten Pulli habe ich recht schnell gefunden, nur habe ich dabei nicht mit Kjells Pulli gerechnet.

Als alle ihre Plätze eingenommen haben, erscheint erst nur Kristan auf der Bühne. Nach ihm dann Kjell. Allerdings nicht allein. Kann er auch gar nicht. Denn Tessa steckt mit ihm in einem Pullover. Er hat zwei Kopflöcher, aber nur zwei Ärmel – rechts und links an den Seiten. In der Mitte ... na ja, also die beiden müssen sich schon umarmen, um mit ihren beiden anderen Armen klarzukommen. Tessa und Kjell? Ich muss mich am Türrahmen festhalten, um das Bild irgendwie zusammenzukriegen. Im Saal brandet Applaus und Gelächter auf. Schneemann und Schneefrau. In kitschigem Gold. Und als wäre das noch nicht genug, strahlen sich die beiden auch noch an, winken dem Publikum fröhlich zu. Und Tessa drückt Kjell einen Kuss auf die Wange.

Und ich hatte gedacht, er mag sie nicht.

Er hat mich doch noch vor ihr gewarnt.

Dann aber fällt mir noch eine andere Warnung ein. Die von Caja. *Bei meinem Bruder musst du aber auch aufpassen ...*

Weil er viele Freundinnen hat?

Kjell

Ich kriege keine Luft mehr. Spüre Tessa überall an mir dran und fühle mich total bedrängt. Sie trägt nur ein dünnes Top unter dem Scheißding, ich mit Absicht ein langärmliges Shirt, um bloß viel Stoff zwischen uns zu haben. Jetzt aber steht mir der Schweiß auf der Stirn. Trotzdem lächele ich und setze mich neben sie auf die extra für uns zusammengeschobenen Stühle an den Familientisch.

»Na, ihr beiden, klappt das denn mit dem Essen?« Dad zwinkert uns zu. Er ist froh, dass zwischen uns Schluss ist, mehr aber noch darüber, dass wir es hinbekommen, nach dem Ärger gut miteinander auszukommen. *Denn, Junge, immerhin tragen wir immer und überall die Verantwortung für die Atmosphäre im Hotel.*

»Noch geht es, aber beim Fleisch wird's gleich schwierig.« Tessa lächelt Dad an, und ich zucke zusammen, als sie ihre Hand dabei auf mein Knie legt.

»Ich dachte, wir hätten das geklärt«, raune ich ihr so freundlich wie möglich zu und schiebe sie weg.

»Hey, entspann dich.« Sie lacht auf und lehnt ihren Kopf an meine Schulter. »Nur Freunde, ich weiß das.«

Ich lehne mich so gut es geht zur Seite und hoffe inständig, dass Svea das sieht. Dass sie mitbekommt, wie ich wenigstens versuche, auf Abstand zu gehen. Ich weiß, dass sie uns von ihrem Tisch aus sehen kann. Zu ihr rüberschauen aber, das packe ich gerade nicht. Ich habe ihren irritierten Blick mitbekommen, als wir auf die Bühne mussten. Ihr Stirnrunzeln. Was muss sie jetzt von mir denken?

Natürlich gewinnen Tessa und ich bei der anschließenden Preisverleihung den Sonderpreis fürs Personal, und ich halte ihr Getue auf der Bühne nur aus, weil ich weiß, dass das Theater gleich ein Ende hat. Doch als ich endlich aus dem Pulli raus bin, sehe ich Svea nicht mehr.

»Danke, Kjell!« Meine Mum streicht mir kurz über den Rücken.

»Wofür?«

»Dass du mitgespielt hast. Ich hab gesehen, wie du mit dir kämpfen musstest. Aber jetzt feier drüben noch ein bisschen, hm? Schließlich hast du ja morgen frei.«

»Mach ich!«, antworte ich, suche aber erst mal weiter nach Svea und entdecke sie schließlich bei Kristan neben der Bühne. Doch als ich dann vor ihr stehe, weiß ich nicht, was ich sagen soll.

»Hej!« Sie stopft gerade eine Girlande zurück in die Dekokiste und sieht zu mir hoch. »Glückwunsch!«

Ich verdrehe die Augen. »War nicht meine Idee. Und auch nicht mein Wunsch. Kommst du gleich mit? Wir feiern im Personalraum noch ein bisschen weiter.«

Ich hoffe auf ein Ja. Hoffe darauf, ihr erklären zu können, was das eben war, doch Svea schüttelt den Kopf. »Ne, lass mal. Ich helfe Kristan noch und geh dann hoch. Hab morgen ja meinen ersten Arbeitstag.«

»Verstehe«, sage ich und lächele, obwohl ich es gar nicht will.

Die Feier im Personalraum lasse ich dann ausfallen. Ich habe keine Lust auf die anderen und verziehe mich noch für eine Weile ins Büro. Eigentlich um allein zu sein. Aber dann bin ich doch froh, dass Carlo sich zu mir gesellt. Er springt mit einem Satz auf meinen Schoß und schmiegt seinen Kopf an meine Hand.

»Na, du?« Ich kraule ihn hinter den Ohren. »Sie heißt übrigens nicht Lena, falls es dich interessiert. Sie heißt Svea. Und weißt du was? Ich hab's grad echt verbockt, glaube ich.«

Carlo blinzelt zu mir hoch, schließt dann aber nur die Augen und fängt an zu schnurren. Ich muss Svea sagen, dass was zwischen mir und Tessa war. Aber wie?

Tessa ist nur meine Ex, nichts weiter.

Hört sich doch scheiße an. So, als würde ich mich hier ständig ans Personal ranschmeißen.

Ich schüttele den Kopf, kriege die Gedanken an Svea aber nicht weg. Dabei weiß ich echt nichts über sie. Vorhin im Zimmer hätte ich fast ihr Portemonnaie gecheckt. Es lag auf dem Nachttisch. Deswegen bin ich überhaupt nur vom Sessel aufgestanden, hab es mir zum Glück dann aber doch verkniffen. Und bin dafür mit ihr zusammengestoßen.

Für einen Moment spüre ich sie wieder in meinen Armen. Ihre Hände auf meiner Brust. Ich höre ihr Lachen, als sie den Pulli gesehen hat.

Mir dir drin sieht sogar der süß aus. War der Spruch blöd? Aber es war kein Spruch, sondern einfach die Wahrheit.

Carlo wird unruhig, wahrscheinlich weil ich aufgehört habe, ihn zu streicheln. Er springt zu Boden und zieht sich in seinen Korb zurück. Ich schaue ihm hinterher, doch dabei bleibt mein Blick an dem Regal kleben. Genauer gesagt, an einem schwarzen Ordner. Shit! Lenas E-Mail habe ich archiviert, aber bei den Verträgen taucht sie natürlich noch auf.

Ich hole mir den Ordner und öffne ihn. Ihr Vertrag ist gleich der erste. Lena Sommer. Ich will ihn gerade herausnehmen, lasse es dann aber doch lieber sein. Es würde auffallen, wenn ihr Vertrag fehlt. Natürlich könnte ich Svea einfach einen neuen zum Unterschreiben geben, nur habe ich das Gefühl, dass ich sie damit verschrecken könnte.

Aber ... ein Fleck auf dem hier? Über dem Namen *Lena*? Ich sehe mich im Büro um. Meine Kaffeetasse! Sie steht noch von gestern hier. Lenas Unterschrift am Ende des Vertrages ist zum Glück völlig unleserlich. Und ihr getippter Name am Anfang verschwindet unter einem braunen Tropfen.

Svea muss morgen um acht Uhr bei Helgard sein, um sich einweisen zu lassen. Ich könnte sie zu ihr bringen und die beiden miteinander bekannt machen. Oder wirkt das komisch? Vor allem, wenn ich an meinem freien Tag so früh hier rumlaufe?

Außerdem will ich mich Svea nicht aufdrängen. Aber eine Nachricht? Mit *Viel Glück* und so?

Ich schreibe etwas, zerreiße den Zettel, schreibe neu. Scheiße! Seit wann bin ich so unsicher?

Irgendwann hab ich es und lösche das Licht im Büro. Lena wollte sechs Wochen bei uns arbeiten – mit der Option auf Verlängerung.

Wie lange Svea wohl bleibt?

MONTAG, 18. DEZEMBER

Svea

Bin das wirklich ich? Aus dem Spiegel schaut mir eine Version von mir entgegen, die mir völlig fremd ist. Das Hotelkleid passt von der Größe her perfekt. Wobei es nicht so aussieht, als wäre es ein Kleid, sondern vielmehr wie ein Rock. Ein hellbrauner Rock mit dunkelblauer Weste und einer weißen Bluse. Meine Haare habe ich mir zu einem Zopf geflochten, damit sie mir nicht im Gesicht rumhängen. Hier wohl Regel Nummer 1. Allerdings habe ich dazu drei Anläufe gebraucht, weil meine Finger so blöd gezittert haben. Dabei bin ich Lampenfieber ja gewohnt, schließlich erwischt es mich vor jedem Auftritt. Wobei *Fieber* eigentlich nicht stimmt. Wenn ich aufgeregt bin, wird mir vor allem eins: kalt! So wie jetzt – nur dass gleich keine Bühne auf mich wartet, kein erwartungsvolles Publikum, sondern ungemachte Betten.

Es ist erst sieben Uhr. Um acht soll ich mich bei Helgard melden, der House-Keeping-Leiterin. Also habe ich noch eine Stunde Zeit. Unschlüssig drehe ich mich zu meinem Bett um. Trotz Schlafbrille habe ich mich die ganze Nacht nur rumgewälzt, aber wenn ich mich jetzt noch mal hinlege, verschlafe ich sicher. Und gibt es für die Mitarbeiter nicht Frühstück im Personalraum?

Ich schnappe mir mein Handy und will gerade zur Tür raus, als ich vor ihr auf dem Boden einen kleinen zusammengefalteten Zettel sehe.

Viel Glück bei deinem ersten Arbeitstag!
Und falls irgendwas ist, meld dich einfach. Ich hab zwar frei,
bin aber da.
Kjell

Darunter steht seine Handynummer.

So ein ganz bisschen lässt das Frieren plötzlich nach. Und ich weiß, dass ich bestimmt vollkommen blöd vor mich hin lächle. Aber auch wenn ich mir vorgenommen habe, was Kjell angeht, vorsichtig zu sein, finde ich das total süß von ihm. Und speichere mir seine Nummer direkt ab.

»Hej, Svea!« In der Lobby begrüßt mich ein verschlafener Kristan. Wieder auf einer Leiter. Nur dass er diesmal keine Girlande anbringt, sondern einen Haufen schwebender Ballons unter der Decke verteilt. Mit Handschuhen dran? »Hej! Nette Dekoration.«

»Tja, Kimmo war wieder unterwegs und hat sich diesmal die Handschuhe der Kinder geschnappt. Und du? Bereit für deinen ersten Arbeitstag?«

»Ich hoffe.«

»Ach, das wird schon. Helgard ist zwar unser Hotel-Feldwebel, aber einer mit Herz.« Kristan kommt zu mir runter und klappt die Leiter zusammen. »Sag mal, wenn du gleich zu ihr gehst, kannst du ihr was geben?«

»Klar.«

Er kramt aus einer großen Tasche einen Haufen Umschläge raus und erklärt mir, dass er für einige Wichtelstreiche im Vorfeld die Zustimmung und manchmal auch die Mitarbeit der Eltern benötigt, und Helgard die Briefe über das Zimmerpersonal an sie verteilt. »Übermorgen versteckt Kimmo bei jedem Kind eine Erbse im Schuh. Dazu müssen sie aber vor die Tür gestellt werden.«

»Verstehe.« Ich finde die Idee mit den Wichtelstreichen echt toll. Und auch, dass die Eltern da alle mitspielen. Ich schaue Kristan noch einen Moment dabei zu, wie er mit einer Schablone und Sprühkreide beginnt, Kimmos kleine Fußabdrücke auf den Boden zu zaubern, und mache mich dann zum Personalraum auf. Viel Zeit bleibt mir nicht mehr, doch der Kaffee und das fröhliche Geplauder der anderen, die mich alle lächelnd begrüßen, entspannen mich tatsächlich etwas. Bis ich dann schließlich vor Helgards Tür stehe.

»Ah, guten Morgen, Lena!«

Nicht nur der falsche Name nimmt mir kurz die Luft. Helgard als Ganzes ist so raumeinnehmend, dass ich mich unter ihrem strengen Blick fast zerdrückt fühle. Ihr langes, ergrautes Haar trägt sie zu einem dicken Knoten gebunden. Ihre Lippen und ihre Augen sind in ihrem Gesicht nur kleine Nebensächlichkeiten. Beherrscht wird es von einer übergroßen Nase und kräftigen Wangen.

»Guten Morgen«, sage ich und bin froh, dass meine Stimme einigermaßen fest klingt. »Ich bin Svea!«

»Ach richtig.« Helgard schüttelt den Kopf. »Ich hatte dich als Lena abgespeichert, warum auch immer. Aber schön, dass du pünktlich bist. Dann legen wir zwei gleich mal los!«

Ich gebe ihr die Umschläge von Kristan, die sie mit einem Nicken zur Seite legt, bevor sie sich aus ihrem Schreibtischstuhl erhebt und mich praktisch vor sich her auf den Gang zurückschiebt. »Die Zimmer im ersten und zweiten Stock übernehmen heute die Festangestellten. Wir zwei kümmern uns um den dritten Stock.«

Ich muss schlucken. Also arbeite ich Helgard zu? Noch während ich überlege, ob das für mich gut oder doch eher sehr schlecht ist, drückt sie mir ein Klemmbrett in die Hand und betritt vor mir den Personalaufzug. »Unsere Rollwagen stehen oben schon bereit. Und da ich deine Bewerbungsunterlagen gelesen habe, brauchst du ja keine große Einweisung. Daher mache ich heute die zwölf Bleiben und du die sechs Abreisen. Alles Wichtige dazu findest du auf dem Brett. Sollten sich trotzdem noch Fragen auftun, bin ich ja nicht weit weg.«

Ich nicke mechanisch, bekomme aber kein Wort raus. Das versteht Kjell also unter *zuarbeiten*? Dass ich mich allein durch die Zimmer kämpfen muss?

Oben angekommen, übergibt mir Helgard eine Schlüsselkarte, mit der ich in jedes Zimmer hineinkomme, und zeigt mir dann meinen Wagen. Die Putzutensilien, die frische Bettwäsche, die Handtücher, den Schmutzwäschesack und die Flaschen und Snacks zum Auffüllen der Zimmerbar.

»Du fängst mit den beiden Durchgangszimmern 301 und 302 an. Die sind bereits geräumt. Anschließend gehst du in den Anbautrakt und kümmerst dich um die drei Familienzimmer und die Suite. So weit verstanden?«

Ich nicke erneut. Oder immer noch? Helgard hält mich mittlerweile sicher für einen stummen Wackeldackel.

Kaum ist sie dann verschwunden, versuche ich, das Monstrum an Wagen irgendwie dazu zu überreden, mir zu folgen. Aufräumen, putzen, auffüllen. So schwer kann das doch nicht sein. Außerdem steht auf dem Klemmbrett tatsächlich jeder einzelne Punkt genau aufgelistet.

301. Ich sehe mich im ersten Doppelzimmer um. Es ist genauso gemütlich eingerichtet wie meins, nur sicher dreimal so groß, und tagsüber durch die großen bodentiefen Fenster sicher wesentlich heller. Noch ist es draußen stockdunkel, aber ich kann mir vorstellen, wie toll die Aussicht von hier oben sein muss. Ich schicke Nele schnell einen Snap von mir und meinem Putzwagen, bevor ich mich an die Liste mache.

Als Erstes also die Betten.

Die Bezüge kriege ich problemlos ab, beim Laken aber stutze ich. Denn es ist riesig und hat an den Rändern keine Gummibänder, sondern ist einfach ein überdimensionales Stück Stoff. Es abzuziehen ist nicht das Problem, das Wiederaufziehen hingegen schon. Ständig rutscht mir das steife Laken weg, schlägt blöde Falten oder verzieht sich. Als ich es dann doch endlich einigermaßen glatt gezogen habe, bekomme ich die Ecken nicht ordentlich unter die Matratze gestopft. Wie auch? Die sind ja viel zu lang!

Mit einem frustrierten Stöhnen setze ich mich auf den Boden und wische mir den Schweiß von der Stirn. Echt jetzt? Punkt eins auf der Liste – und ich scheitere schon?

Klar könnte ich Kjell anrufen. Doch es ist noch verdammt früh. Außerdem, wegen eines blöden Lakens?

Aber ... Nele! Sie hat doch noch so geschimpft, dass sie auf der Klassenfahrt fast allen die Betten beziehen musste.

Montagmorgen. Sie hat gerade Kunst. Ich hole mir mein Handy vom Wagen und schreibe ihr schnell.

Hilfe! Ich krieg das hier mit dem scheiß Laken nicht richtig hin.

Damit sie weiß, was ich meine, mache ich noch ein Foto und schicke es hinterher.

„Warte!, schreibt sie nur wenige Sekunden später zurück, und ich schließe erleichtert die Augen. Hier zu versagen, wäre mir nicht nur vor Helgard peinlich. Sondern vor allem vor Kjell. Ob er mit Tessa echt was am Laufen hat? Ich sehe die beiden wieder vor mir. Wie sie sich anstrahlen. Sie ihn küsst. Sie wirkten so vertraut …

Mein Handy klingelt.

»Hi, schickes Kleid!« Nele grinst in die Kamera.

»Oder?« Ich muss lachen. »Kann ja versuchen, dir eins mitzubringen. Aber hast du ne Idee, wie ich das mit dem Laken hinkriege?«

»Ja. Ich musste grad erst mal aus dem Kurs raus. Hab aber drinnen schon mal gegoogelt. Und: Du musst die Ecken falten. Schau mal.«

So was kann man googeln?

Ich halte mir das Display näher vor die Augen. Hat sie da ihren Schal in der Hand? Und ihr Physikbuch?

»Pass auf: Du klappst an der schmalen Seite das Laken um und steckst es unter die Matratze. Siehst du? So. Und dann schiebst du das, was davon an der Ecke übrig ist, seitlich unter die Matratze. Und klappst dann den Rest nach vorn.«

Ich kapier nur die Hälfte von dem, was sie sagt, sehe aber, wie sie das Physikbuch umwickelt, stelle das Handy auf dem Nachttisch ab und versuche es gleich an einer Matratzenecke. Und: Es klappt!

»Nele, danke, du bist die Beste! Ehrlich.«

»Weiß ich doch.« Sie lacht. »Und du packst das, okay? Ich muss wieder rein. Meld dich, wenn noch was ist.«

»Mach ich!« In Gedanken drücke ich Nele ganz fest, höre dann aber Stimmen auf dem Gang und mache schnell weiter.

Das Bett hier, das Bett im angrenzenden Schlafzimmer, bevor ich mich um die Minibar kümmere, die Oberflächen abwische und die Kaffeepads und Teebeutel auffülle.

Alles läuft prima, und es macht mir sogar richtig Spaß. Bis Helgard plötzlich in der Tür steht. Die Hände in die Hüften gestemmt, lässt sie ihren Blick prüfend durch das Zimmer schweifen. Und ich? Halte die Luft an.

»Gut! Sehr ordentlich. Sogar die Betten.«

Ein Lächeln zittert sich auf meine Lippen. »Danke.«

»Nur an der Zeit müssen wir noch arbeiten. Du hast noch nicht durchgesaugt, oder?«

»Nein. Und ich muss noch die Bäder machen, aber die —«

»Wie bitte? Du hast 70 Minuten gebraucht. Und dabei nur die zwei Zimmer geschafft?«

Ich nicke, mit eingezogenen Schultern, und muss mir dann eine Standpauke anhören. Dass für jedes Zimmer nur höchstens 30 Minuten Zeit einkalkuliert sind. Dass das hier kein Erholungscamp ist und ich gefälligst schneller zu arbeiten habe. »15 Minuten, Lena. Dann bist du hier fertig und ich sehe dich drüben im Anbau bei den nächsten Zimmern. Hast du das verstanden?«

Dass ich nicht Lena bin, verkneife ich mir und sage nur, dass ich mich ab jetzt beeilen werde. Helgard sieht mich streng an, schüttelt dann entnervt den Kopf, bevor sie im Gang verschwindet.

Fünfzehn Minuten für zwei Bäder? Wie soll das klappen?

Ich nehme den mobilen Behälter mit den Putzutensilien aus der Halterung, versuche, mir die Farben für die verschiedenen Lappen einzuprägen, und lege los. Blau nur für Oberflächen. Gelb für Waschbecken und Dusche. Rot für die Toiletten. Mich ekeln die ganzen Haare an. Auf dem Boden, im Abfluss. Fast schlimmer aber sind die angetrockneten Zahnpastareste, die ich vom Waschtisch kratzen muss. In fünfzehn Minuten schaffe ich es natürlich nicht, aber immerhin in zwanzig, ich sauge schnell durch und sehe mich dann abschließend noch mal um.

Meine ersten beiden fertigen Zimmer.

Ich mache schnell ein Beweisfoto und schicke es Nele. Mein Rücken fühlt sich mittlerweile so an, als würde er mir beim nächsten Bücken wirklich durchbrechen, doch eine Pause zu machen, traue ich mich nicht, sondern schubse den Wagen vor mir her in den Anbau. Auf dem Flur ist jetzt bereits wesentlich mehr los, und ich muss immer wieder Gästen ausweichen. Einige brechen zum Skifahren auf, andere erst zum Frühstück. Und wiederum andere schlafen wohl noch, denn an ihren Türen hängen die »Bitte nicht stören«-Schilder. Meine nächsten Einsatzorte sind bereits freigeräumt worden. Das erste Familienzimmer klappt ganz gut, aber beim Bettenmachen im nächsten muss ich mich zwischendurch immer wieder strecken und mir meinen Nacken massieren. Irgendwann streife ich genervt meine schwarzen Ballerinas von den Füßen. Für Konzerte taugen die schicken Dinger vielleicht was, zum Putzen hingegen überhaupt nicht. Ich spüre meine Zehen kaum noch.

»Na, na, na. Wenn das unser Feldwebel sieht.«

Mein Kopf wirbelt zur Tür. Zum Glück steht da nur Janne, zwar mit erhobenem Zeigefinger, aber mit einem Grinsen im Gesicht. »Ich glaub, du kannst Hilfe gebrauchen, oder?«

»Jede!«, antworte ich. »Aber ... bist du nicht im Speisesaal eingeteilt?«

»War ich. Und offiziell bin ich das immer noch. Aber Kjell hat mich hochgeschickt.«

»Kjell?«

Auf meinen erstaunten Blick erzählt sie mir, dass sie vorhin Helgard gesehen hat, wie sie in der Lobby mit ihm gesprochen hat. »Und eben ist er zu mir gekommen und hat gemeint, ich soll mal nach dir schauen. Und – da bin ich.«

Zeit, mich zu bedanken, lässt sie mir nicht, sondern nimmt sofort die Einteilung vor: ich die Zimmer, sie die Bäder.

Dabei gibt sie mir immer wieder super Tipps, wie ich mit kleinen Änderungen im Ablauf alles schneller hinbekomme. Wir quatschen über ein paar Gäste, über das Hotel, und Janne erzählt mir von ihrem ersten Arbeitstag hier. Wie sie den Spiegel in einem der Bäder aus Versehen mit Scheuermilch geschrubbt und dafür von Helgard ordentlich was abgekriegt hat. »Von daher ...« Lächelnd späht sie aus dem Bad zu mir rüber. »Wenn es bei dir bisher nur die Zeit ist, mit der es noch nicht klappt, liegst du eigentlich gut im Rennen.«

»Danke, Janne. Echt!«

Und das Gleiche schreibe ich Kjell dann auch, als wir zwei Stunden später endlich fertig sind.

Danke, Kjell.

Mit fünf Ausrufezeichen.

Kjell

Ich höre Mum weiter zu, schiele dabei aber unauffällig auf mein Handy, als eine Nachricht eingeht. Danke, Kjell!!!!!

Erleichtert atme ich durch. Es sollte nicht blöd rüberkommen, dass ich ihr Janne hochgeschickt habe, und anscheinend ist es das auch nicht. Zudem habe ich endlich Sveas Nummer.

Mich juckt es echt in den Fingern, mir sofort ihr Profilbild anzuschauen, doch Mum nimmt mich noch immer voll in Beschlag. »Wir wollen mit der neuen Webseite ja vor allem auch jüngere Leute ansprechen. Und … das werden wir mit dem eher schlichten Design schaffen, oder? Man könnte natürlich auch …«

»Nein, nein, nein«, unterbreche ich sie sofort. Sonst fängt das Ganze hier wieder von vorne an. »Schlicht ist gut. Die bunteren Farben auch. Du kannst ja noch mal Kristan fragen, aber meiner Meinung nach passt das so, wie wir uns das überlegt haben.« Ich klopfe auf ihren Schreibtisch, um klarzumachen, dass es das für mich jetzt war, und stehe schon mal auf. »Ich muss los.«

»Wohin?« Fragend sieht sie zu mir auf.

»Ähm … hier mal raus? Ich hole gleich Caja vom Schulbus ab. Hab ich ihr versprochen. Und später fahre ich mit Lasse nach Stockholm rein.«

»Ach sicher, klar. Du hast ja heute frei.« Mum schaut entschuldigend zu mir hoch. »Und ich halte dich hier so fest.«

»Kein Problem«, antworte ich und weiß doch, dass es eins ist. Denn es ist so wie immer: Solange ich mich im Hotel aufhalte, habe ich nie frei. Aber das wird sich mit dem Studium ändern!

Im dritten Stock sehe ich Svea nirgendwo, dafür treffe ich auf Helgard. »Das Mädchen hat schlussendlich doch noch einen ordentlichen Job gemacht. Ich muss sie wohl weiterhin ein wenig anschubsen, aber dann wird das schon klappen.«

»Sehr gut!« Ich will mich wegdrehen, um mein Grinsen vor ihr zu verstecken, doch sie hält mich am Ärmel fest. »Nicht dass du denkst, ich weiß nicht, was hier gelaufen ist. Aber solange sich die Mädchen gegenseitig unterstützen und das gut läuft, hab ich nichts dagegen.« Sie zwinkert mir zu und lässt mich gehen. Wieso hatte ich nur geglaubt, gerade ihr etwas vormachen zu können?

Auf ihrem Zimmer ist Svea nicht, zumindest reagiert sie nicht auf mein Klopfen. In der Lobby auch nicht, und selbst Janne weiß nicht, wo ich sie finden kann. Unruhe steigt in mir auf. Ich halte überall nach ihr Ausschau, doch erst als ich mich auf den Weg zu Cajas Bus mache, finde ich Svea endlich. Sie steht draußen an die Hauswand gelehnt und telefoniert. »Ach, wie blöd. Aber mach dir um mich keine Sorgen, ja? Mir geht es hier gut.«

Schön zu hören, auch dass sie mit irgendjemandem Kontakt hat. Das bedeutet doch, sie versteckt sich nicht, oder? Da ich sie nicht weiter belauschen will, gehe ich offen auf sie zu.

»Du, Yva, ich muss Schluss machen. Gute Besserung dir und ... wir telefonieren morgen wieder, ja?« Svea lächelt mir zu und steckt das Handy weg.

»Alles okay?«, frage ich. *Gute Besserung* hört sich ja nicht wirklich gut an, doch Svea wirkt erstaunlicherweise fast erleichtert. »Ja, ja. Meine Großtante hat nur Migräne. Aber das hat sie öfter. Und meistens nicht lange.«

»Ah, okay. Und bei dir? Wie war dein erster Tag?«

»Na ja.« Svea verzieht die Lippen, erzählt von dem Stress mit Helgard und bedankt sich erneut bei mir. »Ich glaub, ich würd immer noch putzen, hättest du mir Janne nicht geschickt.«

»Ach, kein Ding. Aber wenn du magst, kannst du dich gern revanchieren. Ich wollte grad los und Caja vom Bus abholen. Hast du Lust mitzukommen?«

»Ja, klar. Ich zieh mich nur schnell um.«

Sie hat eine Großtante. Sie heißt Yva. Hat manchmal Migräne.

Und spricht auch Schwedisch, tippe ich ins Handy, während ich auf Svea warte, und schicke die Nachricht an Lasse.

Na immerhin, kommt es prompt zurück. Hab nämlich im Netz bisher nix über sie gefunden. Mach mal ein Foto, okay?

Ich komme mir blöd vor, sie einfach ungefragt zu fotografieren. Doch als sie kurz darauf wieder auf mich zukommt, drücke ich trotzdem auf den Auslöser. Viel ist in Schneestiefeln, Mütze und dicker Jacke eh nicht von ihr zu sehen. Wir gehen hinten ums Hotel rum, den kleinen Trampelpfad entlang. Der Weg dauert zwar länger, doch wir haben noch Zeit, und außerdem kann ich Svea so mehr von der Umgebung zeigen. Den beinahe zugefrorenen See, die kleine Waldlichtung, auf der man mit viel Glück auch mal den einen oder anderen Elch zu Gesicht bekommt. Und meinen Lieblingsplatz, die Futterstelle, an der sich oft viele Eichhörnchen tummeln. So wie jetzt.

»Pssst ...« Ich zupfe vorsichtig an Sveas Ärmel und deute zu der Baumgruppe, unter der versteckt das Futterhaus steht.

Svea bleibt stehen. Vier Eichhörnchen sind da. Und in den tief hängenden Ästen hüpfen noch mehr herum. Sveas Augen beginnen zu leuchten. Und wie vorhin am See macht sie einige Fotos. Von denen sie auch gleich welche abschickt. An wen wohl?

»Wir haben in Berlin manchmal auch eins. Auf dem Balkon bei uns. Aber nie so viele«, flüstert sie mir zu, und ich hake gedanklich den nächsten Punkt auf meiner Recherche-Liste ab. Svea kommt also wie Lena tatsächlich aus Berlin. Im Weitergehen taste ich mich dann vorsichtig weiter bei ihr vor und frage sie, warum sie eigentlich so gut Schwedisch spricht.

»Meine Mutter ist Schwedin. Mein Vater Deutscher. Sie haben mich zweisprachig erzogen.«

»Und sie sind Musiker, hast du gesagt, oder?«

»Hab ich das?«

So langsam lerne ich, Sveas Gesicht zu lesen. Wenn ihr etwas unangenehm ist, sie es sich aber nicht anmerken lassen will, verrät sie eine kleine Falte, direkt zwischen ihren Augenbrauen. So wie jetzt.

»Auf der Fahrt hierher hast du gesagt, dass sie Musik machen und viel unterwegs sind. Sind sie so richtig auf Tournee? Mit einer Band?«

»Joooaaa ...« Svea nickt, aber ihre Mundwinkel zucken dabei leicht, so als müsste sie sich ein Lachen verkneifen. »Doch ja, mit einer Band. Kann man so sagen.«

Das stimmt also nicht, notiere ich mir. Und komme mir langsam vor wie der Kandidat einer Quizshow.

»Und wie ist das für dich mit deinen Eltern?«, dreht sie den Spieß plötzlich um. »Ich meine, in einem Hotel groß zu werden?«

»Anstrengend«, gebe ich zu und erzähle Svea, wie schön, aber auch wie nervig das oft ist. Vor allem, für immer und ewig an einen Ort gebunden zu sein.

»Komisch. Ich habe mir das immer gewünscht.« Die Sehnsucht, die in ihren Augen aufschimmert, haut mich beinahe um. Und wieder weckt Svea in mir das Gefühl, sie einfach nur in den Arm nehmen zu wollen. Um mich davon abzuhalten, schnappe ich mir eine Handvoll Schnee und forme ihn schon mal zu einer Kugel. »Wenn Caja hier gleich aussteigt, müssen wir bewaffnet sein.«

»Ach ja?« Svea nimmt sich auch einen Haufen Schnee und grinst zu mir rüber. »Warum?«

Ich erkläre ihr, dass das unser Spiel ist. »Ich verstecke mich und greife dann aus dem Hinterhalt an. Aber wir müssen aufpassen. Das letzte Mal war Caja vorbereitet und hat in ihrer Brotdose schon Munition mitgebracht.«

Sobald der Schulbus in Sicht kommt, verstecken Svea und ich uns hinter zwei Baumstämmen. Und Caja steigt tatsächlich mit ihrer bereits geöffneten roten Brotdose aus. »Ich weiß, dass du hier irgendwo steckst, Kjell. Und ich mach dich gleich fertig. Mein Schnee ist schon richtig schön matschig!«

Svea schafft es nicht, ein Lachen zu unterdrücken, und verrät damit unsere Stellung. Sofort sind wir unter Beschuss.

Ich ziele bei Caja mit Absicht nur auf die Füße, die trotzdem aufquiekt und lachend vor mir wegläuft. Doch gerade, als ich sie habe, sie quasi direkt zu meinen Füßen im Schnee liegt, höre ich über mir ein dumpfes Geräusch. Erst rieselt nur ein wenig Kälte in meinen Nacken, aber dann, als ich hochschaue, trifft mich eine ganze Schneelawine. Ich stolpere zu Boden. Und sehe nur noch Weiß.

Svea – sie hat die Seite gewechselt!

Svea

»Oh nein!«

Ich treffe eigentlich nie. Wollte Kjell auch nur ein bisschen ablenken, um Caja zu helfen. Dass sich der halbe Baum über ihm entlädt, war nicht mein Plan.

»Entschuldige, Kjell!« Ich laufe zu ihm und schiebe die um ihn herumtanzende Caja ein wenig zur Seite. Denn er bewegt sich nicht. »Alles in Ordnung?«

Er hat die Augen geschlossen. Und ich spüre, wie Panik in mir aufsteigt. »Kjell?«

Ganz langsam bewegen sich seine Lippen. Sie verziehen sich. Doch zu spät bemerke ich, dass es ein Lächeln wird. Und zwar ein fieses. Ich kann nicht mal mehr schlucken, da greift schon seine Hand nach meinem Arm. Und ich falle. Über ihn hinweg, mitten in den Schnee.

»Ich hab doch gesagt, bei meinem Bruder musst du aufpassen«, höre ich Caja schimpfen. »Der ist völlig schneerücksichtslos.«

Auch wenn ich überall nur nasse Kälte spüre, in meinem Nacken, in meinem Rücken, im Gesicht, beginnt mein Herz zu glühen. Nicht nur, weil Kjell fast über mir liegt und meine Hände auf beiden Seiten festhält. Auch was Caja gesagt hat, wärmt mich von innen. *Schneerücksichtslos.* Das war also ihre nicht ausgesprochene Warnung?

»Was für eine Verräterin!« Kjell grinst zu mir runter, lockert dann aber den Griff um meine Hände und hilft mir schließlich sogar beim Aufstehen. Ich bin es dann, die aufquiekt, denn Schnee rutscht mir unter der Jacke vom Hals den Rücken runter. Ich bin nass bis aufs Top.

Von daher kann ich auch gleich weitermachen. Ich lege mich

zu Caja, die sich in den Schnee geworfen hat, um einen Engelsabdruck zu machen. Kjell gesellt sich zu uns, und lachend liegen wir drei dann irgendwann nebeneinander und blicken in den tiefblauen Himmel.

Bisher war mir der Winter immer nur lästig, jetzt aber fange ich an, ihn zu lieben.

Auf dem Rückweg redet Caja wie ein Wasserfall. »... und heute backen wir alle die Plätzchen für den Tauschtag. Jeder ein ganzes Blech. Ich mache wieder Zimtsterne. Und ihr?«

»Ich mache leider keine. Ich muss gleich weg«, antwortet Kjell.

»Ach, stimmt ja. Wie doof. Du glühst heute vor, ne?«

»Vorglühen?« Fragend sehe ich zu ihm.

»Ich treffe alte Freunde von der Schule in Stockholm auf dem Weihnachtsmarkt. So als Vorbereitung auf Weihnachten.«

Weihnachtsmarkt! Mir steigt sofort der Duft nach gebrannten Mandeln in die Nase, nach Glühwein und heißen Maronen. Wir haben in Berlin einen kleinen Weihnachtsmarkt auf einem Platz um die Ecke. Aber in Stockholm? Wie schön muss der sein, zwischen den bunten Häusern in der Altstadt. Und dann noch mit einer ganzen Gruppe an Freunden ...

Caja stupst mich an. »Und deine?«

»Ähm ... was meinst du?«

»Deine Lieblingskekse.« Sie sieht mich erwartungsvoll an, nur muss ich ihr leider gestehen, dass ich kein großer Backprofi bin.

»Echt jetzt? Nur in der Schule hast du Plätzchen gemacht? Nie zu Hause? Dann zeig ich dir alles, ja? Wie Lebkuchen gehen. Und –«

Kjells Handy unterbricht sie.

»Hej, Mum, was gibt's? Wir sind noch auf dem We–« Er hört mitten im Satz auf und seine Miene verdunkelt sich schlagartig. »Wieso? Was ist passiert?«

Caja schnappt sich seine Hand. Sie ist mit einem Mal ganz blass im Gesicht. »Ist wieder was mit Papa?«

Kjell sieht kurz zu ihr hinunter und zieht sie in seine Arme. Und ich? Weiß gar nicht, wo ich hinschauen soll. Weghören funktioniert auch nicht, dafür spricht Kjell zu laut. »Verstehe. Aber ... wie ist das denn passiert?«

Er nickt. Immer wieder.

»Okay. Wir kommen«, sagt er nach einer Weile, und als er das Gespräch beendet, kuschelt sich Caja sofort an ihn.

»Es ist nicht Schlimmes.« Kjell hockt sich vor sie hin und streichelt ihr behutsam über die Mütze. »Wie es scheint, haben Papa und Lars gerade unseren Außengrill geschrottet. Was bedeutet: Heute findet für die Gäste kein Barbecue draußen statt. Für mich wahrscheinlich auch kein Vorglühen. Denn: Wir werden gebraucht!«

Ist wieder was mit Papa?, hat Caja gefragt.

Wieder bedeutet doch, es war schon mal was. Auf mich wirkte er aber bisher völlig normal – total fit und gesund. Er steht meistens an der Rezeption, immer mit einem Lächeln im Gesicht, das Gelassenheit ausstrahlt.

Aber manchmal trügt der Schein. Bei mir selbst ja auch.

In der Lobby herrscht zwar die übliche ruhige Atmosphäre, aber hinter den Kulissen geht es hektisch zu. *Den Grill geschrottet.* Das war nicht gelogen, doch dass das Teil beinahe in die Luft gegangen ist, hat Kjell verschwiegen.

»Ich hab das vom Fenster aus live mitbekommen.« Jannes dunkle Augen wirken noch immer schreckgeweitet, als sie mich in den Personalraum begleitet. »Lars, das ist hier der Älteste von uns allen, der konnte der riesigen Stichflamme grad noch ausweichen. Seine Hand hat aber ne gescheite Brandblase abbekommen.«

»Und was ist mit Kjells Vater?«

»Hat nen Schock. Sonst zum Glück nichts. Aber wir müssen jetzt alle mit anpacken, weil die Küche natürlich umplanen muss. Ich helfe dort aus und du sollst beim Eindecken mitmachen.«

»Ist gut«, antworte ich, weiß aber, dass das überhaupt nicht gut ist. Eindecken. Wir setzen uns ja zu Hause nicht mal richtig hin zum Essen.

Auf dem Weg zu meinem Zimmer ruf ich sofort Nele an.

»Du sollst die Tische eindecken?«

»Ja, und ich weiß: Messer rechts, Gabel links. Aber –«

»Was für uns Linkshänder übrigens echt scheiße ist.«

»Was? Äh ja, stimmt. Aber muss ich sonst noch was wissen?«

»Wie nobel ist das denn bei euch im Hotel so?«

»Keine Ahnung. Gestern bei der Gala schon ziemlich.«

»Okay. Wie viel Zeit habe ich?« Ich sehe, wie sie mit dem Handy in ihr Zimmer marschiert, das iPad schon in der Hand.

»Zehn Minuten? Ich würd ja auch selber nachschauen. Aber ich soll mich schnell fertig machen und runterkommen.«

»Das krieg ich hin.«

Ich dusche mich schnell und finde zum Glück in dem Stapel Hotelklamotten noch ein zweites Kleid. Gerade als ich mir dann meinen Zopf neu binden will, meldet sich Nele wieder.

»Also: Ich hab eine Seite bei YouTube gefunden, auf der so ein Hotelfuzzi alles genau erklärt. Und eine Regel hilft wahrscheinlich am besten: Gegessen wird von außen nach innen – was das Besteck betrifft. Gedeckt aber wird von innen nach außen.« Sie zählt auf, was man alles für ein Vier-Gänge-Menü braucht, und dass man als Erstes den Platzteller hinstellt, um den man dann alles andere gruppiert. Auch die Gläser.

»Aber es gibt so viele. Weißwein, Rotwein – ich hab davon überhaupt keinen Plan.«

»Ich schicke dir gleich ein paar Fotos, ja?«

»Okay!« Also muss das Handy mit. Nur wohin? Hektisch durchwühle ich den Hotel-Kleiderstapel erneut und finde tatsächlich eine kleine Spitzenschürze, in die mein Handy sogar gerade noch reinpasst.

»Aber Svea, stress dich nicht so!« Nele lächelt mir aufmunternd entgegen. »Dir wird schon keiner den Kopf abreißen, wenn irgendwas nicht hundertprozentig stimmt.«

»Nein, wahrscheinlich nicht«, antworte ich. Und weiß doch, dass das nicht stimmt. Denn ich bin Tessa zugeteilt worden. Das hat mir Janne vorhin noch gesteckt, und mein Gefühl sagt mir, dass Tessa sicher großen Spaß daran hätte, mir meinen Kopf abzureißen – um ihn dann als Trophäe irgendwo auszustellen.

Als ich runterkomme, steht sie schon im Eingang zum Speisesaal, doch nicht allein. Kjell ist bei ihr, wieder in offizieller Kleidung: hellbraune Hose, dunkelblaue Weste, weißes Hemd. Und sichtbar gestresst.

»Dafür hab ich jetzt echt keinen Nerv, Tessa«, höre ich ihn sagen. »Lass die Lästereien und sieh zu, dass das hier alles klappt, verstanden? Ich muss an die Rezeption.«

Sie schaut ihn mit zusammengekniffenen Augen an, nickt dann aber und marschiert ab.

Tessa und Kjell ... Was auch immer zwischen ihnen ist, nach Liebespaar sah das nicht aus. Und ich kann nicht verhindern, dass sich ein Lächeln auf meine Lippen schleicht.

Kjell fährt sich mit der Hand durch die Haare, und erst dann scheint er mich zu entdecken. Überrascht hebt er die Augenbrauen. Oder sogar erschrocken?

»Lass dir von ihr nichts gefallen, okay? Sie ist sauer auf mich, nicht auf dich. Und wenn was ist, dann ...«

»Meld ich mich«, ergänze ich seinen Satz. Er nickt, wirkt dabei aber irgendwie völlig durcheinander, und erst als ich Tessa in den Speisesaal folge, weiß ich, warum.

Sein Lächeln fehlt.

»Wir sollen diesen Teil der Tische übernehmen.« Tessa zeigt auf den Bereich weiter hinten im Raum. »Sie machen spontan ein Büfett, das heißt, wir brauchen etwas kleinere Tischgruppen, damit alle gut durchkommen.«

Das Auseinanderstellen und Neu-Arrangieren der Möbel klappt noch ganz gut. Als ich dann aber mit der Tischdecke anfangen will und sie ausschüttele, schreit Tessa neben mir auf. »Was soll *das* denn? Die sind doch extra so gefaltet, dass die Umbrüche passen.«

Umbrüche? Ich weiß gar nicht, was das ist. Doch ich spüre von überallher im Raum die Blicke. Und sie kleben sich heiß in meinen Nacken. »Entschuldige, klar. Ich ... ich war grad nur mit den Gedanken woanders.«

»Super«, schimpft sie weiter, mit Sicherheit absichtlich laut, reißt mir die Tischdecke aus den Händen und schmeißt sie auf den Wagen zurück. Aus dem Augenwinkel sehe ich, wie sie sich eine neue vom Stapel nimmt, sie auf die Mitte des Tisches legt und vorsichtig auseinanderfaltet. Beim Glattstreifen bin ich dann wieder dabei, werde von ihr aber gleich erneut angegiftet. Man soll sogar kontrollieren, ob sie an allen Seiten gleich lang runterhängt? Als ob irgendjemand das Nachmessen würde.

Nachdem alle Tische eine Decke von uns übergezogen bekommen haben, verabschiedet sich Tessa für eine Zigarettenpause. »Deck du in der Zeit schon mal ein. Und falls du nicht mal das weißt: Man fängt normalerweise mit den Tellern an.« Ihr Lächeln hat dabei echt was von einer Hexe.

Doch da ich mit der Hexe keinen weiteren Ärger haben will, schaue ich mich nach dem Geschirrwagen um. Er steht am Durchgang zur Küche, nur sehe ich auf ihm keine Teller. Da stehen bloß haufenweise Gläser. Und die großen Platten daneben werden es ja wohl nicht sein.

Die anderen im Raum sind noch nicht so weit, sodass ich nicht sehen kann, wie sie eindecken. Klar könnte ich sie einfach fragen, aber nachdem Tessa mich gerade so fies vor ihnen bloßgestellt hat, will ich das nicht.

Kannst du mir sagen, wo ich die Teller finde?, tippe ich ins Handy und schicke die Nachricht an Kjell.

Ob er das blöd findet? Im Moment hat er ja sicher selbst genug zu tun. Ich streiche mir ein paar Haarsträhnen aus dem Gesicht und knabbere nervös an meiner Lippe. Aber er hat doch gesagt, dass ich mich melden soll, wenn was ist.

Um nicht dumm rumzustehen, bis er sich meldet, schaue ich mir erneut die Fotos von Nele an und hole mir schon mal das Tablett mit dem Besteck. Von innen nach außen wird gedeckt.

Also das große Messer und die dazu passende Gabel als Erstes, dann …

Mein Handy vibriert in meiner Schürzentasche. Eine Sprachnachricht von Kjell! Mit flatterigen Fingern halte ich mir den Lautsprecher möglichst unauffällig ans Ohr.

»Hi, Svea. Heute gibt es Büfett. Daher braucht ihr gar keine Teller einzudecken. Du kannst einfach die schon vorgefalteten Servietten austeilen. Daneben dann das Besteck. Läuft denn sonst alles?«

Verwundert starre ich auf das Handy. Keine Teller? Klang von Tessa gerade aber anders.

Im Moment bestens. Ich hab Ruhe. Aber … wie lange dauert eigentlich so eine Zigarettenpause?

Ich höre das Lachen in seiner Stimme, als ich die nächste Sprachnachricht von ihm bekomme. »Bei Tessa normalerweise nur fünf Minuten. Soll ich sie aufhalten?«

Ne, lass mal. Aber danke. Mit der muss ich irgendwie selber klarkommen.

Ich sehe, dass er antwortet. Diesmal als Textnachricht. Doch er scheint das Geschriebene immer wieder zu löschen. Das *Kjell schreibt* erscheint und verschwindet – immer wieder. Um mich abzulenken, stelle ich schon mal die zu einem Fächer geformten Servietten auf, spähe dabei aber immer wieder auf mein Handy.

»Sag mal, sollen die Gäste sich hier im Sitzkreis zum Essen versammeln, oder was?«

»Wieso?«

Tessa steht hinter mir und starrt fassungslos auf den Tisch. Diesmal kann ich ihren Ärger sogar nachvollziehen. Hab ich echt siebzehn Servietten gedeckt? Für gerade mal sechs Stühle? Aber einknicken vor ihr will ich nicht. Nicht vor der Hexe!

»Ich hatte gesehen, dass eine dreckig war, und wollte mir nur die nächsten ansehen. Kein Grund also, hier einen Aufstand zu machen, okay?«

Zwischen uns herrscht einen Moment nur schneidende Stille, in die dann plötzlich mein Handy vibriert. Ich sehe, dass Tessa neugierig auf mein Display späht, doch mit einem überaus freundlichen Lächeln in ihre Richtung schiebe ich es in meine Schürze und warte, bis sie endlich abzischt.

Klarkommen ist mit ihr nicht so ganz einfach. Ich war 5 Monate mit ihr zusammen. Das wollte ich dir gestern eigentlich schon sagen. Aber dass Schluss ist, will sie wohl nicht wahrhaben und ist seitdem echt schräg drauf.

Kaum habe ich Kjells Nachricht gelesen, macht mein Herz ganz komische Hüpfer. Deswegen also der Pulli. Deswegen die Erklärung, ihn zu tragen, sei nicht sein Wunsch gewesen. Die beiden waren ein Paar, aber er hat Schluss gemacht?

Auch wenn ich mir nicht vorstellen kann, wie Kjell es fünf Monate mit ihr ausgehalten hat, erwische ich mich dabei, wie ich mein Display anstrahle.

Verstehe, schreibe ich dann zurück. Ich hab das »Mit ihr klarkommen wollen« vor zwei Minuten aufgegeben. Soll sie doch rumzicken.

Kjell

»Herzlichen willkommen im *Slott Hotell!* Wie schön, dass Sie wieder bei uns sind«, begrüße ich Familie Sörenson und versuche, mir ein Lächeln auf die Lippen zu zwingen.

Tessa zickt rum. Was ja klar war, nur hab ich langsam echt die Schnauze voll von ihr.

»Kjell!« Herr Sörenson breitet seine Arme aus. »Mensch,

Junge! Ich sehe dich immer noch als kleinen Knirps hier rumlaufen. Und jetzt? Bist du mir tatsächlich über den Kopf gewachsen.«

Nach mir begrüßt er Mum und ich werde weitergereicht an seine Frau. »Unsere Marlene ist schon ganz aufgeregt. Sie hat die ganze Hinfahrt von dir gesprochen«, flüstert sie mir zu, allerdings so laut, dass ihre Tochter neben ihr total rot wird. Was ich absolut verstehen kann. Als Dreizehnjährige so verraten zu werden, ist echt peinlich.

»Hi, Marlene! Wahnsinn, ich hätte dich fast nicht wiedererkannt«, versuche ich locker auf sie zuzugehen, erzähle von den grandiosen Pistenverhältnissen und von der neuen Eisbahn, während ich den Schlüssel für ihr Familienzimmer raussuche.

Kaum sind die Sörensens dann versorgt und wir haben mal einen Moment Ruhe, nimmt Mum mich zur Seite.

»Es tut mir leid, Kjell. Wegen des Weihnachtsmarktes. Du musst maßlos enttäuscht sein.«

»Geht«, weiche ich aus, obwohl ich es bin. Und nicht nur ich. Auch die anderen. Vor allem Lasse.

Einmal im Jahr treffen wir uns. Alle zusammen. Und haben das Vorglühen extra auf deinen freien Tag gelegt. Und du sagst ab?

Seine Wut hat sich augenblicklich abgekühlt, als ich ihm erzählt habe, was hier passiert ist und dass ich für Dad einspringen muss. Doch der Vorwurf steht trotzdem immer noch irgendwie im Raum. Und die Fotos, die fast sekündlich eingehen, vom Weihnachtsmarkt, von lachenden Gesichtern, von Glögg-Tassen und *Wir vermissen dich*-Sprüchen, machen das Ganze nicht besser.

Mum streicht mir über den Rücken. »Kannst du nicht später noch hinfahren?«

»Mal sehen«, antworte ich. Doch irgendwie ist mir die Lust vergangen. Außerdem ist heute noch mal Hauptanreisetag, und bis ich hier wegkomme, sind Lasse und die anderen sicher längst durch mit Feiern. »Wie geht's Dad?«

»Wirklich gut so weit. Aber wie wär's, wenn du ihn das gleich mal selber fragst?«

Ich nicke, fühle aber, wie mir dabei flau im Magen wird. Arzt ist schon immer mein Traumberuf gewesen und als Schul-Sanitäter hab ich echt schon einiges gesehen. Aber Dad schwach zu erleben, das ist für mich kaum zu ertragen. Dafür sind die Bilder in meinem Kopf noch zu klar. Von ihm, ohnmächtig im Flur, später im Krankenhaus. Auch wenn das alles schon über zwei Jahre her ist.

Gerade als ich mein Handy einstecken will, geht eine neue Nachricht von Svea ein. Und das Lächeln, das eben noch geklemmt hat, funktioniert plötzlich einwandfrei. Für mich ist Svea gerade echt der einzige Lichtblick. Und sollte Tessa sich nicht einkriegen und es mit dem Zickenterror noch weitertreiben, knallt es hier. Hotelfrieden hin oder her.

Sorry, ich noch mal. Beim Büfett – was ist da das Richtglas?

Richtglas? Ich muss mir auf die Lippen beißen, um nicht zu lachen. Ich weiß gar nicht, wann ich den Ausdruck zum letzten Mal gehört habe. Doch dann schleicht sich ein Verdacht in meine Gedanken. Teller beim Büfett? Tessa hätte wissen müssen, dass wir keine brauchen. Und jetzt das Wort *Richtglas*. Verarscht Tessa Svea die ganze Zeit?

Wir stellen immer ein Weißweinglas hin und ein Wasserglas, schreibe ich ihr zurück und verabschiede mich bei Mum für eine kurze Pause. Denn was auch immer da abgeht, ich muss mir das ansehen.

Im Speisesaal herrscht noch allgemeine Hektik, doch anscheinend kämpfen Svea und Tessa mittlerweile an unterschiedlichen Fronten, denn größer könnte der Abstand zwischen ihnen nicht sein. Tessa ist mit den Tischen weiter hinten beschäftigt. Svea mit denen am Eingang. Also fast direkt vor mir.

Ich sehe ihr für einen Moment nur zu. Sie wirkt erschöpft, ein paar Haarsträhnen haben sich aus ihrem Zopf gelöst, die sie sich immer wieder aus dem Gesicht zu pusten versucht. Den Kopf über den Tisch geneigt, stellt sie gerade ein Wasserglas neben ein Weinglas und richtet es akribisch aus – in eine perfekte Diagonale. Ihr konzentrierter Gesichtsausdruck dabei ist einfach nur süß. Und ihr zufriedenes Lächeln, mit dem sie ihr Werk betrachtet, absolut umwerfend.

Ich könnte sie stundenlang einfach nur ansehen. *Wie ein blöder Stalker*, schaltet sich zum Glück mein Kopf dazwischen, und als Svea ihr Handy aus der Schürze holt und ein Foto von ihrem Tisch macht, gehe ich auf sie zu. »Sieht klasse aus! Echt.«

»Danke!« Ihre Augen leuchten vor Stolz. »Aber ... ich glaube, ich kann mich morgen kein Stück mehr bewegen.«

»Du hilfst morgen nur in der Frühschicht aus, okay? Und nimmst dir den Rest vom Tag frei. Du hast heute echt genug geschafft.«

Sie nickt dankbar, legt dann aber fragend den Kopf schief. »Und bei dir? Wie geht es deinem Vater?«

»So weit wohl ganz gut.«

»Tja, dann ...« Sveas Finger spielen nervös mit einer Serviette, und ich würde sie so gern fragen, ob wir nachher noch was zusammen trinken. Oder noch mal rausgehen. Stattdessen bringe ich nur ein blödes »Dann bis später« raus. Und mir bleibt nichts weiter übrig, als zu gehen.

Tessas Gekeife in meinem Rücken bekomme ich trotzdem noch mit. »Mann, Svea. Krieg das mal mit deinen Haaren hin. Sonst hol ich dir ein Häubchen. Die sind gleich da drüben im Schrank.«

Meine Hände verkrampfen sich, und ich hole schon Luft, um Tessa zusammenzustauchen, als ich Sveas Stimme höre. Hell und zuckersüß. »Das ist ja lieb von dir. Gibt es in dem Schrank auch Nadel und Faden?«

»Wieso?«

»Dann kannst du dir gleich den Knopf annähen, an deinem Kragen fehlt einer.«

Ich versuche, mein Lachen irgendwie einzusaugen, verschlucke mich dabei aber fast und flüchte lieber aus dem Saal. So zerbrechlich, wie Svea aussieht, ist sie nicht, sie kann echt austeilen.

»Ach, Kjell?«

In mir steigt Kälte auf, als ich Tessas Hand auf meiner Schulter spüre, und ich starre sie so lange an, bis sie ihre Finger endlich von mir nimmt. »Was willst du?«

»Es geht um Frau Eklund. Aus Zimmer 303. Sie vermisst ihren Ring.«

»Das ist ja nichts Ungewöhnliches, oder?« Frau Eklund kommt mit ihrer Familie seit Jahren hierher, und ihre Schusseligkeit hält immer das ganze Personal auf Trab. Skipass, Mütze, Schlüssel. Ihr fehlt ständig irgendwas.

»Ich weiß. Nur ist es diesmal so, dass ...«

»Melde es Helgard, die hatte die dritte Etage heute und wird sich darum kümmern«, unterbreche ich sie und will mich schon wegdrehen, als ich Tessas Nachfrage höre. »Mit Svea zusammen, oder?« Ihre Stimme klingt so unschuldig, und doch weiß ich genau, was sie damit bezwecken will. Misstrauen säen. Und das ist so lächerlich!

Wut kocht in mir hoch. Und langsam, ganz langsam baue ich mich vor ihr auf. »Das, was du hier abziehst, ist einfach nur große Scheiße, Tessa! Lass Svea in Ruhe, klar? Denn wenn nicht, kriegst du ein riesiges Problem. Und zwar mit mir.«

Tessa zusammenfalten. Auch wenn ich echt einen Moment brauche, um wieder runterzukommen, Punkt eins kann ich abhaken. Jetzt zu Punkt zwei: Dad besuchen.

Ich gebe Mum Bescheid und will gerade in unsere Wohnung abbiegen, als mir aus dem Gang zur Küche der Geruch nach Zimt und Kardamom entgegenweht. Pfefferkuchen. Wie von alleine ändern meine Füße die Richtung. Denn wenn es eins gibt, mit dem man mich bestechen könnte, dann sind das frisch gebackene Pepperkakas.

In der kleinen Showküche, die wir extra für unsere Gäste-aktionen eingerichtet haben, empfängt mich fröhliches Geplauder und Lachen. Und mittendrin sitzt Caja, ziemlich mehlbepudert.

»Och ne, du solltest das hier doch gar nicht sehen«, schimpft sie mich an und versucht, mit ihren kleinen Ärmchen das vor ihr liegende Blech vor meinen Blicken zu schützen.

»Sind das echt Pepperkakas?« Ich will mir einen von den Pfefferkuchen klauen, doch Caja schubst meine Hand weg.

»Ja, sind es. Aber die Verzierung muss noch hart werden. Und du kriegst nur *eine* Tüte, die anderen musst du übermorgen tauschen.«

Nie im Leben. »Und die anderen Kekse? Hast du die alle gemacht?«

Caja nickt. »Die Vanillekipferl sind für Svea und die Makronen für Papa.«

»Wollen wir ihm die gleich bringen?«

»Ja, jetzt gleich. Okay?« Freudestrahlend schnappt sie sich das Blech, lässt sich die Kekse von Frida, einer unseren Auszubildenden, einpacken und nimmt sich meine Hand.

»Wo willst du hin?« Vor der Tür zu unserer Wohnung sieht mich Caja stirnrunzelnd an.

»Ähm, zu Dad?«

»Aber der ist doch draußen. Mit Lars im Schuppen.«

»Was?« Jetzt bin ich es, der die Stirn runzelt.

»Da sind Leute gekommen, die sich den Grill anschauen sollen. Ich hab die alle grad vom Fenster aus gesehen.«

Das glaub ich jetzt nicht. Dafür habe ich das Vorglühen ausfallen lassen? Dass er hier locker rumspaziert? Das mit dem Grill hätte ja wohl auch jeder andere übernehmen können, wofür haben wir denn Techniker im Haus?

Ich stehe einen Moment nur da, warte darauf, dass ich wütend werde. Stattdessen aber fühle ich mich einfach nur noch müde. Müde von mir selbst.

Und meinem wahnsinnig tollen freien Tag!

Svea

Irgendjemand spielt Klavier. Aber nicht im Speisesaal. Die Musik kommt aus dem Wintergarten. *As Time Goes By* – ein Jazz-Klassiker. Aber so spät noch?

Eigentlich wollte ich mich gerade mit meiner Handvoll *Köttbullar*, die ich im Kühlschrank des Personalraums gefunden habe, wieder zurück auf mein Zimmer schleichen, doch jetzt möchte ich unbedingt sehen, wer da spielt.

In dem schon abgedunkelten Wintergarten sitzt nur noch ein Pärchen. Kein Wunder, es ist nach 23 Uhr, und serviert wird hier um die Uhrzeit nichts mehr. Ich lächele den beiden zu und setze mich in eine Ecke, von der aus ich den Klavierspieler beobachten kann. Er ist sicher schon um die fünfzig, hat graue, etwas längere Haare und trägt eine leicht abgewetzte Lederweste.

Er spielt gut, technisch nicht brillant, aber mit unglaublich viel Gefühl. Genau das, was laut Professor Heimann meinem Spiel oft noch fehlt. Kaum ist das Lied zu Ende, nimmt der Mann unseren Applaus mit einer tiefen Verbeugung entgegen. »Vielen Dank. Das war's für mich heute.«

Schade eigentlich. Ich hätte ihm gern noch länger zugehört. Doch da das Pärchen sich schon von ihm verabschiedet, stehe auch ich auf.

»Wenn du magst, das Klavier gehört jetzt dir.«

Überrascht drehe ich mich um. »Mir? Ähm, nein danke. Ich ... ich spiele nicht.«

»Oh, aber deine Finger schon. Das ganze Lied über.« Er lächelt mich so freundlich an, dass ich tatsächlich auf ihn zugehe.

»Also, wie wäre es? Vielleicht was Vierhändiges? Du und ich zusammen?«

Ich darf nicht. Ich soll nicht spielen. Und doch nicke ich und ziehe mir einen Stuhl ran.

»Ich heiße Tommas. Und du?«

»Svea.«

Langsam lege ich meine Finger auf die Tasten. Berühre sie vor mir. Die weißen. Die schwarzen. Und es fühlt sich unglaublich an. Wie heimkommen.

Tommas beobachtet mich, das spüre ich. Dann räuspert er sich leise und fragt, was ich spielen möchte.

»*White Christmas?*«

»Wirklich? Den alten Schinken?« Er lacht. »Kennst du den denn auswendig? Wenn ja, spiele ich einfach ne Begleitung dazu.«

Ich suche erst ein wenig nach den Tönen, hab sie dann aber und nicke Tommas zu. Wir setzen zusammen ein, es klingt schön, und doch spüre ich, wie sich meine Schultern verkrampfen. Sie warten wie ich auf den Schmerz. Auf das Ziehen in meinen Handgelenken. Nur kommt es nicht. Meine Finger fühlen sich zwar steif an, mein Anschlag ist ein wenig hart, doch das ist alles. Trotzdem hört Tommas plötzlich auf zu spielen.

»Was ist?«

»Deine Gedanken sind so laut, dass ich die Musik gar nicht höre.«

»Okay. Und wie kriege ich sie weg – die Gedanken?«

»Hm …« Er überlegt einen Moment. »Wir singen einfach dazu.«

»Was? Nein. Ich kenn den Text noch nicht mal.«

»Das macht nichts. Ich auch nicht.«

Wieder setzen wir zusammen ein, nur sehen wir uns diesmal dabei an, und als Tommas tatsächlich zu singen beginnt, mache ich einfach mit.

Bei mir wird es recht schnell nur noch ein »La, la, la, la«. Und als auch ihm irgendwann die Worte fehlen, lachen wir beide einfach nur und singen uns auf immer neuen Silben fröhlich durch das Lied. Meine Finger gleiten dabei wie selbstverständlich über die Tasten, umspielen die Melodie, finden neue Klänge, Verzierungen. Und ich? Ich schließe die Augen, um die Tränen, die auf einmal in mir aufsteigen, zurückzuhalten. Denn ich kann es kaum fassen.

Ich spiele wieder!

Ich spiele ohne Schmerzen.

Und habe zum ersten Mal seit Langem einfach nur Spaß dabei.

DIENSTAG, 19. DEZEMBER

Svea

Bleiben sind echt schwieriger zu putzen als Abreisen. Weil überall so viel Zeugs rumsteht. Oder besser gesagt rumliegt.

Das Übelste bisher war die riesige Unterhose von Herrn Pöckel in Zimmer 203. Ist den Leuten das nicht peinlich, dass andere ihre Sachen sehen oder sogar anfassen?

Schränke und Schubladen sind für das Personal tabu. Aufräumen aber dürfen wir, sollen wir sogar, nur eben nichts verstauen, verlegen oder wegschmeißen. Also Zettel, die auf den Ablagen oder Nachttischen rumliegen, höchstens ein wenig zur Seite schieben. Schlafanzüge zusammenfalten und unter das Kopfkissen legen. Schuhe, die rumliegen, zusammenstellen. Bücher stapeln, dabei aber bloß keine Seite verschlagen.

Und Kinderspielzeug?

Vorsichtig umschiffe ich mit dem Staubsauger den Turm aus bunten Holzklötzchen. Das Playmobilhaus. Lege dann aber eine Pause ein, um die Topmodelbücher und die verstreuten Stifte einzusammeln. Und was ist mit dem Stoffgürtel? Unschlüssig schaue ich zum Kleiderschrank. Der Gürtel hängt dort total blöd raus. Bevor ich ihn versehentlich mit einsauge, schiebe ich lieber die Schranktür ein klein wenig zur Seite und bringe ihn in Sicherheit. Als ich den Staubsauger dann wieder einschalten will, sehe ich aus dem Augenwinkel plötzlich eine Bewegung und zucke erschrocken hoch.

st .

Tessa! Sie steht mitten im Zimmer. Doch das ist nicht das einzig Irritierende. Was mich viel mehr verwundert, ist, dass sie mich anlächelt. Total freundlich. Wusste gar nicht, dass sie das kann.

»Hej! Ähm ... ist irgendwas?«, frage ich sie.

»Nein. Oder doch. Ich war zufällig vorhin bei Helgard. Und du hast die Briefe an die Eltern vergessen. Die wollte ich dir nur schnell bringen.«

Ich muss kurz blinzeln. Ist das echt Tessa? Sie kommt extra drei Stockwerke hoch, nur um mir die Umschläge zu bringen?

»Danke.« Ich nehme sie entgegen, halte dabei aber den größtmöglichen Abstand zu ihr.

»Tja, dann.« Sie sieht sich im Zimmer um. »Sieht gut aus. Ich hab das ja immer gehasst, das Putzen. Hab ich nie so richtig hingekriegt.«

Hat Tessa irgendwas genommen? Oder von Kjell ne Ansage gekriegt? Ich gebe mir einen Ruck und versuche, ebenfalls freundlich zu lächeln. Wenn sie Frieden will, kann mir das ja nur recht sein.

Acht Bleiben schaffe ich bis elf Uhr, was Helgard zumindest ein zufriedenes Nicken entlockt, bevor sie mich für heute entlässt. »Hotel-Kleidung für die nächsten Tage hast du?«

Ich nicke und drehe mich weg, damit sie mein Lächeln nicht sieht. Heute Morgen lag ein Stapel Kleidung vor meiner Zimmertür, zusammen mit einer Nachricht von Kjell.

Hi Svea!

Hier deine »Ausrüstung« für die nächsten Tage.

Lass dich nicht ärgern. Und falls was ist, meld dich. ☺

Ich bin früh wach, muss für Lars einspringen. Bis später. Kjell

Für die nächsten Tage ...

Auf dem Weg runter krame ich mein Handy aus der Schürze. Noch immer keine Nachricht von Yva. Dabei hat sie mir gestern geschrieben, dass sie sich heute Vormittag bei mir meldet, um mit mir zu besprechen, wie es weitergeht. Und egal, was sie sagt, meinen Text kenne ich schon auswendig. Ich will unbedingt bleiben. Deswegen habe ich ihr gestern auch die ganzen Fotos geschickt, vom See, den Eichhörnchen, sogar von meinem Schnee-Engel-Abdruck. Damit sie sieht, wie viel Spaß ich hier habe.

Und wenn mich jemand verstehen kann, dann Yva. Oder?

Du hast nur ein Leben. Nutze es.

Das war doch immer ihr Spruch!

Bevor ich mich umziehe, schaue ich bei Janne im Speisesaal vorbei. Sie hat mir gestern so lieb geholfen, und wer weiß, vielleicht kann ich mich irgendwie bei ihr revanchieren.

»Ne du, aber danke. Die Letzten sind hier eh gleich durch. Wir räumen nur noch zusammen, verwischen Kimmos Spuren und sind dann auch fertig.«

»Ach, stimmt.« Ich sehe seine kleinen Fußabdrücke auf dem Boden, die eindeutig das Büfett ansteuern. »Der hat heute das Obst dekoriert, oder?«

»Ja, und es war bei den Kleinen so beliebt wie noch nie. Sollten sich die Eltern echt merken. Einfach nur runde Kulleraugen auf die Schale und schon wird's gegessen. Aber ...« Jannes Augen blitzen plötzlich auf. »Du könntest vielleicht doch was für mich tun.«

»Was?«

Janne stellt kurz das Tablett ab und zieht ihr Handy raus.

»Ich hab Kristan versprochen, ihm beim Weihnachtsbingo zu helfen. Bin aber echt nicht so die Basteltante.« Sie zeigt mir ein paar Bilder von Vorlagen, die wir dazu nehmen könnten. Für die Spielkarten und auch für die Plättchen.

»Also, Schneiden und Kleben krieg ich hin. Hab nur von Weihnachten nicht wirklich Ahnung«, gebe ich zu, und Janne grinst. »Macht nichts. Dann sind wir doch ein perfektes Team. So gegen zwei Uhr?«

»Ähm ...« Ich zögere. Um die Zeit kommt Caja aus der Schule zurück, und insgeheim hoffe ich ja, dass Kjell mich wieder fragt, ob ich sie mit abholen komme. »Geht auch vier?«

»Klar! Ist ja nicht so, dass hier sonst viel los ist.«

Auch wenn Kjell vorhin nicht in der Lobby war, schaue ich dort noch mal vorbei. Und habe tatsächlich Glück, denn er kommt in diesem Moment durch die Drehtür rein. Voller Schneeflocken. Und genau in dem Look, in dem er mich vom Flughafen abgeholt hat. Und den ich so an ihm mag. Jeans, abgewetzter Parka und schwarze Wollmütze. Nur sein Lächeln fehlt.

»Ich bin fertig«, ruft er seinem Vater am Tresen zu, ohne ihn groß anzusehen, und will ins Büro abbiegen, wird aber zurückgepfiffen. Sein Vater spricht so leise, dass ich nicht hören kann, um was es geht. Kjells Stimme dann ist dafür umso lauter. »Ne, wirklich nicht. Das kann jetzt gern jemand ander–« Er stockt plötzlich – weil er mich gesehen hat?

Für einen Moment setzt mein Herz aus, denn Kjell spricht nicht weiter. Die Hände auf dem Tresen abgestützt, schaut er mich einfach nur an. Lange. Und ich weiß nicht, ob ich es mir einbilde, aber sein eben noch beinahe wütendes Gesicht wirkt auf einmal viel weicher.

»Einen Moment«, sagt er dann zu seinem Vater und kommt auf mich zu. »Hast du Lust auf einen kleinen Ausflug?«

In meinem Magen beginnt es zu glitzern. Und mein Herz holt plötzlich das Schlagen nach. Nur im doppelten Tempo.

Mit ihm irgendwohin? Was für eine Frage!

»Äh, ja klar«, gebe ich möglichst locker zurück, weiß aber, dass meine Augen meine Freude sicher verraten. Aber warum auch nicht. Mir bleibt bestimmt nicht mehr viel Zeit. Und dann? Wenn Kjell erfährt, dass ich hier nur Theater gespielt habe, wird er mich ganz sicher für völlig irre halten und mich sofort hochkant rausschmeißen.

»Gut, dann los.«

»Wohin geht es denn?«

»Wir holen den Weihnachtsbaum für die Lobby.«

»Echt?« Jetzt kann ich gar nicht anders, als ihn anzustrahlen. Wir haben zu Hause nie einen Baum. Wozu auch? Wir sind ja immer weg. »Gib mir fünf Minuten, ja? Ich zieh mich nur schnell um.«

Gestern Abend das Klavierspielen mit Tommas.

Vorhin eine ausnahmsweise mal nette Tessa.

Nachher das Basteln mit Janne.

Gleich der Ausflug mit Kjell.

Fehlt nur, dass Yva noch länger nicht kommen kann, dann wäre für mich jetzt schon Weihnachten.

Kjell

Ich sehe ihr nach, wie sie die Treppe hochfliegt, und mein Ärger von heute Morgen löst sich in Luft auf.

Selbst meine Hände tauen wieder auf. Schnee schippen, die Eisbahn fegen. Schon klar, dass Lars das mit der Brandblase an seiner Hand nicht machen kann. Aber musste ich Idiot gleich »Hier« schreien?

»Ich mach's«, wende ich mich an Dad. »Könnte allerdings etwas länger dauern. Und da ich ab siebzehn Uhr weg bin, plant mich heute besser nicht groß ein.«

»Du bist weg? Wohin geht's?«

Eigentlich ist das eine ganz harmlose Frage, und doch hab ich gleich das Gefühl, mich rechtfertigen zu müssen. »Lasse holt mich ab. Wir fahren in die Stadt.«

»Ach, das ist gut. Dann könntest du auf dem Weg gleich was besorgen. Herr Tumborg vermisst seit gestern seine ... Warte mal. Ich hab es doch hier irgendwo aufgeschrieben.«

Jemand vermisst etwas?

Während Dad in aller Seelenruhe einige Papiere zur Seite schiebt, schrillen bei mir die Alarmglocken los. Herr Tumborg. Er hat Zimmer 314, oder? Schon wieder Sveas Stockwerk.

Allein für den Gedanken könnte ich mich ohrfeigen. Und Tessa gleich mit. Hat sie es mit ihrer dummen Bemerkung echt geschafft, Misstrauen zu säen?

»Ach, hier.« Dad reicht mir eine kleine Haftnotiz, und als ich sehe, was draufsteht, wird mir fast schwindelig vor Erleichterung.

Wymax – Kontaktlinsendose

»Entweder er hat sie verlegt oder sie ist beim Putzen irgendwie weggekommen. Aber wie auch immer ... Es wäre toll, wenn du Ersatz besorgen könntest«, bittet mich Dad.

»Geht klar«, antworte ich und stecke den Zettel weg. Ich weiß noch immer nichts über sie, aber Svea und klauen? Da muss man schon bescheuert sein, um das zu glauben.

Sie lacht, als ich den Motor einschalte und das Radio angeht. *White Christmas.* Das ist jetzt nicht wahr, oder?

»Ähm ... das läuft grad wirklich. Mit mir hat das nichts zu tun«, versuche ich mich zu verteidigen und will den Sender wechseln, aber Svea stoppt meine Hand. Ihre Finger berühren meine, ganz flüchtig nur, und doch jagt es mir ein Kribbeln durch den Körper. Ich sehe zu ihr, sehe ihr Lächeln, ihre leicht geöffneten Lippen.

Wie es sich wohl anfühlen würde, Svea zu küssen?

»Lass das ruhig an. Ich find, es passt grad super.«

»Zum Schnee?« Um mich zu fangen, um mich von meinen hirnrissigen Gedanken abzulenken, fange ich an zu reden. Wahrscheinlich lauter Blödsinn. Über den vielen Schnee dieses Jahr. Dass das nicht üblich ist. Fürs Skifahren aber natürlich super. »Fährst du auch?«

»Ski? Ne. Ich ... wir sind generell nicht so die Sportskanonen.« Sie hat ihre Mütze abgezogen, und so kann ich die nachdenkliche Falte zwischen ihren Augenbrauen sehen.

»Echt? Da hat Caja aber was ganz anderes erzählt.«

»Wieso?«

»Sie hat dich beim Schlittenfahren gesehen und meinte, du hättest da ganz schön Gas gegeben.«

Sveas Mundwinkel zucken. Und ich freue mich wie blöde, dass die Falte verschwindet.

»Ich hab nur nicht gewusst, wie man bremst. Aber das hat mir dann die Hecke gezeigt.«

»Ach so.« Ich grinse zu ihr rüber. »Ist fürs Skifahren sicher nicht die beste Technik. Aber hast du Lust, es mal auszuprobieren? Wir haben hier zwar keine riesigen Berge, aber ein paar ganz gute Pisten. Grad für den Anfang.«

»Total gern.«

In meinem Kopf blättert sich gleich der Kalender auf, und ich gehe die nächsten Tage durch. Vor Weihnachten wird es knapp, aber den ersten Feiertag kriegen die Springer und Auszubildenden bei uns grundsätzlich frei. Vielleicht ein passendes Weihnachtsgeschenk? Ein Tag in Flottsbro – nur sie und ich.

»Gibt es hier eigentlich auch Elche?«

»Klar. Hier auf den Waldwegen sogar öfter.« Ich will noch anfügen, dass die Chance, welche zu sehen, höher ist, wenn es dunkler wird, aber Svea hat sich schon aufgesetzt und starrt so angestrengt süß nach draußen, dass ich die Bemerkung sein lasse. Allerdings kommt mir beim Thema Elche noch eine andere Idee für ein mögliches Weihnachtsgeschenk. Unser Blockhaus am See?

Dass Svea neben mir jetzt so begeistert Ausschau hält, hat allerdings auch einen Haken: Ich kann nicht noch eine Extra-Runde drehen, sonst fällt ihr auf, dass wir schon zum dritten Mal am selben Hochstand vorbeigekommen sind. Nur sitze ich einfach zu gern hier neben ihr.

Auf dem Olsson-Hof ist schon jede Menge los und ich finde nur einen Parkplatz weiter oben im Wald. Da ich sehe, dass Svea unter ihrer Jacke bloß einen recht dünnen Rolli hat, angele ich mir von der Rückbank meinen Hotel-Hoodie, den sie gleich dankend annimmt. Denn auch wenn es mittlerweile aufgehört hat zu schneien, pfeift der Wind hier ganz schön durch die Bäume.

»Also, wie geht das jetzt?« Sie läuft rückwärts vor mir her den Weg entlang und sieht mich erwartungsvoll an. »Wir suchen uns einfach unter all den Bäumen, die hier stehen, den schönsten aus?«

»So ungefähr.« Dass Mum eine ganz genaue Vorstellung hat und bereits am Wochenende ihre Auswahl getroffen hat, verschweige ich. »Die Bäume, die dieses Jahr zur Verfügung stehen, sind schon gefällt und warten unten am Hof auf uns. Drei Meter hoch ist das Minimum, sonst wirkt er in der Lobby verloren.«

»Okay! Das kriegen wir hin.«

Ich muss mir ein Grinsen verkneifen. Aber Svea erinnert mich gerade echt an Caja, wenn sie aufgeregt ist. Ihre Wangen glühen, ihre Augen strahlen. Zudem ist ihr mein Hoodie natürlich viel zu groß. Er guckt unter ihrer Jacke überall hervor und lässt sie viel kleiner wirken, als sie tatsächlich ist.

Auf dem Hof unten angekommen, sieht sich nicht nur Svea erstaunt um. Auch ich bin überrascht, was hier alles aufgebaut worden ist. Bratwurst und Glögg, das gab es jedes Jahr, doch stehen hier jetzt noch einige Buden mehr. Gebrannte Mandeln, frische Crêpes, und ... Pepperkakas? Mein Magen knurrt und mich zieht es schon in die Richtung, doch Svea schiebt mich weiter. »Nix da! Erst den Baum!«

Kaum haben wir die Bäume erreicht, werde ich von Herrn Olsson begrüßt, und ich kann nur zusehen, wie Svea zwischen den Tannen verschwindet. Nach den üblichen Fragen nach mir, meinen Eltern, dem Hotel kann ich mich von ihm loseisen und mache mich auf die Suche nach ihr.

»Das ist nicht dein Ernst, oder?« Ich sehe sie bei einem, na ja, *Bäumchen* wäre schon übertrieben – eher bei einem Häufchen von Baum stehen. Krumm, verwachsen, mit völlig unregelmäßigen Zweigen.

»Aber er hat Charakter, der kleine Berti«, lacht sie und macht ein Selfie von sich mit ihm, bevor sie die Kamera in meine Richtung schwenkt. Hat sie mich jetzt echt so drauf? Mit meinem dämlichen Grinsen?

»Komm, wenn schon, dann ein Gruppenbild.«

Wir nehmen Berti, warum auch immer sie ihn so nennt, in die Mitte und machen ein paar Bilder. Und ich weiß jetzt schon, wer nachher unbedingt mitmuss ...

Svea wird nicht müde, sich jeden Baum genauestens anzuschauen. Ihre Vorliebe gilt ganz klar den richtig ausladenden Tannen. Was das angeht, passen wir also perfekt zusammen. Ich versuche dabei, die Etiketten an den Stämmen möglichst zu verdecken, damit sie nicht sieht, dass die meisten schon reserviert sind. Auch unserer, der zum Glück in ihre enge Auswahl kommt.

Da mir meine Zehen langsam abfrieren und ich sehe, dass Sveas Nase auch immer röter wird, legen wir eine Pause am Glögg-Stand ein. Zweimal alkoholfrei bestelle ich, doch als man uns daraufhin ein kleines Tablett mit zwei Tassen, einem kleinen Löffel und dem Schälchen mit Mandelstiften und Rosinen hinstellt, sehe ich, wie Svea die Stirn kraus zieht. Sie weiß es nicht, oder? Was man jetzt macht?

»Das erste Mal Glögg?«, frage ich sie.

»Ist doch Glühwein, oder? Nur mit dem Zeugs hier kann ich nichts anfangen.«

»Glühwein? Nicht ganz. Aber ähnlich. Und *das Zeugs* tust du einfach rein.«

»Echt?« Svea nimmt sich den Löffel und versucht dann, an den Rosinen vorbei zu den Mandeln zu gelangen. Rosinen mag sie also nicht? Eine Erkenntnis mehr auf meiner Liste. Die noch nicht sehr lang ist.

Mit unseren Tassen in der Hand steuern wir den Stand mit den gebrannten Mandeln an. Die Auswahl an Geschmacksrichtungen ist echt riesig, von Kokos, Cappuccino und Karamell bis hin zu Amaretto, Oreo und was es sonst noch an Schokoriegeln gibt. Svea liest sich mit großen Augen durch alle Schilder.

»Bist du, was Mandeln angeht, genauso unwissend wie bei Weihnachtsplätzchen?«, ziehe ich sie auf, nur um ihr Lachen zu hören, das auch prompt kommt.

»Ne. Da bin ich sogar richtig gut. Und weißt du was? Wir machen ne Challenge. Dreh dich mal weg.«

»Okay?« Hinter mir höre ich, wie sie bestellt. »Von denen hier eine, von denen auch. Von denen dahinten …«

Und ich soll die Mandeln dann an ihrem Geschmack erkennen? Kein Ding. Nur muss ich mir noch schnell einen Wetteinsatz überlegen. Irgendwas, was sie machen muss, wenn ich es schaffe. Und davon gehe ich mal aus.

Skifahren wollte sie ja schon freiwillig. Eisschwimmen? Wäre fies. Mit mir ausgehen super. Wobei ich hoffe, sie würde das auch freiwillig machen. Die Rooftop-Tour in Stockholm. Die wäre genial, nur läuft da im Winter nichts.

Aber der Sky View?

Svea

Sechs Mandeln in unterschiedlichen Geschmacksrichtungen habe ich mir ausgesucht, von denen die mit Chili wahrscheinlich die heftigste Sorte ist. Die Frau am Stand hat zwar erst einmal blöd geguckt, als ich immer nur eine wollte, dann aber mitgespielt.

»Okay. Und jetzt Augen zu!«, fordere ich Kjell auf, der es nicht lassen kann, immer wieder auf meine Finger zu spähen.

»Moment. Erst müssen wir noch klären, was der Einsatz ist!«

»Du meinst, um was wir wetten?«

Er beugt sich zu mir, und das Blau seiner Augen funkelt dabei so siegesgewiss auf, dass ich mir plötzlich unsicher werde. Aber Irish Cream? Da kommt der doch nie drauf.

»Pass auf: Wie wär's damit?« Kjell beißt sich auf die Lippe, und mein Herz fängt an zu flattern. Er ist mir so nah. Ich müsste mein Kinn nur ein ganz klein wenig anheben und unsere Lippen würden sich berühren. »Wenn ich gewinne, darf ich mir eine Herausforderung für dich überlegen. Die du dann aber auch annehmen musst.«

»Und wenn du verlierst?«

Er lacht und zieht sich wieder ein Stück von mir zurück. »Dann gilt das Gleiche für dich. Aber so weit wird es nicht kommen.«

»Werden wir ja sehen.«

Ich muss mir schnell etwas einfallen lassen. Damit er mit mir ausgehen muss. Auf den Weihnachtsmarkt nach Stockholm?

Ich hole zitternd Luft, als er die Augen schließt, und fange dann mit der einfachsten Mandel an. Karamell. Vorsichtig lege ich sie in seinen geöffneten Mund und versuche, ihn dabei nicht zu berühren, was nicht ganz klappt. Mein Finger streift seine Lippe. Ich zucke sofort zurück, Kjell aber ist ganz auf die Mandel konzentriert. Dann beginnt er zu lächeln. »Karamell.«

Wir machen weiter, und blöderweise errät er die nächsten genauso schnell. Kinderschokolade, Rafaello, selbst die Chili-Mandel schluckt er, ohne groß mit der Wimper zu zucken. Mist! Jetzt bleibt tatsächlich nur noch Irish Cream übrig. Hat er sich vorhin all die Sorten gemerkt?

Ich will sie ihm gerade in den Mund stecken, als ich eine Bewegung hinter ihm wahrnehme. Da steht jemand und grinst. Ein Typ mit blonden, etwas längeren Haaren, die er sich zu einem Zopf gebunden hat. Er ist größer als Kjell. Aber wie er ein

Jeans-Typ. Lässig, sportlich. Sobald er bemerkt, dass er meine Aufmerksamkeit hat, legt er verschwörerisch den Finger an die Lippen, zwinkert mir zu und läuft zum Süßigkeitenstand zurück. Dabei dreht er sich immer wieder zu mir um und gibt mir zu verstehen, ich solle noch warten.

»Bist du noch da?« Kjell tastet mit geschlossenen Augen nach meiner Hand. »Oder gibst du auf?«

»Quatsch. Ich, ähm ... ich bespreche mich nur kurz mit der Mandel.«

Kjell lacht. »Wird euch nichts nutzen.«

Ich will gerade antworten, da ist der Typ wieder da. In seiner Hand liegt ein Lakritzbonbon. Fragend sehe ich zu ihm hoch, doch er nickt nur auffordernd, hebt seinen Daumen und kann dabei irgendwie gar nicht aufhören zu grinsen.

»Okay, Kjell. Die letzte!«

Ich hebe meine Hand, sehe, wie der Typ versucht, sich das Lachen zu verkneifen, und kaum habe ich Kjell das Bonbon in den Mund geschoben, fliegt es mit einem Prusten in hohem Bogen wieder raus.

»Bäh!« Kjell würgt, reibt sich mit den Händen über den Mund und muss sich immer wieder schütteln. »Igitt, das war niemals eine ...« Seine Augen weiten sich plötzlich, und dann geht alles ganz schnell. Mit einem lauten »Lasse, du Penner!« schnappt er sich den Typen. Die beiden schubsen sich rum, lachen, boxen sich in die Seite, auch Schnee kommt zum Einsatz. Und ich kann nur zusehen und mitlachen.

»Das ist Schiebung. Das ist Betrug!«, ruft Kjell irgendwann atemlos. »Svea, du bist disqualifiziert!«

»Wieso? Wir haben nichts ausgeschlossen, oder?«

»Nein, davon habe ich auch nichts mitgekriegt.« Lasse kommt

auf mich zu, mit einem neugierigen Blick. »Und du bist also Svea. Die neue Aushilfe?«

Ich spüre, wie ich rot werde. Kjell hat ihm von mir erzählt? »Ja, das bin ich. Und du bist also Lasse? Der Penner?«

Empört lacht er auf und wendet sich an Kjell. »Ist euer Personal immer so frech? Oder nur dieses besondere Exemplar?«

»Ist eine der Voraussetzungen für die Einstellung. Damit sie sich unverschämten Leuten gegenüber durchsetzen können.«

Lasse, Kjell und ich trinken noch einen Glögg zusammen, und sie erzählen mir dabei, dass sie sich schon aus dem Kindergarten kennen. Die beiden wirken so eng, so vertraut miteinander, dass ich augenblicklich an Nele denken muss. Und sie schrecklich vermisse!

Ich müsste sie echt irgendwie hierherschaffen. Sie hatte doch auch nach einem guten Freund von Kjell gefragt. Und dann bin ich plötzlich dran. Lasse stellt mir eine Frage nach der anderen.

Wo ich herkomme?

Warum ich so gut Schwedisch kann?

Warum ich im *Slott Hotell* arbeite?

Ich komme immer mehr ins Schwimmen, doch zum Glück geht Kjell irgendwann dazwischen. »So, das ist zwar echt nett mit dir hier, aber Svea und ich sind ja nicht nur zum Spaß hier, nicht wahr?«

»Ihr holt euren Baum für die Lobby ab, nehme ich an?«

Auf Lasses Frage runzele ich die Stirn. »Abholen? Nicht aussuchen?«

Lasse lacht auf. »Das wäre das erste Mal, dass Kjells Mum sich das aus der Hand nehmen lassen würde. Sie macht da ja noch mehr Geschiss drum als meine Ma. Von daher ... ups!« Er verzieht die Lippen und sieht zu Kjell. »Ähm tja, ich geh mal lieber, ne? Wir sehen uns. Und … es war nett dich kennenzulernen, Svea.«

Kaum ist er weg, knöpfe ich mir Kjell vor. »Du hast mich angeschwindelt?«

»Hab ich das?« Er setzt eine Unschuldsmiene auf, die ihm allerdings nicht ganz gelingen will. »Ich glaube, ich hab dir nur gesagt, wir holen den Baum, oder?«

Ich schüttele den Kopf und kann ihm doch nicht böse sein. Dafür hat mir das Baum-Aussuchen zu viel Spaß gemacht. Und als ich dann sehe, dass neben der Tanne, die seine Mutter bereits reserviert hatte, auch noch der windschiefe Berti auf uns wartet, könnte ich Kjell einfach nur um den Hals fallen.

Die ganze Rückfahrt über diskutieren wir, wer die Mandel-Challenge nun eigentlich gewonnen hat, und sind völlig unterschiedlicher Meinung. Gegen sein Argument, ich hätte mich zu einem Regelverstoß hinreißen lassen, erhebe ich vehement Einspruch, doch dann sehe ich etwas, das mir alles nimmt.

Die Luft zum Atmen. Mein Lachen. Meinen Herzschlag.

Ein klappriges rotes Auto. Auf dem Parkplatz vor dem Hotel.

Der wahre Berti, der Kombi von Yva.

Sie … sie ist hier?

Kjell

»Und wie wäre es mit einem Unentschieden?«, biete ich ihr an. »Ich meine, das wäre wirklich total nett von mir. Immerhin … Lakritz! Ich hab den widerlichen Geschmack immer noch im Mund.« Auch wenn ganz Skandinavien Lakritz eher feiert, mich kann man damit nur jagen.

Ich setze den Blinker und biege in die Hoteleinfahrt ein. Dabei warte ich auf ihre Antwort, auf ihren Konter, von denen sie heute ja einige draufhatte. Doch es kommt nichts. Kein Lachen. Keine Empörung. Kein Wort.

Ich sehe zu ihr und augenblicklich verkrampfen sich meine Hände am Lenkrad. Wie ein Geist sitzt Svea neben mir. Völlig blass. Wie eingefroren. Ich weiß nicht mal, ob sie noch atmet.

Aber warum? Bis vor Sekunden war sie noch so ... so glücklich.

»Hey.« Vorsichtig berühre ich ihr Knie. »Alles okay?«

Sie zuckt zusammen. Nicht wegen meiner Hand. Die hat sie, glaube ich, gar nicht gespürt. Es ist meine Frage, die sie aufgeschreckt hat.

»Ich habe Besuch.«

»Was?« Mir rutscht das Herz weg. Denn genauso gut hätte sie sagen können: *Das war's.* So hat es zumindest geklungen. Ich versuche, ihrem Blick zu folgen. Er klebt an einem alten roten Kombi fest.

»Yva ist da. Meine Großtante.«

Die, die Migräne hatte. Den Zusammenhang kriegt mein Kopf noch hin, ansonsten ist da nichts. Nur Leere.

Dass das alles nicht gut ausgehen konnte, war ja klar. Irgendwann mussten wir auffliegen.

Ist irgendwann jetzt?

Ich stelle den Jeep vor dem Hotel ab, schließlich muss der Baum noch vom Dach runter. Aber das mache ich später. Im Moment hätte ich sogar Schwierigkeiten, ein Glas anzuheben, meine Hände fühlen sich total zittrig an.

Svea steigt aus, wartet aber auf mich. Um mit mir zusammen hineinzugehen?

Ich möchte sie festhalten, mir ihre Hand schnappen. Einfach wieder in den Jeep einsteigen und wegfahren. Egal wohin.

Schlägt das Leben immer dann zu, wenn es gerade schön ist? Nur damit es so richtig wehtut?

Die Stunden vorhin mit Svea waren für mich die schönsten seit Langem. Wir hatten so viel Spaß. Und sie war so ... so frei gewesen. So glücklich. Hat sogar Lasse überstanden.

Die Drehtür macht mich fast schwindelig, Dads »Da seid ihr ja wieder« noch mehr. Ich nicke ihm nur zu, folge Svea dann, die auf eine Sitzgruppe zugeht. Der Sessel dreht uns den Rücken zu, ich sehe nur seitlich übereinandergeschlagene braune Schnürstiefel. Svea wohl mehr.

»Hej, Yva!«

»Svea, Schatz!« Eine ältere Dame erhebt sich aus dem Sessel. Ihre Haare sind bereits weiß, sie trägt sie zu einem lockeren Zopf geflochten. Ihre strahlenden Augen, ihr leuchtend grünes Kleid passen so gar nicht zu meiner Stimmung, doch sie umarmt Svea mit einer solchen Freude und Herzlichkeit, dass meine Lippen von allein zu lächeln beginnen. Und auch Sveas Gesicht hat wieder etwas mehr Farbe. Yva an sich ist es also nicht, die sie fürchtet. Sondern das danach? Das, was passiert, wenn Yva wieder fährt – und sie womöglich mitnimmt?

»Yva, das ist Kjell. Er ... er gehört zum Hotel. Er ist der Sohn von ...«

»Ich verstehe schon. Hej, Kjell.« Sie streckt mir ihre Hand entgegen. »Ich bin Yva. Sveas Großtante. Schön habt ihr es hier.«

»Danke. Und herzlich willkommen im *Slott Hotell*«, begrüße ich sie, völlig blöd. Aber ich weiß nicht, was ich sonst sagen soll. Weiß Yva, dass Svea hier arbeitet? Hat sie Dad an der Rezeption nach Svea gefragt?

Ich versuche, meinen Kopf kurz mal klarzubekommen. Denn dass sie vielleicht gehen muss, dagegen kann ich nichts tun.

Aber dass auffliegt, dass sie nicht ist, wer sie zu sein vorgibt, kann ich wenigstens zu verhindern versuchen. Dafür müssten die beiden aber erst mal hier aus der Lobby verschwinden. Aus den Augen der anderen, die hier ständig vorbeikommen und sie verraten könnten. Janne, meine Eltern, Tessa, Caja ...

»Möchtet ihr nicht in den Wintergarten gehen? Ich hol euch auch gern einen Kaffee. Oder Tee? Oder ...«

»Eine heiße Schokolade? Mit einer gehörigen Portion Sahne?« Yvas blaue Augen leuchten.

»Auch das.«

Svea möchte nur ein Wasser, und ich verschwinde, um beides zu organisieren.

An der Bar wundert Neil sich zwar, was ich hinter seiner Theke zu suchen habe, doch ich bleibe knapp in meiner Antwort. »Ich brauch schnell zwei Getränke. Und sieh bitte zu, dass die beiden dort hinten nicht gestört werden. Sie haben wohl was Wichtiges zu besprechen.«

Das Tablett in meiner Hand gerät ins Wanken, als ich Sveas Blick auffange. In ihm liegt eindeutig Abschied.

»Kjell? Wo warst du?« Cajas Stimme empfängt mich, kaum dass ich unsere Privatwohnung betrete. Sie sitzt allein am Küchentisch und knabbert an einem Stück Pizza. »Ich hab gewartet.«

»Am Schulbus? Aber heute war Mum dran.«

»Echt? Die war aber nicht da.« Caja springt von ihrem Stuhl auf und öffnet den Gefrierschrank. »Aber ich hab für dich alles aufgehoben.«

Ich muss tatsächlich lächeln, als ich sehe, wie sie ihre rote Brotdose aus der Schublade holt und mir stolz die Schneebälle darin zeigt. Aufgetaut und wieder eingefroren wirken sie ziemlich eisig. So wie gerade alles in mir drin. Ich warne sie, die Bälle nicht auf jemanden zu werfen, und frage dann noch mal nach Mum. »Wo ist sie denn?«

»Im Büro. Mit Papa und Helgard. Die haben was zu besprechen.«

»Und was?«

»Keine Ahnung. Aber es muss wichtig sein. Weil ... ich hab Mum gefragt, was los ist. Weil sie so ernst geguckt hat. Und da hat sie nur gesagt: *Es ist alles gut, Kleine.* Und das sagt sie nur, wenn nichts gut ist.«

So eine schlaue Maus. Gerade ist so einiges nicht gut ...

Ich schnappe mir Caja und hebe sie hoch in meine Arme. Kaum vorstellbar, dass ich sie früher nicht wollte und richtig getobt habe, als Mum und Dad mir erzählte haben, dass ich eine Schwester bekomme. Aber da war ich auch erst elf. Und um nichts in der Welt würde ich sie jetzt wieder hergeben wollen.

»Bei dir ist auch *alles gut, Kleine,* oder? Du guckst genauso ernst wie Mum.« Sie schaut mich prüfend an, und ich drücke sie einfach ganz fest an mich. »Ne, Kleine. Im Moment ist nicht alles gut.«

»Dann mal mit mir, ja? Heute ist doch Tag der Weihnachtskugeln, und Kristan hat ganz viele, die wir bunt anmalen dürfen.«

Würde ich ja machen, nur liegt der Raum, in dem die Kinderanimation stattfindet, direkt neben dem Wintergarten und ist von ihm nur durch eine Glaswand getrennt. Ich kann da unmöglich sitzen und malen – mit Blick auf Svea und Yva.

Daher bringe ich Caja zwar dort vorbei, schreibe Lasse dann aber schnell, dass wir jetzt schon loskönnen, und gehe.

Mit einem letzten Blick zu Svea.

Svea

Nein! Das darf so nicht enden. Kjells Blick tut einfach nur weh. Aber manchmal ist das so, oder? Dass man erst kapiert, wie wichtig einem jemand ist, wenn er geht. Oder man selbst. Ich kenne Kjell erst seit ein paar Tagen, aber er ist mir nicht nur wichtig. Er ist so viel mehr.

»Ich will noch nicht weg«, rutscht es mir raus, einfach so.

Yva stellt ihre Tasse langsam ab, greift zur Serviette und sieht mich dann fragend an. »Du willst *hier* noch nicht weg? Oder du willst *von Kjell* noch nicht weg?«

Ich will nicht rot werden, merke aber, wie mir die Hitze den Hals hinaufwandert. »Macht das denn einen Unterschied?«

»Oh ja, einen gewaltigen. Wie alt ist er?«

»Ähm ... achtzehn.« Hat Janne zumindest erzählt.

»Und du?«

»Bald siebzehn.«

Yva zieht nur eine Augenbraue hoch.

»In fünf Monaten.«

»Eben. Und ich trage im Moment die Verantwortung für dich. Von daher sollten wir hier wirklich offen reden. Und ich muss wissen, was da zwischen euch läuft. Ich meine, was ist das für ein Hotel, wo der Sohn der Besitzer mit den weiblichen Gästen anbandelt?«

Jetzt fange ich richtig an zu glühen und stammele nur rum, dass da gar nichts ist. »Wir ... also, ich war mit ihm bloß gerade den Weihnachtsbaum abholen.«

»Und du trägst seinen Pullover, oder?«

Ich sehe an mir hinunter. Soll ich jetzt echt den Satz raushauen: *Es ist nicht so, wie du denkst?* Dann glaubt sie mir doch erst recht nicht.

»Yva«, fange ich daher an, setze mich aufrechter hin und erzähle ihr haargenau, was ich heute mit ihm gemacht habe, wie ich zu dem Pulli gekommen bin, wie wohl ich mich hier fühle und … ach, einfach alles. Also, fast alles. Dass ich im Hotel arbeite, verschweige ich lieber.

»Ich mag ihn. Ja. Aber da läuft nichts, wir kennen uns ja erst ein paar Tage. Und ich würde auch hierbleiben wollen, wenn es ihn nicht geben würde. Es ist so wunderschön hier. Bei dir natürlich auch …«

Yva atmet schwer ein, dann aus. Und in dem Moment, in dem sie ihren Kopf anhebt und mir ein mitleidiges Lächeln schenkt, weiß ich, ich habe eine Chance!

Yva fand es nie gut, dass ich durch mein Klavierspiel so viel im Leben verpasse. Zeit also, ihr zu zeigen, was mir hier geschenkt wird.

Im Hotel ist es mir zu unsicher, ich könnte ständig irgendwem begegnen, der mich verrät. Aber draußen …

Für den Wald mit seiner kleinen Lichtung und der Stelle mit den Eichhörnchen ist es zu dunkel. Wir haben es schon nach 15 Uhr und die Sonne ist bereits untergegangen. Aber ich zeige Yva die hell erleuchtete Schlittschuhbahn, die Schneebar mit ihren Stehtischen aus funkelndem Eis. Einen Glögg möchte sie nicht, doch ich hole uns dort zwei überbackene Baguettes, die wir auf den Weg zum Rodelberg mitnehmen.

Große Laternen und Fackeln beleuchten den schneebedeckten Hang, die fröhliche Weihnachtsmusik aus den Lautsprechern vermischt sich mit dem Lachen und den Rufen der Kinder, die rot verschwitzt nicht müde werden, immer wieder von Neuem den Hügel hinaufzuklettern.

»Ich bin auch schon gefahren«, gestehe ich Yva, und als ich ihr dann von meiner außergewöhnlichen Bremstechnik erzähle, lacht sie hell auf.

»Aber sag mal, was kostet der ganze Spaß hier eigentlich? Die Zimmer müssen doch horrend teuer sein.«

Ich knülle die Serviette meines Baguettes zusammen. Das musste ja kommen, und doch zögere ich mit einer Antwort. Wahrheit oder Lüge? Oder etwas dazwischen?

»Die großen Zimmer bestimmt. Aber ich hab, weil sonst schon alles voll war, eine ganz kleine Kammer im zweiten Stock bekommen. Und ich hab ja noch Papas Weihnachtsgeld. Das ... damit komme ich hier ganz gut klar.«

Yva legt ihren Kopf in den Nacken und blickt nach oben, zu den schneebedeckten Tannenwipfeln. Sie holt tief Luft, bevor sie sich mit einem Lächeln wieder zu mir dreht.

»Ich kann dich so gut verstehen, Svea. Das ist ein Traum hier. Und wenn es nach mir gehen würde, hätte ich nichts dagegen, dass du bleibst.«

»Aber?«

»Ich glaube kaum, dass deine Eltern das erlauben werden.«

»Ich weiß.« Ich beiße mir auf die Unterlippe, ziehe meine Schultern fast bis zu den Ohren hoch, weil ich weiß, dass ich das nicht fragen sollte: »Und wenn sie nichts davon erfahren?«

Yva sagt eine Weile gar nichts, sieht mich nur an und dreht sich dann kopfschüttelnd weg. Stumm gehen wir beide nebeneinander zurück zum Hotel.

Dreihundert Meter? Zweihundert Meter? Ich weiß, dass mir die Zeit durch die Finger rinnt, und halte das Schweigen kaum aus. »Ich hab auch wieder Klavier gespielt«, ziehe ich meinen letzten Trumpf aus dem Ärmel. »Gestern Abend. Mit einem

Jazz-Pianisten. Einfach zum Spaß. Und stell dir vor, meine Handgelenke waren völlig okay. Wenn er heute Abend wieder da –«

»Svea! Halt mal für einen Moment die Luft an, ja? Ich kann sonst nicht nachdenken.«

»Klar!« *Denk, so viel du willst, Yva. Denk nur das Richtige!*

Wir sind schon fast am Parkplatz, da dreht sie sich plötzlich ruckartig um. »Wir müssen noch mal zurück.«

»Was? Wieso?«

»Wir brauchen einen passenden Hintergrund. Das Hotel geht nicht. Aber Bäume sind gut. Schnee. Berti ...«

»Wofür?«

Yva bleibt stehen. »Na, für Fotos. Wenn das funktionieren soll, müssen wir ihnen ab und zu welche schicken.«

»Das heißt ...« Mir schießen Tränen in die Augen. »Du machst mit?«

Kjell

Weihnachtslieder. Ich hab sie schon vorhin auf dem Weihnachtsmarkt kaum ausgehalten, hier im Auto ist es aber schlimmer. Lasse singt jedes Lied mit. Und wenn er gleich noch *White Christmas* von sich gibt, dann ... dann stopfe ich ihm irgendwas in den Mund.

Ne Ladung Schnee?

Schneerücksichtslos. Schneeballschlacht. Svea.

Verdammt. Mein Kopf macht das den ganzen Abend schon. Bildet irgendwelche Ketten, blendet mir Bilder ein, die alle bei ihr landen.

Glöggstand: Svea. Wie sie die Rosinen zur Seite geschoben hat, um an die Mandeln zu kommen.

Weihnachtsbäume: Berti. Unser Selfie. Svea ganz nah bei mir.

Ganz schlimm war es vorhin am Stand mit den gebrannten Mandeln, um den ich echt einen großen Bogen machen musste. Einen noch größeren als um den Kräuter-Lakritz-Bonbon-Stand.

»Mensch, Kjell.« Lasse dreht das Radio leiser. »Jetzt mach schon. Guck endlich nach, ob sie dir geantwortet hat.«

»Brauch ich nicht. Ich hab ihr gar nicht geschrieben.«

»Was? Wieso das denn? Wir hatten doch einen guten Text.«

»Weil ...« Ich zucke mit den Schultern. Dabei ist es ganz einfach. Ich habe Schiss vor ihrer Antwort. Dass sie schreibt, sie ist weg. Hoffnung ist immer noch besser als die Enttäuschung.

»Schon klar. Aber du stehst echt total neben dir. Ich sag nur Glöggstand, Alter!«

»Ach komm. Das kann jedem mal passieren«, versuche ich mich zu verteidigen.

»Jedem? Also, sorry. Du holst dir nen Glögg, stellst dich dann zu einer Gruppe und merkst erst nach, weiß ich nicht, fünf Minuten? Zehn Minuten? Dass wir das nicht sind? Ey, wir haben dich sogar gerufen.«

»Anscheinend nicht laut genug. Aber ... willst du nicht lieber wieder singen?«

»Ne. Und mal im Ernst, wenn sie wirklich weg ist: Weißt du schon, was du deinen Eltern sagst?«

»Nö.« Und es ist mir auch egal. Zum ersten Mal im Leben ist es mir echt scheißegal, was wer vielleicht sagt. Als könnte mir nicht auch mal ein Fehler passieren ...

Lasse und ich unterhalten uns auf der restlichen Fahrt über die anderen aus unserer Truppe – Tjark, Hanna und Marlin, die im Gegensatz zu uns schon mit ihrem Studium angefangen haben, nur nicht hier, sondern in Göteborg. Ich gebe mir echt Mühe, wach zu sein, da zu sein, und bin Lasse dankbar, dass er versucht, mich abzulenken. Als das Hotel aber in Sicht kommt, verstumme ich. Denn hinter ihrem Fenster ist es dunkel.

Lasse folgt meinem Blick. »Ey, es ist gleich halb elf. Die kann jetzt auch schon schlafen. Und wäre nicht die Einzige, wie du siehst.«

»Klar. Und ... danke!«

»Kein Ding. Sag aber Bescheid, ja?« Lasse schlägt in meine Hand ein. »Und hey, ich nehm alles zurück, übrigens – dass sie vielleicht ne Betrügerin ist und so. Svea ist echt süß. Anders irgendwie. Aber ... ich kann dich voll verstehen. Sollte sie also noch da sein, dann sag es ihr einfach.«

»Was?«

»Na, dass du in sie verknallt bist.«

In der Lobby ist außer unserem Nachtportier niemand mehr, und so guckt nur einer komisch, als ich mit Berti im Arm rein- spaziere. Er lag noch im Jeep – total allein.

»Caja?« Sobald ich den dunklen Flur bei uns im Wohntrakt be- trete, kommt mir ein kleines Gespenst entgegen. Und es quietscht auf, als es in Bertis Nadeln läuft. »Hä? Was ist das denn?«

Ich hocke mich zu ihr und mache die beiden miteinander bekannt. »Aber bevor du jetzt irgendwas nicht Nettes über Berti sagst: Es ist Sveas Baum, okay? Er gehört ihr.«

Caja runzelt die Stirn. »Sie hat echt keine Ahnung von Weih- nachten. Da passen ja nicht mal richtig Kugeln dran. Und vor- hin beim Malen hab ich ihr gesagt, dass wir noch den Julbock aufstellen müssen, und weißt du was? Sie hat nicht gewusst, was das ist!«

»Vorhin?« Ich spüre, wie sich mein Herzschlag beschleunigt.

Alles in mir ist auf einmal hellwach. »Wie lange ist *vorhin* denn schon her?«

»Weiß ich nicht. Aber länger als *grad eben*. Und beim Bingo-vorbereiten musste sie Janne ständig was fragen. Wie heißen die Kekse? Was ist Julbrot? Wie …«

Svea ist noch da! Ich lasse Caja einfach reden, hebe sie dabei auf meinen Arm und trage sie in ihr Bett zurück. »Schlaf gut, Kleine. Morgen ist dein letzter Schultag, oder?«

Auf ihr Nicken streichele ich ihr über die Stirn. »Alles klar. Dann hole ich dich vom Bus ab. Versprochen.«

Am liebsten würde ich mir jetzt Berti schnappen und ihn sofort zu Svea hochbringen. Oder ihn ihr wenigstens vors Zimmer stellen. Aber wahrscheinlich wäre das Bäumchen dann Hotel-tratsch-Thema Nr. 1. Was wir beide sicher nicht wollen. Also wandert er in mein Zimmer.

Sie ist noch da! Und sorry für meine Stimmung heute, schreibe ich Lasse auf dem Weg nach unten in die Hotelküche. Bei Bastel- und Malaktionen gibt es immer Kekse, und ich hoffe auf Reste. Auf dem Weihnachtsmarkt habe ich kaum was run-tergekriegt.

»Schönen Abend noch, Kjell.«

Vor Schreck rutscht mir fast das Handy weg. »Ach, Tommas. Dir auch!« Unser Pianist kommt gerade aus dem Wintergarten und schließt die Tür hinter sich.

Wer aber spielt dann drinnen noch Klavier?

»Ja, da hab ich auch erst mal dumm geguckt.« Tommas sieht zur geschlossenen Tür zurück, schüttelt dann den Kopf und klopft mir im Vorbeigehen auf die Schulter. »Aber ich sag dir eins: Das Mädel ist ein Juwel!«

Wer?

Neugierig geworden, drücke ich die Klinke runter und hebe die Tür dabei ein Stück an. Hier quietscht und knatscht fast alles.

Der Raum ist erfüllt von Musik, und ich kann kaum glauben, dass die Töne und vollen Klänge von einem einzigen Klavier kommen sollen. Tommas habe ich schon oft spielen hören – aber nicht so. Vorsichtig spähe ich um die Ecke. Der Raum ist vollkommen dunkel, nur die kleine Lampe am Notenhalter direkt über den Tasten ist an und in ihrem Lichtkegel erkenne ich ein Profil. So vertraut. Ihre schmale Nase, die leicht geöffneten Lippen. Ihr süßes, ein wenig spitzes Kinn. Svea ... sie spielt Klavier?

Ich muss mich anlehnen, finde zum Glück hinter mir den Türrahmen, und kann den Blick nicht von ihr wenden. Ihre Finger tanzen über die Tasten, mal ausgelassen fröhlich, mal langsam und mit Nachdruck. Die Augen hat sie geschlossen, doch ihr Gesicht – es zeigt alles. Alles, was sie gerade fühlt. Manchmal lächelt sie, manchmal atmet sie schwer, fast verzweifelt. Dann entspannen sich ihre Lippen wieder und sie neigt den Kopf ein wenig. Immer passend zu dem, was sie gerade spielt.

Ich sollte sie nicht beobachten, sollte mich bemerkbar machen. Nur würde sie dann sicher sofort aufhören. Und das will ich nicht. Denn auch wenn ich nun wirklich kein Musikexperte bin, weiß ich, dass das, was sie hier zeigt, kein verspieltes Hobby sein kann. Sie ist großartig.

Ihre Finger und die Töne, die sie damit zum Klingen bringt, werden auf einmal langsamer, und dann ... schält sich eine Melodie heraus, die mich bis ins Herz trifft. *White Christmas*. Wie aus dem Nichts spielt sie die ersten Töne. Zart und ganz leise. Den Kopf hält sie dabei gesenkt. Aber sie lächelt. Oder?

Ich schließe die Augen, nur um sie besser zu sehen, denn mein Kopf malt mir eigene Bilder. Svea und ich, eng umschlungen. Wir tanzen, ganz langsam. Nur wir beide.

Sie, die keine Ahnung von Weihnachten hat.

Und ich, der sich gerade hoffnungslos verliebt.

Ich weiß nichts über dich, Svea. Aber eines verspreche ich dir: Ich werde alles dafür tun, dass dies das allerschönste Weihnachtsfest für dich wird.

Svea

Alles ist heute viel leichter: das Aufstehen, Anziehen, Haareföhnen. Und ich kann gar nicht aufhören, vor mich hin zu summen. Das, was ich gestern gespielt habe. Ohne Noten. Die Melodien sind einfach aus mir herausgeflossen, und meine Handgelenke haben nicht ein einziges Mal gemuckt.

Ich bücke mich über den Koffer und nehme alles raus, meine Hosen, Sweatshirts – auch die Konzertkleidung, und hänge alles fein säuberlich in den Schrank. Jetzt macht das ja Sinn, denn ich darf bleiben!

Ich muss an Yva denken und unsere gemeinsame Fotosession. Jacke an, Jacke aus. Zopfgummi raus, wieder rein. Wir haben echt alles gegeben, um möglichst viele unterschiedliche Bilder zu haben, von denen wir auch gestern gleich noch eins abgeschickt haben.

Wie schön, dass ihr euch jetzt habt. Eine tolle Zeit euch!

Bei Mamas Antwort haben Yva und ich dann aber schon schlucken müssen. Noch haben wir keinen genauen Plan, wie wir das Ganze später aufklären sollen. Aber Yva will mich in ein paar Tagen noch mal besuchen kommen, und dass ich Weihnachten jetzt nicht bei ihr verbringe, scheint sie gar nicht so schlimm zu finden.

Wir feiern immer alle zusammen. Die ganze Nachtbarschaft. Alle Ü60. Das wär für dich eh grottenlangweilig geworden, Schätzchen.

Ich binde mir die Haare zusammen und klemme sie mir seitlich noch fest. Dank Caja hab ich jetzt schmale Spangen, sodass Tessa nicht mehr motzen kann.

Mein Handy vibriert in meiner Schürze, und als ich sehe, wer mir geschrieben hat, kribbelt mein Magen. Kjell ist echt wie ne Portion Kaffee. Allein der Gedanke an ihn reicht schon, und ich bin hellwach.

Es ist ein Foto von Baum-Berti, das er mir geschickt hat. Im Hintergrund sehe ich eine Terrassentür, an der Wand ein hellgraues Sofa, davor einen Couchtisch, auf dem ein Controller liegt. Kjells Zimmer?

Viele Grüße von Berti!

Lächelnd knabbere ich auf meiner Lippe herum. Kjell ist schon wach. Aber was schreib ich jetzt zurück?

Ich lege mich noch mal aufs Bett und schnappe mir Kjells Hoodie. Nie im Leben gebe ich den freiwillig wieder her. Soll ich einfach Berti zurückgrüßen? Ne. Aber ... der Controller!

Hat er etwa die ganze Nacht durchgezockt?

Wieder geht ein Foto ein, von einer zerknüllten Papiertüte. Die Mandeln, die ich Kjell als Wiedergutmachung für die Lakritz-Aktion gekauft habe?

Ja, hat er. Und meine ganzen Mandeln aufgefuttert.

Frechheit!, antworte ich, sehe dann aber, dass Kjell mittlerweile offline gegangen ist. Ob er wieder Schnee schippen muss?

Auf dem Flur begrüße ich in Gedanken alles, was ich sehe. Völlig bescheuert, aber in mir ist so viel gute Laune, dass ich gar nicht anders kann. Guten Morgen, Fenster. Guten Morgen, Treppe. Guten Morgen ...

»Guten Morgen, Svea!«, flüstert plötzlich eine Stimme, und ich zucke überrascht zusammen.

»Kristan?« Im dunklen Flur des zweiten Stockwerks hockt jemand auf dem Boden.

»Schscht ... Ja!« Er legt den Finger auf seinen Mund. »Und ich bin spät dran. Kannst du mir helfen?«

Erst jetzt sehe ich den Beutel mit Erbsen neben ihm stehen – und überall vor den Türen die kleinen Kinderschuhe.

»Ja klar.« Sofort bin ich bei ihm.

»Super! Ich hab verpennt. Und muss noch die Spuren überall hinsprühen.« Kristan sagt mir, welche Flure noch dran sind, und auch, dass ich mich beeilen soll. Es ist gleich sieben Uhr. Kimmos Wichtelzeit.

Zusammen schaffen wir es gerade noch so, bevor die ersten Türen aufgehen und lautes Kinderlachen zu hören ist.

»Was stellt Kimmo morgen an?«, frage ich Kristan auf dem Weg nach unten zum Personalraum.

»Morgen ...? Ah ja, er dekoriert den Baum in der Lobby. Allerdings mit Teebeuteln.«

»Mit was?« Ungläubig lache ich auf. Ein mit Teebeuteln dekorierter Weihnachtbaum mitten in der Lobby? »Und du meinst, das kommt überall gut an?«

»Das geht schon klar. Die Gäste wurden alle auf Kimmos Streiche vorbereitet und sind total entspannt. Außerdem sieht es besser aus, als sich das jetzt vielleicht anhört.« Kristan erklärt mir, dass nicht nur die Beutel an die Zweige kommen, sondern auch die leeren Schachteln, die vorher noch in buntes Geschenkpapier eingewickelt werden. »Zusammen mit den vielen kleinen Lichtern sieht das echt schön aus. Außerdem ist ab elf Uhr der ganze Spuk ja auch vorbei und der Baum wird dann wirklich weihnachtlich dekoriert.«

Ich sehe ihn schon vor mir. Den ganz großen. Mit leuchtenden Kugeln, Kerzen, Sternen. Und einer Christbaumspitze. Wir hatten zu Hause nie einen.

»Machst das auch du? Also, das Dekorieren dann?«

»Ja, meistens mit Caja. Die hat da einen Heidenspaß dran.«

Auf den letzten Stufen die Treppe runter spähe ich schon in die Lobby, und mein Herz macht einen Hüpfer, als ich ihn dort stehen sehe. Kjell. Heute wieder in Hotelkleidung. Nur seine blonden Haare wirken noch ein wenig zerzaust. Er unterhält sich gerade mit einem Gast, doch als er uns sieht, verabschiedet er sich und kommt auf uns zu.

»Hej, ihr beiden.«

Sein Lächeln ist wieder da, das Strahlen in seinen Augen, und ich muss sofort an gestern Abend denken. Beim Klavierspielen hab ich mir die ganze Zeit vorgestellt, wie es wäre, mit ihm zusammen zu sein. Seine Hand zu halten, ihn zu umarmen, mit ihm zu tanzen. Ihn zu küssen.

»Svea?«

»Äh ...« Mist! Ich gähne demonstrativ und halte mir dabei die Hand vor den Mund. Nur damit Kjell nicht sieht, wie ich rot anlaufe. »Sorry, ich bin noch nicht ganz da.«

»Kein Problem.« Er schaut mich an, ein wenig nachdenklich. So als würde er auf irgendetwas von mir warten. »Okay«, sagt er dann. »Ich würd euch beide gern mal sprechen. Um elf Uhr bei mir im Büro?«

»Gibt's ne Kündigung oder ne Gehaltserhöhung?«, scherzt Kristan.

»Wär ich für beides nicht zuständig. Es geht um das Animationsprogram. Ich würde dich, Svea, da gern mit einbauen, wenn das okay ist. Vor Weihnachten kommt da noch einiges, und ich glaub ...« Er wendet sich an Kristan. »Du schwimmst eh schon ganz schön, oder?«

»Schwimmen? Ich saufe ab. Daher ja! Svea dabeizuhaben wär super!«

Ich kann erst mal gar nichts sagen, muss nur zusehen, wie ich an so viel Freude in mir überhaupt vorbeiatmen kann. Ich darf Wichtel spielen? Das Kinderprogramm mit vorbereiten? Die Abendveranstaltungen?

»Ich glaube, du kannst Sveas Lächeln als ein Ja verbuchen«, meint Kristan und stupst mich in die Seite.

»Ja, das kannst du.« Ich strahle Kjell an – wahrscheinlich wie ein Kind den Weihnachtsmann. Aber irgendwie ist er das ja auch grad für mich.

Mit Freude im Bauch putzt es sich echt besser – und schneller! Bis elf Uhr schaffe ich alle meine Zimmer und kassiere von Helgard nach ihrem kurzen Kontrollgang sogar ein anerkennendes Nicken, bevor sie mich für heute entlässt. Um zu Kjells Büro zu kommen, muss man an der Verwaltung vorbei, und da hier fast alles aus Glas ist, ziehe ich ganz schön den Kopf ein. So viele Aktenordner. Und in irgendeinem davon steckt sicher auch der Vertrag von Lena Sommer. Die ich bisher gut verdrängt habe. Eigentlich komisch, wie zu Hause ich mich hier schon fühle, als ... als jemand, der offiziell gar nicht da ist.

Kjells Büro ist klein, grau-weiß gestrichen und an den Wänden vollgestellt mit Regalen. Ski-Pokale sehe ich, von klein bis groß. Langlauf?

»Er war ein Mordstalent« sagt Kristan augenzwinkernd, beschwert sich dann aber, als Kjell ihn mit einem Radiergummi bewirft. »Mir gefällt das Wort *war* nicht. Ich schlag dich auf der Loipe immer noch.«

»Das ist eine pure Behauptung.«

Der Schlagabtausch zwischen den beiden geht noch einige Runden weiter, ich höre ihnen zu, habe aber gerade noch jemand anderes entdeckt. Eine schwarze Katze liegt in einem Körbchen neben der Tür und sieht mich unverwandt an.

»Oh, das ist Carlo«, höre ich Kjell sagen. »Und das, Carlo, ist übrigens Svea.«

Übrigens? Klingt so, als hätte Carlo schon von mir gehört. Neugierig kommt er auf mich zu und schleicht einmal um meine Beine, bevor ich ihn im Nacken kraulen darf.

Kaum habe ich mich dann neben Kristan in einen der kleinen Sessel gesetzt, springt er mit einem Satz auf meinen Schoß und rollt sich genüsslich zusammen. Kjell schüttelt lächelnd den Kopf. »Okay. Wenn jetzt jeder seinen Platz gefunden hat, legen wir los. Ich hab dich jetzt voll und ganz der Animation zugeteilt, Svea.«

»Echt? Kein Putzdienst mehr?«

»Enttäuscht?« Er grinst mich an.

»Ja, total«, erwidere ich. »Aber ich werd drüber hinwegkommen.«

»Gut. Denn wir haben jetzt über eine Woche nur noch Bleiben, und das schaffen die auch ohne dich. Von daher kannst du mir den Pager zurückgeben. Und du musst auch nicht mehr die Hotelkleider tragen. Lass dir nachher aus der Kleiderkammer einfach Sweatshirts geben. Die mit dem Emblem.«

»Yes!«, kommt es aus Kristans Ecke. »Mann, ich bin jetzt wirklich das erste Mal optimistisch, dass das alles laufen kann.«

Was »alles« wirklich bedeutet, wird mir klar, als die beiden mir die Listen zeigen. Denn die Pläne gehen über Weihnachten hinaus. Das nächste Großevent ist die Silvestergala.

»Nehmt euch Zeit und geht am besten alles Punkt für Punkt durch. Für die Gala haben wir dann ja auch noch das erweiterte Team.« Kjell deutet auf eine Liste von Namen am Seitenrand.

Janne – super!

Kjell – noch besser.

Frida – kenn ich noch nicht.

Aber Tessa? Ich schlucke kurz.

Auch wenn sie sich anscheinend vorgenommen hat, mit mir klarzukommen, traue ich ihr nicht. Als ich vorhin oben die Zimmer geputzt habe, stand sie wieder plötzlich da. Nicht bei mir im Raum, aber auf dem Gang, und hat mich nach Helgard gefragt. Ich weiß nicht warum, aber obwohl Tessa wirklich freundlich zu mir war, werde ich das Gefühl nicht los: Insgeheim wartet sie nur auf meinen nächsten Fehler.

»Okay, Engelchen. Dann zeig ich dir mal unseren Raum.« Kristan steht schon auf, verharrt dann aber plötzlich in der Bewegung und dreht sich noch einmal zu Kjell um. »Ach, weil wir grad über Silvester gesprochen haben, und bevor ich es vergesse: Die Band, die an dem Abend spielen wird, hat jetzt Bescheid gegeben, dass sie zum Sommerfest tatsächlich auch könnte. Soll ich sie buchen?«

Kjell hebt entschuldigend die Schultern. »Sorry, aber da bin ich raus. Am besten fragst du meinen Vater, wer für so was dann zuständig ist. Ich bin hier ja ab Februar weg.«

»Was? Das ist ein Scherz, oder? Deine Eltern haben mir fest zugesagt, dass du hier in den Ferien und zu den Feiern immer mit einspringst.«

Kjell starrt Kristan fassungslos an, und ich kann förmlich zusehen, wie sein Gesicht an Farbe verliert. Ich sitze noch immer im Sessel, mit Carlo auf dem Schoß, traue mich aber nicht mal mehr, ihn zu streicheln. Im Raum ist es still. Doch es ist eine Stille, von der man weiß, hinter ihr lauert was. Etwas Großes.

»Ich klär das mit meinen Eltern, okay?« Kjell presst die Worte regelrecht aus sich heraus, sein Kiefer ist dabei angespannt, seine Lippen schmal wie ein Strich. Ich würde gern bei ihm bleiben, mit ihm reden, doch sein stummes Nicken in unsere Richtung braucht keine Worte. Er möchte, dass wir gehen.

Ich stehe auf, folge Kristan nach draußen, drehe mich aber auf dem Flur noch einmal zu der nun geschlossenen Tür um. Ich weiß nicht, ob ich das Recht dazu habe, aber ich will Kjell so nicht allein lassen, nicht nach allem, was er für mich getan hat. Nicht nach gestern. Wir hatten auf dem Olsson-Hof so viel Spaß zusammen, und ich werde das Gefühl nicht los, dass er vieles einfach nur für mich tut. Was wahrscheinlich bescheuert ist. Aber er hat mir Berti gekauft. Er hat mich Weihnachtsbäume aussuchen lassen. Mir gezeigt, wie man Glögg trinkt. Lässt mich jetzt bei Kristan mitarbeiten. Und ich? Hab mich für das alles noch nicht mal richtig bedanken können.

»Kristan, ich … ich komme gleich nach, ja?«

Er nickt und stellt zum Glück keine Fragen, sondern geht einfach schon mal vor.

»Kjell?« Keine Reaktion. Auch auf mein Klopfen nicht. Also nehme ich meinen Mut zusammen und öffne die Tür. Er steht regungslos am Fenster. Die Hände tief in den Hosentaschen vergraben, schaut er nach draußen.

»Entschuldige. Kjell?«

Er zuckt zusammen, dreht sich dann langsam zu mir um.

Die Anspannung ist aus seinen Zügen verschwunden, dafür hat sich eine tiefe Traurigkeit wie ein Schatten über sein Gesicht gelegt. Es tut mir weh, ihn so zu sehen. Viel mehr noch als seine Wut vorhin.

»Was gibt's?«

»Ich wollte nur sagen, dass mir das leidtut. Ich ... ich weiß genau, wie sich das anfühlt«, sage ich. Einfach so – völlig ungeplant. Aber es stimmt.

»Was meinst du?«

»Dieses Fremdbestimmtsein? Also ... dass andere für einen entscheiden?«

Kjell fährt sich durch die Haare, schaut dabei fast verunsichert zu mir. »Sind es bei dir auch deine Eltern?«

Ich nicke. Und auch wenn wir Meter auseinanderstehen, habe ich das Gefühl, wir sind uns ganz nah. Es sind unsere Augen. Sie lassen sich nicht los.

Kjell atmet tief durch und der Hauch eines Lächelns legt sich auf seine Lippen. »Danke, Svea.«

»Das wollte *ich* eigentlich sagen. Also, danke. Für das alles hier. Und dafür, dass du mir ab jetzt das Putzen ersparst.«

Für einen Wimpernschlag ist es wieder da. Das Kjell-Lächeln.

Und jetzt zu gehen fühlt sich gleich viel besser an.

Über eine Stunde lang klärt mich Kristan dann über die nächsten Tage auf. Heute Abend soll ich gleich beim Weihnachtsbingo mit Janne die Moderation machen, morgen früh mithelfen, die Teebeutel an den Baum zu hängen, später das Wintersonnen-Fest vorbereiten.

»Unser großer Julbock muss am 24. Dezember rausgetragen werden. Braucht vorher aber sicher noch einiges an Stroh-

Reparaturen«, erklärt Kristan mir. »Du siehst, langweilig wird uns nicht werden.«

»Macht nichts.« Lagerfeuer, Fackeln, Musik und Glögg. Das Wintersonnen-Fest klingt toll, und zum Glück weiß ich mittlerweile sogar, was ein Julbock ist. Dank Caja.

Ob Kjell sie gleich abholt?

Ich sehe zu der Uhr über der Tür. Es ist schon nach eins.

»Okay, Zeit für eine Pause.« Kristan schiebt die Papiere zusammen und lehnt sich zurück. »Schnapp du dir später Janne und sprecht euch ab. Das Bingospiel startet direkt nach dem Abendessen. Gegen zwanzig Uhr. Ich bin auch da, kümmere mich aber in erster Linie um die Technik und die Musik.«

Im Speisesaal finde ich Janne nicht, und auch sonst niemanden, den ich nach ihr fragen könnte. Auf ihrem Zimmer scheint sie auch nicht zu sein, und selbst in der Lobby herrscht am Empfangstresen beinahe gähnende Leere – mal abgesehen von Nik, einem der Auszubildenen. Wo sind denn alle?

Ich habe mir gerade meine Jacke geholt und will mich draußen umschauen, als ich Stimmen aus dem Personaltrakt höre. Viele Stimmen. Auch Jannes.

»Hej, Svea!« Lächelnd kommt sie auf mich zu, runzelt dann aber plötzlich die Stirn. »Warum warst du eigentlich grad nicht dabei?«

»Wobei?«

Sie erzählt mir, dass es eine Besprechung gab, für alle, die in den letzten Tagen auch nur ansatzweise etwas mit den Gästezimmern zu tun hatten, und zieht mich dabei ein wenig zur Seite. »Es gibt Probleme. Irgendjemand klaut hier. Aber ganz komische Sachen. Erst fehlte ein Ring, dann eine Kontaktlinsendose, heute Morgen ein Manschettenknopf, ein Lippenstift, ein Kopfhörer und ein kleines, allerdings vergoldetes Pillendöschen. Und immer aus verschiedenen Zimmern. Wir sollen uns absolut bedeckt halten, denn noch hat es sich unter den Gästen nicht rumgesprochen. Aber alle, wirklich alle von uns sollen die Augen aufhalten. Von daher verstehe ich nicht, warum du nichts ...« Janne stockt. In ihren Augen flackert es auf, bevor sie riesengroß werden.

In mir wird alles eher winzig klein.

Und heiß.

Verdächtigt man etwa mich? Traut man mir das zu?

Angst steigt in mir auf, ich atme viel zu schnell, zu flach. In mir ist zu viel Luft. Ich habe nichts getan, und doch schäme ich mich. Für das, was andere in mir sehen könnten. Irgendwas bleibt doch immer hängen.

»Komm, lass uns mal hier weg«, höre ich Janne sagen, spüre ihr erst vorsichtiges, dann nachdrücklicheres Zupfen an meiner Jacke und folge ihr nach draußen.

Kalte Luft! Sie legt sich auf mein erhitztes Gesicht und kühlt mich sofort ein bisschen runter. Janne anzusehen, schaffe ich aber dennoch nicht. Ich will von niemandem gesehen werden, schaue nur auf unsere Schuhe. Der Schnee weicht sie auf.

»Ich weiß, was du denkst, Svea. Und ja, ich war grad kurz geschockt, aber nicht, weil ich das glaube, okay?« Sie hakt sich bei mir unter und zieht mich dabei eng an sich.

»Danke, Janne. Dass du das sagst.« Auch wenn es mich erleichtert, muss ich mir das Lächeln auf die Lippen zwingen.

»Das sag ich nicht nur, das meine ich auch so. Und das hat auch niemand in der Besprechung behauptet. Vielleicht hat man dich ja nur nicht erreicht. Hat dein Pager denn nicht gepiept?«

»Nein. Ich hab keinen mehr. Weil ...«

Weil Kjell gesagt hat, dass ich ihn nicht mehr brauche.

Weil Kjell entschieden hat, dass ich nicht mehr putze.

Weil Kjell glaubt, dass ich klaue?

Nein. Niemals!, pfeife ich meine Gedanken zurück. Mir ins Gesicht zu lächeln und mich hinter meinem Rücken für schuldig zu halten – das ist nicht Kjell.

Zum wem es allerdings passen würde, wäre Tessa ...

Kjell

Frische Luft und Caja, das ist wie Lasse und Langlauf – normalerweise eine super Kombi, um mich abzulenken und wieder runterzubringen. Aber in meinem Kopf herrscht so ein Chaos, dass die Gedanken ganz von allein hin und her springen. Hab ich Idiot echt gedacht, mit dem Studium würde sich alles für mich klären, so ganz von selbst? Und ich wäre frei?

Fremdbestimmt.

Svea hat das Wort vorhin ausgesprochen, mich dabei angeschaut. Und in ihren Augen habe ich in dem Moment mich selbst gesehen. Mich und die Fäden, die an mir ziehen. Als wäre ich eine Marionette.

Svea. Ich sehe sie wieder am Klavier sitzen, denke an Tommas und was er über sie gesagt hat. *Das Mädel ist ein Juwel.*

Meine Fäden sind das Hotel. Und meine Eltern.

Sind Sveas Fäden die Musik? Ihr Talent?

Ist sie abgehauen, um genau diese Fäden zu kappen? Aber welche Rolle spielt Yva dann dabei?

»... zeige sie dir gleich zu Hause, wenn du willst.«

»Na klar!« Ich sehe zu Caja herunter, die an meiner Hand mehr auf und ab hüpft, als dass sie vorwärtskommt, und habe nicht die Spur einer Ahnung, was sie mir gleich zeigen will. Doch zum Glück ist sie so voller Ferienstimmung und guter Laune, dass sie meine gedankliche Abwesenheit nicht zu bemerken scheint.

»Und einen Stern-Anhänger schenke ich Svea zu Weihnachten. Der ist nämlich ganz klein.« Cajas Augen strahlen zu mir hoch. »Weißt du? Für Berti. Aber du darfst es ihr nicht verraten, ja?«

Okay. Es gibt noch einen Faden, und der ist Caja. Nur zieht der nicht an mir. Ich halte ihn fest. Und weiß überhaupt nicht, wie ich es schaffen soll, ihn loszulassen, wenn ich hier weggehe.

Wir sind kaum in unserer Küche, da packt sie schon ihre gebastelten Sterne aus. Gefaltetes Goldpapier, mit Klebespuren überall, und auf jeden hat sie in ihrer noch krakeligen Kinderschrift einen Namen geschrieben. Ich tue natürlich so, als hätte ich meinen nicht gesehen, und will ihre Werke ausgiebig bewundern, da kommt Mum zur Tür rein.

Nach einer fröhlichen »Endlich sind Ferien«-Umarmung lässt sie Caja los und sieht mich an. »Wir brauchen dich kurz im Wohnzimmer. Und du, Süße? Willst du nicht auf die Eisbahn? Da ist schon mächtig was los.«

Wir brauchen dich ...

Meine Schultern verspannen sich, und ich muss aufpassen, dass ich den Goldstern in meiner Hand nicht zerquetsche. Mums Worte sorgen dafür, dass in mir alles wieder hochkocht. Aber vielleicht gut so, dann kann es gleich raus.

Dad sitzt in seinem Sessel und liest stirnrunzelnd die Zeitung, nur bleibt das Stirnrunzeln selbst dann noch haften, als er sie aus der Hand legt und sich zu uns umdreht. »Ah, Kjell! Gut,

dass du da bist. Wir müssen etwas mit dir besprechen. Oder ...
hast du es schon gehört?«

»Was denn?«

Mum setzt sich aufs Sofa. Ich ignoriere ihre Hand, die auf
den Platz neben sich klopft, und lehne mich an den Kachelofen.
Wenn ich gleich an der Reihe bin, hier einiges klarzustellen, will
ich lieber stehen.

»Im Hotel wird geklaut.«

Der Ring! Dads Worte sorgen dafür, dass ich mich doch
setzen muss, auf den Stuhl ihm gegenüber. »Was ... was fehlt
denn?«

Mum zählt eine Reihe an Sachen auf, von denen einige aber
total wertlos sind. Nicht nur die Kontaktlinsendose. *Ein* Manschettenknopf. *Ein* Ohrring. Warum nimmt man nicht gleich
beide, wenn sie da offen rumliegen?

»Wir wissen noch nicht genau, wie wir vorgehen werden«,
sagt Dad. »Bisher konnten wir es so behandeln, dass es unter
den Gästen noch kein Thema ist. Aber es ist natürlich brisant
und kann uns jeden Moment um die Ohren fliegen.«

»Verstehe. Und was machen wir jetzt?«

Mum erzählt, dass es gerade eine kurze Besprechung mit
dem Personal gegeben hat. Ohne mich, da ich ja weg war. »Danach sind wir die Gästeliste durchgegangen und haben alle
markiert, die dieses Jahr zum ersten Mal hier sind.«

Sie schiebt mir die Liste rüber. Fast alles Familien. Zwei junge
Pärchen. Ein Alleinreisender, der aber auf Empfehlung hier ist.
Ich kann mir unmöglich vorstellen, dass unter ihnen jemand
sein soll, der hier rumschleicht und Sachen klaut. Und dazu
noch so merkwürdige.

Dad richtet sich in seinem Sessel auf, und das Räuspern, das ich dann von ihm höre, jagt mir eine Gänsehaut über den Rücken. Es ist sein typisches »Und nun zu dir, Kjell«-Räuspern. Was nichts Gutes verheißt.

»Wir sind auch die Personalliste durchgegangen. Das müssen wir ja in so einem Fall machen. Und haben alle Namen markiert, die neu sind. Oder verhältnismäßig neu. Es sind nicht viele, aber unter ihnen ist natürlich auch Svea Sommer.«

In meinen Ohren beginnt es zu rauschen. Ist das sein Ernst?

»Du kennst sie ja nun ein wenig, von uns allen hier wahrscheinlich am besten«, höre ich Mum sagen. »Hältst du es für möglich, dass ...«

»Nein!«

Meine Eltern sehen sich eine Weile an, nicken sich dann zu, bevor ihre Blicke wieder mir gelten. Vielleicht sollte ich jetzt ausholen und eine Verteidigungsrede für Svea halten, weiß aber nicht, ob ein einfaches und entschiedenes Nein nicht sogar besser ist. Es klingt so abschließend.

»Gut!« Meine Mutter nickt erneut. »Wir kennen sie kaum, finden den Gedanken aber auch abwegig und vertrauen da ganz auf dein Urteil. Trotzdem solltest du mit ihr sprechen. Wir konnten sie vorhin nämlich nicht finden, deswegen hat sie an der Besprechung nicht teilgenommen.«

»Mach ich.«

»War sonst noch was?« Mum durchleuchtet mich mit ihrem Blick. »Du wirktest in der Küche grad ein wenig angespannt.«

Einen Moment zögere ich, lass es dann aber auch hier bei einem entschiedenen Nein. In mir ist so viel Unruhe, dass ich mir das Thema lieber für später aufhebe. Wenn schon meine Eltern in Betracht gezogen haben, dass Svea etwas mit dem Verschwinden der Sachen zu tun haben könnte, wer dann noch?

Tessa! Meine Zähne knirschen richtig, als ich mich auf dem Weg zur Tür noch einmal zu meinen Eltern umdrehe. »War Tessa bei der Besprechung?«

»Ja, sie war da«, erwidert Mum, sieht dabei aber nicht mich an, sondern Dad. »Und sie hat dich hinterher noch abgefangen, stimmt's? Und mit dir gesprochen?«

»Kurz, ja. Sie hat mir mitgeteilt, dass sie die Vorstellung, jemand vom Haus könnte es sein, ganz schrecklich findet. Schließlich würden sich ja alle so gut kennen. Fast alle. Bis auf die Aushilfen eben.«

Diese Schlange! Sie legt es echt darauf an. Und weil ich auf ihren Verdacht nicht angesprungen bin, streut sie ihn weiter. Sogar bei meinen Eltern. Wut und Abscheu steigen ihn mir auf. Aber nicht nur auf Tessa, auch auf mich. Wie konnte ich überhaupt mit ihr zusammen sein?

Noch im Flur schreibe ich ihr. Wir müssen reden.

Aber wo? Ich will von niemandem mit ihr gesehen werden.

In 5 Minuten draußen. Bei den Garagen.

Eine Antwort warte ich nicht ab, stecke das Handy weg und zieh mir die Mütze über den Kopf. Was für eine Scheiße!

Tessa sieht aus, als hätten wir ein Date. Ihre langen braunen Haare schwingen bei jedem Schritt mit, den sie auf mich zukommt. Ihre Augen sind dunkel geschminkt, sogar Lippenstift hat sie aufgetragen. Er glänzt. Mochte ich nie.

»Hej, Kjell! Was gibt's denn so Dringendes?«

Ein Unschuldslamm könnte nicht unschuldiger aussehen. Und in mir steigt ein Verdacht auf, der so mies, so abgrundtief böse ist, dass mir übel wird.

Verfolgt Tessa einen Plan? Ist das alles inzensiert?

Ich dachte einmal, sie gut zu kennen. Jetzt aber weiß ich nicht mehr, wer da vor mir steht.

Ich ziehe mir die Mütze wieder ab, ich brauche einen kühlen Kopf, um nicht das Gleiche zu machen wie Tessa. Jemanden ohne Beweise einfach so zu verdächtigen. Drohend baue ich mich vor ihr auf. »Du spielst hier ein gefährliches Spiel, Tessa. Und ich hab dich schon mal gewarnt. Svea zu ärgern, sie zu verarschen, ist schon beschissen genug. Sie aber zu verdächtigen und anzuschwärzen, ist was ganz anderes.«

Tessa kneift die Augen zusammen. »Und wann bitte hab ich das gemacht?«

»Ach komm, lass es. Ich weiß von dem Gespräch mit meinem Vater. Und du bist nicht dumm. Du weißt genau, was du damit auslöst.«

»Vielleicht. Aber was soll ich machen, wenn du mir nicht zuhörst? Ich hab ja versucht, mit dir zu reden.«

»Weil das Schwachsinn ist. Stockwerke, Zimmernummern. Das legst du dir zurecht. Nur weil du weißt, dass ich Svea mag.«

Ausgerechnet Tessa gegenüber zuzugeben, dass Svea mir was bedeutet, ist nicht besonders schlau, und die Konsequenz kassiere ich sofort. In ihren Augen flammt Zorn auf. Sie reckt ihr Kinn und tritt so nah an mich heran, dass ihre Nasenspitze beinahe mein Kinn berührt. »Wie du mich abserviert hast, war auch scheiße, Kjell. Nach allem, was war. Aber Svea? Sie schadet dem Hotel, verdammt. Und damit deinen Eltern. Auch dir! Und das will ich nicht. Aber wenn du mir nicht glaubst, ich habe sogar ein –«

»Halt die Klappe«, zische ich sie an. »Und such dir für morgen am besten gleich jemand anderen, den du verdächtigen kannst.

Denn sollte wieder was wegkommen, kann es Svea nicht gewesen sein.«

»Wieso?«

»Ganz einfach.« Ich lächele sie an und lege in meine Stimme so viel Freundlichkeit, wie ich irgendwie noch zusammenkratzen kann. »Weil sie keinen Zugang zu den Zimmern mehr hat. Svea putzt nicht mehr. Ich habe sie abgezogen.«

Mit Verunsicherung habe ich gerechnet, mit Widerworten, nicht aber mit Triumph. Doch anders ist das Lächeln, das sich plötzlich auf Tessas Lippen ausbreitet, nicht zu beschreiben. »Das versteh ich, Kjell. Und wenn du dir so sicherer bist, dass dann nichts mehr wegkommt, war das bestimmt die richtige Entscheidung.«

Was? Ich starre sie an, will sie mir noch mal vorknöpfen, da macht sie schon mit einem komischen Blick an meiner Schulter vorbei auf dem Absatz kehrt.

Mit einem unguten Gefühl im Magen drehe ich mich um. Svea! Sie steht mit Janne keinen Meter von mir entfernt, und mir wird eiskalt. Denn in ihren Augen schimmern Tränen. Und sie verraten mir ganz klar: Sie hat zu viel gehört.

Zu viel Falsches.

Svea

Er hat mich abgezogen, weil es so sicherer ist?

Meine Nase kribbelt und Tränen schießen mir in die Augen. Aber ich will nicht weinen, nicht hier vor Kjell.

Janne greift nach meiner Hand und drückt sie fest. Irgendwie schaffe ich es dadurch, tatsächlich zu lächeln. »Bisher hab ich mir euch immer schlecht vorstellen können, Tessa und dich, so als Paar. Aber jetzt finde ich, ihr passt wirklich gut zusammen.«

Ich hätte auch einen Eimer Wasser über ihn kippen können, so steht er da. Und in dem Moment ist das ein gutes Gefühl. Nur dauert es nicht an. Bis ins Hotel schaffe ich es, auch noch die Stufen hoch in mein Zimmer, dann aber bricht in mir der Schmerz auf. Wie heiße Lava quillt er hoch und verbrennt mir die Kehle. Ich kann die Tränen nicht mehr zurückhalten und bitte Janne, mich allein zu lassen. Es sind nur gestammelte Worte, doch sie versteht mich. Sie kommt zu mir ans Bett, kuschelt die Decke um mich und geht.

Kjell glaubt, dass ich es war.

Kjell glaubt, dass ich es war.

Der Satz wiederholt sich in mir, treibt immer wieder von Neuem die Tränen an. Soll ich gehen? Einfach abhauen?

Ein Anruf bei Yva und sie wäre sofort hier.

Als hätte sie mich gehört, klingelt plötzlich mein Handy in der Jackentasche. Ich wühle es unter der Bettdecke hervor, schmeiße es dann aber neben mir aufs Kissen. Kjell!

Ich will nicht, ich kann jetzt nicht mit ihm sprechen. Aber ... mit wem anders würde ich gern reden.

»Abhauen wäre jetzt total falsch, Svea!«, sagt Nele, nachdem ich ihr alles erzählt habe. In kleinen Häppchen – unterbrochen immer wieder durch mein Schluchzen. »Dann würde der Verdacht ja komplett auf dich fallen. Außerdem hätte Tessa so gewonnen.«

»Das ist mir mittlerweile egal.«

»Wirklich?« Nele zieht ihre Augenbrauen hoch. »Kann ich mir nach gestern irgendwie nicht vorstellen.«

Bei dem Gedanken an den Olsson-Hof, die Mandel-Challenge und Berti fange ich sofort wieder an zu weinen. Wie viele Tränen hat man denn in sich drin – oder produziert man ständig neue?

»Hey, Süße, gib nicht so schnell auf. Bitte! Ich weiß nicht, was die Hexe mit Kjell gemacht hat. Gehirnwäsche wahrscheinlich. Aber du zeigt es der heute Abend. Zeig es allen.«

Heute Abend? Scheiße! Das Weihnachtsbingo. Mit mir auf der Bühne. »Ich glaub, ich bin krank. Siehst du das? Meine Nase ist schon ganz dick.«

»Nichts da! Hör mir jetzt mal zu.« Es folgt ein typischer Nele-Motivations-Vortrag. Dass ich das kann. Dass ich heute Abend strahlen werde. Und jedem zeige: Ich bin hier. Ich bin Svea, und ich habe nichts, aber auch gar nichts mit den Diebstählen zu tun.

»Was meinst du, wer da vor allem gucken wird, hm? Kjell!«

Allein seinen Namen zu hören, tut mir weh. Doch ich weiß, dass Nele recht hat. Kneifen ist nicht, so will ich hier nicht gehen, und ich spüre, wie sich mein Rücken auf einmal streckt. Wie ich meinen Kopf wieder halten kann.

Ich lasse mich nicht kleinkriegen. Und: Ich lasse mir das hier von niemandem wegnehmen.

»Danke, Nele.« Ich lächele, so gut das mit einem verquollenen Gesicht eben geht. »Ich wünschte echt, du wärst hier.«

»Damit ich der Hexe und allen, die Blödsinn über dich erzählen, in den Hintern trete? Ne, das machst du schön selbst!«

Wir lachen bei der Vorstellung, wie ich hier alle verkloppe, dann frage ich Nele noch nach ihrem Physik-Test. Und täusche ich mich, oder wird sie tatsächlich etwas rot?

»Marlon hat sich neben mich gesetzt, so ganz von allein. Also, auf deinen Platz. Und … er hat mich abschreiben lassen.«

»Was? Nicht dein Ernst! Und das erzählst du mir erst jetzt?«

In Marlon ist Nele schon seit Urzeiten verknallt. »Und? Womit bedankst du dich? Mit ner Cola? Einem Essen? Oder Kino?«

»Mal sehen. Auf jeden Fall schreiben wir uns jetzt ab und zu.«

»Wahnsinn!« Marlon und seine Clique. Sie gehören bei uns an der Schule quasi zum Adel. Wir nur zum Hofstaat. Wobei ... das stimmt nicht. Knicksen tun wir nicht vor denen, zumindest nicht Nele und ich.

Mein Spiegelbild im Badezimmer sagt mir ganz klar: Leg dich wieder hin und zieh dir die Decke über den Kopf. Ich sehe total aufgedunsen aus, meine Wangen sind fleckig, meine Augen rot. Und meine Lippen? Rau und rissig.

Klar, ich hab ja gefühlt auch keinen Tropfen Flüssigkeit mehr in mir. Aber ich wollte das wahre Leben, oder? Und heute hat es sich mir von allen Seiten gezeigt. Angefangen von einfach nur toll bis hin zu total beschissen. Mein Inneres hat Nele wieder aufgerichtet. Zeit, das auch äußerlich wieder hinzukriegen. Aber echt mit kaltem Wasser?

Ich strecke meinem Spiegelbild die Zunge raus. Und dabei kommt mir plötzlich ein noch besserer Gedanke.

Das Zimmer ist nicht sehr groß, höre ich Kjells Stimme noch. *Aber du hast einen Balkon. Und die Morgensonne.*

Richtig. Und auf dem Balkon türmt sich haufenweise Schnee. Ich öffne die Tür, zucke vor der hereinströmenden Kälte zurück, bücke mich aber trotzdem und schaufle mit den Händen eine Ladung Schnee zusammen. Ohne weiter nachzudenken, halte ich mir den Haufen vors Gesicht und presse es tief hinein.

»Boaaaah!« Ich schlottere richtig, ertrage die eisige Kälte nur Sekunden, bevor ich den Kopf zurückreiße. Vor mir, in meinen Händen, sehe ich den Abdruck von meinem Gesicht. Er erinnert mich an einen anderen Abdruck. An drei Engel im Schnee. Caja, Kjell und ich.

Er ist schneerücksichtslos.

Ja, das ist er. Und ... herzrücksichtslos.

Jannes Zimmer ist nur drei Türen weiter, und sie atmet erleichtert auf, als ich bei ihr vorbeischaue.

»Wie kommst du klar?«

»Nicht so gut«, gebe ich zu. »Aber ich will mich jetzt nicht verkriechen. Das würde ja noch blöder aussehen.«

»Richtig so! Ich weiß auch überhaupt nicht, was das von Kjell vorhin war. Warum sollte er denken, dass du was damit zu tun hast? Aber ... weißt du was?« In Jannes Augen blitzt es auf. »Wir rocken heute die Bühne, okay? Und damit meine ich, wir ziehen das nicht nur durch, sondern es gibt das volle Programm.«

»Äh ... das *was*?«, frage ich, sehe aber nur noch ihren Rücken, denn sie hockt schon auf dem Boden und fischt ihre roten Turnschuhe unter dem Bett hervor.

»Janne? Was heißt *das volle Programm*?« Ich zupfe sie am Pulli, damit sie mich wenigstens wieder anschaut. Denn *voll* klingt nicht gut. Ich bin mir ja nicht mal sicher, ob ich das halbe hinbekomme.

»Als Erstes gehen wir runter in den Personalraum und holen uns was zu essen. Ich hab nämlich Hunger. Und du auch, okay? Du lässt dir nichts anmerken. Und dann? Durchwühlen wir zwei bei Kristan mal die Kostümkiste.«

»Was?« Kostüme, Verkleiden – ist für mich im Grunde so fremd wie Weihnachten. Aber als Kind fand ich es immer spannend, wenn Mama und Papa im Opernhaus in der Maske verschwunden sind. Und dann als wer ganz anderes rauskamen.

Und heute? Ist das bei mir vielleicht andersrum, und das Kostüm hilft mir, ich selbst zu sein?

Kjell

Ich hab keine Chance. Vier Mal hat sie meinen Anruf weggedrückt, und wenn wir uns über den Weg laufen, ignoriert sie mich. Wobei wir uns nicht wirklich über den Weg gelaufen sind. Ich hab es den ganzen Tag darauf angelegt, ihr zu begegnen. Und Svea? Sie wirkt so, als wäre nichts gewesen, lächelt, redet mit jedem. Nur nicht mit mir.

»Kommst du?« Caja zieht mich Richtung Wintergarten. »Ich will ganz vorne sitzen.«

»Wieso?«

»Weil ich sonst nichts sehe.«

»Beim Bingo?« Stirnrunzelnd schaue ich zu ihr hinunter und drücke mir im Stillen die Daumen, dass sie endlich mal was ausplaudert. Den ganzen Tag macht sie schon ein Geheimnis daraus, was an dem heutigen Spiel so besonders ist. Sie durfte sogar mit vorbereiten, hält aber erstaunlich dicht.

Anstelle einer Antwort streckt sie mir jedoch nur die Zunge raus.

Vor dem Wintergarten hat sich schon eine Schlange gebildet, und ich höre über die leise Musik hinweg begeistertes Gemurmel von denen, die vor uns reingehen. Mit jedem Meter, den wir vorwärtskommen, steigt mein Puls. Ich fühle mich wie vor einem ersten Date. Mit dem Unterschied, dass ich nur hier bin, um Svea zu sehen. Sie aber nicht, um mich zu treffen. Kristan teilt am Eingang die Bingo-Karten und Plättchen aus, und mit ihnen in den Händen dürfen dann auch wir endlich rein.

Erstaunt sehe ich mich um, denn ich erkenne den Wintergarten kaum wieder. Weihnachtlich war es hier ja vorher schon, aber nicht so. Das Licht ist gedimmt, dafür brennen auf den kleinen runden Tischen überall rote Kerzen in schneebesprühten Gläsern. An den bodentiefen Fenstern hängen lauter Goldsterne – sicher Cajas Werk –, und vor einer improvisierten Bühne aus tannenverzierten Holzpaletten liegen verstreut Sitzkissen aus, für die Kleinsten unter den Gästen. Doch das, was mich völlig umhaut, ist das bezaubernde Rentier auf der Bühne.

Svea. Sie sitzt auf einem riesigen Deko-Schlitten. In braunen Leggings und einem ebenso braunen Kleid. Es ist leicht ausgestellt, endet kurz über ihren Knien und lässt den Blick frei auf – schier endlos wirkende Beine.

Die Haare trägt sie offen, und sie sind viel länger, als ich dachte. Zurückgehalten werden sie durch einen Haarreifen. Mit einem Rentiergeweih aus Stoff.

Und die passende rote Kullernase? Sie wackelt total niedlich, jedes Mal, wenn sie lächelnd die Kinder vorne begrüßt.

Auch Janne hat sich verkleidet, sie steckt in einem leuchtend roten Weihnachts-Elfinnen-Kleid, ist dementsprechend knallig geschminkt, was super zu ihren schwarzen Haaren passt. Und doch zieht es meinen Blick immer wieder zu Svea. Sie braucht keine Farbe. Keinen Glitzer. Keine Schminke. Svea ist von sich aus umwerfend schön.

»Kjeeeeell!« Caja ruft und winkt nach mir, doch als ich sehe, dass sie auch für mich ein Sitzkissen ergattert hat, gleich vorne in der ersten Reihe, lehne ich kopfschüttelnd ab. Ihr genügt dann die Erklärung, dass die Großen hinten sitzen müssen – dabei will ich vor allem eines nicht: Svea auf die Pelle rücken. Dass ich hier bin, reicht ihr wahrscheinlich schon völlig. Ich muss unbedingt mit ihr reden!

Weiter hinten gibt es immer eine Tischgruppe fürs Personal, auch heute. Aber da ich Tessa dort erspähe, der ich am liebsten an die Gurgel gehen würde, ziehe ich mich zurück und lehne mich in einer der eher dunkleren Ecken an die Wand. Beim Bingo mitspielen dürfen wir Mitarbeiter eh nicht, aber ich kann von hier aus zuschauen und möglichst unauffällig wieder verschwinden, falls ich das Gefühl habe, Svea zu stören.

Doch es ist vielmehr so, dass sie gar keine Notiz von mir nimmt, sondern völlig ungezwungen und charmant mit Janne die Gäste begrüßt. Vor allem die Kleinen lassen sie dabei kaum los, was ich nur zu gut verstehen kann.

»Wenn die Musik erklingt, drehen wir hier vorne die Glastrommel«, erklärt Janne den Ablauf. »Wenn die Musik stoppt, halten wir die Trommel an und ziehen ein Plättchen. Einen Weihnachtsmann, einen Stern, eine Kugel. Oder was auch immer. Entdecken Sie das Symbol auf Ihrer Spielkarte, dürfen Sie sich ein Bingo-Plättchen nehmen und es abdecken. Haben Sie irgendwann vier in einer Reihe, ob von oben nach unten, von links nach rechts oder diagonal, rufen Sie laut *Bald ist Weihnachten* und die Runde geht an Sie.«

Svea hat sich zu den Kleinen gehockt, um ihnen zu zeigen, wie es geht, und als alle Fragen geklärt sind, kommt sie zurück auf die Bühne.

Gespannte Erwartung erfüllt den Raum. Janne nickt Kristan an der Musikanlage zu. Doch er wirkt irgendwie hektisch. Kontrolliert noch einmal die Stecker, dreht an der Lautstärke. Aber es kommt nichts.

»War Kimmo da am Werk?«, scherzt Svea und erntet dafür fröhliches Gekicher der Kleinen, doch auf Jannes Stirn zeichnen sich immer tiefere Falten ab.

Kristan kriegt es nicht hin?

»Und wie soll das jetzt gehen, ohne Musik?«, fragt Jenny in den Raum, Cajas momentan beste Gäste-Freundin.

Ich will mich gerade von der Wand abstoßen, um zu helfen, da kommt Svea in meine Richtung. Ich halte die Luft an, spüre, wie mein Herz schneller schlägt, doch sie will gar nicht zu mir. Sie steuert den Klavierhocker an.

»Wenn die Technik nicht mitspielt, machen wir es eben anders«, sagt sie und lächelt in die Runde. Ihre Mundwinkel zittern dabei ein wenig. Genau wie ihre Finger, als sie diese auf die Tasten legt. Sie ballt sie noch einmal kurz zur Faust und schüttelt sie dann aus, bevor sie tief Luft holt.

Jingle Bells. Leicht wie kleine Glöckchen erklingen die ersten Takte, und sofort singen einige der Gäste mit. Es ist mir ein Rätsel, wie man so aus dem Stehgreif und ohne Noten spielen kann, doch Svea scheint es richtig Spaß zu machen, je länger sie spielt. Irgendwann stoppt sie, und Janne zieht das erste Plättchen aus der Trommel.

Es ist der Weihnachtsmann, und passend dazu spielt Svea als nächstes Lied *Santa Claus Is Coming to Town.*

Rudolph, das Rentier, wird als Nächstes gezogen, und als Svea ihn mit »Hey, das ist mein Bruder« begrüßt, lachen alle.

Rudolph, the Red-Nosed Reindeer ist jetzt natürlich Pflicht, und auch das kann sie spielen. Als Janne dann aber eine Schneelandschaft aus der Kugel nimmt und jemand im Saal »*White Christmas*« ruft, erstarre ich.

Bisher habe ich geglaubt, Svea hätte mich gar nicht wahrgenommen, jetzt aber weiß ich, dass das nicht stimmt. Denn ihr Blick fliegt sofort zu mir, flackert unsicher. Ihr Lächeln ist wie eingefroren. Doch das ist es nicht, was mir fast die Luft zum Atmen nimmt. Es ist der Ausdruck in ihren Augen. Es liegt nichts Zerbrechliches mehr in ihnen. Sondern etwas Zerbrochenes.

Sie spielt es nicht, *White Christmas*.

Sie spielt *Let It Snow*.

Ich lehne meinen Kopf an die Wand und versuche, das mit meiner Atmung wieder hinzubekommen. Doch neben dem Schmerz in meiner Brust fühle ich noch etwas anderes in mir aufsteigen. Wut.

Wut, dass sie mir nicht mal die Chance gibt, mich zu erklären.

Wut, dass sie mir überhaupt zutraut, an ihr zu zweifeln.

Und als das nächste Plättchen einen Weihnachtsbaum zeigt und Svea *Feliz Navidad* spielt, weiß ich, wer mir vielleicht helfen kann.

Berti.

Svea

Nach drei Runden Bingo bin ich echt durch. Meine Finger fühlen sich an, als hätte ich gerade stundenlang Rachmaninow-Etüden geübt. Ich kann sie kaum mehr bewegen. Und doch hat sich Erschöpfung noch nie so gut angefühlt. Ich habe wieder vor Publikum gespielt! Nichts Anspruchsvolles, einfach nur Weihnachtslieder. Das aber ohne Schmerzen in meinen Handgelenken.

Schmerzhaft war nur etwas anderes. Und zwar das Lied, das ich nicht gespielt habe. *White Christmas.*

Ich habe Kjell gesehen. Seine Reaktion. Er stand da wie angewurzelt, die Augen geweitet, als hätte ihn der Wunsch nach dem Lied genauso geschockt wie mich. Aber warum? Für mich war *White Christmas* irgendwie unser Lied. Für ihn etwa auch?

Wenn ja, verstehe ich nicht, wie er so schnell seine Meinung über mich ändern konnte.

»Ladys, ihr wart genial!« Kristan umarmt uns stürmisch und kann es dabei nicht lassen, sich tausendmal zu entschuldigen. »Ich weiß noch nicht, woran es gelegen hat, aber ich glaube, mit der Verkabelung stimmte was nicht. Aber, hey, dass Rudolphine hier so gut Klavier spielt – Respekt. Wirklich!«

»Danke!« Natürlich freue ich mich über das Lob, auch über das der Gäste. Einige von ihnen sind gleich nach dem Bingo auf mich zugekommen. Das Problem ist nur, dass sie auch Fotos gemacht haben. Ich bin zwar im Netz fast nirgendwo zu finden, schon gar nicht unter dem Namen »Sommer«, mag aber auch auf anderen Accounts nicht gefunden werden. Schon gar nicht Klavier spielend. Ich bin offiziell krankgemeldet, nur so konnte ich aus den Verträgen einigermaßen glimpflich rauskommen. Was, wenn die falschen Leute ein Foto sehen?

»So, ich weiß ja nicht, ob du als Rentier feiern willst, aber ich muss aus dem roten Ding hier raus.« Janne rollt mit den Augen. Und auch ich hab nur noch den Wunsch, mich möglichst schleunigst wieder zurückzuverwandeln. Unter dem Kostümstoff herrscht wirklich tropischer Sommer.

Aber feiern?

»Janne, sei mir nicht böse, aber ich will nur noch ins Bett. Ich bin todmüde.«

Sie will erst protestieren, holt auch schon Luft, lässt es dann aber bleiben. »Verstehe. Und ... du warst echt super. Sei stolz auf dich, okay?«

»Ne.« Ich nehme sie in den Arm. »Ich bin stolz auf *uns*.«

In der Bar geht der Abend noch fröhlich weiter, und auch aus dem Personaltrakt höre ich lachende Stimmen. Dass ich müde bin, war nicht gelogen, aber ich will vor allem eins nicht: Kjell oder Tessa begegnen. Oder noch schlimmer: beiden zusammen.

Ich bin nämlich gerade wirklich stolz auf mich, dass ich den Abend so gut überstanden habe und mir das Ganze sogar noch Spaß gemacht hat. Ich meine, ich als Show-Act? Da würde der Adel in der Schule aber ganz schön gucken!

Ich passe einen Moment ab, in dem die Lobby weitestgehend leer ist, und husche die Treppen hoch. Es ist kurz vor 22 Uhr. Zeit genug, noch mit Nele zu telefonieren.

Oben auf dem Gang mache ich kein Licht, meine Flucht ist bisher problemlos gelungen, und das will ich auf keinen Fall aufs Spiel setzen. Vor meinem Zimmer allerdings bleibe ich abrupt stehen. Ein schmaler Schein fällt unter der Tür durch. Hab ich das Licht angelassen?

Zögerlich schiebe ich meine Karte durch den Öffner, drücke dann die Klinke herunter.

Das Deckenlicht ist es nicht, denn Dunkelheit erwartet mich. Das Leuchten kommt von draußen, hat aber einen komischen, leicht rosafarbenen Schimmer.

Berti! Ich kann kaum glauben, was ich sehe. Aber da steht wirklich Berti. Auf meinem Balkon. Und er leuchtet.

Einen Moment lang starre ich ihn einfach nur an.

Kjell. Er muss es gewesen sein. Er muss ihn mir hier hingestellt haben. Aber wie? Und ... warum?

Ich öffne die Balkontür, spüre die Kälte nicht, spüre nur das Zittern in mir, in meinen Knien.

Berti leuchtet rosa. Und als ich sehe, warum, sammelt sich ein Lachen in meiner Brust. Es steigt auf und muss einfach raus. Unzählige kleine Einhörner funkeln zwischen Bertis windschiefen Zweigen, erleuchten die kleinen Strohsterne und goldenen Kugeln, die an ihnen hängen.

Ich habe meinen eigenen Weihnachtsbaum!

Lachen und Weinen, manchmal liegt das so dicht beieinander, und ich weiß gar nicht mehr, was ich eigentlich mache. Ich setze mich auf den Teppichboden vor die geöffnete Tür, direkt vor Berti.

Wie ein Film spult mein Kopf mir Bilder ab, von dem Moment an, als ich Kjell am Flughafen gesehen habe. Wie er mir das Zimmer gezeigt hat. Wie wir im Schnee ganz dicht beieinandergelegen haben. Wie wir uns in seinem Büro angesehen haben, als er so niedergeschlagen war.

Auch den Moment, in dem ich ihn hab sagen hören, dass er mich vom Zimmerservice abgezogen hat. Und Tessas Kommentar. Dass sie ihn verstehen kann, wenn er sich so sicherer fühlt.

Und jetzt dieses Geschenk. Das passt doch alles nicht zusammen.

Ich wische mir die Tränen aus den Augen, weiß, dass ich die Tür wieder schließen muss, und will auch gerade aufstehen, als ich ein Funkeln zwischen Bertis Zweigen sehe. Etwas hängt dort, mit Alufolie umwickelt.

Vorsichtig betrete ich den Balkon, um mir das funkelnde Etwas zu holen, und erst dabei bemerke ich, dass es hier keine Spuren im Schnee gibt. Wie hat Kjell den Baum denn hierherbekommen?

Dass er einfach mein Zimmer betreten hat, kann ich mir nicht vorstellen. Eine Leiter? Wenn ja, müsste es eine lange gewesen sein. Eine sehr lange. Mein Balkon liegt sicher mehr als zehn Meter über dem Boden.

Ich bücke mich, um das funkelnde Etwas von Bertis Zweigen zu pflücken, und begreife in dem Moment, wie Kjell es angestellt hat. Denn da ist ein Seil an die Spitze des Baums geknotet. Das Ende verliert sich im Schnee, doch an ihm muss Kjell Berti runtergelassen haben.

Das hieße, da gibt es ein Fenster, noch über meinem?

Ich sehe hoch.

Na ja, ein Fenster ist es nicht, eher eine schmale Dachluke, groß genug aber, um Berti von dort aus abzuseilen. Daher sicher auch die kleinen Holzwäscheklammern an der Einhorn-Lichterkette – damit sie nicht abrutscht. Und die Alufolie um das Etwas, damit es nicht nass wird? Von den Maßen her könnte es ein Umschlag sein.

Ich nehme ihn mit rein, schließe die Tür und kuschele mich auf mein Bett.

Kaum hab ich die Alufolie gelöst, halte ich einen Brief in Händen.

Ausschnitte sind immer nur ein Teil und nie das Ganze.
Bitte lass uns reden. Gib mir wenigstens die Möglichkeit, dir von
dem ganzen Gespräch zu erzählen.
Berti habe ich es schon gesagt:
Ich würde dir so etwas nie zutrauen, Svea!
Kjell

Ich lese den Brief ein zweites Mal, ein drittes Mal, presse ihn mir dann ganz fest an mein Herz. Es schlägt und glitzert und hüpft.

Wo bist du jetzt, Kjell?

Ich sehe zur Decke hoch. Noch irgendwo da oben?

Ich könnte ihm schreiben oder ein Foto schicken, aber ich rufe ihn einfach direkt an, bevor mich der Mut verlässt.

»Hej!« Kjells Stimme jagt mir einen Schauer durch den Körper. Er war so schnell dran, dass ich mir noch nicht mal eine Begrüßung überlegen konnte.

»Hej. Ich ... ich habe einen Weihnachtsbaum geschenkt bekommen.«

»Wirklich?« Ich kann hören, dass er lächelt.

»Mhm. Er ist ziemlich einhornverziert.«

»Vielleicht, weil es keine anderen Lichterketten mehr gab?«

»Ja, vielleicht.«

Einen Moment sagt keiner von uns beiden etwas. Ich trau mich nicht zu mehr atmen, das klingt bestimmt komisch. Nicht zu atmen ist aber auch keine Lösung ...

»Du spielst also Klavier?«

»Ja, ab und zu. Das vorhin war nicht geplant.«

»War aber toll. So wie euer ganzes Programm. Und, Svea, ich habe dich wirklich nur für die Animation eingeteilt, weil ich wusste, dass du das kannst. Und dass es dir sicher Spaß macht.«

»Das kam auch erst so rüber. Aber dieser Teil, der vom Ganzen, der klang völlig anders.«

Schweigen. Ich höre nur, dass er sich bewegt. Womöglich aufsteht?

»Ich weiß, es ist schon spät. Aber ... kann ich kurz zu dir kommen?«

Jetzt? Ich sehe total zerstört aus, noch halb Rudolphine, der Rest wieder Svea, und im Gesicht sicher Tränenspuren. »Gibst du mir fünf Minuten?«

Als Antwort höre ich, wie Kjell erleichterte ausatmet, dann ein leises: »Danke, Svea!«

Ich weiß nicht, ob er seinen Timer gestellt hat, denn er klopft tatsächlich nach exakt fünf Minuten und 23 Sekunden. Das zeigt zumindest meiner an.

Kjell schließt die Tür hinter sich, bleibt aber direkt dahinter stehen, die Schulter an die Wand gelehnt. Fies dabei ist, dass er mich auch ohne sein Lächeln jedes Mal völlig durcheinanderbringt. Gerade wenn ich ihn einen Moment mal nicht gesehen habe. Vielleicht, weil keine Erinnerung, kein Gedanke an ihn mit der Wirklichkeit mitkommt? Die blonden Haare, seine blauen Augen, sein Lächeln – das kann mein Kopf sich alles merken. Nicht aber, wie er mich ansieht. Wie er ... »Was ist passiert?« Erst jetzt fällt mir die Schramme über seinem linken Wangenknochen auf.

»Ach, nur ne kleine Auseinandersetzung«, winkt Kjell ab, als sei das gar nichts, beißt sich dann aber auf die Unterlippe. Also gelogen.

»Und ... wer hat gewonnen?«

»So 'n kleiner Tannenbaum.«

»Jaaaa, man sollte die nie unterschätzen. Aber, ähm ... willst du dich nicht setzen?«

Kjell wählt wieder den Sessel und ich hocke mich im Schneidersitz auf mein Bett. Erst schleichen wir weiter um das eigentliche Thema rum, ich erfahre, was das tatsächlich für eine Mords-Aktion mit Berti war, und dass Caja wahrscheinlich Miete für ihre Lichterkette fordern wird.

Und erst dann, als es wieder still zwischen uns wird, lehnt sich Kjell nach vorne und wird ernst. »Jetzt aber zu vorhin, okay? Tessa verdächtigt tatsächlich dich. Ich hab ihr gesagt, wie bescheuert das ist. Und auch, dass sie sich für morgen ein anderes Opfer suchen muss, denn sollte was wegkommen, kannst du es ja nicht gewesen sein. Weil, und den Satz musst du dann wohl gehört haben: *Weil ich Svea abgezogen habe.* Was Tessa dann aber daraus gemacht hat, war ...« Er fährt sich durch die Haare. »Einfach erstunken und erlogen.«

»Okay.« Ich lächele Kjell an und zum ersten Mal seit heute Nachmittag kostet es mich keine Kraft. Ich glaube ihm, und ich weiß jetzt auch, dass ich mir selbst glauben kann. Meiner inneren Stimme, die mich schon die ganze Zeit gewarnt hat, Tessas plötzlicher Freundlichkeit nicht zu trauen.

Erneut keimt der Verdacht in mir auf, dass sie diese Diebstähle vielleicht selbst verübt, nur um sie mir in die Schuhe zu schieben. Doch ich behalte meinen Verdacht für mich. Ich habe keine Beweise. Und das würde mich auf die gleiche Stufe mit ihr stellen.

»Dann ist zwischen uns wieder ... wieder alles gut?« Kjell sieht mich fragend an, und ich Idiot nicke einfach nur.

Weil in mir, was uns beide angeht, einfach mehr ist – mehr als nur *gut*.

Er stützt sich auf seinen Knien ab, um aufzustehen, dabei bleibt sein Blick am Boden hängen. An meinem Rentierkostüm?

Ich habe es gerade nur schnell zusammengelegt, um es morgen gleich in die Wäsche zu geben. Ihm aber entlockt es ein versecktes Grinsen.

»Was ist?«, frage ich.

»Ach, ich glaub, ich frag Kristan einfach mal, ob das jetzt nicht deine neue Dienstkleidung werden könnte.«

»Was?« Empört lache ich auf. »Bloß nicht. In dem Teil geht man ein.«

Kjell und ich, wir sehen uns einen Moment nur an, sagen beide nichts mehr. Kann Stille knistern? Ich höre sie. Spüre sie auf meiner Haut. Und überall in mir drin.

»Tja, dann ...« Er beißt sich auf die Lippe, steht aber tatsächlich auf. »Gehe ich mal besser.«

Und ich? Kann ihm wohl schlecht sagen, bleib einfach.

Bleib hier.

Aber ich nehme ihn mir mit – in meine Träume.

Ihn, Berti und unzählige rosa schimmernde Einhörner.

DONNERSTAG, 21. DEZEMBER

Svea

Bis gestern war ich für die meisten Gäste unsichtbar. Die gute Fee halt, die im Hintergrund für Ordnung sorgt – mehr oder weniger. Und heute?

Mein Auftritt als Rudolphine hat mich über Nacht quasi berühmt gemacht. Ich bin umringt von Kindern, höre meinen Namen von allen Seiten und weiß überhaupt nicht, was ich als Erstes machen soll.

»Komm!« Der kleine Thore hängt an meiner linken Hand und zieht mich zu Kimmos Tür. Alleine traut er sich nicht hin. Meine andere Hand hat sich Jenny geschnappt, die Freundin von Caja. Sie will, dass ich die Teebeutelschachtel mit ihrem Namen vom Baum pflücke. Denn sie hat bei den anderen schon gesehen, was darin versteckt ist. Fünf Marshmallows – für das Lagerfeuer heute Abend bei der Feier zur Wintersonnenwende.

»Moment, Thore.« Ich nehme den kleinen Kerl auf den Arm, damit er in dem ganzen Gewusel nicht untergeht. »Wir schauen gleich nach Kimmo, ja? Erst mal helfe ich Jenny.«

Kristan hat gestern ja schon gesagt, dass sich die Teebeutel-Dekoration schlimmer anhört, als sie aussieht. Und: Ich muss ihm absolut recht geben. Im schummerigen Licht der Lobby wirken die angestrahlten weißen Beutelchen am Weihnachtsbaum beinahe wie Schneeflocken. Man darf nur nicht zu genau hinschauen.

»So, hier ist sie. Aber den Inhalt bis heute Abend aufbewahren, okay?«, ermahne ich Jenny und gebe ihr die Schachtel. Die anderen Kinder, die noch Schlange stehen, übernimmt Kristan, damit ich mit Thore endlich zu Kimmo kann.

»Ist er jetzt zu Hause?« Fast andächtig hockt er sich vor die Wichteltür, meine Hand wieder fest umklammert.

»Ich denke schon. Wahrscheinlich schläft er. Das war ja heute Morgen alles mächtig anstrengend für ihn.«

»Hast du Kimmo schon mal gesehen?«, fragt er ganz leise, als wolle er ihn nicht wecken.

»Nein, leider nicht. Aber ich stelle ihn mir total süß vor. Klein, mit einer runden Nase und mit einer langen Zipfelmütze. Und du?«

Thore legt den Kopf schief und überlegt etwas länger. »Rot. Er hat ein rotes Kleid an. Und einen langen Bart.«

Dass man hier nichts anfassen darf, muss ich ihm nicht erklären. Er streckt zwar seinen Finger nach Kimmos kleinem Jutesäckchen aus, hält dabei aber so viel Abstand, dass er es nicht mal berührt. »Was ist da drin?«

»Das wüsste ich auch gern. Vielleicht ganz viele kleine Geschenke? Für seine Wichtelfreunde? Oder ...«

»Ganz viele frisch gebackene Pepperkakkas? Nur für mich?«, ertönt Kjells Stimme hinter mir. Sofort steigt kribbelige Vorfreude in mir auf. Einfach nur darauf, ihn zu sehen.

»Für dich? Von wegen.« Mit einem Lächeln drehe ich mich zu ihm um.

Verdammt, er sollte echt Wollmützen-Model werden. Genau so, wie er jetzt gerade dasteht. Mit den blonden Haarsträhnen, die unter ihr hervorlugen, seinen strahlenden Augen und dem so charmanten Grinsen.

»Nee, Kjell, Lebkuchen sind das nicht«, meint Thore bestimmt. »Die würde man riechen.«

»Stimmt!« Kjell hockt sich neben ihn, und ich werde gleich
von Caja bestürmt, die wohl mit ihm draußen Schnee schippen
war. Ihre Hände sind ganz kalt. »Kannst du mir meine Schachtel geben?«

Am Baum hängt nur noch ihre und eine weitere. *Für Marlene.*
Ob sie dem Mädchen auf dem Sofa gehört?

Sie sitzt schon eine Weile dort, ist sicher schon zwölf und hat
sich vorhin nicht an dem Freudentanz um den Baum beteiligt.
Ich will gerade auf sie zugehen, als ich ihren Blick bemerke.
Er gilt nicht mir, er gilt Kjell. Und in ihren Augen liegt eine so
offene Sehnsucht, dass mir klar wird, auf was sie wartet. Oder
besser gesagt: auf wen.

Ich möchte ihr den Moment nicht nehmen und geselle mich
zu Kristan, der gähnend am Durchgang zum Speisesaal steht.

Sechs Uhr Arbeitsbeginn ist echt hart. Wir haben es jetzt erst
kurz nach neun und ich könnte mich glatt noch mal hinlegen.

Wir beschließen, gleich erst mal eine Kaffeepause einzule-
gen, bevor wir Kimmos Fußspuren verwischen, und dann: den
Weihnachtsbaum schmücken.

Aus dem Augenwinkel beobachte ich Kjell, der Marlene mittlerweile ebenfalls entdeckt hat und auf sie zugegangen ist. Er
macht es ihr eigentlich wirklich leicht, redet völlig locker mit
ihr, und schafft es doch nicht, ihr die Schüchternheit zu nehmen. Ihre Finger verknoten sich fast ineinander, ihre Wangen
glühen. Und ich? Kann sie so gut verstehen.

Denn genau so habe ich früher auch immer dagestanden,
wenn ich verunsichert war. Und stehe ja auch heute noch oft
genug so da. Nur bei Kjell komischerweise nicht. Irgendwie

schaffe ich es, ihm gegenüber erstaunlich locker zu bleiben, mich mehr zu trauen.

»Svea? Gut, dass ich dich sehe.« Annika, Kjells Mutter, kommt auf mich zu, ganz ungewohnt in Winterjacke und Jeans. Auf ihren Lippen liegt ein Lächeln, trotzdem halte ich die Luft an. Dass Kjell an mich glaubt, bedeutet mir so viel. Aber ... tut sie es auch?

»Ich habe deinen tollen Auftritt gestern leider verpasst, doch ich habe mir sagen lassen, dass der Abend ein voller Erfolg war. Auch und vor allem durch dich.«

»Danke.« Erleichtert strahle ich sie an. »Janne und mir hat es auch wirklich großen Spaß gemacht.«

»Das ist schön. Und ich hoffe sehr, wir sehen dich wieder auf der Bühne. Jetzt aber muss ich erst mal aufs Eis.« Sie zieht sich eine weiße Mütze über ihre blonden, heute offenen Haare. »Leider hat meine Tochter mein ›Ich gehe mit dir Schlittschuh fahren‹-Versprechen nicht vergessen.«

»Natürlich nicht«, schaltet sich Caja ein. »Und auch nicht, dass wir danach noch Schlittenfahren wollen.«

»Jaaaaa, man sollte mit solchen Zusagen echt vorsichtiger sein.« Annika lacht und zwinkert mir zu, bevor sie mit einer vor Freude rumhopsenden Caja nach draußen verschwindet.

Es ist schon komisch. Das Leben spielt hier echt Jojo mit mir. Stimmungsmäßig geht es für mich rauf und runter. Gerade bin ich mal wieder oben und ... gibt es nicht irgendwas, woran ich mich festhalten kann? Damit es mal ein bisschen länger so bleibt?

Ich drehe mich zu Kjell um, und zack!, bin ich wieder unten. Denn eisige blauen Augen starren mich an. Tessa steht im Durchgang zum Speisesaal, mit einer Zigarettenschachtel und ihrem Feuerzeug in der Hand. Wohl um draußen eine Raucherpause zu machen, aber jetzt steht sie da wie angewurzelt.

Mich mit Annika und Caja zu sehen, fröhlich plaudernd, das kann ihr nicht gefallen haben, und genau das lässt sie mich auch spüren. Doch neben ihrer Wut liegt noch etwas anderes in ihrem Blick. Etwas, das ich von meinem eigenen Spiegelbild kenne. Etwas Trauriges, Einsames.

Sie presst die Lippen zusammen und geht dann weiter. Durch die Fensterscheibe sehe ich, dass sie Mühe hat, ihre Zigarette anzuzünden. Ihre Hände zittern.

»Lass dich nicht einschüchtern.« Kjell legt ganz sacht eine Hand auf meine Schultern. »Sie hat versucht, einen Keil zwischen uns zu treiben. Und das ist ihr nicht gelungen. Geh ihr am besten einfach weiter aus dem Weg.«

»Nichts lieber als das«, antworte ich. Und ahne doch, dass das nicht reichen wird.

Kjell

»Also dann: Willkommen im *Slott Hotell* – auch noch mal von meiner Seite! Die meisten von Ihnen kenne ich ja bereits, und es ist immer schön, Sie wieder bei uns begrüßen zu dürfen.«

Öffnungszeiten des Restaurants, Kinderanimation, Skikurse. Heute mache ich den Willkommensempfang im Wintergarten für die neu eingetroffenen Gäste. Nicht, um meinen Eltern einen Gefallen zu tun, sondern Caja. Immerhin wartet sie schon seit Wochen auf den versprochenen Mutter-Tochter-Tag. Und vor Weihnachten wird das sonst nichts mehr.

Außerdem kann Dad dadurch die Rezeption im Auge behalten. Bisher sind dort zum Glück keine weiteren Beschwerden über verschwundene Sachen eingegangen.

Ich lächele in die Runde, erzähle von den neuen Angeboten hier, kann aber nicht verhindern, dass mein Blick dabei immer wieder zum Klavier wandert. Der Deckel ist geschlossen, der Hocker leer. Und doch sehe ich Svea da sitzen, in ihrem Rentier-Kostüm. Höre ihr Lachen, ihr Spiel.

»Und für die Kleinsten? Da gibt es auch Skikurse, oder?«

»Äh ... ja, natürlich!«

Thores Vater sieht mich erwartungsvoll an, während der Kleine sich eher verängstigt an ihn kuschelt. Wie alt ist er? Drei Jahre? Vier?

Caja hat etwa im gleichen Alter angefangen und konnte es damals gar nicht erwarten, endlich auch auf den Brettern zu stehen. Thore hingegen wirkt so, als würde er gern noch ein paar Jahre warten.

»Wir kooperieren seit der vorletzten Saison mit einer Ski-schule, und die bieten für jede Altersgruppe passende Kurse an. Für Thore würde ich den Bambini-Kurs empfehlen. Das sind zwei Stunden pro Tag, und die reichen am Anfang völlig aus.« Ich nehme die Flyer vom Glastisch und teile sie aus. »Genaue Beschreibungen zu den Kursen, aber auch zu den Angeboten rund ums Hotel finden Sie hier. Für Rückfragen und Anmel-dungen steht Ihnen unser Rezeptions-Team den ganzen Tag zur Verfügung.«

Es kommen noch vereinzelt Fragen, auch zum heutigen Win-tersonnenwende-Fest, dann bin ich endlich durch. Es ist bei-nahe zwölf Uhr. Und mich zieht es zurück in die Lobby.

Eigentlich habe ich jetzt frei, aber ich will Kristan meine Hilfe bei den Vorbereitungen für den heutigen Abend anbieten – aus rein egoistischen Gründen natürlich.

»Kjell, eine Frage noch.« Herr Sörenson fängt mich an der Tür ab, mit Marlene an seiner Seite. Oder besser gesagt in seinem Rücken. Und ich bin echt ratlos. Denn auch wenn ich mir alle Mühe gebe, locker auf sie zuzugehen, schafft sie es kaum, mich überhaupt anzusehen.

»Du hattest doch das letzte Mal, als wir da waren, eigene Skikurse angeboten, oder?«

»Nein, nein«, winke ich sofort ab. »Ich hab nur bei den Kids mit ausgeholfen. Jetzt haben wir dafür Profis.«

»Ah, ich verstehe. Aber du gibst doch sicher Privatstunden, oder?« Herr Sörenson deutet mit einem Nicken zu Marlene, während seine Hand ins Jackett greift. Um bereits das Portemonnaie zu zücken?

»Dafür habe ich leider keine Zeit«, antworte ich bemüht freundlich, spüre dann aber, wie mir das Lächeln verrutscht, als ich die zusammengerollten Geldscheine sehe, die er mit einem Augenzwinkern hervorholt. Als wäre ich käuflich ...

Ein bitterer Geschmack breitet sich in meinem Mund aus. Und wenn *mir* das Ganze schon so unangenehm ist, wie muss es dann erst für Marlene sein?

Sie hat den Kopf so eingezogen, dass ich mich richtig zu ihr runterbeugen muss, um sie ansehen zu können. »Wenn mich nicht alles täuscht, warst du das letzte Mal schon total sicher auf den Skiern. Und ... kennst du die Paulsen-Zwillinge? Sie dürften in deinem Altern sein. Komm mal mit!«

Erst sieht sie verunsichert zu ihrem Vater, folgt mir dann aber an die Rezeption. Junes und Hannah. Die beiden hatten sich heute Morgen schon angemeldet, und tatsächlich ist in ihrem Kurs auch noch ein Platz frei. Nik, unser Auszubildender, trägt Marlene gleich ein und bietet ihr auch an, ihr die Zwillinge heute Nachmittag beim Kaffee vorzustellen.

Während Dad dann alle weiteren Formalitäten klärt, Bezahlung, Shuttlezeiten, Skiausleihe, sehe ich mich nach Svea um und kann mir ein Grinsen nicht verkneifen. Mit vor Begeisterung glühenden Wangen durchwühlt sie gerade einen der vielen Kartons, die um sie, Kristan und den Weihnachtsbaum herumstehen. Mir ist schleierhaft, was sie da eigentlich noch sucht, denn ich sehe keinen einzigen freien Platz mehr zwischen den Zweigen. Der Baum ist über und über mit Kugeln geschmückt, in allen erdenklichen Größen.

»Ich hab sie!« Svea taucht wieder aus ihrem Karton auf, eine Christbaumspitze in der Hand.

»Dann rauf mit dir!« Kristan hält die Leiter fest, grinst dabei aber zu mir rüber. »Für das Abschmücken kannst du mir gleich schon mal Überstunden eintragen.«

»Wieso? Ich finde, ihr macht das toll. Aber da fehlt schon noch was!«

»Echt? Wo?« Svea kommt oben ins Straucheln, kann sich aber zum Glück schnell abfangen. Leider schaffe ich es unten nicht, ernst zu bleiben, und kassiere von ihr eine herausgestreckte Zunge.

»Ne, im Ernst. Der Baum sieht toll aus«, rufe ich ihr zu. In diesem Moment macht mir Janne aus dem Durchgang zum Speisesaal ein Zeichen.

In ihren Augen liegt etwas Beunruhigendes.

»Was ist denn?«

»Tessa baut Mist. Glaub ich zumindest«, zischt sie mir zu. »Sie ist vor ein paar Minuten mit deinen Eltern in eurer Wohnung verschwunden.«

»Mit meinen Eltern? Ist Mum nicht mit Caja unterw–«

»Nein, nicht mehr. Ich hab gesehen, wie deine Mutter sie bei Jenny und ihren Eltern gelassen hat. Ich weiß nicht, worum es geht. Kann es mir aber denken.«

Scheiße! In mir herrscht plötzlich totaler Luftmangel. »Danke für die Warnung«, bringe ich noch raus, dann lasse ich sie stehen und laufe auf unsere Tür zu.

Kaum habe ich sie aufgerissen, pralle ich mit Tessa zusammen. Mit Nachdruck schiebe ich sie von mir. Ich kann ihre Nähe nicht mehr ertragen, will sie gleich angehen, sehe dann aber ihre Augen. Sie sind gerötet. Ihre Wimperntusche ist völlig verschmiert.

»Es tut mir leid, Kjell. Aber ... aber ich musste es ihnen sagen.« Ihre geschluchzten Worte klingen, als würde sie tatsächlich etwas bedauern. Und doch würde ich ihr am liebsten sagen, dass sie sich ihre Entschuldigung sonst wohin schieben kann.

»Was, Tessa? Was musstest du sagen?«

»Das, was du nicht hören wolltest.«

»Und das ...« Ich hab keine Chance, weiter nachzubohren, denn Tessa flüchtet an mir vorbei nach draußen.

Einen Moment lang starre ich ihr hinterher.

Das Vertrauen, das meine Eltern in mich setzen, ist groß. Aber sicher nicht grenzenlos. Und was Svea angeht, habe ich es missbraucht, indem ich ihnen verschwiegen habe, dass sie nicht Lena ist. Fliegt das jetzt alles auf?

Wegen so einem Scheiß?

»Gut, dass du da bist, Kjell.« Dad steht am Fenster, als ich das Wohnzimmer betrete, sein Gesicht ist angespannt, seine Augen wirken müde. »Setz dich bitte, wie müssen mit dir reden.«

»Ich kann mir denken, worüber.«

»Ach ja?« Er wartet, bis ich mir einen Stuhl herangezogen habe, und setzt sich dann neben Mum aufs Sofa.

»Tessa ist mir grad im Flur begegnet. Und da sie schon die ganze Zeit rumstänkert, geht es hier sicher um Svea.«

Mum nickt. »Sie glaubt, dass sie etwas mit den möglichen Diebstählen hier zu tun hat.«

»Was absoluter Schwachsinn ist. Ihr wisst doch ...«

»Kjell?« Dad unterbricht mich. »Es sind erneut Sachen verschwunden. Ein Schlüsselanhänger und ein Lederarmband.«

Erleichterung und Besorgnis kämpfen in mir gegeneinander an. Die Erleichterung gewinnt, und ich setze mich aufrechter hin. »Svea hat heute nicht geputzt und sie hat auch gar keine Zimmerkarte mehr. Von daher kann sie es nicht gewesen sein.«

Mum sieht betreten zu Boden, von Dad höre ich ein Räuspern. »Die Sachen fehlen bereits seit gestern, wurden aber erst heute gemeldet.«

Shit!

Mein klares Nein auf ihre Frage gestern, ob ich Svea das zutraue, hat wohl doch nicht ausgereicht, und ich will gerade zu einer Verteidigungsrede ansetzen, da hält Mum mir ihr Handy hin. Auf dem Bildschirm ist ein Foto zu sehen. Es verschwimmt vor meinen Augen, setzt sich wieder zusammen. In mir verstummt alles. Und ich verschlucke mich an den Worten, die ich mir schon zurechtgelegt hatte.

Svea hockt vor dem Kleiderschrank, in einem der Gästezimmer. Ihre Hand liegt an der Tür, sie ist einen Spaltbreit geöffnet.

Ich kann nicht, ich will nicht glauben, was ich da sehe, nur brennt sich jeder Pixel des Fotos in mich ein. Das Personal ist angehalten, keine Schubladen oder Schranktüren zu öffnen.

Und das, was zu sehen ist, ist ein klarer Regelbruch. »Es ... es gibt dafür sicher eine Erklärung.«

»Die hätten wir gerne.« Dads Stimme hat einen ungewohnt fordernden Nachdruck. Weil er ihr eh nicht glauben würde – oder doch zu gern?

»Kjell, unser Eindruck von Svea war und ist bisher sehr gut. Und doch können wir das nicht ignorieren und müssen dem nachgehen. Tessa hat sich sehr schwergetan, uns das Bild zu zeigen. Und ...«

»Ach, wirklich?« Plötzlich ist sie da, die Wut, und überlagert alles. »Kann ich mir nicht vorstellen. Sie hatte Svea von Anfang an auf dem Kieker. Und wie ist das eigentlich? Müsstet ihr Tessa jetzt nicht entlassen? Ich meine, heimlich Fotos von Kolleginnen zu machen. Ist das der Stil unseres Hauses? Andere zu bespitzeln?«

»Nein, natürlich nicht«, entgegnet Mum. »Sie musste es auch sofort löschen. Und wir werden in Ruhe überlegen, wie wir mit ihr verfahren. In erster Linie aber geht es jetzt darum, unser Hotel zu schützen.«

»Vor Svea, ja?« *Ihr habt sie doch nicht alle,* wäre mir beinahe rausgerutscht. Und mich hält hier nichts mehr. »Bevor ihr irgendwas unternehmt oder mit irgendwem redet, möchte ich mit ihr sprechen. Verstanden? Und schick mir das Bild, Mum.« Mit diesen Worten verschwinde ich und knalle die Tür hinter mir zu.

»Ey, manno!«, schimpft Caja, die ich im Flur fast über den Haufen renne. »Sag mal, spinnst du?«

Sie hockt auf dem Boden, den einen Stiefel noch am Fuß, der andere ist irgendwie weggeflogen.

»Sorry. Alles klar?« Ich streichele ihr kurz über den Kopf, werfe ihr vom Eingang aus dann den zweiten Stiefel zu.

»Ne. Ihr seid alle so komisch. Was ist denn los?«

Ich will sie nicht anlügen, und schon gar nicht *Alles gut, Kleine* sagen. »Frag Mum und Dad. Ich muss zu Svea.«

Woher ich die Gewissheit nehme, dass Svea nichts mit der Sache zu tun hat, weiß ich nicht. Ich kenne sie so gut wie gar nicht. Und ihr unerklärliches Auftauchen hier spricht auch nicht gerade für sie. Und doch würde ich meine Skier darauf verwetten, meinen Studienplatz, mein egal was, dass Svea unschuldig ist.

Ich finde sie bei Kristan im Schuppen. Sie hockt auf dem Boden und versucht, unseren metergroßen Stroh-Julbock am Bauch zu flicken.

»Hej, Kjell! Ihr solltet die Mäuse hier echt mit irgendwas anderem füttern, sonst ist von dem Kerl hier bald nicht mehr viel übrig.« Sie sieht kurz auf, will sich wieder dem Bock zuwenden, doch dann zuckt ihr Blick zu mir zurück. Was sie in meinem Gesicht liest, weiß ich nicht, ich aber sehe die kleine Falte zwischen ihren Augenbrauen. Und sie vertieft sich, als ich sie frage, ob sie kurz Zeit für mich hat.

»Klar.« Sie gibt Kristan an der Werkbank Bescheid, und als sie dann auf mich zukommt, vergesse ich für einen Moment den ganzen Mist, der mich belastet. Denn Svea selbst ist ein einziger Julbock – total strohverziert. An ihrer Jeans, an ihrer Jacke, selbst in ihren Haaren hängen Halme, und ihre Versuche, sie sich abzuklopfen, sind nicht wirklich erfolgreich.

»Darf ich?« Vorsichtig entferne ich ein paar Minihalme aus den Haarsträhnen, die sich aus ihrem Zopf gelöst haben. Sie hält ganz still, und ihre blauen Augen lassen mich dabei nicht los. Wie gern würde ich jetzt ihr Gesicht umfassen, sie an mich ziehen und sie vor dem beschützen, was ich ihr gleich antun muss.

»Wenn du jetzt nicht bald was sagst, Kjell, drehe ich durch.«

Wir sind gerade mal ums Hotel rum und in den Wald abgebogen, da bleibt Svea neben mir stehen.

»Okay. Aber bevor ich dir etwas zeige ... Du weißt, dass ich an dich glaube. Und daran hat sich nichts geändert.«

»Das hört sich nicht gut an. Was ... was hast du denn? Was willst du mir zeigen?«

Wollen? Meine Finger brauchen mehrere Anläufe, um das Bild zu öffnen. Ich presse die Lippen zusammen, wappne mich vor dem Schmerz in ihren Augen.

Doch alles, was ich sehe, ist dunkelbau funkelnder Zorn.

Svea

Bisher habe ich mich immer für friedfertig gehalten, jetzt aber weiß ich, dass ich auch anders kann. Meine Hände verkrampfen sich zu Fäusten, und in mir zittert alles vor Wut. Glück für Tessa, dass sie gerade nicht hier ist.

Hatte ich vorhin wirklich Mitleid mit ihr? Wie bescheuert!

Ich hole tief Luft. »Sie stand plötzlich einfach da, mitten im Zimmer. Hat auf freundlich gemacht. Und ich fand das gleich total komisch. Aber da war nur ein Gürtel, Kjell. Der hing aus dem Schrank raus, und ich war grad am Staubsaugen. Ich wollte nicht, dass ich ihn versehentlich mit einsauge. Deswegen habe ich den Schrank ein mini-bisschen geöffnet und den Gürtel reingeschoben. Danach hab ich den Schrank sofort wieder zugemacht. Ich hab wirklich nichts ...«

»Ich weiß.« Kjell lächelt mich an, und seine Augen wirken so klar, so offen, dass ich weiß, in ihm ist kein Hauch von Zweifel. Er glaubt mir wirklich. Und dann sind da auf einmal seine Hände. Warm liegen sie auf meinen Schultern. Kjell ist mir ganz nah und ich lasse mich in seine Umarmung fallen.

Mit einem Seufzen zieht er mich eng an sich. Ich kuschele meinen Kopf an seinen Hals, spüre sein Herz schlagen. Und plötzlich kommen mir die Tränen. Sie sind einfach da und laufen mir über die Wangen.

Ich wollte das alles hier, habe dabei nur nicht gemerkt, dass ich auch viel vermisse. Meine Eltern. Nele. Einfach, dass mich jemand hält. Und dass es jetzt ausgerechnet Kjell ist, lässt wohl den Damm in mir brechen.

»Hey!« Seine Hände streichen mir beruhigend über den Rücken. »Wir kriegen das hin, okay?«

»Aber wie?«

»Ich weiß es noch nicht. Am besten wäre natürlich, wir würden die Sachen finden. Aber ...« Er löst sich plötzlich von mir und sieht mich ernst an. »War Tessa nur das eine Mal bei dir? Als du geputzt hast?«

Ich wische mir die Tränen aus den Augen und schüttele den Kopf. »Nein. Ich hab sie gestern noch mal gesehen. Auf dem Gang. Sie ...« Ich stocke, als ich sehe, wie Kjell die Augen zusammenkneift. »Du denkst, dass sie was damit zu tun hat?«

»Wer weiß ...«

Stumm gehen wir weiter, eine kleine Runde durch den Wald. Und auch wenn immer wieder die Sonne durch die Bäume blitzt und mein Gesicht erwärmt, wird es in mir immer kälter.

Kann es sein, dass durch diesen ganzen Mist jetzt alles auffliegt?

Wenn Kjells Eltern mich tatsächlich verdächtigen, werden sie sich doch bestimmt alle Unterlagen ansehen. Es gibt ja sicherlich Verträge. Helgard hat sogar von Referenzen gesprochen. Also existiert ein Bewerbungsschreiben von Lena, oder? Ein Lebenslauf. Fotos?

Wer einmal lügt ...

Ich spähe vorsichtig zu Kjell rüber. Direkt angelogen habe ich ihn nicht, darauf habe ich immer geachtet.

Und doch habe ich ihn wissentlich ... ja, was? Ihn hintergangen? Im Unklaren gelassen? Und jeder Tag mehr macht es nur noch schlimmer.

»Wir sollten als Erstes mit meinen Eltern sprechen«, unterbricht Kjell die Stille zwischen uns, als das Hotel wieder in Sicht kommt. »Sie mögen dich, das weiß ich, und sie werden dir sicher zuhören. Dann knöpfe ich mir Tessa vor. Oder?«

Ich nicke, doch allein die Vorstellung, seinen Eltern gegenübertreten zu müssen, mich vor ihnen rechtfertigen zu müssen, sorgt dafür, dass es in meinem Mund staubtrocken wird.

Wir wollen gerade in den Garten abbiegen, um das Hotel durch den Hintereingang zu betreten, da höre ich ein leises Schluchzen. Es kommt von den Garagen. Kjell neben mir spitzt auch die Ohren. »Das ... das ist Caja!«

Sofort rennen wir los, mitten durch den Schnee.

Eine rosafarbene Bommelmütze leuchtet uns entgegen. Es ist wirklich Caja. Zusammengekauert sitzt sie auf dem Boden der Garage, doch als sie uns sieht, springt sie sofort auf und wirft sich ihrem Bruder weinend in die Arme. Dabei sucht ihre Hand nach meiner, und als ich sie ihr reiche, zieht sie auch mich fest zu sich.

»Ich hab euch gesucht«, schluchzt sie. »Aber ich hab euch nicht gefunden! Und rein wollte ich nicht.«

Es dauert eine Weile, bis Kjell es schafft, sie zu beruhigen. Dann sitzen wir irgendwann alle drei auf dem Boden. Caja kaut auf ihrer Unterlippe herum, als würde sie sich das, was sie sagen will, doch lieber verbeißen.

»Komm, spuck's aus! Was ist passiert?«, fordert Kjell sie auf. Zaghaft hebt sie den Kopf, sieht zu ihm, zu mir, dann wieder auf den Boden. »Ich weiß, wer es ist. Also ... wer die Sachen weggenommen hat.«

»Was?« Kjell und ich tauschen ungläubige Blicke.

»Ja, und Svea war das nicht. Aber ... mehr darf ich nicht verraten.«

»Wieso? Caja, du weißt, dass du mir alles sagen kannst! Das kann dir niemand verbieten.« Kjell möchte sich ihre Hand nehmen, doch sie zieht sie weg. Mit zusammengepressten Lippen schüttelt sie den Kopf. Ich sehe, wie Kjell mit sich kämpft, sie nicht zu bedrängen. Immer wieder holt er Luft, um etwas zu sagen, lässt es dann aber doch bleiben. Nur hört Caja nicht auf, mit dem Kopf zu schütteln.

»Und ...«, beginne ich zögerlich. »Was, wenn du uns gar nichts verrätst, sondern einfach nur laut denkst und wir es rein zufällig hören?«

»Hä?« Stirnrunzelnd sieht sie mich an. »Das ist doch das Gleiche.«

»Na ja, nicht wirklich. Denn falls dich jemand fragt, kannst du, ohne lügen zu müssen, antworten, dass du uns nichts gesagt hast, oder?«

Kjell nickt mir versteckt zu und auf seinen Lippen ist die Andeutung eines Lächelns zu sehen.

Den Blick wieder gesenkt, spielt Caja mit einem ihrer Schnürsenkel, dann springt sie plötzlich auf und verschwindet um die

Garagenecke. Irritiert sehe ich ihr nach und will Kjell gerade fragen, ob wir ihr nachgehen sollen, als ganz leise ihre Stimme erklingt. Sie weht um die Ecke zu uns in die Garage.

»Jenny, Malte, Romy, Sören ...« Caja zählt eine Reihe von Namen auf und Kjells Augen werden immer größer. Meine bestimmt auch. Denn warum sollten die Kinder klauen, und noch dazu so komische Sachen?

Cajas rosa Bommel taucht wieder auf, sie späht vorsichtig um die Ecke, setzt sich dann aber wieder zu uns. »Die haben Kimmo gespielt! Und ich durfte niemandem was sagen! Sonst wären die doch alle ganz doll sauer auf mich gewesen!«

Das gibt's doch nicht! Das Ganze war nur ein Kinderstreich? Ich meine, okay, viele von denen, die Caja aufgezählt hat, sind echt noch klein. Aber Jenny? Sie ist neun Jahre alt und muss doch wissen, was das für Wellen schlagen kann!

Ich schaue zu Kjell und sehe, wie sich die Muskeln seines Kiefers anspannen. Er muss sich gerade total zusammenreißen, bekommt es aber nicht hin. »Du wusstest das die ganze Zeit und hast nichts gesagt? Weißt du eigentlich, was das Mum und Dad für Probleme gemacht hat? In welche Schwierigkeiten sie das gebracht hat? Und Svea auch?«

Cajas Lippen beginnen zu zittern und erneut kullern Tränen aus ihren Augen. »Dass Svea verdächtigt wird, wusste ich nicht! Wirklich! Und das wollte ich auch nicht. Ich hab es eben erst gehört. Aber ...« Ihr versagt die Stimme, und sie wirkt gerade so klein, so verloren, dass ich sie zu mir auf den Schoß ziehe.

Kjell hingegen schüttelt noch immer fassungslos den Kopf.

»Caja?«, frage ich vorsichtig. »Wo sind die Sachen denn? Weißt du das auch?«

Sie nickt. »Aber die anderen dürfen nicht wissen, dass ich euch das gesagt habe. Sonst sind sie nicht mehr meine Freunde. Und ich hab hier doch sonst keine!«

Jetzt bin ich es, der die Tränen in die Augen schießen. Freunde sind bei mir ein heikles Thema. Ich habe nur Nele und sonst niemanden. Und auch in Kjells Augen sehe ich Verständnis aufglimmen.

»Wir verpetzen dich nicht bei den anderen«, verspreche ich.

»Sie ... sie sind in Kimmos Sack.«

Vor dem ich heute Morgen noch mit Thore gesessen habe.

»Danke, Caja!«, höre ich Kjell sagen, und kaum lächelt er, springt sie auf und landet in seinen Armen. »Ich hab nichts weggenommen! Obwohl sie gesagt haben, ich soll das auch machen. Wirklich nicht.«

»Ist schon gut.« Über ihren Kopf hinweg sieht er mich an. Und ich wette, er stellt sich gerade die gleiche Frage: Wie können wir das Ganze nur auflösen, ohne sie zu verraten?

»Weißt du denn, was die vorhatten? Wie sie den Streich aufdecken wollten?«, frage ich sie.

»Nein. Die haben gestritten. Weil, ein paar wollten es schon sagen, aber Malte hat es ihnen verboten.«

»Malte? Dann ist er bei euch der Chef?«, hakt Kjell nach.

»Ja. Der ist ja auch der Stärkste.«

»Verstehe«. Er nickt nachdenklich und rutscht sie dann so auf seinem Schoß zurecht, dass er sie ansehen kann. »Pass auf, wir werden alles versuchen, um dich aus der ganzen Sache rauszuhalten. Versprochen, okay? Aber Mum und Dad müssen wir es unbedingt erzählen.«

»Die werden aber mit mir schimpfen – so wie du grad.«

»Das war nicht okay von mir. Ich hätte dir erst mal zuhören

sollen. Das werden Mum und Dad sicher besser machen. Und außerdem sind wir ja bei dir.«

Caja sieht mich hoffungsvoll an. »Kommst du auch mit?«

»Ähm ... ich denke, ihr solltet das erst mal allein klären.«

»Nein.« Sie schüttelt den Kopf, und auch Kjell ist der Meinung, dass ich mitkommen sollte. »Dich betrifft das Ganze doch am meisten.«

Stimmt. Und gerade deswegen ...

Ein unangenehmer Druck breitet sich in meinem Magen aus. Bisher habe ich nicht viel Kontakt zu Kjells Eltern gehabt, ihre Nähe auch nicht unbedingt gesucht. Und ich hatte nicht vor, daran etwas zu ändern.

»Ich finde, das ist ein Familiending«, weiche ich daher aus. »Außerdem braucht Kristan mich echt im Schuppen.«

Kjell runzelt die Stirn, nickt dann aber. »Okay. Eine Entschuldigung ist von meinen Eltern aber trotzdem noch fällig.«

Genau das befürchte ich ja – und will es nicht.

Ich finde seine Eltern echt nett und bin total erleichtert, dass sich die Sache mit den gestohlenen Sachen aufgeklärt hat und ich damit aus dem Schneider bin.

Aber eine Entschuldigung?

Wie sollte gerade ich, die hier alle beschummelt, eine Entschuldigung von ihnen annehmen können?

Kjell

Caja sitzt wieder auf meinem Schoß und lehnt sich so fest an mich, dass ich kaum Luft bekomme. Tapfer erzählt sie Mum und Dad aber alles, was sie weiß.

Das Erstaunen unserer Eltern ist groß, noch größer dann die Erleichterung, die sich auf ihren Gesichtern abzeichnet. »Ein

Streich ...! Und wir haben geglaubt, hier klaut jemand.« Mum sieht Dad kopfschüttelnd an, doch bevor er etwas erwidern kann, fängt Caja sofort an, sich zu rechtfertigen. »Ich wollte das nicht. Ich hab auch nicht gewusst, dass ihr euch solche Sorgen macht. Und ich durfte nichts sagen, sonst –«

»Caja, alles gut.« Dad streckt ihr seine Hände entgegen und mit einem Satz ist sie bei ihm. Behutsam streicht er ihr über den Kopf. »Ich bin auch hier im Hotel aufgewachsen. Und ich weiß, wie schwer das manchmal ist. Wir müssen jetzt nur überlegen, wie wir den Streich beenden und unsere Gäste ihre Sachen zurückbekommen.«

Wir gehen einige Möglichkeiten durch. Kristan könnte sie zufällig finden. Oder der Putzdienst. Doch meiner Meinung nach wäre Caja nur dann vollends entlastet, wenn die Kinder alle live dabei sind – damit sie nicht auf die Idee kommen, Caja hätte das Versteck verraten.

»Ich sag erst mal Helgard Bescheid, sie müsste noch da sein.« Mum steht auf. »Kommst du mit, Caja? Immerhin hast du alles aufgeklärt, und wir können ihr auch gleich sagen, wie wichtig es ist, dass sie noch niemandem etwas verrät.«

Caja nickt, und kaum sind die beiden aus dem Raum, holt sich Dad einen Cognac und lässt sich mit einem Seufzer in den Sessel fallen. »Wir haben früher ja auch jede Menge Mist gebaut, aber so was? Das wäre uns im Leben nicht eingefallen!«

Neugierig beuge ich mich vor. »Ach ja? Was hast du denn so angestellt?«

»Och!« Dad grinst verschmitzt in sein Glas. »Zucker und Salz vertauscht? Oder die Schlüssel der Gäste? Wir haben auch mal mit Schneebällen versucht, auf die Fenster zu zielen. Und für die oberen gab es echt viele Punkte. Hinterher aber auch ziemlich Ärger. Eins ist nämlich kaputtgegangen.«

Ich versuche, mir Dad als Kind vorzustellen. Ich kenne ja einige Fotos, aber die meisten zeigen ihn eher ernst. In braver Kleidung mit seinen Eltern. Und die sind alles andere als locker.

»So, Helgard war noch da und ist informiert.« Mum kommt ins Wohnzimmer zurück und setzt sich auf die Armlehne von Dads Sessel. »Caja ist draußen. Und ich hätte heute überhaupt nichts gegen einen freien Abend einzuwenden.«

Dad greift nach ihrer Hand. »Wir begrüßen die Gäste nur und gehen dann wieder, hm? Die Wintersonne wendet sich dieses Jahr dann einfach mal ohne uns.«

Ich hätte auch nichts gegen einen freien Abend, und ich weiß auch genau, mit wem ich ihn gerne verbringen würde. Nur war ich es ja selbst, der Svea für die Animation eingeteilt hat. Wenn ich sie also sehen will, bleibt mir nichts anderes übrig, als heute Abend mitzufeiern.

»Ich geh dann mal, okay?«

»Natürlich, Kjell. Und ...« Mum lächelt mir zu. »Danke! Sag Svea bitte, dass wir unbedingt noch mit ihr sprechen wollen, ja? Und dass uns das Ganze wahnsinnig leidtut.«

»Mach ich«, antworte ich.

»Ach, Kjell, eine Bitte noch.« Dad hält mich an der Tür zurück. »Es geht um Tessa. Wir sind der Meinung, du solltest die Entscheidung treffen, wie wir weiter mit ihr verfahren. Wir könnten ihr kündigen – aber eigentlich brauchen wir sie. Vielleicht eine Abmahnung? Denk mal drüber nach, ja?«

Sie überlassen das wirklich mir? Ich will Tessa natürlich am liebsten sofort loswerden. Nur geht es hier nicht nur um mich.

»Wir besprechen das morgen, okay? Ich möchte noch mit Svea reden.«

Meine Eltern nicken sich zu, dann aber neigt Mum ihren Kopf zur Seite und sieht mich mit einem merkwürdigen Lächeln an.

»Was ist?«

»Kann es sein, dass du gerade dabei bist, dein Herz zu verlieren, Kjell?«

Das habe ich schon längst wäre die richtige Antwort, stattdessen aber runzele ich die Stirn und lächele sie dann genauso merkwürdig an. »Kann es sein, dass euch das überhaupt nichts angeht?« Klar habe ich ihnen das Versprechen gegeben, nichts mehr mit einer Mitarbeiterin anzufangen. Aber schließlich ist Svea ja gar keine echte Aushilfe ...

Im Flur schnappe ich mir meine Jacke, meine Mütze – finde aber meine Handschuhe nicht. Liegen die noch im Büro?

Es ist schon nach 17 Uhr, im Verwaltungstrakt ist es bereits ruhig. Nur Helgard ist noch da, ich sehe sie durch die Glasscheibe. Sie winkt mich zu sich und teilt mir mit, wie erleichtert sie ist. »Andererseits würde ich den kleinen Gaunern am liebsten die Ohren so langziehen, dass man sie als Weihnachtsschmuck an den Baum hängen könnte. Aber deine Mutter meinte, ihr habt eine andere Idee?«

»Noch nicht wirklich. Entweder lassen wir jemanden vom Housekeeping die Sachen finden oder Kristan. Aber ... ich sag dir auf jeden Fall morgen Bescheid.«

Meine Handschuhe liegen tatsächlich noch auf dem Schreibtisch, und ich will gerade die Tür zu meinem Büro wieder schließen, als mein Blick auf Carlos leeres Körbchen fällt. Komisch. In unserer Wohnung war er eben auch nicht.

»Helgard? Weißt du, wo Carlo steckt?«

»Nein, tut mir leid. Ich hab ihn vorhin in der Lobby gesehen, da hatte ich aber keine Zeit, ihn zurück ins Büro zu bringen. Ich hoffe, er kratzt dort nicht an den Sesseln!«

Das kann doch nicht wahr sein. Reicht es für heute nicht endlich mal?

Carlo einzufangen, das kann dauern, doch als ich in die Lobby komme, erwartet mich zur Abwechslung mal eine positive Überraschung. Denn Marlene hockt im Schneidersitz auf einem der Sessel und auf ihrem Schoß sehe ich schwarzes Fell. Carlo lässt sich sonst eigentlich nicht von Fremden streicheln.

»Na, dem geht's bei dir aber gut«, sage ich freundlich.

Marlene hebt den Kopf und zum ersten Mal sehe ich sie strahlen. Total offen und glücklich. »Er ist hier rumgestreunert. Und ... ich wollte ihn nur kurz streicheln. Aber jetzt will er gar nicht mehr weg. Vielleicht hat er gemerkt, dass ich mich mit Katzen auskenne. Wir haben auch eine zu Hause.«

Sie hört gar nicht mehr auf zu reden, erzählt mir, wie ihre Katze heißt, beschreibt mir ihr Fell – doch ich höre ihr gar nicht richtig zu. Denn da ist plötzlich ein Gedanke.

Nein, kein Gedanke. Es ist die Lösung!

Für Caja. Für die Sachen in Kimmos Beutel. Und wenn Carlo wirklich mitspielt, für ein Happy End.

Svea

Ich heiße Svea Larson-Sommer, und ich habe noch nie in einem Hotel gearbeitet.

Nein. Das klingt blöd.

Ich kippe den letzten Baumstumpf ein wenig zur Seite und rolle ihn zum Lagerfeuer.

Kjell, ich muss dir was sagen. Ich bin nämlich nicht die, für die du mich hältst.

Das ist noch blöder. Und am blödesten wäre es wahrscheinlich, es ihm gerade heute zu sagen. Er hat so fest an mich geglaubt, sich für mich eingesetzt, und dann gestehe ich ihm, dass ich mich für eine andere ausgegeben habe?

»Svea? Reicht das jetzt mit dem Holz?«

»Was? Ja, ja, klar!« Ich streichele Caja über ihre Bommelmütze. »Und du musst mir hier wirklich nicht helfen. Geh ruhig zu den anderen, hm?«

Caja legt die zwei Holzscheite neben das bereits brennende Feuer und sieht zu ihren Freunden rüber. »Aber ich hab Angst, dass sie es merken. Also, dass ich sie verraten habe.«

»Bestimmt nicht. Guck mal, die sind grad mit was ganz anderem beschäftigt.«

»Mit unserem Schnee-Iglu.« Caja lächelt.

»Genau. Und da können sie dich bestimmt verdammt gut gebrauchen.«

»Okay.« Ihre ersten Schritte sind noch zögerlich, aber als Malte und Sören sehen, dass sie kommt, und ihr zuwinken, beginnt sie zu rennen. Um die Holzbänke herum, zwischen den Klappliegestühlen an Jannes Getränkestand vorbei, hin zum Iglu. Und ich habe endlich einen Moment, um durchzuschnaufen.

Wahrscheinlich kann ich mich morgen nicht mehr bewegen. Kristan und ich haben die letzten Stunden echt geackert. Überall Fackeln aufgestellt, Windlichter und Sitzkissen verteilt, die Grillbude mit Lichterketten geschmückt, den Platz für das Lagerfeuer freigeräumt. Aber es hat sich voll gelohnt, denn es sieht wirklich märchenhaft schön aus – wie ein richtiger kleiner Weihnachtsmarkt.

Ich setze mich auf einen der Baumstümpfe am Feuer und hole mein Handy raus. Eigentlich um Fotos zu machen, aber dann sehe ich, dass Yva geschrieben hat.

Langer Spaziergang am Strand. Uno gespielt – du hast zweimal gewonnen. Zusammen Brot gebacken. 😊

Es ist unser Tagesbericht – wie jeden Abend. Damit wir meinen Eltern auch ja das Gleiche erzählen. Von den Uno-Karten hat sie sogar ein Foto geschickt. Ich habe haushoch gewonnen.

Genieß die Zeit, Svea! Feier dein Leben – und die Wintersonnenwende. Sie bringt das Licht zurück. Und hat etwas ganz Magisches. Wenn wir es zulassen ...

Was Magisches?

Ich schaue vor mir in die Flammen. Sie knistern und zischen, so als ob sie mir tatsächlich etwas zuflüstern wollten.

»Hej. Ihr habt ja richtig gezaubert.«

Überrascht sehe ich hoch. Kjell ist da, mit zwei Bechern Glögg in der Hand. Und einem Lächeln, das tatsächlich etwas Magisches hat. Denn es strahlt wieder. »Ich glaub, so viele Fackeln hatten wir hier auf der Wiese noch nie.«

»Nein?« Ich stecke das Handy weg und stoße mit ihm an. Nur Mandeln, keine Rosinen. Ungläubig starre ich in den Becher.

»War doch richtig, oder? Keine Rosinen?«

»Ja, schon ...« Dass er sich das gemerkt hat ...

Ich spüre, wie etwas in mir aufglitzert. Es tief in mir drin ganz hell wird. Denn dass ich keine Rosinen mag, wissen nicht viele. Meine Eltern, klar. Nele. Und auch Yva – wenn sie es nicht mal wieder vergessen hat. Und nun Kjell. Den ich gerade mal fünf Tage kenne.

Ich will mich bei ihm bedanken, ihn fragen, wie das Gespräch mit seinen Eltern gelaufen ist, doch als er sich auf den Baumstumpf neben mich setzt, bin ich für einen Moment wie gebannt. Die Flammen des Lagerfeuers spiegeln sich in seinen Augen. Sie flackern und lassen sie fast golden leuchten.

Man muss es nur zulassen ...

Kjell ist es, der dann einfach anfängt zu erzählen, und als ich höre, wie seine Eltern reagiert haben, atme ich erleichtert auf.

»Das heißt, sie sind nicht sauer auf Caja?«

»Nicht sonderlich. Aber was noch besser ist – ich hab ne Lösung. Also, wie wir das Ganze zu Ende bringen können.«

»Echt? Wie denn?«

»Wir brauchen dazu nur Carlo und eine Handvoll Lachs-Huhn-Sticks, die wir ...«

»... in Kimmos Beutel verstecken«, beende ich seinen Satz. Die Idee ist genial!

»Morgen Nachmittag ist ja die Plätzchen-Tausch-Aktion im Foyer. Und das bedeutet: Alle kriegen es mit.«

Wir lächeln uns an, und da ist es wieder, dieses goldene Flackern in seinen Augen. Er ist mir so nahe, dass ich am liebsten meinen Kopf an seine Schulter lehnen würde. Und ich weiß nicht, woher ich den Mut nehme, aber ich mache es einfach. Ganz vorsichtig nur. Und Kjell? Er kommt mir entgegen, seine Wange berührt meine Stirn. Wärme durchströmt meinen Körper und ein so sehnsuchtsvolles Ziehen, dass es beinahe wehtut.

Ich habe mich immer gefragt, wie man sich sicher sein kann, dass er es ist – der Richtige. Woher man das weiß. Und nun kenne ich die Antwort. Wissen kann man es nicht, man fühlt es. Und ich habe ihn gefunden. Es ist Kjell.

»Danke«, flüstere ich und will noch anfügen *Für alles*, nur sind wir nicht mehr allein. Stimmen nähern sich, die Musik aus den

Lautsprechern setzt ein. Die Gäste kommen und die Feier zur Wintersonnenwende beginnt.

»Ich würde später gern noch mit dir reden, ja?« Kjells Stimme klingt irgendwie belegt, und auch ich muss mich räuspern, um überhaupt eine Antwort rauszukriegen.

»Das ist gut. Ich nämlich auch mit dir.«

»Okay?« Fragend schaut er mich an und mir schlägt das Herz plötzlich bis zum Hals. Der Satz ist mir so raugerutscht, und auch wenn ich weiß, dass es richtig ist und es sich nicht mehr aufschieben lässt, habe ich Angst davor, ihm die Wahrheit zu sagen.

Ich kenne noch längst nicht alle Gäste, schon gar nicht mit Namen, doch heute hat sogar Kjell Schwierigkeiten, den Kindern die passenden Eltern zuzuordnen. Kein Wunder, stecken doch alle dick eingemummelt in ihren Winterklamotten.

»Aus dem Teigklumpen machst du eine lange Schlange und die wickelst du um den Stock. Okay?« Die Großen können das schon selbst, bei den Kleinen müssen wir helfen. Auch dabei, den Stock im richtigen Abstand über die Flamme zu halten. Thore kuschelt sich auf meinem Schoß zurecht, dreht ein bisschen mit am Stock, ist aber viel mehr damit beschäftigt, mich jede Minute zu fragen, ob das Brot nicht endlich fertig ist.

Kjell sitzt mir jetzt gegenüber und ist umringt von den Älteren, die ihm alle von ihren Ski-Erfolgen erzählen wollen. Doch immer wieder begegnen sich unsere Blicke. Und ich bin froh, dass mein Gesicht allein schon wegen des Feuers glüht.

Über seinen Kopf hinweg sehe ich, dass jemand auf uns zukommt, und an den langen blonden Haaren, die unter der dunklen Mütze herausschauen, erkenne ich auch, wer es ist. Lasse. Er lächelt mir zu, legt dann aber, wie auf dem Olsson-Hof schon, verschwörerisch den Finger auf die Lippen. Und ist das ein Schneeball in seiner Hand?

Ich versuche, mir das Grinsen zu verbeißen, doch Kjell kennt mich mittlerweile anscheinend zu gut. Erst sieht er nur fragend zu mir, dann aber dreht er sich abrupt um. Die Kinder um ihn herum springen kichernd zur Seite und Kjell ist mit einem Satz auf den Beinen.

»Schade!« Lasse wirft den Schneeball weit in die Bäume. »Verdient hättest du es aber. Ey, ich hab den ganzen Tag auf eine Einladung gewartet. Aber dann dachte ich, dass ich ja eigentlich gar keine brauche.«

»Stimmt. Trotzdem sorry, hier war viel los.«

»Hej, Svea!« Lasse kommt auf mich zu und rollt sich einen Baumstumpf neben mich. »Und du, kleiner Mann? Wer bist du?«

»Thore.«

Kaum hat Lasse sich gesetzt, wird er von Caja bestürmt. Aus dem ganzen Schwall an Worten verstehe ich nur einen Haufen von »Tomts« und »Tums«. Doch dann erschallt aus allen Kindermündern um mich herum auf einmal das Gleiche: »Tomte Tummetott. Tomte Tummetott!«

Kjell und Lasse versuchen noch, ihren Kopf aus der Schlinge zu ziehen, geben aber schließlich auf. *Tomte Tummetott* ist anscheinend eine Geschichte. Und Kjell und Lasse sollen sie erzählen?

Kjell

Wir haben das Märchen früher in der Schule zusammen vorgetragen. Die letzten Jahre auch ein paarmal hier am Lagerfeuer, und das war vollkommen okay. Aber vor Svea?

Neugierig sieht sie zu mir, dann zu Lasse. Ich stelle meinen Becher ab und gebe mir einen Ruck. »Okay, dann los.«

Immerhin hatte ich mir vorgenommen, dafür zu sorgen, dass Svea hier das schönste Weihnachfest ihres Lebens hat. Und Tomte könnte den Ärger um Kimmo ausgleichen. So von Wichtel zu Wichtel.

»Es ist bereits Nacht. Der alte Bauernhof schläft. Die Tiere schlafen. Die Menschen. Nur einer ist noch wach. Tomte Tummetott«, beginne ich, und sofort wird es am Feuer mucksmäuschenstill. Einige Eltern kommen vom Glöggstand zu uns rüber, stellen sich hinter ihre Kinder oder nehmen sie auf den Schoß.

Meine Rolle ist die des Erzählers und die von Tomte. Lasse übernimmt sämtliche andere Stimmen, und sobald zum ersten Mal die aufgeregten Hühner vorkommen, lachen sich alle halb schlapp. Auch Svea lächelt. Nur darf ich nicht zu oft zu ihr rüberschauen. Ihre Wangen glühen vom Feuer. Ihre Augen strahlen. Und ich bin immer kurz davor, meinen Text zu vergessen, wenn ich sehe, wie andächtig sie uns zuhört.

Doch wir kommen zum Glück ohne große Patzer durch, retten mit Tomtes Hilfe die Hühner und schaffen es, dass der hungrige, schlaue Wolf am Ende trotzdem satt wird.

»Ja, ja. Viele Winter und viele Sommer sah ich kommen und gehen. Geduld nur, Geduld! Der Frühling ist nah«, beende ich mit Tomtes üblichem Spruch das Märchen und greife nach meinem mittlerweile eiskalten Glögg. Bei Applaus weiß ich nie, wo ich hinschauen soll. Dass Svea begeistert klatscht, bekomme ich über den Becherrand trotzdem mit und freue mich tierisch.

Die letzten Marshmallows werden ins Feuer gehalten, Kristan holt seine Gitarre und stimmt zum Abschluss einige Weihnachtslieder an. Zum Glück nicht *White Christmas*. Am Lagerfeuer würde ich es schon gern hören, dann aber mit Svea allein.

Nach und nach leert sich die Wiese, die Eltern sammeln ihre Kinder ein und wir danach alles, was liegen geblieben ist: Handschuhe, Mützen und Spielsachen. Um die Holzbänke und alles andere müssen wir uns zum Glück nicht kümmern, Kristan und Janne stellen sie nur zusammen.

»So, also, ich weiß ja nicht, wie das mit euch ist, aber ich brauch jetzt erst mal –« Was Lasse braucht, kommt bei mir nicht mehr an. Denn ein Schrei zerreißt plötzlich seinen Satz.

Janne? Mein Kopf wirbelt herum.

»Oh Scheiße! Fuuuuck!«, höre ich sie jammern, sehe aber nichts, denn Kristan ist bei ihr. Doch als sein Blick erschrocken zu mir zuckt, renne ich los.

Svea

»Sieh nicht hin, Janne. Sieh mich an, okay?«, höre ich Kjell mit ruhiger Stimme sagen, mich aber beruhigt das überhaupt nicht. Janne ist kreideweiß. Sie sitzt auf einer Decke, Kristan hinter ihr, ansonsten würde sie sicher umkippen.

Kjell hockt vor ihr, und ich weiß nur, es geht um einen ihrer Finger. Beim Zusammenklappen der Liegestühle hat sie ihn sich eingeklemmt.

»Versuch es mal. Ganz vorsichtig. Kannst du ihn bewegen?«

Janne presst die Zähne zusammen, nickt dann aber, und ich sehe, wie sich Kjells Schultern augenblicklich entspannen.

»Dann dürftest du Glück gehabt haben. Scheint nichts gebrochen zu sein.«

»Aber das tut so scheißweh!«, flucht Janne.

»Der Finger ist ja auch ziemlich gequetscht. Und den Nagel hat es ordentlich erwischt. Ich sehe mir das drinnen mal in Ruhe an. Kannst du aufstehen? Oder kippst du mir dann weg?«

»Quatsch!«

Ihre Empörung macht mir Hoffnung, dass es vielleicht echt nicht so schlimm ist. Nur hab *ich* plötzlich Probleme. Ich hab ihren Finger gesehen, den Nagel. Und mir knicken die Beine weg.

»Na hoppla! Gleich die nächste Patientin?« Lasses Hände umfangen meine Taille. »Da musst du dich leider hinten anstellen.«

»Nein, nein, alles gut«, versichere ich ihm, bin aber froh, dass er auf dem Weg zum Hotel zurück trotzdem bei mir bleibt.

Kjell hat einen Arm um Janne gelegt, mit der anderen stützt er vorsichtig ihre Hand. Ich höre sie reden, leise nur, ab und zu Janne auch verhalten lachen. Mit irgendwas versucht er sie abzulenken, was ihm anscheinend auch gelingt.

Kristan schließt ihnen die Tür am Seiteneingang auf, sodass wir nicht durch die Lobby reinmüssen, und verschwindet dann mit Kjell und Janne im Personalraum. Um nicht zu stören, aber auch, weil mir immer noch leicht schummrig ist, bleibe ich draußen im Flur stehen – zusammen mit Lasse.

Ich weiß, dass im Personalraum eine Liege steht und dass es dort auch einen Notfallkasten gibt, aber kann Kjell wirklich einschätzen, wie schlimm es um Jannes Finger steht?

»Sollten wir nicht den Notarzt rufen?« Ich sehe zu Lasse auf, der sich neben mir an die Wand gelehnt hat.

»Das macht Kjell sicher, wenn er sich den Finger genauer ansehen konnte. Er war bei uns Schulsanitäter. Will ja auch Medizin studieren.«

Kjell mit weißem Kittel und Stethoskop. Ich versuche, ihn mir als Arzt vorzustellen. Ungewohnt – aber schon auch passend.

Schritte erklingen, dann biegen Kjells Eltern um die Ecke. Mit Thores Vater im Schlepptau.

»Janne ist gleich hier. Und wie gesagt, mein Sohn ist sich wohl wegen des Nagels unsicher und … oh, hallo, ihr beiden.« Annika lächelt uns zu, öffnet den Männern die Tür zum Personalraum, geht selbst aber nicht mit rein. »Immer gut, einen Arzt unter den Gästen zu haben«, murmelt sie vor sich hin, umarmt dann Lasse, bevor sie auch mich in ihre Arme zieht. »Du musst denken, unser Hotel ist *The Little Shop of Horror*, Svea. Und es tut mir unendlich leid, was die letzten Tage passiert ist. Ich hoffe aber sehr, dass du dich nicht abschrecken lässt und uns trotz allem erhalten bleibst.«

»Natürlich«, antworte ich lächelnd, spüre aber, wie sich mein Herz bei dem Wort richtig wegduckt.

Schneller als gedacht öffnet sich die Tür vor uns dann wieder. »Good job, Kjell.« Thores Vater erscheint auf der Schwelle. »Und du, Janne: schonen. Wenn die Schmerzen zu stark werden, nimm ruhig Schmerzmittel. Das wird jetzt noch ein paar Tage fies pochen.«

»Ist okay.«

Durch die offen stehende Tür sehe ich Janne auf der Liege sitzen. Ihre schwarzen Haare bilden einen starken Kontrast zu ihrer blassen Haut, doch ihre Augen wirken jetzt wieder ruhiger und haben ihren Glanz zurück. Dann aber hebt sie stirnrunzelnd ihren mittlerweile verbundenen Finger. »Und was ist mit meiner Schicht morgen?«

Das ratlose Schweigen um mich herum verstehe ich nicht. »Die kann ich doch übernehmen.«

Kjells Blick fliegt zu mir. »Nein. Du hast mit der Animation echt genug zu tun.«

»Ach was, morgen ist nicht viel los«, wiegelt Kristan ab. »Das schaff ich locker allein. Dann kann Svea die Wild-Gala übernehmen.«

Die Erleichterung, die sich auf den Gesichtern von Kjells Eltern abzeichnet, schwappt auf mich leider nicht über. Im Gegenteil. Gala bedeutet: kein Büfett, sondern serviertes Essen. Und Janne sollte bedienen?

Kjell

Das Wild-Menü gehört zu unseren Highlights, und Svea hat keine Ahnung, was sie erwartet. Wunderkerzen und Tafelsilber. Für die Gäste ist das ein Fest, für den Service Megastress.

Ich helfe Janne beim Aufstehen, räume das Verbandszeug weg, gehe dabei aber schon mal in Gedanken die Liste unserer Aushilfen durch. Nur ist die verdammt kurz. Und wenn wir Tessa noch rausschmeißen?

»Und für die anderen dann: Bis gleich in der Bar.« Dad verabschiedet sich aus dem Raum. Janne wird von Kristan zur Tür gebracht, und auch Lasse nickt mir zu und schließt sich ihnen an. Um Svea und mir einen Moment zu geben?

Sie zögert, kommt dann aber zu mir ins Zimmer. »Du siehst müde aus.«

»Das bin ich auch.« *Und hätte nichts, absolut nichts dagegen, dich jetzt in meinen Armen zu halten.*

Unsere Blicke begegnen sich, unser Lächeln ebenfalls, und dann ist sie auf einmal da, bei mir. Ihre Hand berührt vorsichtig meinen Arm. Eine Erlaubnis – oder eine Aufforderung? Ich ziehe Svea an mich, spüre ihre Hände auf meinem Rücken und schließe die Augen. Ich will nichts mehr sehen, nur spüren. Ihre Wärme, ihren Herzschlag. Ihr tiefes Einatmen, mit dem sich unsere Körper noch näher kommen, was mich schier um den Verstand bringt.

»Arzt also?« Lächelnd sieht sie zu mir hoch. Ihre Lippen. Ich schaffe es einfach nicht, meinen Blick von ihnen zu lösen. Sie sind meinen so nahe, und alles, was ich will, ist, Svea endlich zu küssen.

Aber nicht hier!, schaltet sich zum Glück noch mein Verstand dazwischen. Ich löse mich ein klein wenig von ihr. »Das ist zumindest der Plan.«

»Ein guter. Das passt zu dir.«

Ein Räuspern an der Tür treibt uns endgültig auseinander. Dad steht da, mit zerknirschter Miene. »Entschuldigt bitte, ich wollte nur ... Was Tessa betrifft, Kjell, ich denke, wir sind uns einig, dass wir nach dem Ausfall von Janne jetzt auf niemanden verzichten können, oder?«

Wir sind uns einig ... Ich spüre, wie sich mein Brustkorb verengt, und nicke doch.

Meine Verantwortung? Meine Entscheidung? Blödes Geschwätz! Denn es ist doch wie immer: Beides endet genau dort, wo das Wohl des Hotels anfängt.

»Tessa?«, fragt Svea, kaum dass mein Vater wieder verschwunden ist. »Wo ist die eigentlich? Ich hab sie den ganzen Abend nicht gesehen.«

»Bei Freunden in der Stadt. Und von mir aus kann sie da auch bleiben.« Ich erzähle Svea, dass eigentlich *ich* die Entscheidung hätte treffen sollen, ob Kündigung oder Verwarnung. »Ich wollte das aber mit dir besprechen.«

»Mit mir? Wieso?«

»Es ging doch die ganze Zeit um dich. Ihre Zickereien. Das Foto von dir. Sie hat dich bespitzelt und bei meinen Eltern angeschwärzt.«

»Ja schon, aber ihr braucht doch jetzt wirklich jeden. Außerdem will ich nicht der Grund dafür sein, dass sie gehen muss. Weil ...«

»Weil?«, frage ich nach, als sie stockt.

Weil Tessa hierhergehört und sie nicht? Ist es das, was sie denkt, aber nicht über die Lippen bringt?

»Ist eben so.« Sie lächelt, doch ich sehe ihre Finger. Sie spielen nervös Klavier.

»Okay. Aber eins ist klar: Sollte sie dir auch nur noch ein Mal dumm kommen, Svea, dann schmeiße ich sie raus. Egal, was meine Eltern sagen. Und egal, was *du* sagst.«

»Wird sie bestimmt nicht mehr.«

»Das werden wir sehen. Aber ... du wolltest mir auch noch was sagen, oder?« Wenn sie mir jetzt die Wahrheit über sich erzählt, kann ich ihr helfen. Mit der verflixten Gala morgen, mit allem hier. Und auch ich könnte endlich loswerden, was ich verschweige. Dass ich es weiß!

»Ähm, jaaa ...« Sveas Blick wandert durch das Zimmer, über die Liege, zum Verbandskasten, dann zurück zu mir. »Aber das passt jetzt nicht so gut.«

»Warum?«

»Ach, also, Yva, meine Großtante. Sie möchte mich gern irgendwann an den Weihnachtstagen sehen. Und ich hatte fragen wollen, ob ich vielleicht einen Tag oder so freibekommen kann. Aber das ist jetzt nicht wichtig.«

Svea, so verschlossen sie auch ist, so offen sind ihre Augen, so verräterisch ihr Gesicht. Ich kann schon einiges darin lesen. Erkenne, wann sie wirklich glücklich ist. Wann sie vorsichtig wird. Wann sie über etwas nachdenken muss. Wann sie ehrlich ist. Und jetzt auch, wann sie lügt?

Ihre Augen flackern, kaum merklich. Möglichst leise lasse ich meinen angehaltenen Atem wieder fließen. Was nur muss ich noch tun, damit sie sich mir endlich anvertraut?

»Gar nichts.« Lasse guckt mich über sein Bierglas hinweg an, bevor er es an die Lippen setzt. »Vielleicht machst du einfach mal gar nichts, anstatt ständig alles? Hab ich dir, was deine Eltern betrifft, schon oft genug gesagt. Und möglicherweise ist es bei Svea das Gleiche.«

»Aber dann wird es doch so weitergehen, bis sie irgendwann einfach wieder verschwindet.« So überraschend, wie sie aufgetaucht ist. Das wäre mein absoluter Horror.

»So geht's doch aber auch nur *einfach weiter so*, oder?« Lasse guckt zum Ausgang der Bar, ihr hinterher.

Ich bin total müde. Mit diesen Worten ist sie gerade einfach aufgestanden. Ob ihre Augen geflattert haben, weiß ich nicht. Sie hat mich dabei nicht mal angesehen.

»Rückzug oder Angriff, Kjell. Ich glaube, mehr Möglichkeiten bleiben dir nicht.«

Angriff ist mir klar, ich soll ihr sagen, dass ich sie mag. Aber kann sie sich das nicht schon denken? »Was genau meinst du mit *Rückzug*?«

»Du könntest sie einfach mal ein bisschen zappeln lassen.

Geh auf Abstand. Lass sie auflaufen. Dann wird das Wild-Menü für sie ein Desaster. Anlass genug, vielleicht mal zu reden? Dir zu sagen, wer sie wirklich ist?«

»Was? Aber dann blamiert sie sich ja vor allen.«

»Tja, dachte mir, dass du das nicht willst ...« Lasse hebt erneut sein Glas und prostet mir zu. »Bleibt dir nur der Angriff. Sag es ihr, Mann!«

»Ja. Vielleicht.«

Oder ... eine Mischung aus beidem?

Freitag, 22. Dezember

Svea

Die Mittagsschicht im Wintergarten ist meine Generalprobe für heute Abend. Und Generalproben müssen ja bekannterweise schiefgehen, damit die Aufführung dann klappt – sagt Papa zumindest immer. Und Ersteres läuft schon mal super. Ich habe beim Servieren beinahe die Suppe auf das Kleid von Frau Eklund gekippt und Thores Vater eben das falsche Bier gebracht. Beide haben es zum Glück mit einem Lächeln weggesteckt. Herr Sörenson aber lächelt nicht mehr, als ich jetzt mit dem Tablett auf ihn zukomme. Dabei hab ich vorhin nur zweimal nachfragen müssen, ob er lieber Kartoffeln oder Pommes zum Schnitzel haben möchte. Und ihm dann sogar das Richtige gebracht.

»Was soll das?«, giftet er mich an, kaum dass ich am Tisch bin. »*Espresso* Macchiato, habe ich gesagt. Ist das denn so schwer zu verstehen?«

Ups, nicht *Latte* Macchiato?

Hitze knallt mir ins Gesicht. Ich will eine Entschuldigung stammeln, aber er lässt mich nicht zu Wort kommen, sondern schimpft weiter. Neben ihm zieht Marlene den Kopf ein und auch seine Frau schaut beschämt weg. Doch als er seine Schimpftirade mit dem Satz beendet, dass das Personal überall nur noch schlechter wird, hebt sie den Kopf. »Der Latte Macchiato war für mich, Schatz. Kein Grund, hier so laut zu werden.«

Danke möchte ich ihr sagen, habe aber Sorge, dass sie dann noch mehr von ihm abbekommt als nur seinen messerscharfen Blick. Ich sammele die Teller ein, das Besteck und Marlenes leeres Glas. »Der Espresso Macchiato kommt sofort.«

Mit diesen Worten drehe ich mich weg, nur blöderweise zu schwungvoll. Das Besteck gerät ins Rutschen! Die Gabeln kann ich mit der Hand gerade noch am Tablettrand abfangen, nicht aber die drei Messer. Und als würde es nicht reichen, dass sie klirrend auf dem Boden landen, schlittern sie auch noch schön weiter über das Parkett.

Na toll! Bei *der* misslungenen Generalprobe muss die Gala heute Abend ja perfekt werden.

Ich sammele alles ein, drapiere das Besteck irgendwie möglichst sicher auf den Tellern und flüchte in Richtung Theke, da steht Tessa plötzlich vor mir. Ungeschminkt, mit tiefen Ringen unter ihren Augen. Sie sagt nichts, auch wenn sie es anscheinend vorhatte. Ihre Lippen bewegen sich, bleiben aber stumm. Mit einem Blick auf mein Tablett beginnt sie dann wortlos, das Besteck neu anzuordnen. Die Messer alle in eine Richtung, darüber die Gabel – in die andere Richtung. »So rutschen sie nicht so schnell weg«, sagt sie leise. Dann dreht sie sich um und geht. Stirnrunzelnd sehe ich ihr nach. Tessa in freundlich kenne ich ja schon, doch diesmal war es wohl echt, denn als ich vorsichtig das Tablett ein wenig hin und her schwenke, rührt sich das Besteck tatsächlich kaum.

War das jetzt ihre Art, sich zu entschuldigen?

Sobald meine Mittagsschicht vorbei ist, lege ich Block und Stift auf die Theke zurück und schnappe mir ein frisches Tablett. Ich möchte auf meinem Zimmer noch ein wenig für heute Abend üben. Doch als ich gerade oben bin und meine Tür öffne, taucht Kjell plötzlich hinter mir auf. Ich zucke so heftig zusammen, dass mir fast die Zimmerkarte aus der Hand fällt.

»Sorry, ich wollte dich nicht erschrecken.«

»Schon okay.« Mein Herz spielt trotzdem weiter verrückt. Weil wir uns heute zum ersten Mal sehen?

»Und? Wie lief es im Wintergarten für dich?«

»Ach, ganz gut.«

»Ja?« Kjell zieht amüsiert eine Augenbraue hoch und nickt zu dem Tablett in meiner Hand. »So gut, dass du dich davon gar nicht mehr trennen willst?«

»Äh, ja genau. Wir ... wir beide haben uns ziemlich angefreundet.«

»Na, dann kann heute Abend ja gar nichts mehr schiefgehen.« Er lächelt mich an, nur fehlt dabei das Strahlen in seinen Augen. Es ist so ein »Willkommen im *Slott Hotell*«-Lächeln.

»Ich war grad bei Janne«, sagt er. »Und sie wird mit dir nachher den Ablauf des Menüs einmal komplett durchgehen, okay? Ich muss noch mal weg.«

»Ja klar«, antworte ich und spüre doch, wie Enttäuschung in mir aufsteigt. *Wir* waren verabredet. *Er* wollte mir alles erklären. Das hat er gestern Abend in der Bar noch gesagt. Und muss nun plötzlich weg?

Wir haben uns gestern umarmt, waren uns so nah, jetzt aber, wo er direkt vor mir steht, kommt mir das so weit weg vor.

Kjell kommt mir so weit weg vor.

Er öffnet eine Mappe, die er bei sich hat, und überreicht mir einen Zettel. »Eindecken musst du nachher nicht, aber für heute Abend: Ich hab dir mal unsere Weinempfehlungen ausgedruckt und jeweils dahintergeschrieben, was die einzelnen

Sorten so besonders macht. Falls du nicht ... na ja, damit bist du auf jeden Fall gut vorbereitet.«

»Danke, Kjell.«

Sein Name, von mir ausgesprochen, verändert etwas zwischen uns. Wir sehen einander an und Kjells Lächeln wird mit einem Mal weniger hotelmäßig. »Kein Ding. Und du packst das!«

Er will sich schon wegdrehen, dann aber zuckt sein Blick kurz in mein Zimmer zurück, und mir bleibt das Herz stehen.

Sein Hoodie. Kann er den von hier aus sehen? Ich habe ihn beim Schlafen immer bei mir, neben meinem Kopfkissen.

Möglichst unauffällig versperre ich ihm die weitere Sicht.

»Bist du denn gleich noch da? Wenn wir die Sache mit Kimmo aufdecken?« Ich frage das eigentlich einfach nur so, um noch irgendwas zu sagen, sehe dann aber, wie Kjell zögert. »Weiß ich noch nicht. Kommt drauf an, wie lange Carlo braucht. Aber Hunger hat er auf jeden Fall. Und wenn Marlene es schafft, ihn rauszulocken, müsste ja alles recht schnell klappen.«

»Etwas stimmt mit ihm nicht, Nele.« Ich lasse mich auf mein Bett fallen und kuschle mich an Kjells Pulli. »Er ... er ist heute irgendwie anders. Total auf Abstand.«

»Vielleicht wartet er einfach mal auf ein Zeichen von dir? Ich finde ja, er ist dir bis jetzt ziemlich weit entgegengekommen.«

»Meinst du? Aber solange er nicht weiß, wer ich bin, kann ich das nicht. Also, mehr auf ihn zugehen.«

»Eben. Du musst ihm die Wahrheit sagen.«

Klingt total einfach. Und ich war gestern auch so kurz davor. »Aber ich hab so Schiss, dass er dann total enttäuscht von mir ist und mich rauswirft.«

»Glaub ich nicht. Das macht er nur, wenn ...«

»Was?«

Nele grinst in die Kamera. »Wenn du es heute Abend vermasselst. Hast du die Sachen?«

»Ja.« Ich halte das Tablett hoch und zeige ihr auch die Gläser, die ich schon heute Vormittag unauffällig mitgenommen habe, um zu üben.

»Na, dann los!«

Ich lehne das Handy so ans Fenster, dass Nele mich sehen kann, und lege mir das Tablett auf die Handfläche.

»Okay. Die Finger unter dem Tablett abgespreizt. Und mittig. Hast du das?«

»Hab ich. Guck!« Ich kann das Tablett so sogar ziemlich schräg halten, ohne dass es mir wegrutscht.

»Super. Und jetzt die Flasche in die Mitte und die Gläser ... Was soll die Vase da?« Stirnrunzelnd schaut sie in die Kamera.

»Ich hab hier grad keine Flasche. Aber ist doch egal.«

Wir machen weiter. Ich ordne die Gläser um die Vase an, im Uhrzeigersinn, und beginne ungefähr bei neun Uhr. Weil ich in Videos gesehen habe, dass man so ziemlich viele Gläser abstellen kann, ohne über eins hinweggreifen zu müssen.

Und jetzt muss ich laufen. Und dabei nach vorne schauen.

»Lächeln, Svea.«

»Halt die Klappe!«

Nach gefühlt fünfzig Zimmer-Walks brennen mir die Muskeln im Arm. Außerdem muss ich mich eh gleich fertig machen.

»Danke, Nele. Und zieh heute Abend unbedingt den schwarzen Mini-Rock an, ja? Mit dem Rolli. Marlon werden die Augen aus dem Kopf fallen.«

Marlon und Nele! Die beiden gehen tatsächlich zusammen essen – und danach ins Kino.

Mein Blick wandert von Kjells Pulli zu meinem Catwalk-Outfit für heute Abend. Ein frisch gebügeltes weißes Hemd, eine dunkelblaue Weste mit dem Hotel-Emblem, eine hellbraune Bundfaltenhose. Und der dunkle Vorbinder: die Taillen-Schürze.

Nur mit der Krawatte kann ich nichts anfangen, keine Ahnung, wie man die bindet. Aber Kjell!

Ich muss noch mal weg ...

Für wie lange, hat er nicht gesagt.

Hoffentlich ist er bis zur Gala wieder zurück.

Kjell

Einfach mal loslassen.

Svea gegenüber fällt mir das echt schwer, bei Tessa aber fühlt es sich einfach nur gut an. Sie sitzt bei uns im Wohnzimmer, mir gegenüber, und ich kann sie ansehen, ohne irgendwas zu spüren. Weder Wut noch Enttäuschung.

Mum steht auf, und auch Dad erhebt sich aus seinem Sessel.

»Dann haben wir alles geklärt, nicht wahr?« Er reicht Tessa die Hand. »Wir vermerken es nicht in deiner Personalakte, erwarten aber im Gegenzug von jetzt bis zum Vertragsende in drei Monaten absolute Loyalität dem Hotel und dem Personal gegenüber.«

»Ja. Und ... danke!« Unsicher sieht sie zu Mum, dann zu mir.

Ungeschminkt erinnert sie mich an die Tessa, die ich mal mochte. An die Tessa, mit der ich Snowboard gefahren bin. Die mich sogar auf der Pipe geschlagen hat. Doch in mir ist nichts. Nicht mal mehr der Rest eines Bedauerns.

Ich nicke ihr zu und warte, bis sie wieder verschwunden ist, um gleich das nächste Thema auf den Tisch zu bringen.

»Ich bin übrigens gleich weg.«

»Wie bitte?« Mum schaut mich entgeistert an. »Aber wir kriegen gleich Besuch. Granny und Grandpa kommen doch.«

Shit! Ist heute echt schon der 22. Dezember?

»Ich ... ich sehe sie dann später ja noch«, weiche ich aus, doch so schnell lässt mich Dad nicht von der Angel.

»Wo auch immer du hinwillst, Kjell, heute geht das nicht. Wir haben noch so viel vorzu–«

»Nein, nicht *wir*. Ihr! Denn, falls ihr es vergessen habt: Ich habe eigentlich Ferien. Mein Job ist es, mich um die Aushilfen zu kümmern. Mittlerweile mache ich hier aber fast alles. Und heute nehme ich mir mal frei. Ihr schafft das auch ohne mich.«

War das zu hart? Wie immer, wenn ich versuche, für mich zu kämpfen, schleicht sich das schlechte Gewissen an.

Einfach mal nichts machen ...

Ich hole tief Luft und schlucke die Zweifel weg.

In der Lobby helfe ich Kristan noch schnell, das Plakat an die bereits gespannte Girlande zu heften. Plätzchen-Tausch-Tag. Ob Caja merkt, dass meine Tüten mit den Pepperkakas fehlen werden?

»So, dann mal los.« Kristan nickt zu Kimmos Beutel, und da das Küchenpersonal gerade die Tische hereinschleppt, auf denen nachher die Kekstüten stehen werden, habe ich genug Deckung, die Köder für Carlo auszulegen. Kleine Lachs-Huhn-Krümel. Ich lege einige unter den Sessel, verstreue welche auf den nächsten zwei Metern zu Kimmos Tür hin und verstecke die dicksten Stückchen dann im Jutebeutel selbst. Die Schleife lasse ich offen, lege die Bänder nur vorsichtig um den Stoff, damit Carlo gut rankommt.

Wenn Marlene also gleich mit ihm hier auf dem Sessel sitzt, kann eigentlich nichts mehr schiefgehen – und um das sicherzustellen, reserviere ich den Sessel mit meiner Skijacke.

»Wo sind deine?« Caja steht plötzlich vor mir, die Hände in die Hüften gestemmt, und sieht mich tadelnd an.

»Wie *meine?*«, stelle ich mich dumm, gewinne damit aber nur Sekunden, denn Caja dreht sich sofort um und zeigt vorwurfsvoll auf die mittlerweile fertig dekorierten Tische.

Malte. Thore. Sören. Hannah ... Für jedes Kind gibt es ein Tablett, und darauf stehen die Tüten mit den selbst gebackenen Plätzchen. Auch Sveas Namen sehe ich. Nur eben meinen nicht.

»Du hast die aufgegessen, oder? Ich hab dir gesagt, die sind zum Tauschen!«

»So, so, du bist also nicht nur rücksichtslos, was Schnee angeht, sondern auch bei Plätzchen?« Svea kommt durch die Lobby auf uns zu. Sie lächelt mich an, und in ihren Augen liegt diese verfluchte Mischung aus Zerbrechlichkeit und Stärke, die mich so berührt. Ich muss mich aus ihrem Blick winden, um jetzt nicht doch noch einzuknicken und hierzubleiben, und bin dankbar, als in diesem Moment Kristan zum Mikrofon greift, um die eintreffenden Gäste zu begrüßen. Auch Marlene sehe ich aus dem Personaltrakt kommen – mit einem tiefenentspannten Carlo auf dem Arm. Sie setzt sich auf den Sessel, lächelt mir zu, und es dauert wirklich nur Sekunden, bis Carlo die Witterung aufgenommen hat.

Mit einem Satz ist er auf dem Boden, arbeitet sich dann wie geplant Krümel für Krümel vor – noch völlig unbeobachtet. Nur

Svea, Caja und ich haben ihn im Blick. Carlo ist bereits am Beutel ...

»Für die Kinder, die erst später angereist sind, haben wir natürlich auch Tüten vorbereitet«, höre ich Kristan sagen, bevor ihn eine laute Kinderstimme unterbricht.

»Guckt mal, was Carlo da macht!«

Sofort ist der Beutel umzingelt. Jenny, Malte Sören ... alle hocken sie auf dem Boden.

»Hier sind voll viele Sachen!«

Eine Kinderhand streckt eine silberne Dose in die Höhe, eine andere einen Ring. Erstauntes Geraune, erleichtertes Aufatmen. Es hat geklappt. Und Carlo? Zischt ab.

Zeit auch für mich, zu gehen.

Ich schnappe mir meine Jacke und schlängele mich durch die Gäste hin zum Ausgang. Auch ohne mich umzudrehen, spüre ich, dass Svea mir hinterhersieht.

Lasse steht schon parat, und ich bin mir sicher, dass er die Scheinwerfer seines Autos extra angelassen hat, damit sie trotz Dunkelheit sehen kann, wie ich meinen Rucksack und mein Snowboard aus dem Skiraum hole.

»Sogar mit Board?« Lasse verstaut es grinsend im Kofferraum. »Gute Idee.«

»Na ja, wenn schon, dann richtig, oder?«

»Klar. Nur wie kriegst du das später zurück? Du wolltest dir doch mein Schneemobil ausleihen, oder? Auf dem ist dafür aber kein Platz.«

»Ist egal. Ich hol mir das Board irgendwann ab. Steht bei dir denn die Technik?«

»Jep. Das läuft alles. Eins der Mikrofone hat vorhin ein bisschen gewackelt, hab das Rauschen aber wegbekommen.«

Wir steigen ein, und ich muss mich zwingen, dabei nicht zum Hotel zurückzuschauen.

»Sie steht am Fenster, falls du es wissen willst.«

»Ne, will ich nicht.«

»Okay. Dann hab ich nichts gesagt. Hast du *Tomte Tummetott* dabei? Also, das Buch?«

»Hab ich.« Und bin mir sicher, von Caja dafür gleich den nächsten Anschiss zu kassieren.

Svea

Echt jetzt? Die gehen snowboarden?

Anstatt mich zu freuen, dass der Streich der Kinder so gut aufgelöst wurde, schaue ich den Rücklichtern von Lasses Auto nach, die in der Dunkelheit verschwinden.

»Ey, ich wär so gern mitgefahren.« Janne taucht neben mir auf. »So eine Scheiße mit dem Finger.«

»Wo kann man denn hier in der Nähe Snowboard fahren?«

»Ach, gibt einige Gebiete. Aber ich schätze mal, die fahren nach Hammarbybacken. Ist bei Stockholm. Nichts Großes, aber die Pisten sind beleuchtet. Und die haben nen kleinen Snowpark für Boarder.«

»Toll!«, sage ich, doch es klingt eher so, wie ich es auch meine: *Warum macht er das gerad heute?*

Nach Stockholm rein und wieder raus – das allein dauert schon mindestens zwei Stunden. Und dann noch snowboarden? Nie im Leben ist Kjell zur Gala wieder da.

Sonst hat er mich immer unterstützt, mir bei allem geholfen. Und gerade heute ist ihm das egal?

Als ich mich umdrehe, sehe ich, dass Kimmos angebliche »Beute« bereits verteilt ist. Besonders Frau Eklund strahlt, der Ring sitzt wieder an ihrem Finger.

Carlo ist schon wieder verschwunden, und auch ich bleibe nur so lange in der Lobby, bis ich meine Vanillekipferl getauscht habe, und gehe dann zusammen mit Janne auf ihr Zimmer.

Gezeichnete Pläne bedecken ihr Bett, ich erkenne den Speisesaal, die Tischanordnung für heute Abend, die Theke und den Bereich, der für Gäste weitestgehend nicht einsehbar ist: der Durchgang zur Küche.

»Kjell hat gemeint, wir sollen alles ganz genau durchgehen, weil du hier ja noch keine Gala mitgemacht hast. Bereit?« Sie kniet sich vor ihr Bett auf den Boden und ich hocke mich zu ihr. Verwundert schaue ich dann auf den Plan, den Janne als Erstes hervorholt. Es gibt Laufrichtungen, Einbahnstraßen und Halteverbotszonen für Kellner?

Ich versuche, Jannes Erklärungen zu folgen und mir die »Straßenverkehrsordnung« einzuprägen. Normalerweise gibt es wohl *Foodrunner* und *Getränkerunner*. Heute Abend soll ich aber als tischgebundene Kellnerin arbeiten.

»Wahrscheinlich bekommst du zwei Tische zugewiesen. Das vereinfacht die Sache etwas, weil du nicht so viele unterschiedliche Wege hast und nicht alles im Blick behalten musst. Heißt aber auch, dass du an deinen Tischen nicht nur für die Getränke, sondern eben auch für das Essen zuständig bist.«

»Was ja schon vorbestellt ist, oder?«

Janne nickt und zieht den Plan hervor, der die Essenausgabe darstellt und mir das System dahinter verdeutlichen soll. Zahlen, Striche, Abkürzungen. Ich hätte nie gedacht, wie viel Organisation und Absprachen nötig sind, um einen reibungslosen Ablauf in einem Restaurant zu garantieren.

Drei Gänge wird es geben, wobei nur die Hauptspeise frei wählbar war. »Beim Eis am Ende musst du aufpassen, dass du dir nicht die Weste mit den Wunderkerzen ansengst. Aber dann ...« Janne sieht lächelnd zu mir und stupst mich mit ihrer Schulter an. »... hast du es geschafft.«

»Super. Klingt so, als könnte ne Menge schiefgehen.«

»Klar. Und das tut es auch. Immer! Man darf es sich nur nicht anmerken lassen.«

Das kann Janne sicher gut, ihr scheint so schnell nichts peinlich zu sein. Aber mir?

Hoffentlich kriege ich nicht den Tisch mit Marlenes Familie!

Seufzend stehe ich auf, doch Janne hält mich zurück. »Svea, wenn einen die Gäste mögen, verzeihen sie einem alles. Fast alles. Und du bist jemand, den man auf Anhieb mag. Also mach dir nicht so einen Stress, ja?«

Dankbar lächele ich sie an, freue mich auch über das, was sie gesagt hat, sehe dann aber, wie ihr Lächeln plötzlich ins Grinsen abrutscht. »Was ist?«

»Ach, ich dachte nur grad, dass es da jemanden gibt, der dich ganz besonders mag, oder?«

Man darf sich nur nichts anmerken lassen ...

Das klappt schon mal gar nicht. Ich spüre, wie ich knallrot werde. »Ich ... ähm, ich ...«

»Du magst Kjell auch. Weiß ich. Ist echt süß, euch zu beobachten.«

»Ach ja?« Ich lehne mich zurück und gebe es einfach auf, mir nichts anmerken lassen zu wollen. Was zugegebenermaßen ziemlich entspannend ist. »Und was gibt es da zu beobachten?«

»Hauptsächlich Blicke. Die aber ständig.« Janne greift in eine der Plätzchentüten und angelt sich eine Kokosmakrone heraus. »Du auch?«

»Ne, danke.« Aber ... plötzlich ist da eine Idee. »Sag mal, kann man hier backen?«

Janne sieht mich verwundert an. »Na ja, vom Himmel gefallen sind die Kekse hier nicht.«

»Nein, ich meine, privat. Also, könnte ich hier einfach was backen?«

»Heimlich? Für Kjell?« Jannes Augen fangen sofort Feuer.

»Wir könnten in die Showküche gehen, die wir für die Animation nutzen. Da lagern sicher auch noch genug Zutaten. Oder brauchst du was Bestimmtes?«

»Keine Ahnung, müsste ich nachsehen. Aber können wir da wirklich rein?« Nach dem Stress die letzten Tage will ich nicht gleich neuen Ärger riskieren.

»Ich regele das, okay? So als Wiedergutmachung, weil du heute für mich einspringen musst. Mach einfach ne Liste mit den Sachen, die du brauchst. Wann legen wir los?«

»Ähm ... heute?«

»Nach der Gala? Bist du sicher? Das Servieren ist echt anstrengend.«

»Ich weiß. Muss aber sein.« Sonst wird das, was ich mir vorstelle, nicht rechtzeitig zu Weihnachten fertig.

Ein windschiefer Pfefferkuchen-Weihnachtsbaum.

Genug, um Kjell klarzumachen, wie sehr ich ihn mag?

Die Weinempfehlungen lerne ich trotz der Dunkelheit draußen auswendig, mit Handylicht und Kjells Zetteln in der Hand, und drehe dabei einige Runden ums Hotel. Das ist bei mir schon bei Musikstücken so – wenn ich mich bewege, krieg ich sie viel schneller in den Kopf. Das Gleiche erhoffe ich mir von:

Weißburgunder, halbtrocken – *blumig, nussig, exotische Früchte, Ananas*

Grauburgunder, trocken – *Birne, getrocknete Früchte, Nüsse*

Chardonnay, trocken – *oftmals exotische Früchte, Nussaromen, Banane, Melone*

Ähnliche Beschreibungen gibt es auch bei den Rotweinen:

Cabernet Sauvignon – *typisches Aroma nach schwarzen Johannisbeeren, manchmal grüne Paprika*

Paprika? Echt jetzt?

Mein Handy vibriert und holt mich aus den ganzen Obst- und Gemüsegedanken. Eine Nachricht von Nele.

Die Idee mit dem Weihnachts-Pfefferkuchenbaum ist super! Und google mal Julklapp-Reime. Hab ich grad gefunden. Wenn du dich nicht traust, es ihm persönlich zu sagen, ist das vielleicht süß, oder?

Julklapp-Reime?

Auf dem Weg zurück zum Hotel lese ich mir durch, was ich im Netz dazu finden kann. *Klapp* kommt von Klopfen. Früher gab es anscheinend den Brauch, jemandem ein Geschenk vor die Tür zu legen, zu klopfen und schnell wegzurennen. Und auch heute schreiben manche noch einen kleinen Reim und legen ihn dem Geschenk bei. Dann muss der Beschenkte raten, von wem es wohl ist.

Ich soll Kjell also schreiben? Vielleicht keine schlechte Idee. Dann kriegt er den Pfefferkuchen-Berti und einen Brief von mir. Und das mit dem Wegrennen dürfte auch kein Problem sein, ich krieg ja jetzt schon Herzrasen, allein bei dem Gedanken daran, wie Kjell den Brief dann liest.

Zurück in meinem Zimmer, springe ich unter die heiße Dusche, flechte mir danach meine Haare, sodass wirklich keine Strähne herausschaut, und schminke mich – ganz leicht nur. Ein bisschen Puder, um gleich nicht so zu glänzen, dazu etwas Wimperntusche und Kajal.

Das alles klappt auch noch irgendwie, doch als ich mir dann mein Outfit vornehme, fange ich an innerlich zu zittern. In die Hose komme ich noch rein, beim Hemd aber überträgt sich das Zittern plötzlich auf meine Finger und mir flutschen die kleinen Knöpfe immer wieder weg. Lampenfieber?

Ne, das ist Angst.

»7 – 14 – 21 – 28 ...«, beginne ich laut zu zählen. Die Siebener-Folge. Sieben ist meine Glückzahl. Ab 70 wird es dann schwieriger, ich bin kein Rechengenie, aber genau deswegen zähle ich ja. Ich muss mich konzentrieren – und das lenkt ab. Bei 119 habe ich alle Knöpfe zu, bei 224 auch die der Weste, erwürge mich dann aber beinahe mit der Krawatte.

Auch wenn ich immer wieder auf den Screenshot spicke, der mir eine Bindetechnik zeigt, sieht das bei mir nur nach Murks aus. Ich versuche, den wackeligen Knoten so gut es geht hochzuschieben und den Rest irgendwie unter der Weste zu verstauen.

Dann ist es kurz vor 18 Uhr und ich muss runter. Mit meinem Tablett stolpere ich die Stufen hinab, versuche zu lächeln, zu atmen.

Was, wenn mir nachher ein Glas umkippt?

Wenn ich stolpere und das Tablett fallen lasse?

Die Tür zum Speisesaal ist noch verschlossen, ich nicke den Gästen zu, die bereits in der Lobby warten. In Anzügen, schicken Kleidern, selbst die Kinder wurden herausgeputzt.

Mein Weg führt mich dann durch den Personaltrakt, und als ich von dort aus den Saal betrete und die festlich eingedeckten Tische sehe, will ich nur noch eins: weglaufen.

»Hej! Schön, dass du für Janne einspringst«, begrüßt mich ein Mann mit silbergrauen Haaren. Er stellt sich mir als Robert vor. Der Restaurant-Chef?

»Ja, ich ... ich werd mir Mühe geben.«

»Das klappt schon.« Er zeigt mir im Durchgang zur Küche die Pläne, die ich so ähnlich schon von Janne kenne, und stellt mir meine Mitstreiter vor. Die meisten Gesichter kenne ich bereits, aber die Namen?

In meinem Kopf herrscht nur noch chaotisches Durcheinander, und in meinem Magen fühlt es sich nicht besser an.

Alles wuselt um mich herum, aus der Küche erklingen laute Befehle, doch dann ist da plötzlich eine Stimme, direkt hinter mir. »Sorry, darf ich mal?«

Ich wirbele herum. Und sehe strahlend blaue Augen. Direkt vor mir. Sie schauen jetzt auf meinen Hals.

»Ich weiß ja nicht, wie du diesen Knoten gemacht hast, aber schön ist der auf jeden Fall nicht.«

Kjell zieht vorsichtig meine Krawatte unter der Weste hervor und beginnt, sie neu zu binden.

»Was ... was machst du denn hier?«

»Dafür sorgen, dass du den Abend überlebst?«

»Aber ich dachte, du bist beim Snowboarden.«

»Echt? Ne, ich hab nur mal mein Brett von Lasses Vater anschauen lassen. Da stimmte was mit der Bindung nicht.«

Mein Herz muss mit mir die Luft angehalten haben, oder es kapiert erst jetzt, dass er da ist. Dass er wirklich vor mir steht. Es macht ganz holprige Sprünge.

»Robert?«, ruft Kjell an mir vorbei Richtung Küche. »Ich übernehme einen von Sveas Tischen.«

»Du?« Ich höre ein tiefes Lachen. »Mal wieder irgendeine Wette verloren?«

»So in etwa.«

Kjell wird mit mir kellnern?

Noch immer völlig verwirrt sehe ich an ihm herunter. Und erst jetzt fällt mir auf, dass er das Gleiche trägt wie ich. Wie alle hier. Eine hellbraune Hose, eine dunkelblaue Weste, ein weißes Hemd. Und die Schürze um die Taille.

Elegant sieht er aus, nur seine noch etwas verstrubbelten Haare verraten, dass er wohl erst kürzlich seine Wollmütze abgelegt hat. Als hätte er meinen Blick bemerkt, versucht er, sich einige widerspenstige Strähnen mit den Fingern aus der Stirn zu streichen.

»Ich freu mich total, dass du da bist«, gestehe ich ihm, allerdings so leise, dass ich schon befürchte, er könnte mich nicht gehört haben. Doch seine Finger streifen kurz meine Hand, ganz versteckt, sodass es keiner sieht.

Mir aber bedeutet der Moment die Welt.

»Welchen der beiden willst du? Tisch Nummer acht oder neun?«, raunt mir Kjell zu, als wir den bereits gut gefüllten Speisesaal betreten.

»Ist mir egal. Ne ... warte, ich nehme Tisch neun.« An ihm sitzt nämlich Thore auf einem Hochstuhl und streckt mir schon strahlend seine kleine Hand entgegen.

»Hej, Thore, darfst du etwa heute so lange aufbleiben wie die Großen?«

»Wir haben versucht, ihn ins Bett zu bringen«, erklärt mir

seine Mutter, beinahe entschuldigend. »Aber heute war da nichts zu machen.«

»Nix zu machen«, wiederholt Thore und grinst.

Seine Eltern bestellen eine Apfelsaftschorle für ihn, für sich selbst zwei Gläser Chardonnay. Und ich bin froh, dass wir heute nur offene Weine servieren. Ich hab noch nie eine Flasche entkorkt und würde mir dabei sicher die Finger brechen. Während ich dann die Bestellung der Eklunds aufnehme, sehe ich aus dem Augenwinkel, dass eine weitere Familie meinen Tisch ansteuert und muss mich an meinem Bestellblock festhalten, als die breite Statur von Herrn Sörenson vor mir auftaucht.

Das kann ja wohl nicht wahr sein!

»Na, das ist doch eine Freude!« Mit einem überheblichen Lächeln lässt er sich direkt vor mir auf den Stuhl fallen.

Mist! Warum trifft es immer mich?

Hilfe suchend schaue ich mich nach Kjell um, noch könnten wir vielleicht tauschen. Doch am Nachbartisch ist er nicht. Er begrüßt weiter hinten im Saal gerade eine ältere Dame, die am Tisch seiner Eltern Platz genommen hat.

Kjells Oma? Sie sieht seiner Mutter unglaublich ähnlich.

»Wir würden gern bestellen, wenn das möglich wäre?« fragt Herr Sörenson.

»Aber natürlich«, gebe ich bemüht freundlich zurück, wobei ich versuche, mich dabei vor allem auf seine Frau und Marlene zu konzentrieren. »Was darf es denn sein?«

Frau Sörenson hat ihre Wahl schnell getroffen, ihr Mann allerdings liest sich in aller Ruhe noch einmal durch die gesamte Getränkeauswahl. Und dann bombardiert er mich plötzlich mit Fragen:

Was der Unterschied zwischen dem Weißburgunder und dem Grauburgunder ist.

Wie sich die beiden vom Chardonnay abgrenzen.

Und ob der Cabernet Sauvignon oder doch der Spätburgunder besser zum Hirschbraten passt.

Innerlich knirsche ich mit den Zähnen, versuche mir aber äußerlich nichts anmerken zu lassen. Will der mich hier vorführen? Wenn ja, hat er Pech gehabt. Ich bin vorbereitet.

»Das ist sicher eine persönliche Geschmacksfrage. Der Spätburgunder ist von der Farbe her eine Nuance heller. Was das Aroma betrifft, hat er eine deutlich kirschige Note, die durch den hohen Säuregehalt sehr fruchtig endet und den Geschmack nach Cranberrys vermittelt. Der Caber–«

»Ist gut, Mädchen. Ist gut. Habt ihr auch einen Rosé?«

»Wie bitte?« Rosé? Davon stand nichts auf dem Zettel.

»Einen Rosé. Noch nie davon gehört?«

»Doch, ich ...«

»Herr Sörenson, erst einmal einen *Guten Abend*«, kommt mir unvermittelt Kjell zu Hilfe. »Sveas Überraschung ist wohl vielmehr der Tatsache geschuldet, dass Rosé zu einem Wildgericht eher unüblich ist. Aber natürlich können Sie gern zwischen einem Rumia Rosato aus Italien und einem Chavignol Sancerre von der Loire wählen.«

»Interessant.« Herr Sörenson schenkt Kjell ein für seine Verhältnisse tatsächlich freundliches Lächeln, bevor er sich wieder mir zuwendet. »Und? Welchen der beiden würdest du mir empfehlen?«

»Zum Hirschbraten? Ja, also ...« *Lass dir nichts anmerken*, höre ich Jannes Stimme in mir und strahle Herrn Sörenson einfach ganz begeistert an. »Ganz klar den italienischen. Er erinnert vom Geschmack her an die sonnengetränkten Hügel der Toskana, überrascht aber im Abgang mit einer blumig frischen Note.«

Kjell darf ich bei meiner Ausführung gar nicht ansehen, seine Mundwinkel zucken so verdächtig, dass er sich schließlich wegdrehen muss. Auch Thores Eltern verbeißen sich das Lächeln.

»Aha. Nun gut.« Herr Sörenson legt die Getränkeempfehlungen zur Seite. »Ich nehme trotzdem einfach ein Pils.«

Idiot!

Auf dem Weg zur Theke holt mich Kjell ein. Lachtränen schimmern in seinen Augen. »Erinnert an die sonnengetränkten Hügel der Toskana? Wo hast du das denn her?«

»Keine Ahnung. Was Besseres ist mir nicht eingefallen. Aber klang gut, oder?«

Es ist schon komisch, aber Sörensons Attacke beflügelt mich beinahe. Nicht der Angriff an sich, sondern die Tatsache, dass ich ihn überstanden habe. Meine Angst ist weg.

Da ich nicht wie Kjell fünf Salatteller gleichzeitig auf meinen Unterarmen balancieren kann, dauert bei mir zwar alles länger, doch Herrn Sörenson habe ich anscheinend vorerst den Mund gestopft. Vielleicht hat seine Frau auch was zu ihm gesagt, oder Marlene? Egal, auch wenn er mich nach wie vor *Mädchen* nennt, hält er sich wenigstens mit Kritik zurück. Und dass Kjell da ist, ganz in meiner Nähe, lässt mich immer entspannter werden. Er kann mir natürlich nichts abnehmen – ich muss den Rehrücken, das Hirschgulasch und das vegetarische Wildpilzgericht selbst irgendwie zum Tisch balancieren –, aber seine Blicke und seine kleinen Gesten, wenn ich doch einmal unsicher bin, helfen mir, mich nicht wieder zu verkrampfen.

Selbst seine Laufwege stimmt er genau auf mich ab. Er wartet jedes Mal, bis auch ich fertig bin, um dann vorzugehen. Und so halte ich tatsächlich auch die Straßenverkehrsordnung einigermaßen ein und komme niemandem in die Quere.

Beim Wunderkerzennachtisch aber würde ich Kjell am liebsten die Zunge rausstrecken. Nicht nur, dass er die Anzahl der Teller auf seinen Unterarmen erhöht hat, nein, er muss auch noch direkt vor mir eine elegante Extra-Kurve drehen. Und dabei verrutscht ihm nicht mal einer der blöden Nachtische.

»Angeber!«, flüstere ich ihm zu.

»Aber schon auch beeindruckend, oder?«

»Kein bisschen.«

Ich wirke wohl nicht sehr überzeugend, denn er zwinkert mir frech zu, bevor er zu seinem Tisch abbiegt. Und es stimmt natürlich: Auch als Kellner ist er einfach toll!

Und dann habe ich es tatsächlich geschafft – und das ohne großen Zwischenfall! Klar, meine Arme zittern und ich kann den Abrechnungsblock kaum mehr halten, dafür klappt das mit dem Lächeln von ganz allein – außer bei Herrn Sörenson.

Die Bezahlung läuft über die Zimmerrechnung, wir müssen den Gästen nur eine Auflistung der Getränke zum Unterschreiben geben, daher hatte ich mit Trinkgeld gar nicht gerechnet. Doch als ich Thores Eltern die Rechnung gebe, damit sie diese gegenzeichnen können, überreichen sie mir zwei Scheine. Insgesamt 300 schwedische Kronen. Und selbst unter dem Bierdeckel von Herrn Sörenson klemmen 200 Kronen.

»Was mache ich damit?«, frage ich Kjell auf dem Weg zur Theke.

»Wir schmeißen gleich alles zusammen, und Robert gibt

morgen jedem seinen Anteil.« Kurz bevor wir den Tresen erreichen, bleibt Kjell stehen. »Du warst echt super, Svea!«

»Weil ich *dich* hatte.«

Die Worte sind mir einfach so rausgerutscht, und ich schaue zu Boden, als könnte ich sie dort wieder aufsammeln.

War das zu viel? Zu schleimig oder so?

Kjell sagt nichts, und so spähe ich vorsichtig zu ihm hoch. Er lächelt mich an – mit diesem verfluchten Kjell-Lächeln.

»Du warst wirklich gut, Svea. Vor allem deine Weinempfehlungen!«

»Ha, ha!«, erwidere ich und schaue dabei schon mal unauffällig auf die Wanduhr hinter der Theke. Die Back-Aktion wollen Janne und ich nach Mitternacht starten, jetzt ist es erst 22 Uhr. Die Gäste wechseln in die Bar oder den Wintergarten. Und wir? Feiern bestimmt im Personalraum noch.

Vielleicht wartet Kjell auf ein Zeichen von dir ...

Ich sammele gerade allen Mut zusammen, um ihn zu fragen, ob er noch mitgeht, da kommt Robert auf uns zu. »Also, Kjell, falls du doch nicht studieren willst: Ich hab hier immer ne Stelle für dich. Hast ja alles noch drauf.«

»Kein Wunder. Bei dem Lehrmeister! Ich hab nur vergessen, wie anstrengend das ist. Von daher ...« Er nickt Robert zu, dann mir, und ich halte die Luft an. Will er jetzt etwa schon gehen?

»Ich setze mich noch kurz zu meinen Großeltern und hau mich dann ins Bett. Euch noch einen schönen Abend.«

»Und du hast ihn einfach gehen lassen?« Janne sieht mich mit großen Augen an.

»Ich hatte gar keine Chance. Er war so schnell weg.«

»Oh Mann, Svea, du brauchst echt noch ein paar Nachhilfe-stunden. Wahrscheinlich hat er nur ...«

Ich kann Janne nicht weiter zuhören, denn Nele hat endlich geschrieben.

Ich mach es kurz. Er wollte mehr, ich aber nicht. Hab mich voll in ihm getäuscht. Totaler Langweiler! Bin jetzt noch bei meiner Schwester.

Den Text muss ich mir zweimal durchlesen. Da schwärmt sie jahrelang für Marlon, nur um festzustellen, dass er ne Niete ist? Ich will ihr gerade antworten, da geht die nächste Nachricht ein.

Aber sag mal, wer ist eigentlich der Typ am Lagerfeuer? Auf dem Foto von gestern. Der mit den langen Haaren?

»Was grinst du so?«, fragt mich Janne.

»Ach, ich ... meine Freundin fragt grad nach Lasse. Weißt du, ob er eine Freundin hat?

»Immer mal wieder. Momentan aber nicht, glaube ich.«

Und zack, ist die nächste Geschenkidee da. Mit dem Weih-nachtsgeld von Papa und dem Trinkgeld von heute müsste ich Nele doch irgendwie hierherkriegen, oder? Und soweit ich weiß, hat sie für Silvester noch immer nichts geplant. Sie könnte Kjell kennenlernen. Und ich hätte sie endlich wieder bei mir!

Die nächste Stunde sind Janne und ich damit beschäftigt, aus dem festen Karton, den sie besorgt hat, Vorlagen für die Leb-kuchensterne zu basteln. Da sie mit ihrem kaputten Finger nur Ratschläge geben kann, bin ich es, die versucht, die Sterne eini-germaßen symmetrisch aufzuzeichnen und sie mit einem Tep-pichmesser auszuschneiden. Von ganz klein bis hin zu richtig groß. Später will ich sie auf den Teig legen und an ihnen vorbei mit einem Messer die Sterne ausstechen. Wenn sie fertig gebacken sind, muss ich sie nur noch aufeinanderstapeln, sodass ein großer Baum entsteht.

»Richtig grade sind die aber nicht«, stellt Janne kritisch fest. Doch das ist mir egal.

»Der Weihnachtsbaum darf ruhig krumm und schief aussehen. Je schiefer, desto besser sogar. Hast du denn die Karte von Kristan besorgt? Kommen wir in die Showküche?«

»Ersteres nicht, Kristan war schon weg. Letzteres ja.«

»Und wie?«

»Durchs Fenster.«

Es hat wieder zu schneien begonnen, und der eisige Wind treibt mir die Flocken so ins Gesicht, dass ich kaum etwas sehe. Hat aber den Vorteil, dass morgen von unseren Spuren im Schnee auch nichts mehr zu sehen sein dürfte.

»Guck, hab es vorhin nur angelehnt.« Janne stößt das Fenster zur Showküche mit ihrer gesunden Hand auf. Ich schmeiße unseren Rucksack rein, klettere als Erste hoch und helfe ihr dann nachzukommen. So cool ich gerade auch tue, mein Puls rast trotzdem.

Drinnen ziehen wir unsere Schuhe sofort aus, um ja keinen Matsch mit reinzutragen, und auch das große Licht lassen wir aus. Stattdessen beschränken wir uns nur auf unsere Handy-Taschenlampen. Dass wir hier sind, weiß keiner. Und so soll es auch bleiben.

Auch wenn Janne mir nicht sonderlich viel helfen kann, weiß sie wenigstens, wo alles steht, wie der Backofen funktioniert und wo die Gitter sind, auf denen wir die fertigen Pfefferkuchen-Sterne abkühlen lassen können.

Bei den kleinen geht das auch schnell, an den großen aber verbrenne ich mir Minuten später noch die Finger.

»Liebesperlen?« Janne grinst mich vom Vorratsschrank aus an. »Rosa Herzchen? Oder doch lieber nur Zuckerstreusel?«

»Hol mal alles raus.« Dekorieren will ich die Pfefferkuchen erst auf meinem Zimmer, wenn ich dort alle Sterne zu einem großen Baum zusammengesetzt habe. Dafür brauche ich vor allem eins: viel Puderzucker. Und ...

»Sag mal, gibt es da bei den Sachen auch irgendwas mit Einhörnern?«

Samstag, 23. Dezember

Kjell

Scheiße, ist das kalt. Aber um die Uhrzeit ja irgendwie auch kein Wunder. Es ist erst kurz nach sieben Uhr.

Ich verschließe die Tür der Hütte, drehe den Schlüssel dabei lieber doppelt um und blicke dann noch einmal zum See. Aus der Dunkelheit heraus schimmert die Eisschicht silbrig. Ich weiß gar nicht, wann der See das letzte Mal komplett zugefroren war.

Durch den Tiefschnee stapfe ich zu Lasses Schneemobil zurück und gehe dabei noch mal alles durch: Holz ist da. Frische Decken und Kissen jetzt auch. Und gefegt und sauber gemacht hab ich gerade auch alles. Für Morgen, für meine Heilig-Abend-Überraschung, ist also alles so weit fertig. Bis auf Berti. Der müsste eigentlich auch mit, nur krieg ich den nicht ungesehen von Sveas Balkon runter. Und selbst wenn, wie sollte ich ihn transportieren?

Ich ziehe mir die Mütze vom Kopf und setze stattdessen den Helm wieder auf. Der Motor des Schneemobils springt beinahe geräuschlos an, einzig ein leises Surren ist zu hören. Vielleicht sollte ich mir auch so eins zulegen. Bisher hat mich an den Teilen vor allem immer der Geräuschpegel genervt, aber mit Elektromotor?

Im schmalen Lichtkegel der Scheinwerfer sehe ich hier mitten im Wald kaum etwas, und ich muss gut aufpassen, wo ich langfahre, um mit den Vorderkufen nicht an irgendwelchen großen Wurzeln wegzurutschen. Aber morgen Abend wird es nicht anders sein – also schon mal eine gute Übung.

»Hej, Kjell!« Auf der Zufahrt zum Hotel kommt mir Lars entgegen – wieder mit Schaufel bewaffnet. »Hast du den Schnee extra für mich bestellt? Damit ich wieder so richtig loslegen kann?«

»Ne. Aber geht es denn mit deiner Brandblase?«

»Passt schon. Schickes Teil, das du da hast.« Neugierig begutachtet er das Schneemobil. »Verfrühtes Weihnachtsgeschenk?«

»Leider nicht. Gehört Lasse. Aber fährt sich super.«

Vorsichtig manövriere ich an ihm vorbei und will gerade zur Garage abbiegen, als ich Svea sehe. Dick eingepackt in Schneeklamotten spaziert sie vor sich hin. So leise wie möglich schiebe ich die Maschine an, um mich hinter einem Baum in Deckung zu bringen. Ist blöd, sie heimlich zu beobachten. Aber ich will wissen, was sie da macht. Ihre Lippen bewegen sich, ab und zu schüttelt sie wie genervt den Kopf oder blickt Hilfe suchend in den Himmel. Dabei dreht sie eine Runde nach der anderen um die Garage. Als würde sie irgendetwas auswendig lernen.

Morgens um halb acht?

»Na, wie schön, dass du dich auch noch zu uns gesellst«, empfängt mich Dad später mit ziemlich grimmiger Miene im Esszimmer. »Du machst ja neuerdings nur noch, was du willst.«

Ich ignoriere ihn und begrüße Granny und Grandpa. Wenn Dad jetzt schon so gute Laune hat, wie wird sie dann erst werden, wenn seine eigenen Eltern ankommen. Graf und Gräfin Jönsson – wie Caja und ich sie intern nennen. Denn steifer und traditionsverliebter geht es echt nicht.

Granny drückt mir einen dicken Kuss auf die Wange. »Ich fand dich gestern so richtig schneidig in der Hotel-Uniform.«

»Ich fand Kjell als Kellner auch super!«, fällt Caja gleich mit ein

»Danke. Gefiel halt nicht jedem.«

Mir entgeht nicht, wie Mum beschwichtigend ihre Hand auf die von Dad legt. Tja, die beiden werden verkraften müssen, dass ich selbst entscheide, wann und wo ich im Hotel helfe. Und in den nächsten Tagen werde ich nicht viel machen können. Denn die Taktik von Lasse mit Rückzug und so – die funktioniert nicht. Die Mischung aus Rückzug und Angriff aber auch nicht. So mit Svea zu spielen fühlt sich scheiße an. Außerdem tu ich mir dabei ja selbst weh. Nach der Gala wäre ich gern noch mit ihr feiern gegangen.

Also: Angriff!

Aber echt erst morgen?

Ein ungutes Gefühl beschleicht mich, als ich an Sveas Lern-session draußen denke, und es wird drängender, je mehr Stunden vergehen, in denen ich sie nicht sehe. Eigentlich läuft man sich im Hotel ständig über den Weg. Wir uns heute aber nicht. Weicht sie mir aus?

Zu ihrer Mittagsschicht im Wintergarten taucht Svea plötzlich wieder auf, sie muss Janne immer noch vertreten, und so sehe ich sie wenigstens von Weitem. Doch dann? Ist sie wieder wie vom Erdboden verschluckt.

Ich suche sie draußen, bei der Eisbahn und am Rodelberg, schließlich auch drinnen. Doch sie ist weder im Personalraum noch bei Janne.

Bleibt nur ihr Zimmer. Aber warum? Unruhig tigere ich im Flur auf und ab. Weil sie gerade packt?

War das Auswendiglernen etwa ihre Abschiedsrede?

Svea

So, das war's. Mein Kopf brummt total, wahrscheinlich hab ich die ganze Luft hier im Zimmer verbraucht. So richtig gut finde ich den Text immer noch nicht, aber ich hab jetzt den ganzen Tag daran geschrieben und besser kriege ich ihn nicht hin.

Ich falte den Zettel zusammen und stecke ihn in meine Hosentasche. Jetzt muss ich später alles nur noch in schön abschreiben. Ob Janne einen Füller hat?

Mein Handy ist noch in meiner Jackentasche, und als ich es herauskrame, sehe ich, dass Kjell mir geschrieben hat. Schon vor einer ganzen Weile.

Teambesprechung! Geht um Weihnachten. Um 19 Uhr vor dem Hotel.

Enttäuscht sehe ich auf das Display. Nichts Persönliches. Und wozu eine Teambesprechung? Noch dazu draußen.

Alles klar, schreibe ich genauso unpersönlich zurück und checke dann zum sicher hundertsten Mal meine Mails. Und tatsächlich: Der Nachtzug für Nele ist gebucht! Ihre Schwester hat bereits alles mit ihren Eltern geklärt. Jetzt muss ich nur noch Kjells Eltern fragen, ob sie bei mir im Zimmer schlafen darf.

Mütze und Schal. Da wir uns vor dem Hotel treffen, packe ich mich lieber dick ein und stopfe meine Handschuhe in die Jackentasche. Auf der Treppe nach unten kriege ich wieder mal weiche Knie. Den ganzen Tag habe ich mit Kjell verbracht – gedanklich. Mir vorgestellt, wie er das Geschriebene liest. Ihn jetzt zu sehen, kommt mir komisch vor. Als hätte ich einen Vorsprung, von dem er nichts weiß. Und der mir leider absolut nichts bringt.

»Hej!« Kjell wartet schon draußen. Sonst ist niemand zu sehen. Er stößt sich von der Wand ab und schiebt sich die Mütze zurecht. Diese dicke Wollmütze – wie kann ich nur so dermaßen auf dieses Teil stehen.

»Hej!«, begrüße ich ihn. »Sind wir die Ersten?«

»Ja. Und die Einzigen.«

»Ah ... okay?« Fragend sehe ich ihn an, doch er weicht meinem Blick aus und sieht stattdessen auf den Boden. Zu seinen Füßen, die Schnee hin- und herschieben.

Kjell ist nervös? Das kenne ich von ihm überhaupt nicht, und das wiederum macht mich selbst nervös. Wird das hier etwa ein klärendes Gespräch? Oh nein, mein Herz beginnt plötzlich zu rasen. Weiß er etwa Bescheid?

»Also ...« Er sieht mich endlich wieder an. »Heute ist ja Lillejulafton. Der kleine Weihnachtsabend. Und den nutzt man eigentlich, um alles vorzubereiten. Auch Geschenke und so. Und da ich nicht weiß, wie viel Zeit wir morgen haben, wollte ich dir heute schon etwas schenken.«

»Du ... du willst mir was schenken?« Ich muss aufpassen, dass ich ihm vor Erleichterung nicht einfach in die Arme falle.

»Ja, es ist aber nichts Großes. Nur ... ach, komm einfach mit, okay?«

Nichts lieber als das, möchte ich sagen, bekomme aber nur ein Nicken zustande. Kjell geht vor, um das Hotel herum und biegt dann in einen kleinen Weg ein, der am Garten entlangführt. Um uns herum wird es immer dunkler, doch dann sehe ich einen Lichtschein. Er flackert uns durch die Bäume entgegen. Ein Feuer?

»Ich dachte, da wir auf der Wintersonnenwende-Feier nicht so viel Zeit hatten und auch keine Marshmallows mehr für uns da waren, holen wir das nach. Und können gleich ... äh, Svea?«

Ich bin einfach stehen geblieben, denn zu schön ist das, was ich auf einer kleinen Lichtung vor uns sehe. Eine große gusseiserne Feuerschale. Zwei riesige Sitzkissen, auf denen Lammfelldecken liegen. Um das flackernde Feuer herum stehen Windlichter. Eine große Holzschale mit Marshmallows. Eine Teigschüssel. Ich sehe zwei Becher, eine Thermoskanne. Zwei Stöcke ...

Und dann? Dann sehe ich nichts mehr.

Tränen verschleiern mir den Blick, und mein Herz strahlt so viel Wärme aus, dass mir richtig heiß wird. So heiß, als würde das Feuer in mir brennen. Direkt in meinem Herzen.

Er hat das alles hier für mich gemacht?

»Kjell, ich ...« Ich weiß nicht, was ich sagen soll. Doch ich spüre ihn neben mir, drehe mich einfach zu ihm um und schlinge meine Arme um seinen Hals. »Danke!«

Ich kann hören, dass er lächelt. Ich höre es an seinem Atem. An der Art und Weise, wie er Luft holt, tief und entspannt. Dann zieht er mich noch enger an sich.

Und ich weiß nicht, wie Kjell das macht, aber auch wenn er alles in mir durcheinanderbringt, fühle ich in mir eine tiefe Ruhe, wenn er mich hält.

Kjell ist für mich wie heimkommen.

Wer sich von uns als erstes aus der Umarmung löst, bekomme ich nicht mit, doch irgendwann stehen wir beide voreinander. Kjell nimmt meine Hand, und seine warmen Finger schlingen sich so selbstverständlich zwischen meine, als gehörten sie schon immer dorthin. Und was das mit mir macht, hat mit innerer Ruhe nicht mehr viel zu tun.

»Stockbrot? Oder erst Glögg?«, fragt er mich.

»Ähm ... Glögg.«

Kjell nimmt mich mit zum Feuer, und ich sehe ihm zu, wie er uns einschenkt. Als er mir dann aber meinen dampfenden Becher überreicht – ohne Rosinen –, weiß ich, dass ich nicht hier sein darf. Dass es hier nicht weitergehen kann, bevor er die Wahrheit kennt. »Ich ... ich muss dir was sagen, Kjell.«

»Okay.«

»Kannst du dich dafür setzen?«

Der Glögg in meinen Händen zittert, und ihm entgeht das nicht. Sein Blick wandert von meinem Becher über meine Jacke, über meinen Schal hoch zu meinen Augen. »Was es auch ist, Svea. Es ist alles gut.«

Das sagt er jetzt. Aber gleich?

Kjell setzt sich, und ich weiß nicht, ob ich lieber stehen bleiben soll, setze mich dann aber schließlich doch auf das Kissen neben ihn. Anschauen kann ich Kjell nicht, auch wenn er sich jetzt so dreht, dass wir uns fast gegenübersitzen. Sein Gesicht schimmert golden im Schein des Feuers.

»Eigentlich wollte ich dir einen Julklapp-Reim zu Weihnachten schenken. Ihn dir irgendwohin legen und dann abhauen. Aber ...« Die Idee kommt mir jetzt gerade magisch vor. Vor allem der Teil mit dem Abhauen.

»Aber?«

»Ich ... ich lese ihn dir jetzt einfach vor.«

»Okay.« Erwartungsvoll lächelt er mich an und ich fische den Zettel aus meiner Hosentasche. Meine Finger flattern so, dass ich ihn kaum aufgefaltet bekomme.

»Lieber Kjell! Ich weiß gar nicht, wo ich anfangen soll. Aber ich glaube, am besten mit dem Ende. Denn das ist wichtig. Und ich weiß nicht, wie lange du mir zuhören wirst.«

Kjell stellt seinen Becher ab. Er will etwas sagen, aber ich schüttele den Kopf. Wenn ich jetzt nicht weitermache, dann schaffe ich es nie.

»Ich mag dich, Kjell. Ich mag deine Mütze. Ich mag dein Lächeln. Ich mag das Blau in deinen Augen. Ich mag es, dass du weißt, dass ich keine Rosinen mag. Ich mag es, wie du zuhörst. Dass du Berti für mich gekauft hast. Dass du gestern Abend für mich da warst. Ich ... ich mag dich und das alles hier.« Meine Stimme beginnt zu zittern. »Ich mag das Hotel. Ich mag Caja. Ich mag Janne, Kristan, deine Eltern. Und: Ich mag *mich* hier. Aber, Kjell ...« Die Buchstaben verschwimmen vor meinen Augen. Doch ich weiß auch so, was ich sagen muss, und presse den nächsten Satz aus mir heraus. »Ich gehöre hier nicht hin.«

Kjell
Svea weint. Und auch ich muss plötzlich blinzeln.

Vorsichtig nehme ich ihre Hand. »Ich weiß, dass du hier nicht hingehörst. Trotzdem bist du hier genau richtig.«

»Nein, du verstehst nicht.« Sie will mir ihre Hand entziehen, doch dann stutzt sie und sieht mich zum ersten Mal wieder richtig an. »Moment, was genau weißt du?« Sie wischt sich eine Träne von der Wange und schaut mich angespannt an.

»Na ja ...« Mein Hals wird auf einmal eng. »Vielleicht fange ich auch besser mit dem Ende an? Ich mag dich, Svea. Ich mag es, wie du strahlst, wenn du wirklich glücklich bist. Ich mag diese kleine Falte auf deiner Stirn, wenn du nachdenklich bist. Wenn du dich zurückziehst. Ich mag es, dir beim Klavierspielen zuzuhören. Ich finde es süß, wie wenig Ahnung du von Weihnachten hast. Und wie du hier alles aufsaugst. Ich mag dich, Svea, auch wenn ich nicht viel über dich weiß. Aber eins weiß ich seit deiner Ankunft hier: Du bist nicht die, die wir erwartet haben.«

»Was?« Ihre Augen suchen meine und halten sie fest, völlig ungläubig.

»Lena Sommer hat uns abgesagt. Ich habe ihre E-Mail gesehen, nachdem ich dich abgeholt hatte.« Ich erzähle ihr, wie verwirrt ich war, aber auch wie neugierig. »Ich habe niemandem was gesagt und eigentlich erwartet, dass du am nächsten Tag alles aufklärst, aber das hast du nicht getan und ... na ja, dann dachte ich, dass du wohl deine Gründe hast, und hab einfach mitgespielt.«

Svea starrt ins Feuer, schüttelt immer wieder den Kopf, so als müsste sie das, was ich ihr gesagt habe, erst einmal sortieren.

»Es tut mir leid. Ich hätte dich schon früher darauf ansprechen sollen«, versuche ich, mich bei ihr zu entschuldigen. »Ich wollte aber, dass du bleibst.«

Svea schließt die Augen und schluckt. Doch dann beginnt sie zu lachen. Nicht laut. Sie lacht leise, wie in sich hinein. »Ich kann das gar nicht glauben. Wir haben uns beide von Anfang an etwas vorgespielt? Weil wir die Wahrheit nicht an uns ranlassen wollten?«

»Scheint so.« Auch ich fange an zu lachen, und es fühlt sich zum ersten Mal seit Tagen echt befreiend an. Endlich ist sie mit der Wahrheit rausgerückt. Und auch wenn ich nicht weiß, wie das hier ausgehen wird: Svea mag mich. Und sie mag ... »Wieso eigentlich meine Mütze?«, frage ich sie.

»Wieso ich die mag?« Sie lächelt ins Feuer. »Ach, bei den meisten finde ich Mützen irgendwie blöd. Aber bei dir? Mag ich sie halt.«

Ich rutsche mir meine Mütze zurecht und weiß jetzt schon, dass sie ab heute zu meinen absoluten Lieblingsteilen gehört. »Wollen wir jetzt erst mal was essen?«

»Unbedingt!«

Wir wickeln unsere Teigschlangen um die Stöcke und halten sie über das Feuer.

»Ich hatte echt Angst, dass du mich rausschmeißt, wenn du es erfährst.«

»Und ich, dass du irgendwann einfach gehst. Vor allem, als plötzlich deine Großtante aufgetaucht ist. Da hab ich echt gedacht, das war es jetzt.«

»Ne.« Svea schüttelte den Kopf. »Yva ist klasse und spielt sogar meinen Eltern gegenüber mit.«

Sie schaut in die Flammen und beginnt tatsächlich, von sich zu erzählen. Von ihrem Leben in Berlin und wer sie dort ist. Ich trau mich kaum, meinen Stock zu wenden, möchte nichts machen, was ihren Redefluss auch nur irgendwie stören könnte.

»Ich hab mit drei Jahren angefangen, Klavier zu spielen. Und seitdem ist das irgendwie mein Lebenstraum. Oder ... vielleicht eher mein Lebensplan? Meine Eltern sind übrigens nicht in einer Band.« Sie grinst zu mir rüber. »Klang aber lustig, als du das gesagt hast. Sie sind Opernsänger. Hendrik und Selina Larson. Kannste ja mal googeln.«

»Wieso Larson? Heißen die nicht Sommer?«

»Wir haben alle einen Doppelnamen. Aber für die Musik nutzen wir nur Larson.«

Daher hab ich nie was über sie gefunden! Und Lasse auch nicht.

»Mein Leben besteht im Grunde nur aus Üben, Unterricht und Konzerten. Aber vor allem aus Reisen. Ich darf meine Eltern oft begleiten. Nur ...« Ihre Augen wirklich plötzlich traurig.

»Nur ...?«

»Ich hab nicht viel Leben nebenher, weißt du? Bevor ich hierhergekommen bin, hab ich noch nicht mal ein Tablett getragen. War nie Schlitten fahren. Hab noch nicht mal mein Bett selber machen dürfen. Alles, was auch nur irgendwie im Ansatz meine Hände beanspruchen oder ihnen schaden könnte, sollte ich vermeiden. Tja, und dann? Ist es doch passiert.«

Sie erzählt mir von einer Blockade in ihren Handgelenken, wie peinlich das für sie war, mitten im Konzert. Und dann erfahre ich auch endlich, wie es überhaupt zu der Verwechslung am Flughafen kommen konnte. Mein Schild mit dem Namen Sommer, die verschlafene Rückfahrt, die Überraschung, als sie das *Slott Hotell* zum ersten Mal gesehen hat.

»Weißt du noch, wie du mir erzählt hast, dass ihr momentan echt jeden gebrauchen könnt?« Svea schüttelt lachend den Kopf. »Oh Mann, ich hab gedacht, du sprichst von Gästen, und hatte echt Horror, was für eine Absteige das sein muss.«

Auch ich muss lachen. »Und ich hab mich gefragt, warum du bei deiner Bewerbung verschwiegen hast, dass du so gut Schwedisch kannst. Aber ... wie du das dann durchgezogen hast – Hut ab!«

»Na ja. Das Hotel war einfach zu schön. Alles war viel zu schön, um gleich wieder zu gehen, verstehst du?«

Ich nicke, weil ich es aus ihrer Sicht absolut verständlich finde. Nur für mich ist es gerade der Ort, von dem ich möglichst bald wegmöchte.

Was für Svea das Klavierspielen ist, ist das *Slott Hotell* für mich. Beides eigentlich ein Traum – nur mit ziemlich eng anliegenden Fesseln.

Svea

Ich muss Kjell immer wieder ansehen, und jedes Mal, wenn er mich dabei erwischt und mich anlächelt, würde ich mich am liebsten kneifen. Oder ihn. Um mich zu vergewissern, dass das hier echt ist. Dass wir wirklich hier sitzen, er alles über mich weiß und mich trotzdem noch zu mögen scheint.

Kjell knibbelt die schwarz verbrannte Schicht an seinem Stockbrot ab. »Da wir uns hier grad all unsere Wahrheiten verraten, muss ich dir noch was gestehen.«

»Was denn?«

Er will gerade in sein Brot beißen, doch ich ziehe ihm den Stock weg. »Nichts da. Erst das Geständnis.«

»Ich habe dich spielen hören. Also, so richtig.«

»Oh! Ähm ... gestern?« Mir wird ein wenig warm im Nacken. Nach der Backaktion mit Janne konnte ich nicht schlafen und bin in der Nacht noch mal in den Wintergarten runter. *Rêverie* von Claude Debussy. Das habe ich gespielt und mich zum ersten Mal völlig in dem Stück verloren.

»Nein. Das war vor ein paar Tagen. Tommas kam mir entgegen und hat gemeint, du wärst ein Juwel. Und da war ich neugierig und hab dir ein wenig zugehört.«

Tommas? Ich muss lächeln, als ich an ihn denke.

»Nur weil er mich gefragt hat, habe ich mich überhaupt wieder rangetraut.«

»Und deine Blockade? Ich meine, ich hab dich servieren lassen, du hast die Zimmer geputzt. Du bist mit dem Schlitten in die Büsche gerast.«

Ich sehe auf meine Hände, halte sie gegen das Feuer, drehe sie. »Die Blockade ist weg. Trotz ... nein, wahrscheinlich wegen all dem, was du grad aufgezählt hast.«

Kjell rutscht ein wenig näher, unsere Knie berühren sich. Unbeabsichtigt. Doch es gefällt uns wohl beiden, denn keiner von uns ändert etwas daran. Einen Moment lang essen wir schweigend unser Stockbrot, doch als Kjell dann die Marshmallows für uns auf die Stöcke spießt, sieht er mich plötzlich fragend an.

»Was ist?«

»Möchtest du das wirklich, Klavier spielen? Ist es dein eigener Traum?«

Ich lasse meinen Stock wieder sinken, denn genau das ist es, was ich nicht mehr weiß. »Dieses Jahr war es auf jeden Fall zu viel. Ich hab zum Schluss beim Spielen nichts mehr gefühlt. Technisch bin ich super – das sagen zumindest alle. Aber mein Ausdruck war eine Katastrophe.«

Kjell verzieht skeptisch die Stirn. »Ich bin da ja kein Experte, aber was ich gehört habe, war total ... es hat mich berührt.«

»Danke«, sage ich. Nicht nur für das Kompliment, sondern auch für seinen Stock mit dem fertigen Marshmallow. Ich kriege es nur irgendwie nicht so gut hin, das klebrige Teil zu essen – es hängt mir an den Fingern, am Kinn, und Kjell bekommt beinahe einen Lachkrampf, als er sieht, wie ich mich abmühe, dabei aber alles nur noch schlimmer mache.

»Vom Stock abzupfen kannst du die Teile nicht. Du musst sie ganz essen. Man muss nur aufpassen, dass man sich nicht verbrennt.«

»Danke für die Tipps. Ist nur zu spät jetzt.«

Mit einer Serviette bekommen wir mich wieder halbwegs sauber, und bei den nächsten weiß ich es dann besser.

»Deine Eltern wissen nicht viel über dich, oder?«, fragt mich Kjell nach einer Weile.

»Doch, schon. Wieso?«

»Wie schaffst du es dann, hier zu sein, ohne dass sie was davon mitbekommen?«

»Sie sind auf Tournee. In Amerika. Und durch die Zeitverschiebung – also, wir schreiben uns nur.«

Kjell nickt, doch ich sehe, dass sich das für ihn total komisch anhört. Klar, seine Eltern würden bestimmt nachts für ihn aufbleiben, nur um ihn zu sprechen. Aber so sind meine nicht. Was aber nicht heißt, dass sie mich deswegen weniger lieben. »Sie sind anders. Sie leben total in ihrer Musikwelt«, beginne ich, sie zu verteidigen, auch wenn Kjell sie gar nicht angegriffen hat. »Aber ich gehöre dazu. In ihre Welt. Ganz fest sogar.« Und genau das ist das Problem. Denn ich weiß nicht, ob das auch noch so wäre, wenn ich nicht mehr Klavier spielen würde.

Ich möchte ihn gerade fragen, wie das mit seinem Plan ist. Was seine Eltern zu dem Medizinstudium sagen, höre aber in diesem Moment hinter uns ein komisches Knacken.

»Was war das?« Gänsehaut kriecht meinen Rücken hoch. Und als ich sehe, wie Kjell alarmiert den Kopf dreht, erwischt sie meinen ganzen Körper.

»Ich weiß nicht. Aber es klang nach ... Da ist doch wer, oder?«

Kjell steht auf, und auch mich hält nichts mehr auf meinem Kissen. Das Knistern des Feuers macht alles noch schlimmer, es klingt in der Stille um uns herum beinahe gespenstisch.

Dann wieder ein Knacken. Von links, oder? Kjell nimmt meine Hand, und ich klammere mich an ihm fest. Wir starren beide in die Richtung, aus der das Geräusch gekommen ist. Das Knacken wird lauter, doch dann mischen sich Stimmen darunter.

Okay, wilde Tiere reden nicht. Und jemand, der sich anschleichen möchte, auch nicht. Meine Schultern entspannen sich, meine Finger ums Kjells Hand auch, und ich kann nur hoffen, dass sie keine blauen Flecken hinterlassen haben. Zwischen den Bäumen vor uns tauchen Gestalten auf, und als wir sehen, wer es ist, können Kjell und ich nur den Kopf schütteln. Es sind Marlene und die Zwillinge – Junes und Hannah.

»Hej. Was treibt ihr euch denn hier draußen rum?«, begrüßt Kjell die drei.

»Marlene sucht ihren Handschuh«, antwortet Hannah. »Und da haben wir das Feuer gesehen. Und ... oh wow, ihr habt Marshmallows?«

Kjell und ich sehen uns an und wissen beide, unsere Zeit allein hier ist vorbei. Junes und Hannah greifen sofort begeistert nach den Stöcken, als wir sie ihnen anbieten, nur Marlene steht noch ein wenig unschlüssig da.

»Alles klar?«, frage ich sie.

»Ja, schon. Nein. Also, stören wir nicht?«

»Ach Quatsch. Komm!«

Wir setzen uns zu zweit auf mein Kissen, und irgendwann erzählt sie, was sie wirklich bedrückt. Ihr verloren gegangener Handschuh. »Papa wird ausrasten!«

Kann ich mir vorstellen, schießt es mir durch den Kopf, doch ich spare mir den Satz und versuche stattdessen herauszufinden, wo sie ihn verloren haben könnte.

»Hannah und ich waren nach dem Skifahren im Wald, um TikToks zu machen. Und irgendwo da muss ich ihn liegen gelassen haben.«

Kjell, der ihr ebenfalls zugehört hat, versucht anhand ihrer Beschreibung den Weg nachzuvollziehen.

»Wir helfen euch suchen. Oder, Svea?«

»Klar! Wir finden ihn.«

Mit einer Ladung Schnee löschen wir das Feuer und packen unsere Sachen in Kjells Rucksack. Mit den beiden Sitzkissen unter dem Arm und im Schein von fünf Handy-Taschenlampen machen wir uns auf den Weg. Wir suchen wirklich alles ab, finden auch die Stelle, an der Marlene und Hannah ihre TikToks gedreht haben, doch nirgendwo ihren Handschuh.

Auch wenn sie uns nicht anschaut und ihren Kopf gesenkt hält, weiß ich, dass sie mit den Tränen kämpft.

»Marlene?« Ich lege ihr meinen Arm um die Schulter und ziehe mit der anderen Hand meine Handschuhe aus der Jackentasche. Auch wenn ich nicht weiß, welche Farbe Marlenes haben, ich halte Herrn Sörenson für so unachtsam, dass er keinen Unterschied bemerken wird. »Für morgen nimmst du einfach die, okay? Und wir suchen dann noch mal alles ab, wenn es hell ist. Der wird ja irgendwo liegen.«

Sie nickt und wir brechen unsere Suche vorerst ab.

Im Hotel gesellen sich die drei dann wieder zu ihren Familien in den Wintergarten. Kjell und ich stehen irgendwie planlos in der Lobby rum, er ans Treppengeländer gelehnt, ich auf der Stufe vor ihm. Und zwischen uns? Viel Ausgesprochenes. Und doch einiges, was wir uns beide nicht zu sagen trauen. Meine Finger kribbeln, und ich weiß gar nicht, wo ich hinsehen soll.

»Ein ziemlich abruptes Ende.« Kjell lächelt zu mir hoch. Ganz ungewohnt, dass ich mal größer bin als er.

»Ja schon. Es war aber trotzdem total schön.«

Seine Finger berühren meine Wange, leider nur, um dort einen Rest Marshmallow abzupflücken. Den er mir natürlich zeigen muss, mit einem Grinsen, das mir klarmacht, jetzt kommt irgendein Spruch. Doch bevor er auch nur ein Wort sagen kann, ziehe ich ihm die Mütze übers Gesicht.

»Kein Kommentar, verstanden?«

»Wäre mir nicht im Traum eingefallen«, klingt es dumpf unter der Mütze hervor, bevor Kjell wieder auftaucht.

»Also sehen wir uns morgen?«

Kjell nickt. Und er will sich eigentlich schon wegdrehen, überlegt es sich dann aber anscheinend doch noch anders, denn er legt fragend den Kopf schief und öffnet seine Arme. Für mich!

Ich lächele ihn an, komme zu ihm runter und schlinge ihm meine Arme um die Taille. Jetzt, da er die Wahrheit kennt, ist das Heimkommen noch schöner.

»Wie lange bleibt uns das?«, höre ich ihn flüstern.

»Mein Flieger geht am dritten Januar.«

»Also noch ...«

Elf Tage.

Kjell

Im Flur ist es dunkel. Ich ziehe meine Schuhe aus, hänge meine Jacke an die Garderobe, kann mich aber irgendwie nicht von meiner Mütze trennen. Und grinse sie in meinen Händen sicher total dämlich an. Svea mag meine Mütze ...

»Ach, Kjell!« Mum späht aus der Küche. »Gut, dass du da bist. Hast du einen Moment? Dad will mit dir reden.«

Ich will mir den Abend nicht mit einer Auseinandersetzung verderben, doch Mums Blick ist so bittend, dass ich mir einen Ruck gebe. »Ist er im Wohnzimmer?«

Mum schüttelt lächelnd den Kopf. »Nein. Die Weihnachtsstube ist für euch ab jetzt tabu. Er sitzt hier in der Küche.«

»Okay!« Ich erwidere ihr Lächeln mit einem Anflug von schlechtem Gewissen. Gerade an Weihnachten mit meinem

Ego-Trip durchzustarten, wie Dad es gestern genannt hat, ist vielleicht tatsächlich nicht die beste Idee.

»Hallo, Kjell!« Er sieht auf, als ich die Küche betrete, und deutet auf den Stuhl ihm gegenüber am Tisch. »Ich, ja, ich möchte mich bei dir entschuldigen.«

Überrascht ziehe ich die Augenbrauen hoch. Eigentlich hatte ich nicht vor, mich zu setzen, mache es jetzt aber doch.

»Weißt du«, beginnt er, »mein Herz schlägt für jeden Winkel dieses Hotels. Das war schon immer so und wird auch immer so bleiben. Neben euch, unserer Familie, ist es mein Leben. Und ich vergesse wohl nur zu gern, dass das bei dir anders ist. Von daher tut es mir leid, wenn ich dich hier zu sehr einspanne.«

Ich muss schlucken. *Es tut mir leid* ... Den Satz höre ich tatsächlich nicht oft von ihm.

»Versteh mich nicht falsch, Dad. Ich mag das *Slott Hotell* total. Es ist superschön hier.« Das wurde mir durch Sveas Begeisterung vorhin wirklich noch einmal klar. Und auch an ihre anderen Worte erinnere ich mich und nutze sie. »Aber es gibt für mich nicht viel Leben drum herum. Ich ... ich muss hier erst mal weg.« Ich erzähle ihm von meinen Plänen. Dass die Wohnung in Stockholm mein neues Zuhause werden soll und das auch die Wochenenden und Ferien einschließt. Dass ich mich dort einleben muss, neue Freunde finden möchte, aber von dort auch die Welt kennenlernen will. »Und je mehr Freiraum ihr mir gebt, desto öfter komme ich wahrscheinlich sowieso immer wieder zurück. Weil ihr alle mir bestimmt total fehlen werdet. Du, Mum, Caja ... Aber macht mir keinen Druck, okay?«

Dad nickt und sieht mich dabei lange an, bevor sich dann ein Lächeln auf seine Lippen schleicht. »Ich weiß gar nicht, wie wir dich so gut hinbekommen haben.«

»Das ist mir auch ein Rätsel«, erwidere ich, und wir grinsen uns an.

»Ein Bierchen?«, fragt er.

»Du meinst, so zur Versöhnung?«

»Genau. Und auf Stockholm. Und ... auf morgen. Dass wir den Tag gut überstehen.« Er greift hinter sich zum Kühlschrank und holt zwei Flaschen heraus.

»Du meinst den Besuch vom Grafen und der Gräfin?«

Dad runzelt die Stirn. »Von wem?«

»So nennen Caja und ich deine Eltern – hast du das noch nie mitgekriegt?«

»Nein. Aber ... Graf William mit seiner Gemahlin Gräfin Margareta? Das passt.« Dad lacht gern und viel, aber selten laut. Doch dies ist einer dieser Momente.

»Weißt du, was das Komische daran ist?«, fragt er mich, als er wieder zu Luft kommt. »Ich bin mir sicher, sie wären stolz drauf.«

Wir sitzen noch länger in der Küche zusammen, nur wir zwei, und ich finde, der Lillajulafton – der kleine Weihnachtsabend – legt ganz schön vor.

Wie wohl morgen der große wird?

Sonntag, 24. Dezember

Svea

Kjells Pulli statt Schlafmaske – das funktioniert echt super! Noch verschlafen öffne ich die Augen und kuschele mich an den warmen, weichen Sweatshirt-Stoff. So aufzuwachen ist einfach nur himmlisch – mit einem Lächeln und dem Bauch voller Glück. Denn Kjell weiß es. Er weiß alles, und trotzdem bin ich noch hier.

Und: Heute ist Heiligabend. Ich werde Weihnachten feiern!

Ich taste nach meinem Handy, lese mir den Tagesplan durch, den Yva sich schon ausgedacht hat, und schicke ihr im Gegenzug den Screenshot von den Busverbindungen für morgen. Es gibt nicht viele, aber gegen Mittag kann ich bei ihr sein. Mama und Papa schreibe ich lieber erst später. Kurz nach sechs ist noch zu früh. Gerade für Heiligabend ...

Eigentlich habe ich heute den Morgen frei, und doch wühle ich mich aus dem Bett und mache mich schnell fertig. Ich will Kristan unbedingt helfen, ein letztes Mal Kimmo zu spielen. Denn der Wichtel wird heute ausziehen.

Unten in der Lobby ist es noch schummrig dunkel, nur die Lichter am Weihnachtsbaum leuchten bereits.

»Hej, schon wach?« Kristan lugt hinter dem Sessel hervor.

»Klar. Glaubst du im Ernst, ich will mich nicht anständig verabschieden? Immerhin hab ... Was sind denn das für Fotos?«

An der Wand über der Wichteltür kleben schon ein paar Bilder und Kristan hat noch einige vor sich liegen.

»Das ist Kimmos Art, sich zu verabschieden.«

Neugierig hocke ich mich zu Kristan auf den Boden. Jeder Streich ist hier zu sehen, und immer ist auch eines der Kinder mit drauf. Ich sehe Jenny, wie sie sich eine Banane mit Kulleraugen vom Büfett nimmt. Lasse, der sich nach seinem schwebenden Handschuh streckt.

»Wann hast du die alle gemacht?«

»Wieso ich?« Kristan zwinkert mir zu. »Das war Kimmo.«

»Sicher!«

Schnell verteilen wir noch die roten Laternen um die Wichteltür. Jedes Kind erhält eine, für den Lichterspaziergang heute Nachmittag. Dabei halte ich immer wieder nach Kjell Ausschau. Auch wenn ich weiß, dass Lars wieder fit genug ist, draußen Schnee zu räumen, und Kjells Anwesenheit beim Familienfrühstück heute Pflicht ist, würde ich ihn zu gerne sehen.

Pünktlich um sieben Uhr sind Kristan und ich fertig, holen uns zur Belohnung unser Frühstück aus dem Personalraum und verschwinden damit in sein Büro. Auf dem Schreibtisch liegt unser Arbeitsplan für heute. Um 15 Uhr startet das Weihnachtsprogramm mit dem gemeinsamen Fernsehgucken im Wintergarten: *Kalle Anka och hans vänner önskar God Jul.* »Donald Duck und seine Freunde wünschen Ihnen frohe Weihnachten.« Ich hoffe echt, dass ich bis dahin mit dem Eindecken für das Weihnachtsbüfett heute Abend fertig bin. Natürlich kenne ich *Donald Duck*, aber dass er in Schweden zur Weihnachtstradition gehört, wusste ich nicht.

»Wir nehmen für die Kleinen am besten wieder die Sitzkissen und verteilen sie vor der großen Leinwand.« Kristan geht die Liste Punkt für Punkt mit mir durch. »Die Tische dekorieren wir weihnachtlich, Plätzchen und Getränke organisiert die Küche. Danach müssen wir den Julbock holen. Das machen wir allerdings erst, wenn alle auf dem Spaziergang sind. Und dann kommt auch schon der Weihnachtsmann.«

Weihnachtsmann. Allein das Wort sorgt dafür, dass es in meinem Bauch weihnachtlich aufglitzert. Bisher bin ich noch nie einem begegnet, mal abgesehen von denen in Kaufhäusern.

»Tja, und das war es dann eigentlich schon.«

»Hä?« Ich zeige auf den letzten Punkt der Liste. »Müssen wir nichts für die interne Weihnachtfeier vorbereiten? Den Raum schmücken oder so?«

Kristan runzelt die Stirn. »Nein, die findet doch bei den Jönssons statt. Wir sind eingeladen.«

»Was?« Ungläubig starre ich ihn an. Wir feiern bei den Jönssons? »Ähm ... in deren Privatwohnung?«

»Ja. Das ist hier Tradition. Sie laden alle ein, die nicht arbeiten müssen und nicht nach Hause fahren. Das ist immer wirklich total nett.« Kristan grinst mich an. »Und festlich. Solltest dich also auf jeden Fall noch umziehen.«

Festlich. Das Wort schwirrt mir den ganzen Vormittag über im Kopf herum. Und am liebsten würde ich Kjell ganz festlich wieder eine Ladung Schnee ins Gesicht kippen. Warum hat er mir das nicht gesagt? Ich hab ja nicht mal ein Geschenk für seine Eltern. Oder für Caja.

Vorsichtig nehme ich mir eine der frisch gestärkten Tischdecken vom Servierwagen, beachte dabei genau die Umbrüche und entfalte sie behutsam. Zu zweit wäre das Eindecken echt leichter, aber Tessa und ich machen einen großen Bogen umeinander. Ob sie heute Abend auch dabei ist?

Mein Handy vibriert in meiner Schürze, und sofort kribbelt es in meinem Magen, denn Kjell hat geschrieben.

Für den Fall, dass du die Teller suchst: Wir brauchen heute keine.

Blödmann. Ich will ihm gerade zurückschreiben, da geht die nächste Nachricht ein.

Und als Richtglas nehmen wir beim Büfett übrigens immer ein Weißweinglas.

Meine Lippen sind echt miese Verräter, ich will es gar nicht, muss aber trotzdem lächeln. Und strecke dabei Kjells Nachricht die Zunge raus.

Das hab ich gesehen.

Was? Mein Kopf wirbelt zum Ausgang, und tatsächlich – dort steht er. In Jeans und Sweatshirt lehnt er am Türrahmen und grinst zu mir herüber.

Gut so!, tippe ich ins Handy. Und solltest du dich mir nähern, sei vorsichtig! Ich kann ja bekanntlich gut werfen. Nicht nur mit Schneebällen. Mit Richtgläsern bin ich sogar noch besser.

Kjell lacht und wagt sich trotz Warnung in meine Richtung, allerdings mit erhobenen Händen.

»Ich komme in friedlicher Mission.«

»Echt?« Ich will böse gucken, bekomme es aber nicht hin. Seit gestern, seitdem nichts mehr zwischen uns steht, habe ich das Gefühl, Kjell kann mir mit seinen blauen Augen bis ins Herz sehen. Und das weiß damit noch nicht umzugehen. Hüpft einfach nur wild in mir rum.

»Kristan hat mich schon vorgewarnt– dass du etwas überrascht warst wegen heute Abend?«

»*Etwas* ist gut. Warum hast du mir nichts gesagt?«

»Weil du dir zu viele Gedanken gemacht hättest?« Kjell nimmt sich die nächste Tischdecke, um sie mit mir gemeinsam auseinanderzufalten.

»Das mache ich auch so. Jetzt nur umso mehr. Ich hab keine Geschenke. Ich weiß überhaupt nicht, was ich anziehen soll. Ich hab keine Ahnung, wie ihr Weihnachten feiert, und –«

»Hey.« Kjell beugt sich vor, stützt sich auf dem Tisch ab und ist mir dabei so nahe, dass ich den grünen Schimmer in seinen Augen sehen kann. »Niemand erwartet von dir ein Geschenk, Svea. Du brauchst keine Gebrauchsanweisung für unser Weihnachtsfest – denn ich bin ja dabei. Und …«

»Und was?« Ich sehe doch, dass er sich ein Lachen verbeißt, und kneife misstrauisch die Augen zusammen.

»Ich fände ja das Rentierkostüm schön.«

»Ach wirklich?« Auch meine Mundwinkel zucken jetzt. Doch ich halte seinem Blick stand. Dass ich dabei nach den Enden der Tischdecke greife, bekommt er zum Glück nicht mit. Und mit einem kräftigen Ruck ziehe ich sie zu mir. Seine Hände rutschen weg. Und Kjell? Liegt bäuchlings vor mir auf dem Tisch.

»Okay …« Grinsend sieht er zu mir hoch. »Vielleicht ist meine Mission jetzt doch nicht mehr so friedlich.«

Wir müssen damit aufhören, stellen wir beide mit einem Blick in die Runde fest, denn die anderen gucken schon komisch. Vor allem Tessa. Auch wenn sie weit hinten im Saal eindeckt, scheint sie alles mitzubekommen.

»Ist sie heute Abend auch da?«, frage ich Kjell.

»Nein. Sie fährt mit irgendwem raus in die Stadt. Und bleibt dort auch über die Feiertage.«

Na, wenigstens das …

Auch wenn Kjell mir bis zum Schluss beim Eindecken hilft, ist es schon nach zwei, als wir damit durch sind. Er muss zurück zu seiner Familie und ich schleunigst hoch und mir Gedanken machen, was ich heute Abend anziehen soll.

»Wie wäre es mit dem Kleid hier?« Janne will mir helfen und zieht das rote aus meinem Kleiderschrank.

»Finde ich zu auffällig.«

»Dann das hier! Das ist perfekt.« Sie hält mir das schwarze hin, mein absolutes Lieblingskleid, und doch zögere ich. Denn das letzte Mal hatte ich es beim Konzert an. Bei dem, das ich abbrechen musste.

»Doch, Svea, komm! Das musst du anziehen. Kjell werden die Augen aus dem Kopf fallen. Außerdem zieh ich auch ein schwarzes an. Nur ist es um einiges kürzer.«

Ich lege das schwarze Kleid zumindest mal aufs Bett, wechsele dann Hotelkleid gegen Jeans und Pulli und nehme meine Winterjacke vom Garderobenhaken. Mütze und Schal am besten auch gleich, denn nach dem Disneyfilm geht es für mich direkt nach draußen.

Im Wintergarten schwirrt die Luft schon vor weihnachtlicher Vorfreude. Auf den bunten Sitzkissen vor der großen Leinwand wuselt es von Kindern, mit strahlenden Augen und mindestens genauso strahlendem Lächeln. Die Erwachsenen haben sich an die Tische gesetzt, die Kristan und ich mit Mandarinen und Tannenzweigen dekoriert haben. Und über allem schwebt der Duft nach Zimt, Nelken, Vanille und Schokolade.

An einem der Tische direkt vor mir entdecke ich Kjell. Die Plätze neben ihm sind noch frei, doch er hat mir gesagt, dass tatsächlich nicht nur seine Eltern mit zuschauen werden, sondern auch seine Großeltern.

Im Vorbeigehen raune ich ihm zu: »Warum wundert es mich nicht, dass der Plätzchenteller vor deiner Nase total pfefferkuchenbefreit ist?«

»Purer Zufall!«, höre ich ihn sagen und drehe mich noch einmal zu ihm um. Eine dumme Idee, denn sein verschmitztes Lächeln bringt mich beinahe ins Stolpern.

Vorne werde ich sofort von den Kleinen umringt, Thore möchte auf meinen Schoß, Jenny auf Jannes, und Caja turnt völlig aufgeregt auch noch irgendwo zwischen uns rum. Zum Glück funktioniert die Technik heute, und nach einer kurzen Begrüßung startet Kristan das Programm.

Ich weiß gar nicht, wann ich das letzte Mal *Donald Duck* gesehen habe, aber um mich herum scheinen die meisten jede gezeigte Episode zu kennen. Selbst die Kleinsten. Alle lachen oft schon, bevor etwas passiert. Ich beuge mich zur Seite, zu dem Plätzchenteller, den Thore für uns ergattert hat, und will mir gerade einen Pfefferkuchen nehmen, als ich Kjells Blick auffange. *Wehe!*, signalisiert er mir, doch ich ignoriere ihn und beiße grinsend hinein. Seine Empörung ist so süß, dass ich es einfach nicht dabei belassen kann. Immer wieder nehme ich mir einen, stapele sie aber vor mir auf dem Kissen. Vom Film krieg ich dadurch so gut wie gar nichts mehr mit. Denn auch wenn der Wintergarten voller Menschen, voller Lachen und Leben ist, gibt es für mich nur uns: Kjell und mich. Unsere Blicke, unser Lächeln. Und eine knisternde Spannung zwischen uns, die sich mehr und mehr auflädt.

Der Abspann ist dann noch nicht mal durch, da springen neben mir schon alle auf. Thore schubst mich dabei fast um, und doch sehe ich Kjells Hand, die blitzschnell nach meinem Keks-stapel greift. »Ich kümmere mich nur um sie«, verteidigt er sich, den ersten bereits im Mund, bevor er mir seine Hand hinhält, um mir aufzuhelfen.

»Wir sehen uns nachher?«, fragt er.

Ich nicke, und unsere Hände halten sich noch etwas länger fest. Ganz zart spüre ich Kjells Daumen, er streicht über mein Handgelenk und löst damit ein Prickeln aus, das mir den gan-zen Arm hochsteigt.

»So, Leute, los geht's!«, holt uns dann das Leben wieder ein, oder besser gesagt Kristan. Er winkt mich zu sich. »Wir haben nicht viel Zeit!«

Werden Kjell und ich auch mal nur einen Moment für uns haben?

Vor dem Hotel versammeln sich die Gäste und brechen zum Lichterspaziergang auf. Zeit für Kristan und mich, loszulegen. Die Tische für den Glöggstand müssen raus, ein paar Sitzge-legenheiten für die älteren Gäste herbeigeschafft werden und schließlich noch der Julbock. Ihn vom Schuppen zum Hotel hochzubekommen, ist Schwerstarbeit, und ich bin heilfroh, dass uns Nik und Frida, zwei der Auszubildenden, zu Hilfe kommen. Mit einigen Verschnaufpausen schaffen wir es und haben den riesigen Strohbock endlich oben. Genau passend, denn der Laternenzug kommt wieder näher. Kristan bleibt ge-rade noch genug Zeit, die ganzen Kabelenden mit der Außen-steckdose zu verbinden, und der riesige Strohbock beginnt zu leuchten.

Die eintreffenden Kinder bestaunen ihn mit großen Augen. Und ich? Freu mich total. Denn das ist mein Werk. Über 15 Lich-terkletten habe ich in den Julbock eingeflochten, die ihn jetzt beinahe golden erstrahlen lassen. Schnell mache ich einige Fotos, schicke das schönste gleich Nele, und als hätte sie nur darauf gewartet, dass ich mich melde, ruft sie sofort zurück. Ihr lauter Jubelschrei bläst mir fast das Trommelfell weg. »Du bist so irre, Svea! Ich komm zu dir nach Schweden, das ist der Wahnsinn.«

Lächelnd ziehe ich mich ein Stück zurück. Sie weiß es also schon ...

»Svea, das ist mein schönstes Weihnachtsgeschenk. Ich hab zwar noch kein anderes bekommen, aber das kann keins mehr toppen.«

»Na ja, eigentlich beschenke ich mich damit ja selbst. Ich vermisse dich hier total.«

»Trotz Kjell?« Ich höre das Grinsen in ihrer Stimme. »Ich fress ja nen Besen, wenn da heute nicht mehr zwischen euch läuft. Nach gestern ...«

Auch wenn es echt kalt ist, fängt mein Gesicht sofort an zu glühen, und ich versuche, das Gespräch schnell wieder auf ihren Besuch zu lenken. »Ich muss das nur noch mit dem Übernachten klären. Aber wenn das hier im Hotel nicht geht, hab ich von Janne einen Tipp mit einer Pension hier ganz in der Nähe bekommen.«

»Ach, zur Not schlafe ich da bei euch im Schuppen. Oder bei diesem Lasse ...«

Bei dem Gedanken an die Kombi muss ich grinsen: Lasse und Nele. Wäre sicherlich eine explosive Mischung.

»Du, ich muss aufhören«, flüstere ich, schon ein wenig ehrfurchtsvoll, denn von der Wiese her, aus der Dunkelheit heraus, schält sich plötzlich ein roter Mantel, ein weißer Bart und eine rote Mütze. »God Jul, Nele.«

Wie von selbst weiche ich zurück, und mein Herz schlägt um einiges schneller, als der Weihnachtsmann mit einem tiefen »Ho, ho, ho« den Hotelvorplatz betritt. Mit gutmütigem Blick nimmt er seinen Sack von der Schulter und beginnt, die Kinder zu begrüßen. Einige Mutige treten auch sofort hervor, andere wie Thore verstecken sich hinter ihren Eltern, auf deren Gesichter sich ebenfalls der Zauber von Weihnachten gelegt hat.

»Na, dann fange ich doch mal mit dir an, Sören.« Aus einem goldenen Buch liest der Weihnachtsmann jedem der Kleinen etwas vor. Er weiß dabei so einiges, von ihren Heldentaten, von kleinen Fehltritten, und überreicht ihnen dann ein von Kristan und mir hübsch verpacktes Geschenk. Den Hotel-Plüsch-Elch.

»Na, Sorge, was er gleich von dir erzählt?«

Kjells Stimme hinter mir sorgt dafür, dass auch ich weihnachtlich lächele. »Wieso? Hast du gepetzt?«

»Vielleicht.«

Ich drehe mich zu ihm um, und als ich ihn sehe, vergesse ich für einen Moment das Atmen. Kjell. Im schwarzen Anzug, mit roter Weste, langem Mantel. Er sieht so anders aus. Edel – und beinahe unwirklich schön.

»God Jul, Svea!« Lächelnd überreicht er mir einen Glögg.

»God Jul, Kjell!«

Über den Rand seines Bechers hinweg sieht er mich unverwandt an. In seinen Augen spiegeln sich die Lichter des Julbocks. Sie funkeln richtig. Verdammt, wie soll ich denn jetzt auch nur einen Schluck runterbekommen?

Der Lautsprecher kommt mir zu Hilfe, er knackt, dann ist die Stimme von Kjells Vater zu hören. »Liebe Gäste! Nun ist es so weit. Der Heilige Abend steht an, und wir, unsere Familie, wünscht Ihnen von Herzen *God Jul!* Ein gesegnetes Weihnachten und: einen wunderschönen Abend. In diesem Sinne ...« Er hebt seinen Becher und gibt Kristan einen Wink. Fröhliche Musik schallt über den Vorplatz, und dann beginnen plötzlich alle zu singen – auch Kjell.

Nur är det juligen. Nun ist es Weihnachten.

Ich kenne das Lied nicht, doch der Text und die Melodie sind so eingängig, dass auch ich schnell mitsingen kann. Caja, Jenny, Malte und viele andere Kinder fassen sich an den Händen und beginnen, um den Julbock herumzutanzen. Auch einige Eltern reihen sich ein, sogar Kjells. Er aber bleibt bei mir, ganz nah in meinem Rücken, und wir schauen gemeinsam zu – unsere Hände fest ineinander verschlungen.

»Ich freue mich auf später«, raunt er mir zu.

»Auf später? Du meinst, auf gleich.«

»Das auch ...« Mit einem geheimnisvollen Lächeln verabschiedet sich Kjell von mir und zieht sich dann mit seiner Familie zurück.

Und ich muss mich jetzt schleunigst festlich anziehen. Also doch das schwarze Kleid?

Kjell

Das Feuer im Kamin, die Bienenwachskerzen am Weihnachtsbaum – irgendwie wird mir unter dem Hemd immer wärmer.

»Danke, Kjell!« Caja kommt auf mich zugesprungen, und ich schaffe es gerade noch rechtzeitig, mein neues Notebook in Sicherheit zu bringen, da hüpft sie schon auf meinen Schoß. »Und ich darf mir echt aussuchen, was wir alles machen?«

»Jep. Das ganze Wochenende.«

Wie einen Schatz drückt sie ihre neue Brotdose mit dem wohl noch wichtigeren Inhalt an sich.

»Auf jeden Fall möchte ich ins Aquarium!«

»Ach was!«, gebe ich mich erstaunt. Caja kennt sich dort bestimmt schon besser aus als das Personal. Trotzdem musste es natürlich mit drauf, auf die Ankreuzliste für das C.K.-Wunschwochenende. Caja und Kjell. Nur wir zwei, sobald meine neue Wohnung fertig ist. Ich lehne mich zurück und spähe über ihren Kopf hinweg unauffällig zur Wanduhr. Noch zwei Minuten ...

Und mir wird noch wärmer.

Ich lockere ein wenig den Krawattenknoten. Graf William ist der Einzige, der sein Jackett noch trägt, dabei sitzt er direkt neben dem Kamin. *Er schwitzt nicht, weil er es abstellen kann. Wie jede menschliche Regung*, flüstert mir meine innere Stimme zu, doch ich pfeife sie zurück, denn heute stimmt das nicht. Er gibt sich echt Mühe und beobachtet gerade gutmütig lächelnd Mum und Granny, die noch immer damit beschäftigt sind, die unzähligen Kerzen auf dem Weihnachtsbüfett anzuzünden.

Noch mehr Wärme ...

Endlich dann höre ich Stimmen im Flur. Kristans, Jannes und auch Sveas. Dad, der gerade noch in der Küche war, muss ihnen geöffnet haben. Caja springt sofort auf, und auch mich hält nichts mehr im Sessel. Bemüht locker betrete ich den Flur, möchte entspannt lächeln, doch als ich Svea sehe, ist in mir nichts mehr locker und entspannt.

Sie haut mich um. Denn sie sieht aus wie ein Engel – nur dass ihr Kleid nicht weiß, sondern schwarz ist. Oben liegt es eng an ihrem Körper an, also, echt eng. Ab der Taille aber wird es immer weiter, und es reicht ihr beinahe bis zu den Füßen. Ihre langen blonden Haare trägt sie wieder offen, sie fallen ihr über die Schultern. Nur die vorderen Strähnen hat sie sich kunstvoll nach hinten geflochten.

»Du kannst den Mund wieder zumachen«, flüstert Kristan mir im Vorbeigehen zu, bevor er hinter mir meine Mum begrüßt. Auch Janne zieht grinsend an mir vorüber.

»Hej!« Svea sieht mich an und kommt dann zögerlich auf mich zu. Wahrscheinlich weil ich immer noch keinen Ton rauskriege. »Also ... mein Rentierkostüm war leider noch in der Wäsche.«

»Wirklich?« Ich muss lachen, und das ist gut so, denn es bringt meine Atmung wieder in Gang. »Tja, wie du vermutlich unschwer sehen kannst, gefällst du mir auch so. Und zwar sehr!«

Nik und Frida kommen noch, Lars und seine Frau, dann auch Robert, der zumindest für ein Stündchen vorbeischauen will. Nach einer kurzen Vorstellungsrunde schiebt Dad die Zwischentür zum Esszimmer beiseite und Mum eröffnet feierlich das Büfett. Sofort bildet sich eine Schlange um die lange Tafel, nur Svea reiht sich nicht ein. Sie steht mitten im Zimmer und schaut sich mit großen Augen um. »Das ... das ist so schön hier, Kjell! Der Weihnachtsbaum, die kleine Krippe, die vielen Kerzen. Wie aus einem Bilderbuch.«

»Ja, Granny und Mum haben sich gestern mächtig ins Zeug gelegt.«

»Granny ist die Mutter deiner Mutter, oder? Die mich und Janne gleich umarmt hat?«

»Ja, das ist sie. Und ja, sie mag erst mal jeden. Im Gegensatz zur Gräfin. Wobei sie dich ja auch herzlich begrüßt hat.« Normalerweise bewahrt Margareta zum Personal immer eine gewisse Distanz, heute anscheinend nicht. Denn sie setzt sich sogar zu Nik und Frida und unterhält sich angeregt mit ihnen.

»Brauchst du eine kleine Einführung zu den verschiedenen Speisen auf dem Büfett?«, ziehe ich Svea auf. Und es klappt, denn sie boxt mir lachend in die Seite. »Eine Einführung? Ne. Aber du anscheinend. Denn das Büfett an Weihnachten heißt nicht Büfett, sondern *Julbord*. Und ich sehe hier *Julskinka*.« Sie zeigt auf den Weihnachtsschinken. Tatsächlich richtig.

»Und das ist marinierter Hering, den ich übrigens echt gern esse«, macht sie weiter und landet den zweiten Treffer. »Hier, das sind *Kötbullar*. Das ist *Kutfisk*, das *Prinskorv* und das hier *Gravad Lachs* mit *Hovmästarsauce*.«

Nie im Leben kennt sie das alles. Svea, die nicht mal wusste, was ein Julbock ist.

»Google oder Janne?«, frage ich daher mit hochgezogener Augenbraue.

»Ich versteh nicht, was du meinst.«

»Ach nein?«

Svea versucht, sich ihr Lächeln zu verbeißen, doch als das misslingt, greift sie schnell nach einem Teller und lädt ihn sich voll.

Ist es dann Zufall oder doch auch wieder Jannes Werk, dass die zwei letzten freien Stühle am Tisch direkt nebeneinanderstehen? Svea und ich stellen unsere Teller ab, gehen dann aber noch mal zurück, um uns noch was zu trinken zu holen, als Caja plötzlich losquietscht. »Ihr beiden steht unter dem Mistelzweig!«

Mistelzweig? Ich sehe hoch. Und tatsächlich, wir stehen genau unter dem grünen Ding. Seit wann hängt das denn da?

»Ihr müsst euch jetzt küssen.« Caja klatscht ganz begeistert in die Hände, und auch die anderen machen mit.

Mir klopft das Herz bis zum Hals. Svea zu küssen ist nicht das Problem. Ganz im Gegenteil. Ich wünsche mir nichts sehnlicher. Aber hier, vor allen anderen?

Unsicher schaue ich zu ihr. Ihre Wangen glühen, meine sicher auch, doch dann zuckt sie lächelnd mit den Schultern. »Ich glaube, wir kommen hier nicht anders wieder raus, oder?«

»Äh ... nein.«

»Na dann?«

Svea schaut zu mir hoch, und ich lege vorsichtig meine Hand an ihre Wange. Um uns herum wird immer noch geklatscht, aber ich versuche, das vollkommen auszublenden, sehe sie an und beuge mich zu ihr. Unsere Lippen berühren sich, ganz flüchtig nur. Und doch erwischt es mich voll. Hitze durchströmt meine Brust. Und mein Herz rast mir weg.

Wie erst muss es sein, Svea wirklich zu küssen?

Ihre Augen sind geschlossen. Aber als ich mich von ihr löse, öffnet Svea sie und ich sehe das Leuchten in ihnen. So blau. So strahlend, dass ich Svea am liebsten sofort wieder in meine Arme gezogen hätte. Wir versuchen beide zu lächeln, nehmen den Applaus entgegen, bevor wir uns wieder an den Tisch setzen. Nur kann ich an Essen kaum mehr denken.

Svea unterhält sich erstaunlich locker, nicht nur mit Granny, auch mit Margareta. Mich nimmt Grandpa leider so in Beschlag, dass ich nicht mitbekomme, über was sie reden, doch als Svea und Margareta nach dem Nachtisch aufstehen und sich zwei Stühle an unser verstaubtes Klavier ziehen, wird es mir klar. Bei uns spielt nur Margareta, wenn sie zu Besuch ist. Mum hat es vor langer Zeit aufgegeben.

Svea hört erst einen Moment zu, wahrscheinlich weil sie das Lied nicht kennt, doch bei der zweiten Strophe steigt sie einfach mit ein. Und so spielen sich die zwei fröhlich durch sämtliche Weihnachtslieder. Ich habe meine Großmutter lange nicht mehr so gelöst gesehen. Sie lacht immer wieder und ihre Augen glänzen richtig.

Caja schnappt sich Janne und beginnt mit ihr um den Baum zu tanzen. Frida gesellt sich dazu, Nik und ich auch. Letztendlich tanzen wir alle. Und singen lauthals mit.

»Ich kann nicht mehr!« Irgendwann gibt Grandpa auf und verkündet, es sei jetzt aber mal höchste Zeit für einen ordentlichen Schnaps.

Ein guter Moment, um Svea hier rauszulösen, oder?

Ich verabschiede mich möglichst unauffällig von meinen Eltern, die es nicht lassen können, mich vielsagend anzulächeln, und fange Svea bei den Getränken ab.

»Ich mag dein Kleid wirklich gern. Aber es wäre jetzt gut, wenn du dir ganz schnell was Wärmeres anziehst.«

»Wieso?«

»Weil ich mit dir von hier verschwinden will.«

Svea

Innerhalb von zwei Minuten habe ich es geschafft, mein Zimmer völlig zu verwüsten. Und in meinem Kopf sieht es genauso chaotisch aus. Kjell und ich. Wir haben uns geküsst. Und jetzt will er mit mir weg!

Aber wo ist verdammt noch mal meine Leggings?

Schneeklamotten, darunter was Bequemes, hat er gesagt.

Die Schneehose hab ich, und ich wühle mich ein weiteres Mal durch meinen Kleiderschrank. Da! Unter meiner Jeans sehe ich es schwarz aufblitzen. Schnell schlüpfe ich in die Leggings, ziehe die Schneehose drüber und binde mir die Haare zusammen.

Dann hab ich alles, oder?

Der Pfefferkuchen-Berti steckt im Karton und der wiederum in meinem Rucksack. Halbwegs zumindest.

Ich lösche das Licht und schleiche die Treppe runter.

»Na, willst du verreisen?« Janne kommt mir in der Lobby entgegen, mit einem fetten Grinsen im Gesicht.

»Nein, Kjell will nur irgendwo mit mir hin. Aber ... ist das okay? Dass wir einfach verschwinden?«

»Klar! Bei den Jönssons ist eh gleich Schluss und ich feier mit Kristan und den anderen jetzt noch ein bisschen im Personalraum weiter.« Janne umarmt mich. »Hab einfach Spaß!«

Durch die Glastür sehe ich, dass Kjell bereits auf mich wartet. Aber ... hat er da Helme in der Hand?

»Fertig?« Er kommt auf mich zu. Und es sind tatsächlich Helme. Einen davon überreicht er mir – auf dem Weg zu den Garagen.

»Ähm ... was machen wir?«, frage ich.

»Wir fahren weg?«

»Ja, das weiß ich. Aber doch nicht mit ...?«

Doch! In der Garage wartet ein Motorrad auf uns. Wobei ... es ist kein richtiges. Vorne hat es Kufen, hinten so was wie Ketten. Und meine Hände klammern sich jetzt schon an den Riemen meines Rucksacks fest. »Kjell, ich bin mit so was noch nie gefahren.«

»Musst du auch nicht.« Lächelnd zieht er mir mein Haargummi raus. »Ich mach das. Du musst dich nur festhalten. Und ... der Rucksack muss mit?«

»Ja, unbedingt!«

Hinten an diesem Motorteil gibt es tatsächlich einen kleinen Kofferraum, eine Tasche liegt bereits dort und Kjell verstaut meinen Rucksack vorsichtig daneben.

Ich kriege den Helm kaum auf meinen Kopf, und als ich es endlich geschafft habe, sitzt er total eng und quetscht meine

Wangen ein. Aber das ist wohl richtig, denn Kjell nickt zufrieden und schließt den Gurt unter meinem Kinn. Mit einem aufmunternden Lächeln klappt er dann das Visier runter. Ich höre ihn nur noch dumpf. Meinen eigenen Atem dafür umso lauter. Kjell überreicht mir noch Handschuhe, die wesentlich fester sind als meine, schwingt sich dann auf den Sitz und klopft hinter sich. Mein Schwingen hat dann mehr was von einem Krabbeln. Doch irgendwann sitze ich tatsächlich hinter ihm. Das Teil startet so leise, dass ich es gar nicht mitbekomme, aber dann gibt es plötzlich einen kleinen Ruck – und wir fahren! Um nicht nach hinten wegzurutschen, lege ich Kjell meine Hände an die Taille, nur bringt das gar nichts. Und so schiebe ich sie vorsichtig weiter um ihn herum und verschränke sie vor seinem Bauch.

»Gut so«, höre ich ihn sagen, spüre dann seine Hand, die meine noch enger an sich drückt. »Könnte ein wenig holprig werden«, warnt er mich.

Und das wird es wirklich! Kjell fährt nur wenige Meter die Landstraße runter, bevor er mitten in den Wald abbiegt. In die absolute Dunkelheit. Bäume tauchen vor uns im schmalen Lichtkegel der Scheinwerfer auf. Tief verschneite Riesen. Ab und zu sehe ich auch etwas weghuschen. Hasen?

Ich kuschele mich enger an Kjell.

Kann etwas unheimlich und wunderbar zugleich sein?

Ich versuche, meinen Atem einfach loszulassen. Spüre, wie sich mein kaltes Gesicht mehr und mehr entspannt und mein Körper sich Kjells Bewegungen wie von alleine anpasst.

Eigentlich ist es doch so wie tanzen. Nur im Sitzen – durch eine traumhaft einsame Winterwunderlandschaft.

Eine Melodie steigt in mir auf. Unsere Melodie.

White Christmas.

Unter meinen Händen spüre ich, dass Kjell lacht. Weil ich zu summen angefangen habe?

»Hey, lach nicht!«, rufe ich nach vorn.

»Wieso? Ich dachte, du magst das Lied nicht.«

»Tja, hier wird man eben einfach kitschig.«

Als ich mich gerade an die Fahrt gewöhnt habe, sie sogar genieße, drosselt Kjell die Geschwindigkeit. Ich meine, einen See gesehen zu haben, glitzerndes Eis, ganz kurz nur zwischen den Bäume hindurch. Doch dann machen wir eine Kurve und bleiben stehen. Kjell schaltet den Motor aus, damit auch das Licht, und Dunkelheit umgibt uns. Aber weiter vorne, da schimmert es tatsächlich hell. Da ist wirklich ein See, oder?

»Wo sind wir hier?«

»An meinem Lieblingsort.« Kjell hilft mir runter, wir ziehen uns die Helme vom Kopf, die Handschuhe aus, und er gibt mir meinem Rucksack, bevor er dann selbst seine Tasche herausholt. Noch sehe ich um mich herum nur die dunklen Umrisse der Bäume. Doch als Kjell sich wie selbstverständlich meine Hand nimmt und wir ein paar Schritte gehen, erkenne ich in der Dunkelheit vor uns eine Hütte. Mein Herz fängt an zu hüpfen. Wir … wir verbringen den Abend in einer Hütte? Nur wir zwei?

An seinem Lieblingsort …

Kjell schaltet seine Handy-Taschenlampe ein und steigt vor mir eine kleine Stiege hoch. Die Hütte ist holzvertäfelt. Rot, mit weiß abgesetzten Fenstern. Und eine Veranda verläuft einmal komplett um sie herum. Die Tür knarrt ein wenig, als er sie aufstößt, und das Licht in der Hütte springt an.

Für einen Moment bleibe ich sprachlos auf der Schwelle stehen. Ich kenne einige schwedische Kinderbücher, von Yva, und das, was ich vor mir sehe, ist definitiv aus einem geklaut. Der große Kachelofen, vor dem ein dicker flauschiger Teppich liegt. Der Holztisch mit der karierten Tischdecke und der Eckbank. Die antike Küchenzeile. Das rote Sofa, auf dem es vor Kissen nur so wimmelt. Und ... Kjell. Der mich beobachtet, mit einem zufriedenen Lächeln auf den Lippen.

Lippen, die ich geküsst habe.

Lippen, die ich unbedingt wieder küssen will.

Und zwar jetzt und ... hier!

»Ich mache es uns erst mal warm«, sagt er und will sich schon zum Ofen drehen, als ich mir seine Hand schnappe. »Warte!«

Meine Knie zittern, als ich mich auf die Zehenspitzen stelle, um ihm näher zu sein. Kjells Augen weiten sich, wandern dann über mein Gesicht, überrascht und funkelnd zugleich. Sie bleiben an meinem Mund hängen. Mehr sehe ich nicht, denn ich schließe meine Augen und küsse Kjell.

Seine Arme schlingen sich um meine Taille, und als er mit einem leisen Seufzen meinen Kuss erwidert, lasse ich mich in seine Umarmung fallen. Seine Lippen sind so weich, so warm. So vorsichtig mit mir, dass es mich beinahe um den Verstand bringt. Dann aber beginnen sie unter meinen zu lächeln.

»Was ist?«

»Ich überlege grad, ob wir noch mal rausgehen und dann wieder reinkommen sollten. Ich mag diese Art der Begrüßung.«

Unsere Nasenspitzen berühren sich, streichen aneinander entlang. Und erneut finden sich unsere Lippen.

Kjell küsst einfach himmlisch. Und wirbelt in mir alles durcheinander. Aber auf eine so wundervolle Weise, dass ich das Gefühl habe, mein Herz fliegt mir davon.

»God Jul, Svea!« flüstert Kjell, beinahe atemlos. »Und ich sollte jetzt doch mal schnell den Ofen anmachen, okay? Weil, wenn wir hier weitermachen, dann ... dann vergesse ich das.«

Ich muss lächeln, denn Kjell sieht ein wenig zerzaust aus, und dass er sich jetzt durch die Haare fährt, macht es nicht besser.

Wir schälen uns aus unseren Schneeklamotten, und während er dann Feuer macht, darf ich seine Tasche ausräumen. Eine Thermoskanne mit alkoholfreiem Glögg und eine Dose mit Mandelsplittern. Eine Tüte mit Plätzchen. Zuletzt einen flachen Karton, mit einer großen roten Schleife. Ein Geschenk für mich?

Ich sehe zu meinem Rucksack hinüber, und da Kjell mit dem Ofen noch nicht fertig ist, hole ich zwei Becher aus dem Küchenschrank, lege die Plätzchen auf einen Teller und stelle alles zusammen mit zwei silbernen Elch-Kerzenständern, die ich auf einer Fensterbank entdecke, neben dem flauschigen Teppich ab. Ein paar Kissen noch und daneben meinen großen Karton mit Berti.

»So, geschafft!« Kjell dreht sich zu mir um. Und an seinem Blick erkenne ich, dass ihm meine kleine »Tafel« auf dem Boden gefällt. Auf einer Kommode steht eine Musikanlage. Kjell schaltet sie ein, verbindet sie mit seinem Handy und setzt sich zu mir auf den Teppich. Ich sehe, dass er eine Playlist startet.

»Nicht gucken!« Schnell verdeckt Kjell das Display mit seinen Händen, doch ich hab es schon gesehen. Die Playlist heißt *Svea* – und trägt das Datum von heute. Schon bei den ersten Klaviertönen weiß ich, welches Lied das ist. *Driving Home for Christmas.*

Ich mag das total, vor allem die Originalversion von Chris Rea. Allerdings würde ich es gerade gern umtexten. In *Coming Home for Christmas.*

Weil Kjell mein Nachhausekommen ist.

Mit einem Glögg in der Hand stoßen wir miteinander an, doch als Kjell mir dann mein Geschenk überreichen will, protestiere ich.

»Ne, du packst deins zuerst aus«, sage ich. Und bete inständig, dass der Pfefferkuchenbaum heil geblieben ist.

»Okaaay?« Kjell zieht sich den großen Karton ran und löst die Klebestreifen ab. Einen nach dem anderen, und so langsam, dass ich ganz hibbelig werde.

Als er den Deckel aufklappt, sieht er erst mal nichts – außer viel Küchenpapier. Neugierig zieht er eine Papierschlange nach der anderen heraus, stockt dann aber plötzlich. Sieht in den Karton, dann zu mir. Mit einem so unverschämt schönen Lächeln, dass mir ganz warm wird.

»Ein Pepperkakas-Weihnachtsbaum?«

Eine Antwort wartet er nicht ab, sondern befreit Berti ganz behutsam aus dem Karton und stellt ihn vor sich ab. »Ich kenne einen ganz ähnlichen Baum. Auch mit Einhörnern. Aber nicht aus Puderzucker.«

»Jaaaa, der diente auch sozusagen als Vorlage.«

»Danke, Svea!« Kjell sieht mich an und auf einmal beginnt mein Herz zu rasen. Denn er stützt sich mit den Händen auf dem Boden ab und nähert sich mir.

Küssen wir uns jetzt? Also – so richtig?

Kjell

Svea macht mich wahnsinnig. Ihre Lippen machen mich wahnsinnig. Und gerade deswegen muss ich mich tierisch zusammenreißen. Ich bin mir sicher, dass sie noch nicht viel Erfahrung mit Jungs hat, und möchte sie nicht überrumpeln.

»Der Baum ist perfekt!«, flüstere ich, als ich bei ihr bin. Streife mit meinen Lippen an ihrer Wange entlang und küsse, ganz zart nur, ihren Hals.

Ihr Atem stockt, ich höre es, denn ihr Mund ist ganz nah an meinem Ohr, und eine Gänsehaut erwischt meinen ganzen Körper.

»Ich ... ich muss nur noch die ganzen Zutaten bezahlen«, wispert sie. Und dass sie gerade an so was denkt, jetzt, ist ... ist so absurd, dass ich zu lachen beginne.

»Du musst gar nichts bezahlen, Svea. Das fällt unter *laufende Kosten*. Aber jetzt zu –« Ein Vibrieren unterbricht mich. Mein Handy kann es nicht sein, ich habe es extra auf lautlos gestellt. Es muss Sveas sein, und tatsächlich leuchtet es auf der Holzbank auf.

»Oh, das ist Yva!«, sagt sie mit einem kurzen Blick auf das Display. »Ich sollte da wohl rangehen.«

»Ja, mach nur!«, antworte ich, lehne mich zurück und versuche, mich wieder zu fangen.

»God Jul, Yva. Ich hoffe, es ist –« Weiter kommt Svea nicht. Dafür entdecke ich die kleine Falte zwischen ihren Augenbrauen, und Unruhe steigt in mir auf. Ist was passiert?

Sie lauscht ihrer Großtante angestrengt.

»Okay. Ja, ja. Alles klar ... ja, mache ich. Und bis morgen, Yva«, stammelt sie nach einer Weile, doch anstatt den Anruf zu beenden, schaltet sie ihn auf stumm.

»Was ist los?«

»Meine Eltern haben grad bei Yva angerufen. Und wollten mich sprechen.«

»Oh! Und jetzt?«

»Ähm, sie werden es bei mir versuchen. Aber dafür ... ich

muss raus. Vor die Tür. Yva hat ihnen gesagt, dass ich grad einen Spaziergang mache. Weil ich mit Nele telefoniere. Und da wäre es gut, wenn man kein Feuer knistern hört.«

Ich muss die Sätze erst mal in die richtige Reihenfolge bringen. Sie hat also den Anruf mit Yva noch nicht beendet, damit ihre Eltern bei ihr ein Besetztzeichen hören. Weil sie offiziell gerade mit einer Nele telefoniert. Und jetzt will sie raus, um ihre Eltern dann zurückzurufen ...

Unschlüssig, ob ich ihr anbieten soll mitzukommen, sehe ich ihr dabei zu, wie sie sich ihre Schuhe anzieht und mit ihrem Handy nach draußen verschwindet. Aber ohne Jacke?

Svea muss die Verbindung zu Yva schon beendet haben, denn als ich die Stiege zu ihr runterkomme, klingelt bereits ihr Handy.

»Deine Jacke.« Ich weiß gar nicht, warum ich flüstere.

Svea schlüpft schnell hinein, und ihr Blick zeigt deutlich, wie unwohl ihr bei der Sache ist, doch sie schluckt und zwingt sich ein Lächeln auf die Lippen.

»Hallo, Mama!«, höre ich sie sagen und will mich zurückziehen. Nur kann ich nicht wieder rein, die Stiege knarrt schrecklich laut. Svea signalisiert mir, ich soll ruhig bleiben, trotzdem entferne ich mich vorsichtig einige Schritte. Doch um uns herum ist es so still, dass ich trotzdem jedes Wort mitbekomme.

»Hier ist es total schön. Wirklich.« Svea erzählt ihrer Mutter vom Tag heute. Dass sie mit Yva viel draußen war. Von einem Gottesdienst, den sie zusammen besucht haben. Von der Feier bei Yvas Nachbarn, und dass sie jetzt ganz schön müde ist. Irritiert schüttele ich den Kopf. Haben die beiden sich irgendwie abgesprochen? Sie müssen doch das Gleiche erzählen!

»Und eure Konzerte? Wie läuft es denn?« Svea sieht zu mir hinüber und atmet erleichtert aus. Anscheinend ist sie mit ihrem Teil des Gespräches durch. Und ... hat bestanden!

»Ja, gib ihn mir«, sagt sie nach einer Weile, und ab da verstehe ich nichts mehr. Klar, zweisprachig. Das hatte sie ja erzählt. Mit ihrer Mutter spricht sie also Schwedisch, mit ihrem Vater Deutsch. Doch auch wenn ich es echt bewundere, wie flüssig sie in beiden Sprachen ist, kommt sie mir gerade total fremd vor. Denn es sind nicht nur die Worte, die ich nicht verstehe, Sveas Stimme klingt ganz anders – irgendwie heller und sehr klar. Ich glaube, wenn ich sie nicht sehen würde, wüsste ich nicht, dass sie es ist, die gerade spricht. Und das führt mir mit einem Mal überdeutlich vor Augen, dass Sveas Heimat woanders liegt. Nicht hier in Schweden.

Ich stopfe meine Hände in die Hosentaschen und blicke hinaus auf den See. Eine neblige, endlose Weite – doch nur scheinbar. Denn endlos ist nichts.

Und das hier schon gar nicht.

»Ich vermisse euch auch.«

Ich zucke zusammen, als ich sie plötzlich wieder verstehen kann. Und sofort ist sie mir wieder näher.

»Und ... was? ... Nein, wirklich. Es ist schön hier. Okay, manchmal auch etwas langweilig. Aber ich kriege die Tage echt gut rum.«

»Langweilig?«, frage ich mit hochgezogener Augenbraue, als sie aufgelegt hat, und will mich gerade empört geben, als ich sehe, dass in Sveas Augen Tränen schwimmen.

»Hey ...« Ich öffne meine Arme und sofort ist sie bei mir.

»Was ist, Svea? Vermisst du sie?«, frage ich vorsichtig, da sie nichts sagt.

»Nein. Also, klar, ein bisschen schon. Aber mir ist grad nur klar geworden, dass ... dass ich dich nicht verlieren will. Ich will dich behalten.«

»Ich dich auch, Svea.«

Ich spüre, dass sie lächelt. Meine Hand liegt an ihrer Wange.

Wieder zurück in der Hütte, lege ich Holz nach, um das Feuer in Gang zu halten.

»Yva und ich schreiben uns übrigens immer den Tagesplan, nur falls du dich gewundert hast.«

»Hab ich tatsächlich.«

»Und ... ich bin eigentlich nicht so gut im Lügen.«

Ich schließe die Ofenklappe und setze mich zu ihr auf den Teppich. »Glaub ich dir.«

»Mir ist das hier nur so wichtig, verstehst du?«

»Auch das.«

Svea hat die Arme um ihre Knie geschlungen und schaut eine Weile stumm ins Feuer. Wieder scheint sie weit weg zu sein. Diesmal in Gedanken, von denen ich nichts weiß.

»Wie hast du das eigentlich geschafft?«, fragt sie mich dann unvermittelt, und als ich sie nur ratlos anschaue, schüttelt sie lächelnd den Kopf. »Entschuldige, ich meine, wie hast du es geschafft, dein Ding durchzuziehen? Ohne dass deine Eltern sauer auf dich sind.«

»Du meinst mein Studium, und dass ich nicht das Hotel übernehme?«

Sie nickt. »Das war doch sicher ihr Wunsch, oder?«

»Oh ja. Und leicht war das nicht.« Ich erzähle ihr, dass ich schon immer Arzt werden wollte, es aber nie ausgesprochen habe. »Dann hatte mein Dad vor etwas mehr als zwei Jahren einen Herzinfarkt. Wir waren viel bei ihm, in der Klinik. Und ich wurde mir immer sicherer, dass das mein Weg ist – Medizin zu studieren.«

»Und wie hast du es ihnen dann gesagt?«

»Ich habe ihnen das ziemlich schonungslos einfach hingeknallt. Ich bin nicht gut in so was. Aber es ... es gab da jemanden, der immer voll sein Ding durchzieht.« Dass Tessa diese Person war, verschweige ich. »Und die hat mich dazu gebracht, dass auch ich anfange, für meinen Traum zu kämpfen. Das war hart, aber letztendlich haben meine Eltern es akzeptiert. Ich bin zwar jetzt etwas spät dran, kann nächstes Semester aber endlich anfangen.«

Svea legt ihren Kopf schief und sieht mich fragend an. »Die Person war Tessa, oder?«

Sie ist zu schlau, und ich nicke.

»Ich hab auch Schiss, Kjell. Vor allem davor, meinen Eltern hiervon zu erzählen.«

»Also ... hast du es vor?«

»Ich wollte es eigentlich nicht. Vor allem, weil ich Yva dann auch mit reinziehe. Aber spätestens, wenn ich nach Hause komme, muss ich es wohl. Ich hab mich hier so verändert. Das kann ich gar nicht mehr zurückdrehen.«

In mir steigt Hoffnung auf. Denn das wäre doch der erste Schritt für ihren Plan. Mich behalten zu können.

»Was geht dir grad durch den Kopf?«, fragt Svea mit neugierigem Blick.

»Wieso?«

»Du hast gelächelt. So ein verstecktes, aber glückliches Kjell-Lächeln.«

»Hab ich das?« Meine Hand wandert zu ihrer. »Wie gesagt,

ich möchte dich auch behalten, Svea. Nicht nur die Tage hier. Und ich helfe dir, bei allem, was ...« Dass die Musik die ganze Zeit lief, habe ich irgendwie ausgeblendet, doch jetzt horchen wir beide auf. *White Christmas.*

Die alte Version, mit Plattenspielergeknister.

Svea sieht mich an. Ihre Augen haben jetzt einen tiefen blauen Glanz, und dann ... ist sie bei mir. In meinen Armen. Ihre Lippen berühren meine, und ein nie da gewesenes Glühen durchzieht meine Brust. Erfahrungen? Hab ich, aber die nützen mir rein gar nichts. Mit Svea ist alles anders. Das mit ihr, das geht tiefer.

Svea geht mir ans Herz.

Und als ich spüre, wie sich ihre Lippen unter unserem Kuss leicht öffnen, kann ich mich nicht mehr zurückhalten und umschlinge sie mit meinen Armen. Verliere das Gefühl für Raum und Zeit. Fühle nur noch Svea.

Es ist wie ein Rausch, und ich weiß nicht, wie genau wir wieder aus ihm herausfinden. Doch irgendwann liegen wir beide völlig atemlos auf dem Teppich. Svea in meinem Arm, ihr Kopf auf meiner Brust, ihre Hand auf meinem Herzen. *Merry Christmas* läuft gerade – von Ed Sheeran, und wir müssen beide lächeln, als er von Küssen unter dem Mistelzweig singt.

»Ich mag die Playlist total, auch wenn sie echt –«

»Kitschig ist?«, beende ich ihren Satz.

»Genau.« Svea hebt ihren Kopf und lächelt zu mir hinunter. Genau das Lächeln, das ich so an ihr mag.

»Soll ich dir mal was richtig Kitschiges sagen?«, frage ich.

»Unbedingt.«

»Als ich die Playlist erstellt habe, habe ich genau hierauf gehofft.« Ich streiche ihr über die Stirn, über ihre Wangen, ihre Lippen. »Aber es ist besser als alles, was ich mir erträumt habe.«

Svea zieht sich noch ein Stück höher und lässt ihre Lippen über meine Stirn wandern, dann hinunter zu meinem Ohr. »Soll ich dir auch mal was Kitschiges sagen?«

»Unbedingt.«

»Ich mag dich, Kjell. Sogar ohne Mütze.«

Unser Lächeln endet erneut in einem Kuss. Und irgendwie rollen wir dabei vom Teppich, müssen lachen, uns küssen, uns aneinander festhalten. Bis ich im Rücken eine drückende Kante spüre. Mein Geschenk für sie!

Ich ziehe es unter mir hervor, doch als ich es ihr überreiche, muss ich plötzlich schlucken und halte die Luft an. Ob sie es mag?

Svea öffnet die Schachtel behutsam, dann geht ein Strahlen über ihr Gesicht. »*Tomte Tummetott?*«

Sie holt das Buch heraus und blättert sofort darin herum.

»Das ist Cajas. Deins ist bestellt, aber noch unterwegs.«

»Oh, Kjell, danke!« Sie will sich schon zu mir beugen, da fällt ihr auf, dass noch etwas in der Schachtel liegt.

»Ein Stick?« Fragend hält sie ihn mir hin. »*White Christmas* in Endlosschleife?«

Ich muss lachen, denn das Lied ist tatsächlich drauf. Aber eben nicht nur. »Nein. Also, auch. Aber Lasse und ich haben dir –«

»Das Märchen aufgenommen?«

Ich nicke und bekomme den schönsten Dank, den es gibt. Einen tiefen, innigen Kuss von Svea.

»Lass es uns anhören, ja?«, Svea schiebt schnell ein »Bitte« nach, als sie sieht, dass ich nicht sofort drauf anspringe. Meine eigene Stimme zu hören ...? Irgendwie ist mir das unangenehm, doch Svea weiß genau, wie sie mich rumkriegt.

Nach zwei Küssen gebe ich nach und löse mich schweren Herzens von ihr, um den Stick mit der Musikanlage zu verbinden. Bevor ich dann wieder zu ihr auf den Teppich komme, schnappe ich mir noch eine Decke, und wir kuscheln uns unter ihr zusammen.

Es ist bereits Nacht. Der alte Bauernhof schläft. Die Tiere schlafen. Die Menschen. Nur einer ist noch wach. Tomte Tummetott.

Montag, 25. Dezember

Svea

Ich spüre eine Hand. Sie streicht über meine Wange. Aber ich fühle mich so glücklich, so zufrieden schwer, dass ich die Augen nicht aufbekomme.

»Hey, Svea.«

»Hmmm ...«

»Wir sind eingeschlafen. Es ist schon gleich sechs.«

Kjell. Das ist Kjells Stimme. Mit einem Lächeln blinzele ich zu ihm hoch und ziehe ihn dann zu mir. Ganz nah.

»Svea.« Ich höre sein Lächeln. »Ich würde auch echt lieber hierbleiben. Aber wenn wir nicht wollen, dass das ganze Hotel gleich über uns redet, sollten wir uns aufmachen.«

Ergeben seufze ich und lasse ihn doch nur so ungern los.

»Frühstück habe ich leider keins – war nicht eingeplant.« Mit einem entschuldigenden Lächeln zieht er mich hoch. »Aber der Glögg ist noch lauwarm. Wenn du möchtest ...?«

Eigentlich will ich nicht, trinke dann aber doch ein paar Schlucke, um den Geschmack von Schlaf wegzuspülen. Und dann Kjell zu küssen.

»Das macht es nicht unbedingt leichter«, flüstert er an meinen Lippen.

»Soll es auch gar nicht.«

Wir räumen ein wenig auf, verstauen unsere Sachen in seiner Tasche und meinem Rucksack und sehen uns beide noch einmal in der Hütte um.

Das war mein schönster Heiligabend.

Glück und Wehmut steigen in mir auf. Wiederholungen sind nie das Gleiche. Aber Fortsetzungen – die gibt es ja auch.

Draußen empfängt uns eisige Kälte. Ich kuschele mich auf dem Schneemobil ganz eng an Kjell heran und lächele in meinen Helm hinein, als er während der Fahrt durch die dunkle Winterlandschaft fröhlich zu summen beginnt.

White Christmas.

Zurück im Hotel, schleichen wir uns durch den Seiteneingang hinein. Kjell besteht darauf, mich noch hochzubringen, und vor meiner Zimmertür endet das Ganze natürlich in einer nicht enden wollenden Umarmung.

»Ich muss heute beim Familienfrühstück da sein«, flüstert Kjell mir ins Ohr. »Aber hättest du was dagegen, wenn ich dich danach zu Yva bringe? Dann müsstest du nicht mit dem Bus fahren.«

»Ob ich was dagegen habe?« Ungläubig sehe ich ihn an. Und anstatt einer Antwort kriegt er einen dicken Kuss von mir.

»Okay, das werte ich jetzt mal als Zustimmung. Dann sehen wir uns um elf Uhr? Also ...«

»In vier Stunden.«

Kjell

Ich hätte mich nicht noch mal hinlegen dürfen. Auch wenn mich die kalte Dusche ein wenig erfrischt hat, fühle ich mich alles andere als bereit für ein Familienfrühstück. In meinem

Kopf hängt die Müdigkeit fest ... und Svea. Sobald ich die Augen schließe, ist sie bei mir.

»Guten Morgen, Kjell!« Dad sieht vom Tisch auf, als ich das Esszimmer betrete. »Na, ausgeschlafen?«

»Nicht wirklich, und sorry für die Verspätung.«

Da sich Caja meinen üblichen Platz unter den Nagel gerissen hat, bleibt mir nur ihrer übrig. Zwar neben Granny, dafür direkt gegenüber von William. Schönen Dank auch.

Mahnend sieht er mich über den Tisch hinweg an. »Ich hoffe, du bist heute Abend pünktlich. Wir müssen hier spätestens um achtzehn Uhr dreißig los. Den Tisch im *Runers Gården* habe ich für neunzehn Uhr reserviert.«

»Klar!« Wie jedes Jahr.

Mum rettet mich aus seinem Blick, indem sie William auf sein Hobby anspricht: das Angeln. Caja verdreht neben ihr zwar die Augen, doch ich kann ganz entspannt zum Brotkorb greifen. Denn wenn William einmal damit anfängt, kann das Stunden dauern.

»Ist diese Svea eigentlich deine Freundin?«, fragt mich Granny plötzlich leise und hat dabei ein verschmitztes Lächeln auf den Lippen.

»Möglicherweise?«

»Hach, sie ist so ein goldiges Mädchen. Und spielt so schön Klavier. Halt sie dir, ja? Unbedingt!«

»Ich werde mir Mühe geben.« Amüsiert sehe ich Granny an und höre ihr dann zu, wie sie mir von Grandpas ersten Annäherungsversuchen erzählt.

»Bist schon ein Feiner, Kjell. Das wird sie sicher wissen.«

Danke, möchte ich gerade sagen, da unterbricht William unsere Unterhaltung. »Ein Feiner? Ja. Aber noch immer nicht zu

Verstand gekommen, nicht wahr? Oder übernimmst du das Hotel jetzt doch?«

Ich lege mein Messer aus der Hand und atme tief durch. In die Stille, die am Tisch herrscht, quatscht plötzlich Caja rein. »Ne, das Hotel mache ich. Kjell wird ja Arzt.«

»Ach ja? *Du* willst das *Slott Hotell* führen?« William wendet sich ihr zu, und ich würde sie am liebsten küssen. Die Süße!

Mit ernstem Blick erzählt sie ihm genau, wie sie sich das vorstellt, und ich kann nur hoffen, dass sie später ganz allein und ohne Druck entscheidet, ob das wirklich ihr Weg werden soll. Denn was ich sicher nicht will, ist, dass meine Entscheidung gegen das Hotel sie belastet.

»Ich finde, das ist eine tolle Idee!«, schaltet sich Granny ein. »Warum immer nur die Söhne? Das war mal. Und insgeheim sind es ja doch die Frauen, die die Fäden in der Hand halten, stimmt's, Annika?«

»Absolut.« Mum nickt ihr lächelnd zu, sieht dann aber zu mir, und in mir steigt nicht zum ersten Mal der Verdacht auf, Mütter könnten Gedanken lesen. Denn sie zwinkert mir zu und wendet sich an Caja. »Ein schöner Plan, Liebes. Du wirst bestimmt eine tolle Hotelchefin.«

Beim Abdecken nimmt mir Dad den Tellerstapel aus der Hand. »Nun verschwinde schon, Kjell!«

Ich will mich schon überrascht geben, da klopft er mir lächelnd auf die Schulter. »Der Blick zur Uhr gerade? Außerdem hast du vergessen, den Schlüssel zur Hütte zurückzuhängen.«

Wie konnte ich nur davon ausgehen, dass ihm das entgeht. »Ich häng ihn gleich ans Brett.«

»Gut, und grüß mir Svea.«

»Mach ich. Und euch noch nen schönen Tag«, sage ich und

bin schon an der Tür, als er mich noch einmal zurückruft. »Was ist?«

»Eine Bitte noch, Kjell. Haltet euch bedeckt, okay? Zumindest was das Hotel betrifft. Nach Tessa jetzt Svea? Das wird noch mehr Gerede geben. Und das würde ich dir, Svea, aber auch uns gern ersparen.«

»Klar!«, antworte ich. Wirkt ja auch echt doof. Und war alles andere als geplant ...

Svea

Ich sitze auf dem Bett, die Jacke schon an, mein Handy in der Hand, und warte. Schlafen konnte ich heute Morgen nicht mehr, dafür habe ich geträumt. Von Kjell und mir. Und war dabei die ganze Zeit in der Hütte.

Bin so weit. Kommst du raus?

Endlich! Kjells Nachricht sorgt dafür, dass alles in mir zu kribbeln beginnt, und ich fliege beinahe die Treppe hinunter.

Er steht draußen, ich sehe ihn durch die Glastür. In Jeans, Parka, die Mütze in der Hand, redet er gerade mit Lars, und meine Schritte verlangsamen sich plötzlich wie von selbst.

Denn mit einem Mal kommt mir das alles so unwirklich vor. Dass Kjell mich mag. Dass sich das Leben so schnell ändern kann und ich mich einfach nur glücklich fühle.

»Hej! Guten Morgen.« Sein Lächeln lässt mein Herz aufleuchten.

»Guten Morgen.«

Wir umarmen uns mit Blicken. Halten Abstand auf dem Weg zu den Garagen, und doch spüre ich Kjell unter jedem Zentimeter meiner Haut. Galant hält er mir die Beifahrertür auf, dabei schnappe ich mir seine Mütze und ziehe sie mir auf. So hab ich wenigstens schon mal etwas von ihm.

Kjell grinst kopfschüttelnd zu mir rüber, steigt ein und fährt dann äußerst zügig vom Hof.

Kein Kuss? Nicht mal seine Hand?

Ich schiele zu seiner. Keine Chance, er hat beide fest am Lenkrad. Und ihm meine Hand einfach aufs Knie zu legen, traue ich mich dann doch nicht.

Nervös fangen meine Finger an, Klavier zu spielen. Das Innere des Jeeps wirkt plötzlich so groß, Kjell zu weit weg. Warum sagt er nichts? Oder schaltet wenigstens die Musik an.

»Endlich!« Kaum haben wir die Landstraße erreicht, hält er plötzlich am Seitenstreifen an.

»Guten Morgen! Jetzt noch mal richtig.« Mit einem Lächeln beugt er sich zu mir hinüber und mein Herz fliegt ihm entgegen. Kjells Nähe, seine Wärme, seine Lippen auf meinen. Ich schlinge meine Arme um seinen Hals und erwidere seinen Kuss. Erst ein hupend grinsender Lkw-Fahrer treibt uns wieder auseinander.

»Meine Eltern wissen übrigens Bescheid«, gesteht mir Kjell, wieder zurück auf der Straße.

»Und nicht nur die«, erwidere ich. »Ich hab vorhin mit Janne gefrühstückt und die weiß es auch. Und, na ja, sie wusste es auch irgendwie schon vorher.«

»Dachte ich mir schon. Aber ... wo wir schon mal dabei sind, kann ich die Liste gleich noch verlängern.« Kjell fährt sich durch die Haare und späht dann beinahe zerknirscht zu mir rüber.

»Wer weiß es noch?«, frage ich.

»Lasse. Und zwar alles. Von Anfang an. Also auch, dass du nicht Lena Sommer bist.«

»Oh nein!« Ich lehne mich zurück und ziehe mir Kjells Mütze über das Gesicht. Wie peinlich ist das denn. Deswegen hat er mich auf dem Olsson-Hof so ausgefragt.

»Hey!« Vorsichtig zupft Kjell an der Mütze. »Du kannst ruhig wieder auftauchen. Er mag dich. Hat dich am Anfang zwar für eine durchtriebene Kriminelle gehalten, seine Meinung aber schließlich geändert.«

Eine Kriminelle? Ich muss lachen und könnte eigentlich tatsächlich langsam mal wieder auftauchen, nur gibt es da ja noch etwas. Es passt zwar nicht zu der Liste *Wer weiß was?*, sondern eher zu der *Wer weiß was nicht?*, doch bevor wir in Vaxholm ankommen, muss ich damit ja eh rausrücken.

»Kjell?«

Ich sehe es nicht, spüre aber, dass er zu mir rüberschaut.

»Ja?«

»Also ... wegen wissen und so. Ich, ähm ... muss dir noch was sagen.«

»Was denn?«

Unter der Mütze wird mir echt heiß. »Yva weiß zwar, wo ich bin, hat aber keine Ahnung, dass ich bei euch arbeite.«

Kjell

Ich wusste gar nicht, dass ich das Lenkrad umklammert habe, spüre aber jetzt, wie sich meine Finger wieder entspannen. Das ist nicht wirklich was Neues. Zumindest hatte ich es mir schon gedacht.

»Kjell? Sag bitte was!«, klingt es dumpf unter meiner Mütze hervor, und ich muss grinsen. Svea versteckt sich immer noch.

»Nur wenn du wieder auftauchst.«

»Versprochen?«

Sie erinnert mich gerade so sehr Caja, dass ich einfach nicht anders kann und sie erlösen muss. »Versprochen. Außerdem hab ich das eh schon vermutet.«

»Ehrlich?« Svea schiebt die Mütze hoch. »Wieso?«

»Na ja, du hast mir gesagt, dass du zu Hause nicht mal ein Tablett tragen darfst. Und dann Zimmerservice? Servieren? Aber ... was glaubt sie denn? Dass du bei uns Urlaub machst?«

»Ja. Und es könnte sein, dass sie dich gleich ziemlich in die Mangel nimmt.«

»Wieso?«

»Sie glaubt, du bist so 'n Hotel-Fuzzi-Sohn, der sich an die weiblichen Gäste ranschmeißt.«

Oha! »Und du bist dir sicher, dass ich da jetzt mit hinsoll?«

Die Abfahrt nach Stockholm kommt in Sichtweite. Und damit die Möglichkeit für Svea, von hier aus die Fähre nach Vaxholm zu nehmen.

»Denk nicht mal dran, Kjell!« Svea lehnt sich zu mir und drückt mir einen Kuss auf die Wange. »Du kommst mit. Außerdem weiß ich jetzt schon, dass Yva dich mögen wird.«

»Na dann.« Ich erwidere ihr Lächeln, auch wenn ich mir da nicht so sicher bin. Mit der Wahrheit zu jonglieren ... Ich bin in so was nicht besonders gut. Und sollte nachher am besten einfach den Mund halten. Nicht, dass ich mich noch verplappere.

Erstaunlicherweise wird es in meinen Kopf immer ruhiger, je näher wir Vaxholm kommen. Die Natur hier draußen ist einfach unglaublich. Unberührte Wälder, dazwischen vereinzelte Höfe, und überall um uns herum das Wasser. Über kleine Brücken kommen wir von Insel zu Insel und nähern uns so beständig Vaxholm. Kaum vorstellbar, dass es allein hier im Schärengarten vor Stockholm 27000 Inseln geben soll.

Svea ist neben mir beinahe andächtig still geworden. Mit vor Begeisterung strahlenden Augen sieht sie aus dem Fenster – mal bei ihr, mal bei mir – und wird nicht müde, Fotos zu machen. Kurz bevor wir auf die große Brücke kommen, die Kullö und Vaxholm verbindet, fahre ich ab und halte auf einem Parkplatz, von dem aus man zu Fuß über einen kleinen Weg direkt ans Wasser kommt. Nicht nur, um Svea die schöne Aussicht zu zeigen. Ich will sie in meinen Armen halten, sie küssen, sie einen Moment nur für mich haben, bevor wir Yva sehen.

»Komisch!« Als wir die Auffahrt zu Yvas Blockhütte erreichen, beugt sich Svea stirnrunzelnd vor.

»Was ist denn?«

»Normalerweise steht sie immer auf der Veranda. Und ich hab ihr geschrieben, dass wir gleich da sind.«

»Vielleicht macht sie grad noch –« *Kaffee*, wollte ich sagen, aber das Wort bleibt in mir stecken, als ich einige Holzscheite sehe, die auf der kleinen Stiege zur Haustür liegen. So, als hätte sie jemand dort fallen lassen.

Auch Svea muss sie gesehen haben, denn sie rennt plötzlich los. »Yva?«

Die Haustür steht einen Spaltbreit offen, hier sicher nicht ungewöhnlich, und doch spüre ich, wie sich mein Puls beschleunigt.

»Yva?« Svea zieht die Tür auf. »Wir sind da!«

»Ach, wie schön. Ich bin hier. Warte ...«

Erleichtert atmen Svea und ich auf. Nur hören wir dann ein leises Stöhnen, dem ein recht deutlicher Fluch folgt: »Verdammt, so was Dummes.«

Svea verschwindet in dem Zimmer vor uns und ich folge ihr. Eine holzvertäfelte Stube. Ein großer roter Sessel. Und Yva, die uns entgegenlächelt. »Da seid ihr beiden ja!« Sie versucht, sich aus ihrem Sessel zu erheben, was ihr allerdings sichtbar Schmerzen bereitet.

»Was ist passiert?« Svea ist sofort bei ihr, bestürmt sie mit Fragen, ich aber schaue zu ihrem linken Fuß. Sie hat sich den Schuh und den Strumpf ausgezogen, und es ist deutlich zu sehen, dass ihr Knöchel geschwollen ist. Holzholen, Stiege – umgeknickt?

Meine Theorie bestätigt sich, als Yva von ihrem Sturz berichtet. »Ich bin ganz blöd weggerutscht. Aber ich kann den Fuß bewegen. Also ist es nichts Ernstes und kein Grund, so besorgt dreinzuschauen.«

»Darf ich ihn mir trotzdem mal ansehen?«, frage ich.

Yva angelt nach ihrer Brille auf der Lehne und setzt sie sich auf die Nase. »Und warum, junger Mann?«

»Kjell hat Ahnung davon«, springt Svea ein, bevor ich mich erklären kann. »Er war Schulsanitäter. Und wird Medizin studieren.«

Yva mustert mich von oben bis unten. Nein, sie scannt mich regelrecht, bevor sie kommentarlos nickt. Ich ziehe meine Jacke aus und hocke mich vor sie. Behutsam bewege ich ihr Fußgelenk, beobachte sie dabei, um herauszufinden, wie stark die Bänder betroffen sind.

»Im schlimmsten Fall eine Überdehnung. Gerissen ist nichts. Gebrochen auch nicht.«

»Sag ich ja.« Sie will ihren Fuß aufstellen, um sich zu erheben, doch ich winke sofort ab. »Hochlegen, kühlen, schonen. Ist das beste Mittel gegen eine Verstauchung. Passt du auf sie auf?«, frage ich Svea. »Ich hab im Jeep ne kleine Notfall-Tasche.« Verbandszeug. Kühlpacks, die mit einem Knick aktiviert werden können. Schmerztabletten …

Als ich ins Haus zurückkomme und die Stube betreten will, höre ich Yvas Stimme. »Also wirklich. Schon ein schmuckes Kerlchen.«

»Jaaa. Und kein Hotel-Fuzzi-Sohn. Zumindest nicht nur.«

Yva lacht auf. »Das hast du ihm aber nicht gesagt, oder?«

»Doch, hab ich.«

»Ach, du … wie steh ich denn jetzt da?«

Ich muss grinsen. Mein Einsatz, oder?

»Am besten, Sie stehen die nächsten Tage gar nicht.«

Yva beißt sich auf die Lippe und sieht zu mir auf. Ihre Augen sind es dann, die als Erstes lächeln. »Wir starten einfach noch mal neu, ja? Ich bin Yva, Kjell. Schön, dich kennenzulernen.«

Wer hätte gedacht, dass so ein Sturz auch etwas Gutes mit sich bringen kann. Das Eis zwischen Yva und mir hat er auf jeden Fall gebrochen. Ihr fällt es zwar schwer, sitzen zu bleiben und uns in der Küche herumwerkeln zu lassen, sie wird dabei aber nicht müde, mich mit Fragen zu löchern.

»Und das Hotel ist ein Familienbetrieb?«

»Ja!« Ich stelle den Teller mit den frisch gebackenen Zimtschnecken in die Stube und muss mich echt zusammenreißen, mir nicht gleich eine davon in den Mund zu stecken. »Seit vielen Generationen. Nur ich schere aus.«

»Aber Medizin, das ist meiner Ansicht nach –« Weiter kommt sie nicht, stattdessen sieht sie in Richtung Küche, mit einem so überraschten Ausdruck in den Augen, dass auch ich mich umdrehe. Svea kommt gerade in die Stube, und nicht nur die Tatsache, dass sie ein Tablett trägt, dürfte Yva verwundern, sondern auch die Art und Weise, wie sie es trägt. Einhändig. Und ihr Schwung dabei ist mittlerweile äußerst gekonnt.

»Essen wir am Tisch oder essen wir ... bei ... dir.« Ihre letzten Worte werden immer leiser. Auf ihren Hilfe suchenden Blick zu mir kann ich dann nur den Kopf schütteln.

Keine Chance. Das war zu offensichtlich.

Svea

Mir wird erst heiß – dann kalt. Verdammt, wie blöd bin ich eigentlich?

»Wollt ihr beiden mir vielleicht was sagen?« Yvas Blick wandert neugierig zwischen mir und Kjell hin und her. Ich stelle erst mal das Tablett ab. Drei Teller, drei Tassen, drei Gläser, drei Kuchengabeln. Die Kaffeekanne. Irgendwas von meiner ganzen Ladung klirrt leise, ansonsten ist es mucksmäuschenstill.

»Ja, also ... ich denk schon.« Ich setze mich auf einen Stuhl und beginne, ihr stockend von dem Teil der Geschichte zu erzählen, den sie noch nicht kennt. Von Lena Sommer und der Verwechslung.

»Du bist dort als Aushilfskraft eingezogen?«, ungläubig sieht sie mich an.

Ich nicke und hoffe inständig, dass es das jetzt nicht war – für Kjell und mich. »Es tut mir so leid, dass ich dir das verschwiegen habe. Aber es ... es hat mir wirklich nicht geschadet. Zumindest nicht meinen Handgelenken. Ich habe nie Schmerzen gehabt. Im Gegenteil: Meine Blockade ist völlig verschwunden.«

»Oh, das glaube ich dir sofort. Die Blockade saß meiner Meinung nach nie in deinen Gelenken. Sie saß auf deiner Seele. Ich frag mich nur ...« Yva beginnt plötzlich zu kichern. »Wie kann es sein, Kjell, dass du das nicht gemerkt hast? Ich meine, Svenni und Betten beziehen? Das ist doch ...«

Ich bekomme nicht mit, was Yva noch sagt, ich höre nur, wie mir ein riesiger Stein vom Herzen fällt. Sie ist mir nicht böse!

»Na ja.« Kjell stützt seine Ellenbogen auf den Knien ab und lächelt verschmitzt zu Yva rüber. »Sie hat ziemlich schnell gelernt. Allerdings wusste ich es schon am ersten Abend – dass Svea nicht die neue Aushilfe ist. Lena Sommer hatte abgesagt. Und ich hab einfach mal abgewartet.«

Yva lacht. Und lacht. Und lacht.

Tränen laufen ihr über die Wangen, und als sie endlich wieder zu Puste kommt, japst sie: »Oh, ich hätte euch so gern beobachtet – bei dieser Scharade. Was für eine großartige Geschichte. Die besten schreibt doch wirklich das Leben.«

Beim Zimtschnecken-Essen müssen wir ihr dann alles haarklein erzählen. Ich esse tatsächlich vier Stück, und nicht nur, weil Yva einfach die besten macht – wieder eine Sorge weniger, das schafft einfach Platz im Bauch.

»Ich hab mir übrigens Gedanken gemacht, wie wir das mit deinen Eltern lösen können, Svenni«, meint Yva dann unvermittelt. »Und ich glaube, mein Sturz passt da ganz prima.«

»Wie das denn?«

»Kjell, holst du mir mal den Prospekt von der Fensterbank?«

»Klar!« Er steht auf und sieht dann ebenso verwundert auf den Prospekt wie ich. Denn er zeigt das *Slott Hotell*.

»Ich dachte, ich schenke dir über Silvester ein paar tolle Tage in diesem wunderbaren Hotel. Weil, also allein mit deiner Großtante wird es ja über die Zeit wirklich langweilig. Und mit dem verstauchten Knöchel ist das jetzt ja sogar noch glaubwürdiger, findet ihr nicht? Ist ja kein Bruch, und hier hilft immer jeder jedem, du aber würdest dich zu Tode langweilen. Genauso verkaufen wir es deinen Eltern und müssen sie ab dann ...«

»... nicht mehr anlügen«, jubele ich. »Yva, das ist großartig!« Ich weiß gar nicht, wen ich als Erstes umarmen soll. Schnappe mir Yva, dann Kjell. Dann noch eine Zimtschnecke.

Wenn ich meinen Eltern vom Hotel erzählen kann, kann ich ihnen auch von Kjell erzählen. Jetzt brauchen wir nur noch eine Lösung für seine Eltern. Schließlich wissen sie ja auch von gar nichts, und ich will im Januar dann nicht einfach verschwinden, ohne ihnen die Wahrheit über mich gesagt zu haben.

Und dann ... dann gibt es für unsere so großartige Geschichte, wie Yva sie genannt hat, tatsächlich so was wie ein Happy End, oder?

Und Kjell bleibt mir?

Kjell

»Uno, uno!« Mit den Worten, die, wie ich gelernt habe, bei den Larsons zur Familientradition gehören, wirft Yva ihre letzte Karte auf den Tisch und strahlt in die Runde.

»Das gibt's doch nicht. Sag mal, schummelt deine Großtante?«, frage ich Svea. »Der siebte Sieg in sieben Spielen?«

»Gut möglich.« Misstrauisch kneift sie die Augen zusammen. Doch Yva beginnt sofort, das vehement zu bestreiten. »Ihr passt einfach nur nicht genug auf, ihr zwei Turteltäubchen.«

Auch gut möglich. Zumindest, was mich betrifft. Svea lenkt mich einfach ab, sie wirkt so glücklich, so gelöst, dass ich beim Spielen mehr zu ihr als auf meine Karten geschaut habe.

»So, und jetzt schmeiß ich euch beiden raus. Fünfzehn Uhr,

ich brauche meinen Nachmittagsschlaf.« Yva versucht, sich zu erheben, und es klappt tatsächlich schon viel besser. Trotzdem bandagiere ich ihr den Knöchel noch und ermahne sie, ihn weiterhin zu schonen.

»Kommst du denn wirklich alleine klar?«, fragt Svea.

»Aber sicher. Ich bin ja nicht allein. Alma nebenan. Die Gustavssons. Um mich herum hab ich überall Freunde, Liebes. Mach dir um mich keine Sorgen.«

Bevor wir dann tatsächlich gehen, macht Svea mit Yva noch ein paar Selfies. Als Vorrat für ihre Eltern. Dabei denken sie wirklich an alles. Hängen den Wandkalender ab, legen die Tageszeitung weg. Und achten darauf, dass nur auf einem Foto Yvas bandagierter Fuß zu sehen ist. Auf dem, das am 28. Dezember verschickt werden soll, einen Tag bevor Svea offiziell bei uns einzieht.

Im Auto schaltet Svea das Radio ein, singt fröhlich jedes Lied mit, und trotz der Dunkelheit um uns herum kann ich sehen, dass ihre Augen dabei noch immer strahlen.

»Kjell? Hältst du auf dem Parkplatz von vorhin noch mal kurz an?«

»Klar!« Hatte ich eh vor. Wir sind viel früher dran, als ich gedacht hätte, und ins Hotel zieht mich noch nichts zurück.

Der Parkplatz ist fast leer und wir gehen Hand in Hand im Schein unserer Handy-Taschenlampen den schmalen Weg zum Wasser hinunter. Als wir das Meer erreichen, lege ich meine Arme um Svea und wir schauen beide einen Moment schweigend auf die glitzernden Wellen.

»Ich werde es ihnen sagen, Kjell.«

»Das mit uns?«

»Ja. Und auch, dass ich so wie vorher nicht weitermachen kann.«

»Du meinst dein Klavierspiel?« Ich drehe Svea zu mir. »Aber du willst doch nicht aufhören, oder? Du spielst so gut, Svea.«

Sie schüttelt den Kopf. »Bevor ich hierhergekommen bin, gab es eine Zeit, in der ich tatsächlich nicht mehr wollte. In der ich das Klavier richtig gehasst habe. Aber das hat sich hier geändert.« Sie sieht zu mir hoch. »Auch durch dich. Und ich will beides. Klavier spielen *und* leben.«

Und dazu gehöre ich? Lächelnd versuche ich ihre Haarsträhnen einzufangen, die ihr der Wind ins Gesicht weht. Svea sieht so wunderschön aus, wenn sie glücklich ist. Und ich kann kaum glauben, dass ich derjenige bin, bei dem sie es ist.

Wir küssen uns, laufen Hand in Hand ein Stück am Strand entlang, küssen uns wieder.

Svea erzählt mir, dass sie Angst davor hat, mit ihren Eltern zu sprechen, und wir gehen gemeinsam viele Möglichkeiten durch, wie ein Gespräch ablaufen könnte. Ich kann nicht mehr tun, als ihr zu versichern, für sie da zu sein. Wie und wo auch immer.

Bevor wir zurück zum Auto gehen, holt Svea noch ihr Handy raus, und wir machen Fotos von uns am Strand. Lachend. Uns umarmend. Küssend. Einfach, um den Moment einzufangen.

»Darf ich eins davon meiner Freundin schicken?«

»Nele?«, frage ich und muss über Sveas erstaunten Blick lachen. »Gestern in der Hütte hat Yva sie erwähnt. Angeblich hättest du mit ihr telefoniert.«

»Stimmt.«

Wir suchen für Nele nach unserem Lieblingsfoto, sind uns dabei aber nicht einig. Svea mag das, auf dem sie vor mir steht und wir beide in die Kamera lächeln. Ich mag das, auf dem wir uns anschauen.

»Dann beide!«, entscheidet Svea und sendet sie ab. Mein Handy vibriert. Zwei Mal. Und ich weiß, ich habe uns jetzt auch.

»Wenn du willst, kannst du Nele übrigens kennenlernen«, sagt Svea, zieht dabei aber irgendwie den Kopf ein.

»Ach ja? Wie das?«

»Ähm ... das ist wirklich der letzte Punkt auf der *Du weißt noch nicht alles*-Liste, Kjell, okay? Sie kommt mich über Silvester besuchen. Aber sie kann in einer Pension ganz in der Nähe wohnen, ich hab da nach einem Zimm–«

Blödsinn. Ich küsse Svea die letzten Worte einfach von den Lippen. »Sie übernachtet bei uns im Hotel. Genau wie Lasse. Der feiert nämlich auch bei uns.«

»Echt?« Svea fängt an zu lachen. Nur weiß ich nicht, was daran so komisch ist.

»Sie hat nach ihm gefragt«, erklärt sie und zeigt mir ein Foto, das sie am Lagerfeuer gemacht hat und auf dem Lasse im Hintergrund zu sehen ist.

»Hast du auch eins von Nele?«, frage ich.

Svea nickt und öffnet ihre Galerie. Auf dem ersten Foto sehe ich nur wilde blonde Locken. Auf einem der nächsten dann aber zumindest mal einen Ausschnitt ihres Gesichts. Braune Augen, Sommersprossen, dazu ein absolut offenes Lächeln.

Könnte Lasse gefallen ...

»Kann sie auch austeilen?«

»Und wie!« Svea legt ihren Arm um meine Taille, und wir gehen eng umschlungen zurück. Dabei machen wir Pläne, nicht nur für Silvester und Neujahr, auch für die Tage davor und danach.

Neun Tage sind es. Neun Tage, die wir uns noch haben.

Svea

Verwundert sehe ich mich im Wintergarten um. Es ist erst kurz nach 22 Uhr und doch ist kaum mehr jemand da. Nur an einem Tisch sitzen noch zwei Pärchen, trinken Wein und spielen Karten. Ich suche mir einen Platz, von dem aus ich Tommas auf die Finger schauen kann. Er hat einen ganz anderen Anschlag als ich. Weicher. Vielleicht klingt sein Spiel dadurch so ... so schön verwischt?

Er sieht nicht auf, aber seine Lippen verraten mir, dass er mich bemerkt hat. Sie lächeln verschmitzt.

Unruhig rutsche ich auf meinem Stuhl herum. Ich möchte so gerne spielen. Nein, ich *muss* spielen. In mir ist so viel Musik!

As time goes by. Die letzten Töne verklingen, und erst mein Klatschen ruft wohl den anderen Gästen in Erinnerung, dass die Musik, die sie hören, gerade live gespielt wird. Auch sie spenden Beifall.

»Darf ich bitten, Svea?« Tommas neigt seinen Kopf und deutet mit einem Lächeln zu dem kleinen Hocker, der von unserem letzten Spiel noch immer neben dem Klavier steht.

»Aber gern!« Nur deswegen bin ich ja hier.

»Und? Womit beginnen wir heute?«, fragt er mich, als ich neben ihm Platz genommen habe.

»*Driving Home for Christmas?*«

Schmunzelnd sieht er mich an. »Ja, das passt. Du scheinst angekommen zu sein, oder?«

Eine Antwort wartet er nicht ab, sondern beginnt sofort in der tiefen Lage mit einem Intro.

Meine Finger sehnen sich nach den Tasten. Und so steige ich ein. Vergesse, wo ich bin. Vergesse die Welt um mich herum und lasse all das angestaute Glück aus mir herausfließen.

Irgendwann, ich weiß gar nicht, wie viele Lieder wir schon gespielt haben, zieht Tommas sich zurück. Mittendrin. Ich lasse die Melodie ausklingen und sehe ihn fragend an.

»Ich sollte gehen«, sagt er.

»Was? Nein. Wieso?«

»Du und das Klavier, ihr habt euch viel zu erzählen. Ich störe da nur.« Mit einem Lächeln steht er auf, ich spüre seine Hand, die sich sanft auf meine Schulter legt. »Es war mir eine Ehre.«

Und dann geht er tatsächlich. Auch die anderen Gäste sind bereits verschwunden. Es gibt nur noch mich und das Klavier. Und ich habe tatsächlich viel zu erzählen.

Meine Finger haben noch längst nicht ihre Leichtigkeit und Beweglichkeit zurück, aber ich will ja jetzt auch nichts Kompliziertes spielen. Ich will nur träumen.

Also die *Mondscheinsonate* von Beethoven?

Ich schließe die Augen, hole Kjell in mir hervor – ich brauche ihn jetzt bei mir, denn das ist für ihn. In jeden Ton lege ich meine Sehnsucht. Mein stilles Glück. Meinen Dank.

Ich male ein Bild von ihm und unserer Zeit – mit sanften, innigen Tönen. Und zum ersten Mal fühle ich mich eins mit mir und meinem Spiel. Die Augen noch immer geschlossen, lausche ich dem Nachhall der Klänge.

»Es war mir eine Ehre.« Mit einer Verbeugung verabschiede ich mich schließlich von dem Klavier und schleiche zurück auf mein Zimmer. Vorhin war ich so angefüllt mit Freude und Glück, dass ich nicht schlafen konnte. Jetzt aber zieht es mich nur noch ins Bett. Ich will unter der Decke weiterträumen. Daher schlüpfe ich schnell in meinen Schlafanzug und verschwinde noch kurz im Bad, um mir die Zähne zu putzen, als ich plötzlich ein Klopfen höre.

Kjell? Ist er schon vom Familienessen wieder zurück? Mit der Zahnbürste in der Hand laufe ich zur Tür.

Lächeln ist echt schwierig mit so viel Schaum im Mund. Ihm gelingt es dafür besser. »Hab gehofft, dass du noch nicht schläfst. Darf ich reinkommen?«

Blöde Frage. Ich nicke und verschwinde zurück ins Bad.

»Hey, Berti leuchtet ja gar nicht mehr«, höre ich ihn durch die offen stehende Tür.

»Die Batterien sind leer, glaube ich. Aber wie war denn das Essen?«

»Lecker. Hat sich aber unendlich gezogen. Und ich glaube, mir fehlen einfach ein paar Stunden Schlaf.«

Ich grinse mein Spiegelbild an. »Woher das wohl kommt?«

»Keine Ahnung!«

Ein Knarren ist zu hören, sonst erst mal nichts mehr, und ich beeile mich mit dem Haarekämmen. Als ich zurück ins Zimmer komme, muss ich lachen. Kjell liegt quer über meinem Bett, mit meiner Schlafbrille auf der Nase.

»Hat was«, murmelt er. »Benutzt du die echt jede Nacht?«

»Ne, nicht mehr.« Ich kuschele mich zu ihm, lege meinen Kopf auf seine Brust und ziehe uns die Decke ran.

»Lieber nicht!« Kjell schiebt die Brille hoch. »Ich penne hier sonst echt gleich ein.«

»Kannst du doch ...« Glaubt er im Ernst, ich lasse ihn jetzt wieder gehen?

Müde blinzelt er zu mir herunter. »Dann müssen wir uns aber den Wecker stellen.«

»Kein Problem.« Sofort angele ich nach meinem Handy und spüre, wie kribbelnde Wärme meine Brust durchzieht. Kjell bleibt wirklich da. Die ganze Nacht!

Er rappelt sich nur noch einmal auf, um seine Schuhe abzustreifen, seinen Hemdkragen zu lockern, und ist dann wieder bei mir. »Unsere erste gemeinsame Nacht ...« Auch wenn er echt erschöpft klingt, höre ich das Lächeln in seiner Stimme. Ich beuge mich noch einmal über ihn, küsse sanft seine Lippen und lege mich in seinen Arm zurück.

Die *Mondscheinsonate*. In mir steigt ihre Melodie wieder auf, unter meiner Hand spüre ich Kjells Herzschlag. Ich höre seinen Atem, der immer tiefer wird. Und schließe lächelnd die Augen. Mehr Glück? Geht nicht.

DIENSTAG, 26. DEZEMBER

Svea

Eigentlich beginnt meine Schicht erst heute Mittag, ich muss wieder für Janne im Service einspringen. Aber mein Bett ist ohne Kjell einfach zu leer, also stehe ich auf.

Kurz nach acht Uhr. Ob er unten schon irgendwo ist?

Vor der Wand, an der vorher Kimmos Tür war, steht jetzt ein Bücherregal für die Kleinen, und ich muss schmunzeln, als ich Thore dort sitzen sehe. Er versucht hinter die Bücher zu spähen und flüstert dabei die ganze Zeit.

Ja, Kimmo fehlt echt einigen hier.

»Ach, Svea, kannst du mir mal helfen?« Frida fängt mich in der Lobby ab. »Diese Blöcke müssen hier ausgelegt werden. Und ich muss noch das Nachmittagsprogramm vorbereiten.«

»Klar.« Ich nehme ihr den Karton ab und beginne, die Post-it-Blöcke auf dem Rezeptionstresen auszulegen. Dahinter stelle ich den hübschen Aufsteller. *Tag der kleinen Dankeszettel – Du darfst dich heute bedanken, bei wem und für was auch immer!*

Total süß, die Idee. Und ich weiß auch schon, bei wem ...

»Guten Morgen!« Kjell taucht hinter mir auf, zusammen mit einer fröhlich hüpfenden Caja. Seine Haare sind ein wenig verstrubbelt, und allein der Gedanke, dass ich weiß, wie sie sich zwischen meinen Finger anfühlen, wärmt mein Gesicht.

»Hej.« Wir sind nicht allein und doch finden sich versteckt unsere Hände. »Ihr geht raus?«, frage ich.

»Jaaaa. Ich darf mit dem Schneemobil fahren!« Caja sieht zu Kjell hoch. »Stimmt's?«

»Ja, das stimmt. Ich muss es Lasse zurückbringen.«

Beinahe wehmütig denke ich an unsere Fahrt zurück, und Kjell hat wohl ähnliche Gedanken, denn sein Daumen streicht zart über mein Handgelenk.

»Sehen wir uns nach deiner Mittagsschicht?«, fragt er mich, als Caja kurz zu ihrer Freundin Jenny rübersaust.

»Heute Mittag? Hm ...« Ich gebe mich unschlüssig und kassiere von Kjell sofort einen Stups. »Ist ne offizielle Dienstbesprechung.«

»Ach ja? Wieder nur wir zwei?«

»Ne, diesmal mit einer Horde Eichhörnchen.«

»Na dann.«

Wir kämpfen beide mit einem Lächeln und lassen uns nur allzu ungern los. Kjell stellt sich noch einmal an den Tresen, aber so, dass ich nicht sehen kann, was er da macht. Doch als er sich dann von mir verabschiedet und dabei meinen Arm streift, klebt ein blauer Post-it daran. *Danke!* steht darauf und ganz klein darunter: *Für die Nacht!*

Die Zettelchen kommen total gut an. Selbst die Kleinsten versuchen sich zu bedanken. Meist geht es dabei um ihre Weihnachtsgeschenke.

»Kann man sehen, dass das ein Dino ist?«, fragt mich Thore beim Mittagsessen und lehnt sich dabei so weit in seinem Hochstuhl zurück, dass er fast umkippt.

»Aber total!«, flüstere ich ihm zu. »Ein T-Rex, oder?«

»Ja!« Er strahlt über das ganze Gesicht, beugt sich vor und klebt das Zettelchen seinem Vater ans Glas.

Ich nehme Bestellungen auf, bringe Getränke, serviere das Essen – und alles fühlt sich heute so leicht an. Was möglicherweise auch damit zu tun hat, dass ich überall kleine blaue Zettel entdecke.

Danke für Bertil!

Danke für das Lakritzbonbon!

Danke für die Ladung Schnee!

Danke für unser Lied. Ich bekomme es nicht mehr aus dem Kopf.

Danke für den ... darunter ist ein Mistelzweig gezeichnet.

Ich weiß nicht, wie Kjell das macht. Eigentlich hilft er seinem Vater an der Rezeption aus, doch die kleinen Zettel kleben an meinem Tablett. An einem Glas Chardonnay, das ich einem Gast bringen will. An meinem Bestellblock. Hat er ihn heimlich ausgetauscht?

Ich erwische ihn nie, doch jede kleine Nachricht von ihm füllt meinen Bauch mit noch mehr Glück.

Sobald ich im Wintergarten fertig bin, ziehe ich mir warme Sachen an, schnappe mir mein Handy und ... gehe spazieren. Offiziell zumindest. Was Janne, der ich auf dem Weg zur Eisbahn begegne, mir nicht wirklich abkauft.

»Ach ja?« Grinsend zieht sie die Augenbrauen hoch. »Was für ein Zufall. Ich bin grad noch jemandem begegnet, der allein spazieren gehen wollte. Scheint ein Trend geworden zu sein.«

»Na ja, ist ja auch gesund, oder?«

»Aber so was von.«

Ein ungutes Gefühl steigt in mir auf, als ich ihren noch immer verbundenen Finger sehe. Janne hat mir am Anfang hier so geholfen und wir haben viel Zeit zusammen verbracht. Die ich jetzt mit Kjell verbringe. »Ist das okay?«, frage ich daher vorsichtig nach. »Also, dass ...«

»... du dich jetzt zum Knutschen triffst?«

»Janne!«

Sie lacht. Wahrscheinlich bin ich knallrot geworden. Zumindest fühlen sich meine Wangen so an.

»Was ist? Stimmt doch. Und es tut mir leid, dass du meine Schichten übernehmen musst. Aber ab übermorgen kriegst du die Animation zurück. Ich bin dann wieder einsatzfähig.«

»Ach, das hab ich gern gemacht!«, wiegele ich ab, freue mich innerlich aber riesig. Denn das heißt ja, ich hab die nächsten Abende frei!

Kjell wartet an der kleinen Weggabelung auf mich, die zur Eichhörnchenstelle führt. Ich sehe, wie er versucht, einen schmalen Baumstamm mit Schneebällen zu treffen. Doch kaum hat er mich bemerkt, kommt er mir lächelnd entgegen.

Und wir küssen uns. Endlich!

»Mann, war das eine Qual«, flüstert er, und seine Lippen wandern dabei meinen Hals entlang. »Dich die ganze Zeit zu sehen, aber nicht berühren zu dürfen.«

Als Antwort küsse ich ihn erneut und klebe ihm dabei heimlich meinen vorbereiteten Zettel an die Brust.

Danke, Kjell! Fürs Nachhausebringen.

Er zupft ihn sich ab und sieht mich fragend an. »Wie meinst du das?«

Unsicherheit beschleicht mich. Ob er es verstehen wird?

Ich nehme mir seine Hand und spaziere mit ihm los, weil ich mich bewegen muss, um die richtigen Worte zu finden. »Ich ... also, mich gab es. Klar. Aber ich stand immer irgendwie eher am Rand. Habe mir selbst zugeschaut, wie ich so lebe.« Keine Ahnung, ob das Sinn ergibt, was ich gerade sage, doch da Kjell mir aufmerksam zuhört, mache ich weiter. »Ich hab funktioniert. Ich hatte auch Spaß, klar! Aber das war irgendwie nie wirklich voll und ganz ich. Ich war noch nicht bei mir selbst angekommen. Verstehst du, was ich meine?«

Anstatt etwas zu sagen, dreht er mich zu sich und küsst mich.

»Das verstehe ich nicht nur, das sieht man dir sogar an. Ich hab dein Strahlen das erste Mal gesehen, als du aus dem Jeep gestiegen bist und das *Slott Hotell* gesehen hast. Und je länger du hier bist, desto öfter zeigst du es.«

»Dank dir!« Ich umarme ihn, und zack, hab *ich* den nächsten Zettel am Ärmel.

Danke für dein Strahlen!

»Hä?« Überrascht sehe ich ihn an.

»Na ja, ich hatte vorhin viel Zeit an der Rezeption.«

Ich will gleich alle haben, den ganzen Block, der aus seiner Tasche herauslugt, doch obwohl ich mir echt Mühe gebe, gelingt es mir nicht, und ich lande nur wieder in seinen Armen.

Dass wir es noch schaffen, im Hellen zur Futterstelle zu kommen, grenzt beinahe an ein Wunder. Und da! Ich sehe vier, fünf, nein ... sechs Eichhörnchen. In den Bäumen, auf dem Boden und in der Krippe. Kjell holt eine Tüte mit Erdnüssen aus seiner Jacke. Vorsichtig schleichen wir uns an und setzen uns auf einen umgekippten Baumstamm. Ich bekomme die Tüte, und wenn ich Kjells Blicke richtig deute, soll ich die Nüsse direkt vor meine Füße legen. Aber ... ist das nicht zu nah?

»Mach ruhig! Die kommen«, flüstert er mir zu.

Und tatsächlich, sie kommen. Nach ein paar Minuten, in denen sie uns aus sicherer Entfernung beobachtet haben, traut sich das erste Eichhörnchen näher zu uns und schnappt sich eine Nuss. Ein zweites, ein drittes kommt, und ich versuche, ganz leise zu atmen, um ja keines zu verscheuchen. Kjell hockt sich auf den Boden und streckt eine Hand aus. Nie im Leben hätte ich damit gerechnet, dass das klappt, aber ein vorwitziges schwarz-braunes Kerlchen klaut sich tatsächlich die Nuss von seiner Hand. Im Zeitlupentempo fische ich mein Handy aus der Tasche, kippe es leicht, sodass ich Kjell drauf haben müsste, und lasse die Kamera laufen. Es kommen tatsächlich noch zwei weitere Tiere, von denen sich eines sogar für einen Moment entspannt auf seine Hand hockt. Kjell wird die Haltung irgendwann zu anstrengend, denn er erhebt sich – ein bisschen wackelig – und setzt sich wieder zu mir auf den Baumstamm.

»Sag mal, frisst dir eigentlich jeder aus der Hand?«

»Jeder?« Ein Lächeln huscht über seine Lippen, bevor er mir dann auffordernd eine Nuss auf seiner Hand hinhält. Ich lache auf und zeige ihm den Vogel.

»Schade, wohl nicht jede.«

Wir sitzen eine Weile eng umschlungen da und schauen zu, wie die Sonne sich langsam verabschiedet. Es ist wunderschön, denn immer wieder verändern sich die Farben um uns herum. Alles wird erst intensiver, dann dunkler.

»Für den neunundzwanzigsten Dezember hab ich übrigens noch was Tolles gefunden«, sagt Kjell, und ich drehe meinen Kopf an seiner Schulter so, dass ich ihn sehen kann. »Was denn?«

»Das sag ich nicht. Aber du solltest mit deinem Arbeitgeber reden, dass er dich an dem Abend nicht einplant.«

»Oje. Das ist ein ganz Fieser. Aber ich versuche es auf jeden Fall.«

Kjell küsst mich auf die Stirn. Wir haben jetzt beinahe jeden Tag, der uns noch bleibt, etwas Schönes vor. Morgen Abend geht es nach Stockholm. Übermorgen wollen Lasse und Kjell mir nach der Dienstbesprechung das Langlaufen beibringen. Am 29. Dezember die Überraschung ...

Es ist so schön, gemeinsam mit ihm Pläne zu machen. Und doch zeigt es auch, dass unsere Zeit begrenzt ist.

»Wann beginnt eigentlich dein Studium?«

»Mitte Januar.« Kjell streckt ein wenig den Rücken und auch ich muss mich aufsetzen. »Ich verschwinde hier also kurz nach dir.«

»Aber ich hab schon im Februar wieder frei. Eine Woche!« Den Berliner Winterferien sei Dank!

»Ach ja?« In Kjells Augen blitzt es auf. »Eine Woche, die du unbedingt in Stockholm verbringen willst, oder?«

»Unbedingt!«

Er zieht mich zu sich, doch ich klettere einfach auf seinen Schoß. Seine Lippen streifen zart meinen Mund, sie sind ganz kalt. Und doch spüre ich, wie sich meine Brust augenblicklich mit Wärme füllt. Kjell zu küssen, das ist wie Abheben und Landen gleichzeitig. Mein ganzer Körper kribbelt, mein Herz glüht. Und mit einem Seufzen schlinge ich mich noch enger um ihn.

Unser Kuss hat nichts Vorsichtiges mehr. Nichts Abwartendes. Wir lassen uns beide einfach fallen. Bis wir irgendwann nicht mehr können – atemlos vor Glück. Ich an seinen Hals gekuschelt, Kjells Wange an meiner, seine Arme fest um mich geschlungen.

»Danke, Kjell«, flüstere ich.

»Für den Kuss?« Ich höre sein Lächeln.

»Nein, das meinte ich nicht. Danke für das alles hier.« Ich richte mich mühsam auf, damit ich ihn ansehen kann. Und weil alles irgendwie so viel ist, kommen mir ganz plötzlich die Tränen. »Das war das schönste Weihnachten, das ich je hatte.«

Kjell

Das schönste Weihnachten …

Ich hatte es ihr insgeheim versprochen, als ich sie das erste Mal Klavier spielen gehört habe. Doch es war auch mein schönstes Weihnachtsfest.

Ich umfasse ihr Gesicht und fange jede einzelne Träne auf. »Wieso *war*? Es ist noch nicht vorbei.« Meine Stimme klingt ein wenig kratzig.

»Schon, aber heute sehen wir uns ja kaum mehr.«

Jannes gequetschter Finger! Nur deswegen muss Svea servieren …

»Sehen schon«, versuche ich sie aufzuheitern. »Das Fondue-Essen lassen wir uns nie entgehen. Und danach …?«

Ihr Lächeln kehrt zurück. »Besuchst du mich wieder.«

Auch wenn wir den Rückweg in die Länge ziehen, kommt das Hotel irgendwann in Sicht. Ich liebe es, Svea zu küssen. Zur Begrüßung allerdings noch mehr als zum Abschied.

Damit wir nicht zusammen gesehen werden, lasse ich sie vorgehen. Nur hätte ich mir dabei mehr Zeit gelassen, wenn ich gewusst hätte, dass genau in dem Moment, da ich den Vorplatz erreiche, Tessa zurückkehrt.

»Hej! Ähm … God Jul, Kjell.«

»God Jul.«

Mit ihrem kleinen Rollkoffer in der Hand kommt sie auf mich zu, mein Körper aber geht sofort auf Abstand. Was ihr nicht entgeht. »Keine Sorge, ich hab's kapiert, okay? Und … ich wollte mich bei dir entschuldigen. Für den ganzen Stress.«

»Das solltest du wohl eher bei Svea.«

»Das mache ich auch noch. Aber …« Sie holt tief Luft. »Ich meinte, dass ich es nicht wahrhaben wollte. Das mit unserer Trennung. Ich hab nur echt gedacht, wir kriegen das wieder hin.«

»Das hab ich gemerkt. Dabei war ich doch ziemlich klar, oder?«

»Ja schon. Und ich hab's jetzt verstanden. Das wollte ich dir sagen. Ich möchte die drei Monate hier einfach noch gut rumkriegen. Auch mit dir.«

So ganz traue ich dem Frieden nicht, doch da sie mit im Silvester-Team ist und wir es irgendwie schaffen müssen, zusammenzuarbeiten, nicke ich und versuche mich an einem Lächeln. »Okay. Das kriegen wir hin.«

Zusammen gehen wir auf den Eingang zu, sie dann links am Julbock vorbei, ich lieber rechts. Meinem Körper reicht es wohl an Nähe.

»Ähm … Kjell, eine Frage noch.« Vor der Tür bleibt Tessa noch einmal stehen. »Nur damit ich es besser verstehe. War es nur wegen meinem Geburtstag? Also, dass ich unseren gemeinsamen Abend hab ausfallen lassen und auf das Konzert gegangen bin?«

»Nein, auch wenn das echt krass war.«

»Ja, aber …« Beinahe flehend sieht sie mich an. »Du weißt doch, dass ich ein totaler *Depeche Mode*-Fan bin, und als die Anderssons mir das Ticket angeboten haben, da –«

»Schon klar. Aber mir per WhatsApp absagen, Tessa?«

Sie schluckt und nickt dann betreten. »Ja, das war nicht okay.«

Überhaupt nicht. Und ich weiß nicht, warum ich es ihr nie erzählt habe, dass meine Geburtstagsüberraschung für sie kein Essengehen war. Ich hatte auch zwei Karten für das Konzert. Die ich dann zusammen mit Lasse und einigen Flaschen Bier am Lagerfeuer verbrannt habe.

Und um nicht wieder Öl ins Feuer zu gießen, erzähle ich es ihr auch jetzt nicht.

Zusammen mit Svea zu servieren macht Spaß. Ihr beim Servieren zuzuschauen auch – aber nicht als Gast. Ich komme mir komisch vor, hier zu sitzen, zu essen, mich zu unterhalten, während sie um uns herumwirbelt.

»Das ist mein Spieß!«, schimpft Caja. »Mann, du hast den mit dem gelben Punkt, Kjell!«

»Ups. Aber ... dein Hühnchen sieht verdammt lecker aus.«

»Finger weg! Das ist das erste, das nicht abgefallen ist.« Sie schnappt sich den Spieß, bevor ich ihn mir in den Mund schieben kann. Fondue mit Caja ist echt so, wie auf Schatzsuche zu gehen. Eigentlich müsste ich gar nichts anderes machen, als ihre verloren gegangenen Fleischtücke im Topf wieder aufzusammeln.

»Wo wart ihr eigentlich?«, will sie dann wissen.

»Wer *wir*?«

»Boah!« Caja verdreht die Augen. »Du und Svea.«

Ich wollte mir gerade ein Stück Fleisch nehmen, lasse den Spieß aber wieder sinken. »Wie kommst du darauf, dass wir beide zusammen weg waren?«

Caja sieht mich an, als wäre ich doof. »Ich war auf der Eisbahn. Und dann bist du vorbeigekommen. Und dann Svea. Und dann ist Svea wiedergekommen. Und du kurz nach ihr. Also?«

Schmunzelnd sehe ich sie an. »Ich finde ja, schlaue kleine Schwestern sollten verboten werden.«

»Und dumme große Brüder auch.«

»Wie war das?« Ich pikse sie mit meinem Spieß und sehe in dem Moment Svea an unserem Tisch vorbeigehen.

»Starr sie nicht so an!«, pfeift Caja mich zurück. »Sonst wissen es nämlich auch gleich alle schlauen und dummen Gäste.«

Nach dem Essen schaut Caja mit den anderen Kindern einen Weihnachtsfilm im Wintergarten, der Rest meiner Familie geht in die Bar, ich aber schaue mich nach Svea um. Im Speisesaal sehe ich sie nicht mehr. Also ist sie schon auf ihrem Zimmer?

Ich muss noch mal kurz in die Wohnung, schiebe mir das iPad unter den Pulli, schnappe mir die Batterien und schleiche mich nach oben. Mit jeder Stufe werde ich schneller und muss mir auf die Lippen beißen, um mein Lächeln zu verstecken. Doch es gewinnt. Ich freu mich einfach zu doll, sie endlich wieder im Arm zu haben.

Auf mein Klopfen öffnet sie sofort, nur geht blöderweise noch eine weitere Tür auf und Frida erscheint auf dem Flur. »Oh! Hej, ihr beiden. Kommt ihr gleich auch noch feiern?«

»Äh ... ja, vielleicht«, antworte ich ausweichend, und auch Svea druckst irgendwie rum.

»Ja, dann ... bis später. Vielleicht.« Mit einem Stirnrunzeln geht Frida an uns vorbei.

Shit! Schnell krame ich die Batterien aus der Hosentasche. »Sind das die? Also, die *Batterien*, die du brauchtest?«, frage ich Svea überdeutlich – und vor allem laut.

»Oh ja, super. Für ... für meinen Wecker.«

Kaum ist Frida außer Sichtweite, zieht Svea mich lachend an meinem Pulli in ihr Zimmer.

»Du hast einen Wecker?«, frage ich unter ihrem Kuss.

»Nö. Und ich finde, die sollten sowieso alle verboten werden. Aber ... was ist das?« Mit fragendem Blick holt sie das iPad unter meinem Pulli hervor.

»Na ja, noch ist ja Weihnachten. Und ich dachte, wir feiern heute Abend noch ein bisschen. Dazu verschwindest du aber kurz im Bad, okay? Ich muss noch was vorbereiten.«

Sveas Augen beginnen zu leuchten, ich bekomme noch einen Kuss, bevor sie ins Bad hüpft und die Tür hinter sich schließt.

Okay. Erst mal muss Berti rein. Ich versuche, ihn ein wenig vom Schnee zu befreien, und stelle ihn dann auf den kleinen Teppichläufer. Zum Glück waren es wirklich nur die Batterien, denn nachdem ich sie ausgetauscht habe, beginnen die Einhörner wieder zu funkeln. Das Deckenlicht kann jetzt aus. Aber das iPad? Ich schaue mich im Zimmer um, verrücke den Nachttisch ein wenig und lehne das iPad an die Vase. Klappt.

Die Bettdecke muss noch weg. Ich rolle sie zusammen und lege sie uns als Rückenlehne ans Kopfende. Das war's, oder?

Kannst kommen, schreibe ich Janne, und keine Minute später klopft es leise an der Tür.

»Hier, deine Tasche. Und ... tja, viel Spaß, würd ich mal sagen.« Sie zwinkert mir zu.

»Danke, Janne!«

»War da wer an der Tür?«, schallt es dumpf aus dem Badezimmer.

»Ich weiß nicht, was du meinst. Außerdem sollst du nicht lauschen!«

Ich beeile mich. Die Kerzen kommen auf den Nachttisch. Die

karierte Tischdecke aufs Bett und darauf alles, was ich noch dabeihabe. Das Geschirr und Besteck. Die Platte mit dem marinierten Hering. Die Schale Köttbullar und vieles andere, was auf ein echtes Julbord gehört. Svea hat ja noch nichts gegessen.

»Du darfst!«, rufe ich ihr zu und spüre, wie mein Herz schneller schlägt.

Svea öffnet die Tür. Erst mal steht sie dann einfach nur da. Ihre Lippen öffnen sich. Dann schüttelt sie den Kopf. »Ich ... ich weiß gar nicht, was ich sagen soll, Kjell. Das ist so schön.«

Sie nimmt meine Hand und geht mit mir zu dem kleinen Picknick auf ihrem Bett. »Und marinierte Heringe? Ich liebe die!« Sie lacht auf. »Kjell, wie machst du das?«

»Ähm ... ich höre nur zu.«

»*Nur?* Das ist unglaublich.« Sie schenkt mir einen Kuss, ein Strahlen. Dabei weiß sie noch nicht alles.

Holiday Inn. Es war echt nicht leicht, den Film zu bekommen. Und ich will Lasse auch gar nicht löchern, wie er es geschafft hat. Technik-Freak halt. Aber ich brauchte den alten Schwarz-Weiß-Schinken einfach. Denn in ihm gibt es das, was mir nicht mehr aus dem Kopf geht, seitdem Svea da ist. *White Christmas.* Gesungen von Bing Crosby und Virgina Dale.

Doch es ist unser Lied, Sveas und meins.

MITTWOCH, 27. DEZEMBER

Svea

»Ich muss los«, höre ich Kjells Stimme. Aber ich schüttele nur den Kopf, mit noch immer geschlossenen Augen, und denke nicht mal daran, seinen Arm unter mir freizugeben.

»Svea?« Seine Lippen streifen mein Ohr.

»Nein!«

Kjell lacht leise. »Aber das ist unfair. Ich will ja gar nicht weg.«

»Gut. Ich will nicht, dass du gehst. Du willst es nicht«, nuschele ich. »Und Berti will es auch nicht.«

»Aber meine Eltern ...«

»Ich weiß.« Seufzend gebe ich ihn frei.

»Wir sehen uns später, ja? Um zehn Uhr ist die erste Besprechung für Silvester. Dann ist Kristan auch wieder zurück.«

Seine Eltern ... Das ist für mich echt noch ein Knackpunkt. Ich weiß noch immer nicht, wie wir ihnen die Wahrheit verraten können und ich trotzdem bleiben darf. Und döse wieder weg. Doch als ich das nächste Mal aufwache, ist die Lösung plötzlich da. Als hätte mein Kopf sie mir während des Schlafens eingeflüstert. Ich muss einfach einen neuen Arbeitsvertrag unterschreiben. Und Yva hat doch eine Vollmacht! Also, *ich* habe sie noch, meine Eltern haben sie mir mitgegeben. Plötzlich bin ich hellwach und springe aus dem Bett. Ich finde die Vollmacht neben dem ganzen anderen wichtigen Kram in meiner Doku-

mentenmappe. Ausweis, Krankenkassenkarte, Zusatzversiche-
rung ...

In der Vollmacht geht es zwar in erster Linie um meine Ge-
sundheit, aber da steht auch, dass meine Eltern Yva die Aufsicht
übertragen. Reicht das? Auch für einen Arbeitsvertrag mit einer
Minderjährigen?

Ich versuche, dazu etwas im Netz zu finden, verstehe das
ganze Amtsdeutsch aber kein bisschen. Ich brauche Nele! Immerhin hilft sie manchmal bei ihrer Mutter in der Kanzlei aus.
Ich starte einen Videoanruf. Okay, neun Uhr ist in den Ferien
verdammt früh, und genauso verstrubbelt sieht sie auch aus,
aber als ich ihr sage, worum es geht, ist sie dabei. »Schick mir
mal die Seiten, die du schon gefunden hast, ja?«

»Mach ich!«

Während Nele alles durchliest, gehe ich duschen.

»Ob ihr damit wirklich durchkommen würdet, also, in einem
Streitfall, meine ich, weiß ich nicht. Aber das habt ihr ja auch
nicht vor. Von daher denke ich, das reicht erstmal. Yva muss nur
mitspielen.«

Macht sie bestimmt, oder? Und dann können wir Kjells Eltern
die Wahrheit erzählen.

Nele und ich quatschen noch ein bisschen, ich putz mir
dabei die Zähne und ziehe mein Hotel-Outfit an. Dann meldet sich mein Akku. Mist! Ich hab echt vergessen, über Nacht
mein Handy aufzuladen. Ich schnappe mir das Kabel und
verabschiede mich dabei schon mal von Nele, denn ich muss
runter.

Kristan hat in seinem Büro für Frühstück gesorgt, was ich zwar
echt nett von ihm finde, nur habe ich nach dem Julbord von ges-

tern Nacht noch keinen richtigen Hunger. Aber Kaffee brauche ich definitiv.

Frida kommt. Kjell kommt – mit einem versteckten Lächeln in meine Richtung, auf das mein Herz sofort anspringt. Es hüpft in mir rum, beruhigt sich dann aber augenblicklich wieder, als auch Tessa eintrudelt. Ich weiß von dem klärenden Gespräch zwischen ihr und Kjell, bin aber trotzdem noch vorsichtig.

»Gut, dann legen wir mal los!« Kristan teilt den Ablaufplan aus. »Ihr seht: Programm bis zwanzig Uhr, dann übernimmt die Band und wir vom Animationsteam sind fertig.«

Kjells Fuß stupst unter dem Tisch sacht gegen meinen und ich spähe möglichst unauffällig zu ihm. Seine Augen sagen mir, dass er das Gleiche denkt wie ich – gemeinsam feiern!

»Vor dem Tanz gibt es wie jedes Jahr die Zaubershow für die Kleinen«, fährt Kristan fort. »Und Svea, ich hab mit Tommas gesprochen. Er begleitet die Show immer auf dem Klavier. Er hatte die Idee, dass ihr beide das dieses Mal gemeinsam machen könntet. Wärst du dabei?«

Tommas, das Schlitzohr. »Ja, klar. Mach ich.« Und ich weiß jetzt schon, dass das super wird.

Gemeinsam stellen wir eine To-do-Liste für die nächsten Tage auf, die länger und länger wird. Ich schaue dabei immer häufiger auf die Uhr. Zwanzig nach elf. Meine Mittagsschicht beginnt gleich.

»Ganz kurz mal«, unterbricht Kjell den Redestrom von Kristan. »Einige von uns müssen jetzt arbeiten. Von daher schlage ich vor, wir treffen uns am Nachmittag noch mal, ja? Um sechzehn Uhr?«

Das passt. Meine Mittagsschicht endet um 14.30 Uhr. Dann hab ich vor der nächsten Besprechung noch genug Zeit, Kjell von meinem Plan zu erzählen. Von meiner Idee mit der Vollmacht und dem echten Arbeitsvertrag.

Wir verlassen den Raum nacheinander, doch auf dem Weg zum Personaltrakt holt Kjell mich wieder ein. Er zieht mich in die kleine Garderobe neben der Rezeption und nimmt mich in die Arme.

»Ich muss dir gleich was sagen, okay?«, flüstere ich ihm zwischen zwei Küssen zu.

»Was Gutes, hoffe ich?«

»Ja!«

»Okay, dann hol ich dich ab, sobald du fertig bist.«

Die Sonne scheint durch die bodentiefen Fenster des Wintergartens und wirft lange Schatten auf den Boden. Ab und zu blendet sie mich sogar. Doch ich genieße ihre Wärme und schließe ganz kurz die Augen, auf dem Weg zum nächsten Tisch. Die Sörensons scheinen, wie so viele Gäste, das schöne Wetter heute zum ausgiebigen Skifahren zu nutzen, was mir nur recht ist, so bin ich früher fertig. Mit einem Tablett, vollgeladen mit benutzten Tellern und leeren Gläsern, steuere ich den Tresen an.

Kjell ist schon da!

Auf dem Weg zu ihm vollführe ich einen äußerst lässigen Schlenker. Er schenkt mir ein bewunderndes Lächeln. Und ich kann es gar nicht erwarten, gleich mit ihm zusammen zu sein. Aus dem Augenwinkel sehe ich, wie neue Gäste hereinkommen. Um 14 Uhr? Die Mittagsküche ist schon geschlossen.

Ich drehe mich zu ihnen, will lächeln, ihnen sagen, dass sie leider zu spät dran sind. Doch plötzlich durchzuckt mich ein fieser Schmerz. Er sticht in meinen Handgelenken, als würden

Messer sie durchbohren. Das Tablett rutscht mir weg. Ich höre das Scheppern, das Klirren. Und weiß in dem Moment: Nicht nur die Gläser und Teller sind zu Bruch gegangen.

Kjell

Erschrocken springe ich vom Barhocker auf. Teller, Gläser – Svea steht in einem Haufen von Scherben. Ich schiebe alles mit dem Fuß zur Seite und ziehe sie in meine Arme. Ihr Gesicht ist aschfahl, und ich habe Angst, dass sie mir gleich wegkippt.

»Svea? Was ist los? Sag doch was!«

»Ich ... da ...« Sie bewegt die Lippen, doch ihre Worte sind so leise, ich verstehe sie nicht. Dads Stimme dafür umso besser. »Svea! Um Himmels willen, was ist passiert?«

Hilflos drehe ich mich zu ihm um – und weiß augenblicklich Bescheid. Die Frau neben Dad hat die gleichen blonden Haare wie Svea. Die gleichen blauen Augen. Und neben ihr steht eindeutig Sveas Vater.

Meine Hände sind eiskalt. Sveas auch, und unsere Finger klammern sich aneinander fest.

»Svenni-Schatz! Ach herrje ... Was machst du denn da?« Ihre Mutter hat sich als Erste gefangen und kommt auf uns zu. Um unsere Füße herum werden Scherben zusammengekehrt.

»Ich ... Mama, ich ...« Sveas Augen folgen dem Blick ihrer Mutter. Er gleitet an Sveas Hotelkleid hinunter, dann wieder hinauf.

»Yva hat nur davon gesprochen, dass du hier ein paar schöne Tage verbringst. Aber ... du *arbeitest* hier?«

Sveas Vater ist jetzt auch bei uns angelangt, nur starrt er vielmehr auf unsere Hände, die sich noch immer festhalten. Augenblicklich zieht Svea ihre zurück. Ich will irgendwas sagen, weiß aber nicht, was. Mein Kopf ist völlig leer.

»Wie wäre es, wenn Sie sich erst mal setzen und –«, versucht mein Dad zu vermitteln, wird aber gleich von Sveas Mutter unterbrochen. »Wie wäre es, wenn Sie uns das hier klären lassen. Holen Sie lieber den Hotelmanager.«

»Das bin ich.« Mit hochgezogenen Augenbrauen sieht er mich an. Und obwohl er sich danach wieder mit einem verbindlichen Lächeln Sveas Eltern zuwendet, weiß ich, wie sehr er sich gerade zusammenreißen muss. »Kommen Sie doch bitte mit. Ich denke nicht, dass dies der richtige Ort für eine Klärung ist.«

Unter meinen Schritten knirscht es, als ich hinter Svea zum Ausgang gehe. Blicke folgen uns, und erst jetzt fällt mir auf, wie still es im Wintergarten geworden ist. Vorsichtig lege ich meine Hand an Sveas Taille, spüre, wie sie zittert. Wir hatten eine Lösung. Yva hatte eine Lösung! Warum nur konnten ihre Eltern nicht zwei Tage später aufschlagen?

In der Lobby entfaltet sich eine hitzige Diskussion zwischen Sveas Eltern, doch sie haben die Sprache gewechselt, Dad und ich verstehen kein Wort. Hilflos kann ich nur zusehen, wie Svea dann mit ihrer Mutter die Treppe hochgeht. Um zu packen? Mein Herz schlägt plötzlich Alarm. Habe ich sie jetzt verloren?

»Svea?« Ich rufe ihr nach, will ihr hinterher, werde aber sofort von meinem Vater zurückgehalten.

»Lass sie!« Seine Hand packt meinen Arm, mit ungewohnt hartem Griff. Doch von oben höre ich ihre Stimme. »Kjell hat nichts damit zu tun. Er weiß von nichts.«

Sie versucht, mich rauszuhalten ...

»Können wir dann? Ich denke, Sie haben uns einiges zu erklären«, sagt Sveas Vater. Sein Schwedisch hat einen leichten Akzent, seine Worte einen fordernden Nachdruck.

Dad nickt und zieht mich mit. Er will ins Besprechungszimmer. Und obwohl ich weiß, dass ich mich jetzt zusammenreißen muss, um alles irgendwie noch zu retten, leuchten in meinem Kopf nur Fehlermeldungen auf.

Es war falsch, nichts zu sagen.

Es war falsch, Svea die Rolle von Lena ... ja, quasi anzubieten.

Es war falsch, meine Eltern nicht einzuweihen.

Und trotzdem: Alles mit Svea fühlte sich richtig an.

Und wenn ich sie verdammt noch mal nicht verlieren will, muss ich jetzt irgendwas tun.

Dad öffnet Herrn Sommer die Tür zum Besprechungszimmer. »Nehmen Sie doch schon mal Platz, ich bin gleich bei Ihnen.«

Zurück auf dem Gang, zieht er mich in eine Nische. Die Garderobe, in der Svea und ich uns geküsst haben. »So, Kjell, die Kurzversion bitte! Was ist hier los?«

»Es gab eine Verwechslung«, beginne ich zögernd, fange mich aber und erzähle ihm, was genau passiert ist. Dabei konzentriere ich mich auf sein Kinn. In die Augen sehen kann ich ihm nicht.

»Es tut mir leid, Dad. Und ich hoffe, wir können für Svea –«

»Für Svea?« Auch wenn er flüstert – seine Stimme bebt. »Kannst du dir eigentlich vorstellen, was da jetzt auf *uns* zukommen kann? Auf das Hotel?« Er fährt sich durch die Haare. »Hol mir die Unterlagen.«

»Welche?«

»Die E-Mail mit der Absage von Lena Sommer. Und ihren Vertrag. Wir kommen hier nur mit der Wahrheit weiter. Und ich hoffe inständig, dass Herr Sommer Verständnis hat für zwei ... für zwei völlig irre ... ach, was weiß ich denn!«

Auch wenn meine Füße am liebsten nach links abbiegen würden, zur Treppe, zwinge ich sie in die andere Richtung.

Die Wahrheit. Vielleicht hat er recht. Vielleicht lassen sich Sveas Eltern von der Wahrheit besänftigen – wenn sie erfahren, dass es Sveas Wunsch war, hier zu arbeiten, dass es ihr hier so gut geht wie noch nie. Und wenn jemand vermitteln kann, dann ist es Dad.

Carlo hebt den Kopf, als ich in mein Büro komme, will auch gleich auf meinen Schoß, doch ich wimmele ihn ab. Die Mail von Lena. Ich suche sie heraus und fahre den Drucker hoch. Der Vertrag ist noch immer der oberste im Ordner. Kopfschüttelnd blicke ich auf den Kaffeefleck. Hab ich echt gedacht, der würde was bringen?

Svea! Wir versuchen, alles zu klären. Aber ich muss dich sehen. Bitte!

Ich schicke die Nachricht ab, warte einen Moment, um zu sehen, ob sie online ist. Als nichts passiert, drucke ich die Mail aus, nehme mir den Vertrag und verlasse mein Büro. Noch bevor ich um die Ecke biege, höre ich Stimmen.

»Es geht nicht in erster Linie darum, dass Sie eine Minderjährige beschäftigt haben, Herr Jönsson. Svea darf nicht arbeiten. Sie ist Pianistin. Mit Problemen in den Handgelenken. Beten sie lieber, dass diese sich nicht verschlimmert haben.«

Minderjährig? Das Wort hallt laut in mir nach. Ich habe Svea nie nach ihrem Alter gefragt. Sie wirkte so ... so weit.

»Herr Sommer, ich kann ihnen versichern, dass Svea hier nie Probleme hatte. Es gab keine Anzeichen von Schmerzen.«

»Ist das so? Und das können Sie beurteilen? Dann verraten Sie mir doch mal, was Sie befähigt ...«

»Sie hat sogar wieder Klavier gespielt«, unterbreche ich ihren Vater. »Und es ging ihr dabei sehr gut.«

»Ach ja?« Herr Sommer kommt einen Schritt auf mich zu.

Im ersten Moment steigt die Hoffnung in mir auf, ich hätte ihn erreicht. Sein Blick wirkt weicher. Doch der Moment verfliegt. »Sehr unklug. Sie musste einige Konzerte krankheitsbedingt absagen. Und spielt jetzt hier? Ich kann nur hoffen, dass das niemand mitbekommen hat.«

Der Bingo-Abend. Mein Dad und ich sehen uns an. In unseren Blicken die stumme Vereinbarung, nichts zu sagen.

»Nun gut, Herr Jönsson. Wir werden unsere Tochter jetzt mitnehmen. Hoffen Sie, dass Sie nichts mehr von uns oder unserem Anwalt hören werden.« Mit diesen Worten dreht Herr Sommer sich weg und geht.

»Kjell, Svea ist minderjährig?« Wieder greift Dad nach meinem Arm, doch diesmal lasse ich mich nicht einfangen.

»Das wusste ich nicht!«, rufe ich ihm noch zu und renne in die Lobby. Svea hat nicht viele Sachen dabeigehabt, das Kofferpacken kann also nicht lange dauern.

Ich nehme immer drei Stufen auf einmal. Was ich ihr, was ich ihrer Mutter sagen soll, weiß ich nicht, aber ich muss sie sehen. Ich muss mit ihr reden.

»Kjell! Was ist hier los?« Janne kommt mir entgegen.

»Hast du Svea gesehen? Ist sie noch oben?«

»Nein, sie ist grad runter. Mit ihrem Koffer. Und ihrer Mutter, glaube ich.«

»Scheiße!« Sofort kehre ich um, wäre beinahe hingeflogen, kann mich aber noch fangen.

In der Lobby sind lauter Gäste, sie stehen mir im Weg, doch über ihre Köpfe hinweg sehe ich draußen ein Auto. Einen roten klapprigen Kombi. Yvas Berti.

»Entschuldigung!« Ich schlängele mich durch die Lobby, bin bei der Drehtür, lasse den Kombi dabei nicht aus den Augen.

Svea sitzt auf der Rückbank, ich sehe ihre blonden Haare. Verdammt, warum dreht sich die Tür nicht schneller! Ich schiebe sie an, was nichts bringt, falle dann ins Freie.

Und bin zu spät.

»Svea!« Ich rufe, schreie, laufe dem fahrenden Auto hinterher. Auf der Rückbank bewegt sich etwas. Svea dreht sich um – oder?

Sieht sie mich?

Hört sie mich?

»Svea!«

Einmal noch, einmal noch sehe ich ihr Profil.

Dann ist sie weg.

Ich will nicht, dass sie irgendwann einfach wieder verschwindet. So überraschend, wie sie aufgetaucht ist. Das wäre mein absoluter Horror.

Meine Worte. Das hatte ich zu Lasse gesagt. Und jetzt? Ist der absolute Horror eingetreten.

Ich stütze meine Hände auf den Knien ab und ringe nach Luft.

Die Kälte kriecht in meinen Nacken, alles in mir friert, obwohl ich schwitze.

»Kjell!«

Mühsam richte ich mich auf, und plötzlich sind da Cajas Arme, sie schlingen sich um meinen Bauch. Ihr verzweifelter Blick, der Schreck in ihren Augen – beides passt zu meinen eigenen Gefühlen. Ich nehme sie auf den Arm und klammere mich an ihr fest.

»Du weinst ja, Kjell.«

Tue ich das? Ich spüre nichts. Ich fühle nichts. In mir ist alles leer.

Svea gehört mein Herz. Und wie es scheint, hat sie es mitgenommen.

Svea

Der Schmerz hört nicht auf. Er zieht mir die Arme hoch, sammelt sich in meiner Brust und drückt mir die Luft ab. Er lähmt mich, genau wie der Nebel in mir, lässt mich keinen klaren Gedanken fassen. Lässt mich nur noch *sein* – während um mich herum alles zerbricht. Ich versuche, ruhig zu atmen, umfasse meine Handgelenke, um sie zu stützen. Friere, obwohl mein Körper glüht.

»Svea!« Dumpf höre ich meinen Namen.

Es ist Kjell, der nach mir ruft. Kjell, der den Nebel in mir durchbricht. Ich will mich umdrehen, ihn noch ein letztes Mal sehen, aber der Gurt ist zu eng. Panisch versuche ich, ihn zu lockern, mich abzustützen, doch meine Hände machen nicht mit. Sie tun nur noch weh.

Kjell. Ich sehe ihn aus dem Augenwinkel.

Er läuft, winkt – gibt dann auf.

»Aushilfskraft in einem Hotel! Ich fasse es nicht.« Papa fixiert mich im Rückspiegel. »Mal davon abgesehen, dass du uns hintergangen hast: Willst du alles aufs Spiel setzen? Deine ganze Karriere?«

Wenn ich dafür leben kann?

Mama und Papa. Es kommt mir so vor, als wären sie ganz weit weg. Als gäbe es zwei Welten, und ich gehöre zu keiner mehr. Nicht mehr zu ihnen, nicht mehr zu Kjell.

»Hat sie bei dir auch nichts gesagt?« Ich höre Papas Stimme nur noch gedämpft durch den Nebel. Die Frage gilt Mama, sein Blick auch. Der Vorwurf aber mir.

»Nein, nichts außer: *Es tut mir leid, es tut mir leid, es tut mir leid.*«

»Kein Wunder.« Papa lacht bitter auf. »Sie hat uns von Anfang an nach Strich und Faden belogen. Svea war nie bei Yva, nicht eine Nacht.«

»Wie bitte?« Mama starrt erst ihn an, dann mich. Und das Einzige, was ich zustande bringe, ist ein Nicken.

»Und deine großartige Tante hat die ganze Zeit mitgespielt. Jede Nachricht von den beiden war erstunken und erlogen.«

Papa beginnt, Mama alles zu erzählen, die ganze Geschichte von Anfang bis Ende. Nur hört sich seine Version so abgeklärt an. Als wäre das alles für uns bloß ein dummes Spiel gewesen. Auf Kosten aller.

Jedes Wort von Papa treibt die Hitze in mir an, sie legt sich glühend auf mein Gesicht. Ich würde mich am liebsten im Sitz verkriechen, denn er hat ja recht. Für ein bisschen Glück habe ich alles aufs Spiel gesetzt – und verloren.

»Sie hat übrigens auch Klavier gespielt.«

»Nein!« Mamas Blick fliegt erneut zu mir. Diesmal allerdings sehe ich ein Leuchten in ihren Augen aufglimmen. »Und die Blockade? Hattest du Schmerzen?«

Ich schlucke, schüttele dann den Kopf. Worte sind viele in mir, aber sie kommen nicht raus.

»Sollte ihr das geschadet haben, hören die noch von mir. Das hab ich diesem Jönsson und seinem Jungen deutlich gesagt.«

Der Druck auf meiner Brust wird so stark, dass ich mich an die Seitentür lehne. Die Scheibe ist angenehm kalt. Doch ich fühle noch etwas anderes, etwas Weiches, das sich in meine Hüfte drückt. Vorsichtig versuche ich, meine Hand zu bewegen. Da steckt etwas in meiner Jackentasche. Und als ich mich erinnere, als ich weiß, was es ist, ignoriere ich den Schmerz und fische es heraus. Kjells Mütze! Ich hatte sie ihm weggenommen – auf der Fahrt zu Yva. Und ihm noch nicht wieder zurückgegeben. Ich setze sie auf, ziehe sie mir weit über das Gesicht. In der Dunkelheit, die mich umgibt, fühle ich Kjell. Sehe ich Kjell. Und fange an zu weinen.

DONNERSTAG, 28. DEZEMBER

Svea

Meine Augen sind so geschwollen, dass ich sie kaum aufbekomme. Aber warum auch? Solange ich sie zulasse, kann ich mich wegträumen. Ich ziehe mir Kjells Mütze tiefer ins Gesicht und drehe mich zur Seite.

Um zehn Uhr bereite ich zusammen mit Kristan das Animationsprogramm für den Abend vor. Um zwölf Uhr ist Teambesprechung. Danach bringen Kjell und Lasse mir das Langlaufen bei.

Das war der Plan.

Über meine Nase kullert eine Träne. Dann noch eine. Und noch eine. Sie versickern im Stoff der Mütze.

Ich vermisse dich, Kjell. Ich vermisse deine Nähe. Dein Lächeln. Dein Lachen. Dein Zuhören.

Meine Eltern hören mir nicht zu.

Können sie gar nicht, denn ich sage ja nichts. Ich kann noch immer nicht sprechen. Doch in mir drin, da gibt es viele Stimmen. Sie tauchen auf und wieder ab – wie Wellen. *Du bist schuld,* flüstern sie. *Du bist an allem schuld.*

Dabei weiß ich das doch. Und auch, dass ich viele dabei mitgerissen habe, allen voran Yva.

Verrat, Vertrauen, Verantwortung. Meine Zimmertür war gestern Abend geschlossen, trotzdem habe ich die Diskussion unten in Yvas Stube mitbekommen. Zumindest die Vorwürfe meiner Eltern. Yva ist nur einmal laut geworden, und das, um mich zu verteidigen.

Svea wollte nur einmal normal sein, versteht ihr das denn nicht? Und es hat ihr alles andere als geschadet.

Ein leises Klopfen an der Tür lässt mich zusammenzucken. »Svenni?« Es ist Yva, und ich drehe mich um.

Mit einem milden Lächeln setzt sie sich zu mir, und in ihren Augen liegt so viel Verständnis, dass meine Nase sofort wieder zu kribbeln beginnt. Behutsam streicht sie mir über die Stirn. »Es tut mir so leid.«

»Nein!«, flüstere ich. »Es ist meine Schuld.«

Ich will sie umarmen, mich aufsetzen, doch meine Handgelenke halten den Druck nicht aus. Sie knicken unter mir weg.

»Es ist wieder schlimmer geworden?«

»Gestern war es schlimm. Heute geht es.« Sie stechen nicht mehr, fühlen sich aber völlig schlapp an.

»Ach, Süße!« Yva hilft mir hoch und nimmt mich fest in den Arm. »Ich hab dich warnen wollen. Sie standen plötzlich einfach vor der Tür. Aber ich hab dich nicht erreicht.«

Wie auch? Mein Handy war ja auf meinem Zimmer.

»Was haben wir falsch gemacht?« Meine Stimme ist weiterhin nur ein Flüstern. »Wodurch haben wir uns verraten?«

»Durch gar nichts. Deine Eltern hatten Sehnsucht nach dir. Du hast ihnen gefehlt und sie wollten dich überraschen.«

Mein Herz krampft sich zusammen, und ich vergrabe mein Gesicht an Yvas Hals. Wie viel mussten sie umplanen? Ihr Terminkalender war so voll.

»Svea, sie haben dich unendlich lieb. Und das war jetzt erst mal ein Schlag für sie. Aber ich habe gestern Abend lange mit ihnen gesprochen und sie haben sich beruhigt. Meinst du, du schaffst es, zum Frühstück runterzukommen?«

Auch wenn ich nicht mal an Essen denken kann, stehe ich auf. Nur zum Duschen nehme ich Kjells Mütze ab, stelle das Wasser auf ganz kalt und lasse es über meine Handgelenke laufen. Sie dürfen mich jetzt nicht im Stich lassen. Papas Warnung habe ich noch zu gut im Ohr, und ich will nicht, dass Kjells Eltern noch mehr Ärger bekommen.

Unsicher schleiche ich mich dann die Stufen runter. Der Sessel, der kleine Couchtisch, das Uno-Spiel auf der Kommode. Überall sehe ich Kjell. Und würde am liebsten gleich wieder umdrehen. Doch dann sehe ich Mama. Mit offenen Armen kommt sie aus der Küche auf mich zu. »Hej, da bist du ja!« Und plötzlich ist auch Papa da. Sie umarmen mich beide ganz fest. So, wie wir drei es immer gemacht haben, jeden Morgen und jeden Abend.

Das Larson-Trio. Wir, die gemeinsam alles schaffen.

Ich schließe die Augen und spüre, wie in mir der Druck nachlässt. Wieder beginne ich zu weinen – diesmal aber vor Erleichterung. Keine Lügen mehr. Kein Hintergehen mehr. Sie wissen alles. Und sind mir nicht mehr böse?

»Ich hab euch lieb!« Plötzlich ist auch meine Stimme wieder da. »Und es tut mir so leid, dass ich euch angelogen habe.«

»Das ist schön zu hören, Svenni.« Mama holt Yva auch noch dazu, und erst als ich sage, ich würde langsam keine Luft mehr bekommen, lösen wir uns voneinander.

»Ich weiß ja nicht, wie es euch geht, aber ich hab jetzt Hunger.« Papa sitzt als Erster am Tisch und tatsächlich knurrt auch mein Magen auf. Kein Wunder, ich hab seit gestern ...

Nein, das geht noch nicht. Ich darf nicht an gestern denken. Und ziehe auf Mamas Blick hin auch Kjells Mütze vom Kopf.

Ich will jetzt gerade hier sein und einen Moment mal nicht zwischen den Welten stehen.

»Aber eines muss man euch beiden lassen.« Papa sieht über seine Kaffeetasse erst Yva an, dann mich. »Ihr habt das äußerst clever gemacht. Aber wie überhaupt? Wir haben nichts gemerkt.«

Yva beginnt zu erzählen, von unseren aufeinander abgestimmten Tagesplänen und den dazu passenden Fotos.

»Aber ihr wart ja auch manchmal beide drauf. Die Bilder waren doch echt, oder?«, will Mama wissen.

»Ich habe Svenni einmal besucht und vorgestern war sie auch hier.«

Mit Kjell. Ich will gerade mein Brötchen aufschneiden, doch das Messer rutscht mir aus der Hand. Was sicher niemandem aufgefallen wäre, wenn ich dabei nicht beinahe mein Glas umgestoßen hätte. Mama kann es gerade noch auffangen. Und ihr Blick und der von Papa bleiben an meiner Hand kleben.

»Ist mit deinen Gelenken wirklich alles gut?«, fragt Mama.

»Ja. Also, fast. Ich ...« Keine Lügen mehr, dafür die Wahrheit. Und zwar die ganze. »Es war alles gut. Ich hatte nie Schmerzen, wirklich. Weder beim Servieren noch beim Putzen. Und ich habe tatsächlich wieder Klavier gespielt.« Ich fange an, ihnen von Tommas zu erzählen, wie er mich ans Klavier gelockt hat. Und wie ich durch ihn wieder ins Spielen gefunden habe. »Am Anfang war ich noch ganz vorsichtig. Aber dann?« Ich spüre richtig, wie ich zu strahlen beginne. »Ihr könnt euch das gar nicht vorstellen. Ich konnte plötzlich alles rauslassen, alles, was ich fühle. Ich habe zum ersten Mal verstanden, was Professor Heimann immer meinte. Ich müsste loslassen und so. Irgendwie ist durch all das, was ich erlebt habe, bei mir wirklich der Knoten geplatzt. Und ich hab mich völlig im Stück verloren.«

»Das hört sich großartig an, Svenni.« Mamas Augen strahlen auch, Papa aber nickt nur und schaut wieder auf meine Hand. »Du hast gesagt, es *war* alles gut. Hast du wieder Schmerzen?«

»Nein. Also, gestern schon. Als ihr kamt, da ...« Das hört sich doof an. »Als ich mich so erschrocken habe, da hat es furchtbar gestochen. Aber jetzt tun sie nicht mehr weh. Sie sind nur irgendwie schlapp.«

»Nun ... immerhin hast du wieder gespielt, Svenni. Und mit Freude. Ich finde, das ist schon ein riesiger Schritt.« Mama greift nach Papas Hand. »Findest du nicht?«

»Doch. Auf jeden Fall. Vielleicht war es einfach nur noch ein bisschen früh?«

»Nein, das glaube ich nicht. Es war wie ... wie ein Drang, ich musste einfach spielen.« Ich will ihnen gerade erklären, dass ich das normale Leben gebraucht habe. Und dass man Gefühle nur dann rauslassen kann, wenn man sie auch selbst durchlebt hat, doch da steht Mama plötzlich auf und holt einen Umschlag aus ihrer Tasche.

»Ich denke, jetzt können wir es ihr sagen, oder?« Sie sieht Papa mit einem geheimnisvollen Lächeln an. Und als er nickt, legt sie den Umschlag vor sich auf den Tisch und setzt sich wieder.

»Wir wissen es schon länger, waren uns aber unsicher, wann wir es dir erzählen können, nach allem, was passiert ist. Aber, Svenni, wo du jetzt wieder spielen kannst: Du hast die Einladung! Wir müssen sie nur noch bestätigen.«

»Was? Welche Einladung?«

Sie schiebt mir den Umschlag rüber, und schon der Absender lässt mein Herz höherschlagen.

Mozarteum Salzburg.

»Was war dein größter Traum, Svenni?«, fragt Papa.

»Nein!« Mit offenem Mund starre ich ihn an. Ein Meisterkurs bei Professorin Gorgina Horbour. »Aber für den bin ich doch noch zu jung.«

»Schon, ja. Aber sie hat dich spielen hören und will dich dabeihaben.«

»Na, dann mache ich zur Feier des Tages doch mal frischen Kaffee.« Yva schiebt geräuschvoll ihren Stuhl zur Seite. Ihr Blick entgeht mir dabei nicht, auch nicht der zu Kjells Mütze. Sie liegt neben mir auf dem Boden. Ich hebe sie auf und sofort vergraben sich meine Finger wie von selbst in ihr.

Der Meisterkurs ist der Türöffner für alles, und ihn auszuschlagen wäre so, als würde man einen Lottogewinn ablehnen. Nur dass ich für diesen Gewinn über Jahre hinweg alles gegeben habe.

Kjell. Ich sehe sein Lächeln vor mir.

Aber du willst doch nicht aufhören, oder? Du spielst so gut, Svea.

Mein Blick wandert zum Flur. Irgendwo hier muss noch mein Rucksack stehen – und in ihm steckt mein Handy. Aber wenn ich Kjell jetzt anrufe und seine Stimme höre, dann ... dann bricht alles wieder auf. Und ich wäre wieder zwischen den Welten.

»Und? Was sagst du?« Meine Eltern sehen mich erwartungsvoll an, und obwohl sich mein Herz vor Schmerz zusammenzieht, öffne ich den Umschlag.

FREITAG, 29. DEZEMBER

Kjell

»Willkommen im *Slott Hotell*! Wie schön, dass Sie wieder bei uns sind. Hatten Sie eine gute Anreise?«

Mein Lächeln klemmt ein wenig, der Text aber geht mir problemlos über die Lippen. Die fünfte Anreise. Und die sind für mich leichter als die Abreisen heute Morgen. Sich von den Gästen verabschieden zu müssen, war heftig. Es erinnerte mich jedes Mal daran, dass ich mich von der für mich wichtigsten Person nicht verabschieden konnte. Svea ist gestern weg, ohne ein Wort. Seitdem habe ich nichts mehr von ihr gehört. Nicht mal meine Nachricht hat sie gelsen.

Aber ... so kann, so darf das doch nicht enden!

Immer wieder keimt Hoffnung in mir auf. Vielleicht kommt sie ja doch noch mal zurück? Kommt einfach hereinspaziert. Mit ihrem Koffer. Ihrem Lächeln ...

Ich weiß, dass das bescheuert ist, doch jedes Mal, wenn sich die Drehtür in Bewegung setzt, zuckt mein Kopf hoch. Diesmal ist es Lasse, der reinkommt. In Langlaufklamotten.

»So, Junge. Mach Feierabend. Wir gehen jetzt auf die Loipe.«

»Lasse, es kommen noch Gäste. Und ich weiß nicht, ob –«

»Du vielleicht nicht. Aber ich weiß es. Du brauchst Ablenkung. Also los!«

Frische Luft wäre sicher gut. Und Dunkelheit auch, denn momentan sehe ich zu viel. Zu viel, was mich an Svea erinnert.

»Ich frag mal nach«, antworte ich ihm und klopfe vorsichtig an Dads Bürotür. Ich habe ihn heute nur beim Frühstück gesehen, halte das aber für ein gutes Zeichen. Wäre eine offizielle Beschwerde oder gar eine Klage von Herrn Sommer eingegangen, hätte er mich sicher informiert.

»Ähm ... Dad? Ich würde mal eine Pause machen, wenn das okay für dich ist? Und mit Lasse auf die Loipe gehen.«

Dad blickt nicht auf, legt aber seinen Stift zur Seite. »Keine Pause, Kjell. Für heute ist Schluss. Wir haben gleich sechzehn Uhr und du arbeitest seit sieben Uhr durch.«

»Okay, danke. Zum Rodel-Event bin ich wieder zurück.«

Da von ihm nichts weiter kommt, verabschiede ich mich und will gerade die Tür hinter mir schließen, da räuspert er sich. »Kjell, wir sehen deinen Einsatz und wie du versuchst, jetzt überall einzuspringen. Aber das musst du nicht. Zwischen uns, das ist geklärt.« Er schaut auf, mit dem Ansatz eines Lächelns. Und allein das gibt mir den Mut, es zu erwidern.

»Wir haben deine Entschuldigung angenommen und hoffen einfach mal, dass Sveas Eltern sich beruhigen.«

»Ja, dass hoffe ich auch«, murmele ich. »Und danke, Dad!«

Im Wald ist es bereits stockdunkel, niemand außer uns scheint noch unterwegs zu sein. Gut so! Mit den Stirnlampen über den Mützen legen Lasse und ich auf der Loipe sofort los. Ich werfe meine ganze Verzweiflung, meine Traurigkeit und meine Wut auf die Welt und das scheiß Schicksal in jeden meiner Schritte, in jeden Stockeinsatz. Um mich herum nehme ich nichts wahr. Ich konzentriere mich nur auf den Lichtkegel vor mir, power mich aus, gehe dabei ans Limit. Und darüber hinaus.

Ich laufe gegen mich selbst, laufe weg von allem. Laufe mich in einen einzigen Adrenalinkick.

Wieder am Parkplatz, falle ich nur noch nach Luft ringend in den Schnee. Die Baumwipfel über mir drehen sich. Ich höre meinen Atem, dann irgendwann auch den von Lasse.

»Scheiße, Mann!« Mit einem Keuchen lässt er sich neben mich fallen. »Das ... das war Rekord, Alter.«

Wir brauchen beide Zeit, unseren Puls wieder auf das normale Level runterzubringen. Jeder Muskel schmerzt. Aber das ist gut, denn das lenkt mich von dem eigentlichen Schmerz ab.

Lasse zieht mich schließlich hoch. Wir verstauen die Skier und steigen ins Auto.

»Ich nehme mal an, sie hat sich immer noch nicht gemeldet?«, fragt Lasse.

»Nein.«

»Hat sie deine Nachrichten inzwischen gelesen?«

»Nein.« Und das ist es, was es mir noch schwerer macht. Kein Wort, kein Lebenszeichen. Weil sie das alles, weil sie mich abgehakt hat, um wieder ihr altes Leben leben zu können?

Oder ... weil es ihr schlecht geht? Aber mir geht es auch schlecht, verdammt!

»Meinst du, sie kann nicht? Also, dass ihre Eltern ihr das Handy weggenommen haben?«

»Keine Ahnung. Und ... ich mag nicht mehr darüber nachdenken. Das macht mich fertig. Eingesperrt hat man sie sicher nicht. Und wenn sie wollte, würde sie doch Wege finden, sich bei mir zu melden.«

Lasse versucht trotzdem tausend Szenarien zu konstruieren, in denen Svea feststecken könnte. Ich hab die auch fast alle durch, aber keines von ihnen macht wirklich Sinn. Zurück am

Hotel, schaltet Lasse den Motor aus, zieht auch den Schlüssel ab und lehnt sich ans Seitenfenster.

»Was ist?« Ich mustere ihn.

»Wir könnten auch einfach zu ihrer Großtante fahren. Vielleicht ist Svea noch da. Ich bring dich hin und schlag dir den Weg zur Burg frei.«

»Nette Vorstellung.« Lächelnd schüttele ich den Kopf. »Und danke für das Angebot. Aber damit würde ich vielleicht alles nur noch schlimmer machen. Für meine Eltern.«

»Aber hattest du ihr nicht gesagt, du würdest ihr bei allem helfen – auch mit ihren Eltern?«

Volltreffer. Der Satz sticht mir so fies ins Herz, dass ich erneut blinzeln muss. »Lasse, wenn Svea mich darum bitten würde, glaub mir, ich würde zu ihr rasen. Fliegen – was auch immer. Sie tut es aber nicht. Sie meldet sich ja noch nicht mal.«

»Kommst du gleich mit rodeln?« Caja empfängt mich in der Lobby und hüpft gleich auf meinen Arm. Das macht sie seit Sveas Abreise ständig. Weil sie weiß, wie gern ich sie gerade bei mir hab?

Caja weiß, was wirklich passiert ist, genau wie meine Eltern. Sonst niemand. *Ein Vorfall in der Familie.* Das ist die offizielle Erklärung für Sveas überstürztes Verschwinden, auch wenn zumindest Janne das nicht wirklich zu glauben scheint.

»Kommst du mit?« Caja umfasst mein Gesicht mit ihren kleinen Händen. »Wir beide wieder, ja? Mit unserem super Zweier-Poporutscher-Bob.«

»Okay. Hol schon mal die Startnummer. Ich zieh mich schnell um.« Und muss noch etwas anderes hinter mich bringen.

Der neuen Putzhilfe, die Helgard zum Glück irgendwie aus

dem Hut gezaubert hat, konnte ich ein anderes Zimmer zuweisen, weiß aber, dass ich Sveas nicht ewig blockieren kann. Sobald die meisten Gäste zum Rodelberg aufgebrochen sind, schleiche ich mich hoch.

Ich bin nicht zum ersten Mal in ihrem Zimmer – aber zum letzten Mal, und ich kann die Flut an Bildern, die plötzlich durch meinen Kopf schießt, nicht stoppen.

Svea, wie sie sich hier das erste Mal umgesehen hat.

Svea und ich auf ihrem Bett.

Svea in dem pinken Weihnachtspulli – den sie als Einziges hiergelassen hat. Dafür hat sie aber etwas anderes mitgenommen. Meine schwarze Mütze ist seit dem Ausflug zu Yva weg. Die Vorstellung, dass Svea etwas von mir bei sich hat, hilft mir ein bisschen.

Ich mag deine Mütze.

Ich kann die Tränen nicht mehr zurückhalten und lasse mich auf ihr Bett sinken. Das Zimmer verschwimmt vor meinen Augen, und ich sehe um mich herum nur noch ein rosa Leuchten. Berti!

Samstag, 30. Dezember

Svea

»Sorry, aber ich versteh das immer noch nicht.« In Neles Augen liegt ein Vorwurf, der gefährlich an meinem Panzer kratzt. »Ich werd das Gefühl nicht los, dass du alles tun würdest, um dich deinen Eltern gegenüber nicht mehr schuldig zu fühlen. Und du machst dabei einen großen Fehler!«

Resigniert seufze ich auf. »Nele, du vergisst, dass ich gar keine andere Wahl habe. Meine Eltern nehmen mich mit nach Rom. Wir fliegen gleich.«

»Und dann?« Ihr Gesicht nähert sich der Kamera. »Machst du einfach weiter wie vorher, oder was?«

»Das hab ich nicht gesagt. Mama und Papa, wir reden, wenn wir aus Rom zurück sind.«

»Hast du dich wenigstens bei ihm gemeldet?«

Meine Finger klammern sich am Handy fest. »Das schaff ich nicht. Und das weißt du genau. Aber … das mit uns hatte doch eh keine Zukunft.« Ich wiederhole Mamas Worte. *Beziehungen klappen meist nur unter Gleichgesinnten, die verstehen können, wofür man lebt. Dazu noch die Entfernung …*

Bei jedem Satz presst Nele die Lippen fester zusammen, und ich höre selbst, wie hohl meine Worte klingen.

»Na, da hat deine Mutter ja ganze Arbeit geleistet. Ich frag mich nur, warum du dann immer noch seine Mütze trägst?«

Weil ich ihn nicht vergessen kann? Weil sie immer wieder

auf meinem Kopf landet, auch wenn ich es gar nicht mitbekomme?

Ich spüre, wie Tränen in mir aufsteigen, und verabschiede mich von Nele. »Wir müssen los. Aber ... ich wollte dir noch sagen, dass das mit meinem Geschenk jetzt nicht mehr klappt, dass du jetzt nicht mehr kommen kannst. Tut mir total leid. Ich mach das wieder gut, ja? Und wir sehen uns in Berlin!«

Mit meinem Koffer in der Hand öffne ich die Zimmertür. Sofort steigt mir ein süßlicher Duft in die Nase. Nach Hefe, Zimt und Kardamom. Ich muss mich am Türgriff festhalten.

Zimtschnecken! Das letzte Mal gab es die hier mit Kjell, und wir waren so glücklich. So voller ...

»Kommst du, Svea? Das Taxi ist da«, ruft Papa, und ich setze mich in Bewegung, darauf bedacht, möglichst nur noch durch den Mund zu atmen. Doch das bringt nichts, ich kann den Geruch auf meiner Zunge schmecken.

Unten steht schon das Gepäck meiner Eltern, und auch Yva erwartet mich am Treppenabsatz. »Schau mal, Liebes. Die Zimtschnecken könnt ihr mitnehmen, ja? Die helfen immer, auch wenn man Entscheidungen treffen muss.« Sie ist nicht einverstanden mit dem, was ich tue. Das lässt sie mich die ganze Zeit schon spüren. Hinter meinen Schläfen beginnt es zu pochen, zu sehr versuche ich, mich zusammenzureißen. Daher halte ich es mit dem Verabschieden kurz, sitze schon im Taxi, bevor Mama und Papa ihr Gepäck verstaut haben, und wage nur einen kurzen Blick zurück, als wir vom Hof fahren.

Yva winkt nicht, sie sieht uns nur kopfschüttelnd nach. Neben mir versucht Mama mich auf der Fahrt mit Naturbeschreibungen abzulenken.

»Schau mal, Svenni, wie schön das Meer glitzert!«

»Und der Hof dort, so malerisch gelegen.«

Ich nicke nur und starre angestrengt hinaus. Als die Stelle in Sicht kommt, an der Kjell und ich am Strand spazieren gegangen sind, kann ich die Tränen nicht mehr zurückhalten. Mamas Hand greift nach meiner, aber ich ziehe sie weg. Der Abschied gehört jetzt nur Kjell und mir.

Wie in einem Tagebuch blättere ich unsere gemeinsame Zeit durch. Fotos brauche ich dazu keine, ich trage die Bilder alle in mir. Kjell, wie er lächelt. Wie er sich seine Mütze zurechtschiebt. Wie er sich ein Lachen verkneift. Wie er mich an Weihnachten angesehen hat – in meinem schwarzen Kleid. Ich spüre seine Umarmungen, seine Lippen auf meinen, seine verstrubbelten Haare zwischen meinen Fingern. Und weine haltlos.

»Svenni, wir sind da.« Mama zupft vorsichtig an der Mütze. Doch bevor ich bereit bin, sie mir vom Gesicht zu ziehen, verabschiede ich mich von ihm.

Danke, Kjell!

Ich will noch anfügen *fürs Nachhausebringen*, spüre aber in dem Moment, dass ich es verloren habe. Das Zuhause in mir.

Ich weiß nicht, wie ich es schaffe, mich aus dem Taxi zu quälen, ich weiß nur, ich darf mich nicht umschauen. Nicht nach Shuttlebussen sehen. Ich starre einfach auf den Boden und mache alles, was meine Eltern auch machen. Zum Schalter gehen. Das Gepäck aufgeben. Die VIP-Lounge betreten, mich irgendwo hinsetzen.

Wir sind zu früh dran, Papa holt Kaffee, und erst als er wieder zurückkommt, schaue ich auf. Da steht ein Flügel! Niemand spielt, aber der Deckel ist offen und die Tasten ... sie ziehen mich beinahe magisch an.

Ich hätte dem Flügel so viel zu erzählen.

»Svenni? Dein Kaffee.« Papa überreicht mir die Tasse, und ich nehme sie entgegen, stelle sie auf der schmalen Lehne neben mir ab, kann meinen Blick aber nicht von den Tasten lösen.

»Anderthalb Stunden noch.« Mama neben mir seufzt. »Ich weiß gar nicht, warum wir jedes Mal so früh losfahren.«

Papa lacht. »Weil du immer Sorge hast, wir könnten den Flieger verpassen. Weißt du noch, in New York, als wir ...«

Ich höre ihn nicht mehr, denn plötzlich erreicht Musik mein Ohr. Sie kommt von der anderen Seite der Lounge. Jemand zieht sein Handy aus der Tasche und die Musik wird lauter. Es ist kein normaler Klingelton, es ist ein Lied. Mein Herz erkennt es vor mir, und es krampft sich so schmerzhaft zusammen, dass ich für einen Moment keine Luft mehr bekomme.

White Christmas.

Meine Finger beginnen zu flattern, der Klingelton erstirbt, aber in mir singt mein Herz einfach weiter.

Und ich stehe auf.

Ich muss spielen.

Ich muss spielen, um alles rauszulassen – um vor zu viel Gefühl in mir nicht überzulaufen.

Ich höre meine Eltern. Sie rufen mich zurück, doch da bin ich schon am Flügel.

Chopin – *Fantasie Impromptu.*

Ohne mir überlegt zu haben, was ich spielen werde, legen sich meine Finger auf die Tasten. Ein Akkord ist es erst nur. Ein Innehalten. Und dann? Beginnt ein Rausch an Tönen und Klängen. Ein wirbelndes Feuerwerk, das tief aus mir heraussprudelt.

Erst zittern meine Hände noch, sie kommen den Tönen kaum hinterher, doch sie fangen sich schnell und lassen meine Finger über die Tasten fliegen. Auf meiner Brust lässt der Druck nach. Ich schließe die Augen und bin bereit für die sanfte Melodie, die sich aus den Klängen herausschleicht. Eine sehnsuchtsvolle, friedliche, herzöffnende.

Mein Atem fließt und mein Körper entspannt sich mehr und mehr. Ich sehe Kjell. Ich umarme ihn mit jeder Berührung der Tasten. Ich bin bei ihm. Und doch bei mir.

Ich bin zu Hause.

Kjell

»Ähm ... sorry, Leute!« Janne steht mit einem entschuldigenden Lächeln auf. »Aber ich bin gleich wieder da.«

Ich muss mich echt zusammenreißen, die Klappe zu halten. Zum dritten Mal verlässt sie jetzt schon die Silvesterbesprechung. Keine Ahnung, warum. Aber ich bin einfach nur genervt.

Von ihr. Von mir. Vom Hotel.

»Gut, wir machen trotzdem weiter«, höre ich Kristan sagen, lehne mich auf meinem Stuhl zurück und schaue durch das Fenster in den Garten. Wenn ich mich jetzt hinlegen würde, wäre ich in einer Sekunde eingeschlafen. Auch wenn es draußen schon langsam dunkel wird, es ist noch nicht mal 15 Uhr, und ich bin todmüde. Keine Nacht schlafe ich mehr durch. Vielleicht sollte ich mir auch so eine Brille zulegen, wie Svea sie hat.

Mein Handy vibriert in meiner Hosentasche und sofort schlägt mein Herz schneller. Das ist zu einem scheiß Automatismus geworden, auch wenn ich jedes Mal enttäuscht werde. So wie jetzt. Keine Nachricht von Svea, Lasse hat geschrieben.

Ich hole dich ab. In 20 Minuten auf dem Parkplatz. Widerrede zwecklos. Ich zieh dich notfalls an den Füßen raus.

Ich muss lächeln. Er gibt sich echt verdammt Mühe, und da ich sowieso jede Minute genieße, die ich nicht im Hotel verbringen muss, schreibe ich ihm, dass ich freiwillig rauskommen werde.

»Also, ich muss auch los. Mit der Band spreche ich noch mal, aber sonst haben wir ja auch alles für heute, oder?«

Dass ich die Besprechung eine halbe Stunde vor Schluss für mich beende, nehmen alle nur mit einem gnädigen Lächeln hin. Selbst Tessa. Ich bin so was wie ein Pflegefall geworden. Keiner fragt nach, aber alle fassen mich nur noch mit Samthandschuhen an. Anscheinend sieht man mir mittlerweile an, wie durch ich mit allem hier bin.

»Wohin geht's?«, frage ich Lasse beim Einsteigen. Kein Snowboard, keine Skiklamotten – ich sollte völlig normal kommen.

»Sag ich noch nicht«, erwidert er mit einem Grinsen und bleibt auch die Fahrt über, was das angeht, total verschlossen. Wir sprechen über Silvester, überlegen, wo wir nach meiner Anwesenheitspflicht im Hotel noch hinfahren könnten, doch so richtig ist er mit dem Kopf nicht bei der Sache.

»Ach, ich weiß auch nicht.« Schulterzuckend nimmt er die Ausfahrt nach Stockholm. »Wir können ja mal schauen, wer noch so da ist. Aus der Clique, meine ich. Oder?«

»Ja, klar.« Hatte ich ja vor fünf Minuten vorgeschlagen. Irritiert sehe ich zu ihm hinüber und mich beschleicht ein ungutes Gefühl. In den letzten Tagen ging es nur um mich. Jetzt aber wirkt er ziemlich nervös. »Ist bei dir alles okay, Lasse?«

»Ja. Ich muss nur sehen, wo wir parken können.«

»Wenn du mir sagst, wohin wir fahren, könnte ich helf–«

»Nö!« Sein Grinsen ist zurück. »Ich such einen Parkplatz bei der Arena.«

Ist da heute Abend irgendwas? Ne Veranstaltung? Ein Spiel?

Ich halte nach Plakaten Ausschau, bevor wir das Auto in der Parkgarage abstellen, und auch auf dem Weg nach draußen. Lasse schlägt den Weg in Richtung Innenstadt ein. Ich folge ihm einige Schritte die erleuchtete Straße entlang, aber als ich sehe, was er ansteuert, bleibe ich abrupt stehen. »Das ist nicht dein Ernst, oder?« Der *Sky View!* Er will echt zu der verdammten Kuppel. Das war meine geplante Überraschung für Svea gestern. Und das weiß er!

»Lasse?«

Er geht einfach weiter, doch ich ziehe ihn ruckartig an der Jacke zurück. »Was soll das? Ich steige da sicher nicht mit dir ein.«

»Ach wirklich?«

Ich verstehe sein Lächeln nicht. Ich verstehe die ganze Aktion nicht, drehe mich um und sehe ... Svea! Sie steht nur wenige Schritte von mir entfernt. Ich kneife die Augen zusammen, blinzele gegen das Licht der Straßenlaterne an. Sie kann es nicht sein, das weiß ich, nur sieht das Mädchen genauso aus wie sie. Und sie trägt meine Mütze.

»Würdest du denn mit *mir* einsteigen, Kjell?«

Mein Herz fängt an zu rasen. »Svea?«

Ich gehe auf sie zu, sehe neben ihr einen Koffer stehen, sehe ihr Lächeln, das Strahlen in den Augen. Und glaube noch immer, dass ich träume. Dass mein Hirn einfach nur verrückt-spielt und mir ein Bild schenkt, das es nicht gibt. Doch Svea bewegt sich, sie kommt mir entgegen. Und erst als sie bei mir ist, meine Arme sich um ihre Taille schlingen, weiß ich: Das hier ist echt.

Svea ist da. Sie ist bei mir!

An meiner Brust spüre ich ihr Herz schlagen, es ist genauso aus dem Takt wie meines.

Ich lege meinen Kopf auf ihre Schulter und atme Svea tief ein. »Ich hab gedacht, ich hätte dich verloren«, flüstere ich und umfasse ihr Gesicht mit beiden Händen. Aus Sveas Augen löst sich eine Träne, und ich spüre, wie sie auch in mir aufsteigen.

»Ich konnte nicht. Ich konnte einfach nicht fliegen, Kjell. Und dann war da ein Klingelton, am Flughafen, und ich hab gespielt.« Sveas Worte sind total durcheinander, ich verstehe nichts von dem, was sie erzählt. Aber ich sehe das leuchtende Blau ihrer Augen und küsse ihr die Worte einfach von den Lippen.

Ein Räuspern holt uns wieder zurück. Lasse steht neben uns und verzieht entschuldigend die Lippen. »Ich störe ja nur ungern. Aber erst mal, hej, Svea!«

Ich lasse sie nur ganz kurz los, damit er sie begrüßen kann, und ziehe sie sofort wieder an mich.

»Ihr solltet euch langsam anstellen, eure Fahrt geht gleich los.«

»Du ... ihr habt gebucht?«, frage ich.

»Janne hat gebucht – in meinem Auftrag.« Lasse zwinkert mir zu. »Und in fünf Minuten geht es hoch.«

Ich hab unendlich viele Fragen, an sie beide, doch Svea schnappt sich meine Hand und zieht mich zum Eingang.

»Ich hol euch hier wieder ab, ja?«, ruft Lasse, greift nach Sveas Koffer, und ich muss kurz noch mal zu ihm zurück.

»Danke, Mann!« Ich ziehe ihn zu mir. »Das ist ... sorry, ich steh irgendwie noch neben mir. Aber ...«

»Kein Ding. Und jetzt ab mit euch.«

Die Glaskugel, die uns auf Schienen nach oben befördert, ist nicht ausgebucht, wir haben viel Platz um uns herum, trotzdem sitzt Svea auf meinem Schoß. Ich fahre nicht zum ersten Mal auf den *Globen* hoch und weiß, wie großartig die Aussicht ist, aber nichts toppt das, was ich gerade sehe. Svea. Ich kann es noch nicht fassen, dass sie wieder da ist, dass sie wirklich wieder bei mir ist, und vergrabe mein Gesicht an ihrem Hals.

Svea küsst sich meine Wange entlang, und als ich den Kopf wieder hebe, wandern ihre Lippen zu meinen.

»Wie lange haben wir, Svea?«, frage ich und spüre, wie mein Herz mit mir die Luft anhält.

»Ich hab ein paar Tage rausschlagen können und fliege erst am 6. Januar zurück. Also haben wir noch ...«

»Eine Woche.«

Oben auf der Aussichtsplattform angekommen, sehen wir das erleuchtete Stockholm zu unseren Füßen liegen. Svea und ich suchen uns einen Platz nur für uns, und eng umschlungen schauen wir auf die Lichter der Stadt hinunter.

»Das wollte ich übrigens gestern mit dir machen. Mit dir hier hochfahren. Ich hatte die Idee schon bei unserer Mandel-Challenge.«

»Gestern ...« Svea zieht sich meine Arme noch enger um ihre Taille. »Gestern war so schlimm, Kjell. Ich hab so gekämpft. Ich dachte, ich müsste dich möglichst schnell vergessen. Aber Yva, die hat mich so spüren lassen, dass ich in die falsche Richtung renne.«

Lächelnd streichen meine Lippen über Sveas Wange. »Ich mag Yva.«

Svea

Sky View. Auch wenn der Himmel über uns nicht zu sehen ist, sondern sich in einem immer tiefer werdenden Schwarz verliert, spüre ich seine Weite. Und in den Armen von Kjell spüre ich sie auch in mir.

»Was hat dich umgestimmt?« Kjell Atem streift meinen Nacken. Ich lege meinen Kopf an seine Brust und beginne, ihm von meinem Kampf und der inneren Zerrissenheit der letzten Tage zu erzählen. »Als meine Eltern mir dann noch gesagt haben, ich hätte die Zusage für den Meisterkurs, von dem ich schon so lange träume, da habe ich gedacht, damit wäre alles klar.«

Kjell dreht mich zu sich um. »Aber ich hätte dich doch nie davon abgehalten, Svea. Es gibt doch nicht nur mich *oder* das Klavierspielen.«

»Ich weiß auch nicht, aber in dem Moment dachte ich das.«

»Und dann?«

»Habe ich unser Lied gehört.«

»*White Christmas?*«

»Ja, wirklich.« Ich erzähle ihm von dem Flügel am Flughafen. Und dem Klingelton. »Ich musste einfach spielen. Und hab's gemacht. Mitten in der Lounge. Ich hab alles rausgelassen. Und meine Eltern, die … die haben geweint. Und dann erst verstanden, was ich ihnen schon zu erklären versucht hatte. Wie wichtig du mir bist, aber auch, wie wichtig die Zeit hier für mich ist. Und da haben sie beschlossen, mich nicht mit nach Rom zu nehmen.«

Kjell schüttelt den Kopf und zieht mich ganz fest an sich. »*White Christmas.*« Ich höre sein ungläubiges Lachen. »Ich brauche unbedingt diesen Klingelton.«

Unsere Zeit auf der Plattform ist abgelaufen und wir müssen wieder runter. Kjell wählt in der Glaskugel einen Platz, von dem wir aufs Meer sehen können, und ich setze mich wieder auf seinen Schoß. »Und bei dir?«, frage ich nach. »Hast du viel Ärger gekriegt?«

»Geht. Klar waren meine Eltern enttäuscht, aber sie hatten vor allem Angst, dass das alles Konsequenzen für das Hotel haben könnte.« Kjell streicht mir eine Haarsträhne aus dem Gesicht. »Offiziell gab es übrigens einen Vorfall bei dir in der Familie, nur damit du Bescheid weißt, was gleich auf dich zukommt.«

Auf mich zukommt? Überrascht sehe ich ihn an. »Du ... du willst mich direkt wieder mitnehmen?«

»Ja klar. Glaubst du, ich lasse dich noch einmal los?«

Ich schlinge Kjell meine Arme um den Hals. Abgesprochen war, dass ich zurück zu Yva fahre. Und ich hatte natürlich darauf gehofft, dass Kjell mich bei ihr besucht. Aber im Hotel! Wir hätten uns den ganzen Tag – und die Nacht! Kribbelnde Vorfreude steigt in mir auf. Das wäre einfach himmlisch. Nur ...

»Möchtest du nicht mit?« Kjell sieht mich verunsichert an. »Oder hast du Sorge wegen meiner Eltern?«

»Nein. Doch, auch. Aber das ist es nicht. Ich muss erst fragen.« Ich fische mein Handy aus der Tasche. Meine Hände flattern dabei so, dass ich erst gar nicht versuche, einen Text zu schreiben. Ich schicke meinen Eltern eine Sprachnachricht. Und hoffe, bete, dass sie *Ja* sagen. Kjells Finger schlingen sich um meine, und wie gebannt starren wir auf mein Display, doch es tut sich nichts.

Die Türen der Kugel gehen auf, wir müssen raus, lassen dabei das Handy aber nicht aus den Augen.

Und da! Erst erscheinen die blauen Häkchen, dann das *Mama schreibt* ...

»Und? Wie war's?« Lasse kommt auf uns zu, und ich höre auch, wie Kjell ihm antwortet, doch mein Herz schlägt so laut, dass ich nicht mitkriege, was er sagt.

Endlich, ihre Nachricht erscheint!

Meine Augen fliegen über den Text. Er ist so lang, und ich versuche zu filtern.

Kein Servieren, kein Putzen, nichts, was dir schaden könnte.

Heißt das ...

Ich halte die Luft an. Und finde endlich den Satz, der mich erlöst. *Dann haben wir nichts dagegen.*

Kjell

Mir reicht ihr Blick, um zu wissen, dass ich sie mitnehmen darf. Svea kehrt ins *Slott Hotell* zurück!

Noch heute Morgen wusste ich nicht, wie ich die nächsten Tage rumkriegen soll, jetzt möchte ich jede einzelne Stunde, die uns bleibt, einfach nur festhalten.

»Da ich euch vermutlich nicht voneinander loskriege, müsst ihr wohl hinten sitzen.« Lasse zwinkert uns zu. »Aber macht keine unanständigen Sachen! Ich krieg von hier vorne alles mit.«

Selbst im fahlen Licht der Tiefgarage kann ich erkennen, dass Svea rot wird. Wie vorhin, als sie mir die letzte Bedingung ihrer Eltern vorgelesen hat. *Getrennte Zimmer.* Die haben wir, und Besuche schließt das ja nicht aus. Ich lehne mich mit dem Rücken ans Seitenfenster und ziehe Svea zu mir, so weit es der Gurt zulässt. Müde und satt vor Glück, so fühle ich mich, und ich könnte mit ihr im Arm einschlafen. Nur ist es bei ihr völlig anders. Sie sprüht regelrecht vor Energie, und ich beobachte amüsiert, wie sie eine Nachricht nach der anderen absendet. An ihre Eltern. An Yva, die wir am zweiten Januar besuchen wollen. Und an Nele.

»Sie hat ihren Koffer wieder gepackt und fährt gleich zum Bahnhof.«

»Wann kommt sie in Stockholm an?«, frage ich.

»Morgen früh gegen zehn Uhr.«

Ich überlege gerade, wer mich an der Rezeption vertreten könnte, damit wir Zeit haben, zum Bahnhof zu fahren, als mich Lasses Grinsen über den Rückspiegel trifft. »Ich kann sie doch abholen. Sagt mir, welches Gleis, welche Uhrzeit. Dann habt ihr nicht so einen Stress.«

Svea und ich sehen uns an. *Explosive Mischung*, hatte sie gemeint. Könnte interessant werden.

Obwohl ich meinen Eltern Bescheid gegeben habe und sie mir versichert haben, dass Svea willkommen ist, wird sie noch hibbeliger, als wir die Zufahrt erreichen und das Hotel in Sicht kommt. Ihre Finger spielen unablässig auf ihrem Bein Klavier.

Gut, dass Caja uns als Erste begrüßt. Sie fliegt Svea regelrecht entgegen. »Du bist wieder da!«, jubelt sie in ihrem Arm. »Kjell hat richtig geweint. Und er hat –«

»Caja!« Ich muss nur in den Schnee greifen und sie quiekt auf. Gut so, denn ich hab keine Ahnung, was sie noch alles verraten wollte. Lasse verabschiedet sich von uns, will meinen Dank aber nicht schon wieder hören.

»Ist gut, echt! Wenn das Trauerspiel mit dir dafür ein Ende hat, hab ich ja auch was davon. Noch mal hätte ich so einen Run durch die Loipe nicht überlebt.«

Auf Janne treffen wir gleich in der Lobby, und nach Sveas Begrüßung schnappe ich sie mir. »Du hast mich heute in der Besprechung echt genervt mit deiner ständigen Rausrennerei. Aber ... danke dir! Die Überraschung ist euch super gelungen.«

»Ist schön, dich wieder lächeln zu sehen, Kjell. Aber was genau eigentlich das Problem war, müsst ihr mir irgendwann noch mal verraten.«

Dass meine Eltern mit Sveas Wiedereinzug wirklich einverstanden sind, verrät mir der fürstlich gedeckte Tisch im Esszimmer. Mit fünf Platztellern.

»Hallo, Svea!« Mum kommt gleich auf sie zu und umarmt sie. »Wie schön, dass sich alles jetzt so gut geklärt hat.«

Papa schüttelt über unser Eintreffen erst mal nur den Kopf – lächelt aber. »Na, ihr Helden? Ich hoffe, diesmal ist alles abgesprochen und genehmigt.«

Svea nickt rasch und überreicht Dad einen Zettel, auf dem die Kontaktdaten ihrer Eltern stehen. »Solltet ihr Fragen haben, könnt ihr euch jederzeit melden, hat mein Vater gemeint. Und ich soll euch grüßen. Und es tut mir unendlich leid, dass ich –«

»Alles gut, Svea, willkommen zurück im *Slott Hotell*. Nur einen Job biete ich dir nicht an.« Dad zwinkert ihr zu.

»Ich darf auch nicht arbeiten. Aber ... die Animation würde ich schon gerne machen. Und für das Zimmer werde ich auf jeden Fall bezahlen.«

Mum wiegelt sofort ab. »Du bist unser Gast, Svea. Und die Animation kannst du gern weiter unterstützen. Aber wollt ihr euch nicht setzen? Ich hab Lasagne im Ofen.«

Wie auf Kommando knurrt mein Magen und auch Svea nickt begeistert.

»Es gibt Lasagne?« Caja kommt reingestürmt. »Cool!«

Dass Svea überhaupt zum Essen kommt, grenzt an ein Wunder. Meine Eltern haben so viele Fragen an sie. Nicht nur zu *unserer Aktion*, wie sie es nennen, sie interessiert vor allem ihr Klavierspiel und das besondere Leben, das sie durch die Musik führt.

Ich lehne mich irgendwann pappsatt zurück und genieße es einfach, ihr zuzuhören. Svea zusammen mit meiner Familie zu sehen ... das ist unfassbar schön. Und doch würde ich sie gern endlich nur für mich haben. Ob Dad mir das ansieht? Er lächelt mir verstohlen zu und beginnt, die Teller zusammenzustellen.

»So ihr beiden, ich würde sagen: Dann mal raus mit euch, oder? Morgen wird es spät genug.«

Sveas Schlüsselkarte hab ich mir vorhin schon besorgt und ich lasse ihr auf der Treppe galant den Vortritt.

»Dass ich wieder hier sein darf ...« Svea sieht sich in ihrem Zimmer um, als wäre sie zum ersten Mal hier.

»Na ja, es ist nicht sehr groß«, entschuldige ich mich lächelnd. »Aber du hast einen Balkon. Und die Morgensonne.«

»*Wir*«, verbessert sie mich und schlingt ihre Arme um meine Taille. »*Wir* haben einen Balkon. Und die Morgensonne hab ich hier übrigens noch nie gesehen.«

»Jaaaa, das mit dem Ausschlafen müssen wir noch üben.« Bei offiziell getrennten Zimmern schwierig, aber an mein Rausschleichen morgen früh will ich jetzt nicht denken. Ich ziehe sie fest in meine Arme und küsse mich von ihrem Hals über ihre Wange, hin zu ihren Lippen.

»Aber ... wo ist Berti?«

»Umgezogen«, flüstere ich. »Der wollte zu mir.«

»Treuloser Kerl!«

Küssend nähern wir uns dem Bett, und als ich es hinter mir spüre, lasse ich mich mit Svea im Arm einfach rückwärts fallen.

Ich liebe ihr Lachen. Ich liebe es, sie im Arm zu halten. Ich liebe es, sie zu küssen.

Ich ... ich liebe Svea!

Sonntag, 31. Dezember

Svea

Verschlafen öffne ich die Augen. Das Sonnenlicht blendet mich und ich muss blinzeln. Aber … rot-weiß karierte Bettwäsche! Sofort bin ich hellwach. Ich sehe meinen Koffer, meine Jacke auf dem Boden, und prickelnde Freude durchströmt meinen Körper. Es ist kein Traum – ich bin zurück!

Meine Hand streicht über den freien Platz neben mir im Bett. Kjell ist schon weg, doch da liegt ein Zettel.

Nicht wieder verschwinden, ja?

Ich warte unten auf dich.

Kjell

Mit einem Lächeln lasse ich mich aufs Kissen zurückfallen. Heute ist Silvester, und heute kommt auch Nele!

Aber … wieso scheint die Sonne schon? Ich taste nach meinem Handy. Acht Minuten nach neun. Mist! Mit einem Satz bin ich aus dem Bett. In zwanzig Minuten ist Besprechung. Duschen, Zähne putzen, Koffer durchwühlen. Ich beeile mich mit allem, schreibe dabei Yva und meinen Eltern und höre mir Neles letzte Sprachnachricht an. Lautes Zuggeratter verschluckt fast alles, doch der Kaffee ist wohl mies, der Zug pünktlich – Lasse hoffentlich auch! – und die Übersetzungs-App funktioniert prima. Zumindest mit dem Mädchen aus ihrem Abteil.

Ich freu mich auf dich, Nele! Und gib Bescheid, wenn du angekommen bist, ja?

Mir irgendwo einen Kaffee zu organisieren, schaffe ich nicht mehr. Allerdings wüsste ich auch gar nicht, woher. Aus dem Personalraum? Ich arbeite hier ja nicht mehr. Mich aber einfach in den Speisesaal zu setzen, fände ich auch komisch.

Auf dem Weg zu Kristans Büro spüre ich, wie mein Herz anfängt zu flattern. Irgendwie ist meine Rolle hier noch unklar. Doch als ich Kjell sehe, der im Flur schon auf mich wartet, wird aus dem nervösen Flattern einfach nur noch ein fröhliches Hüpfen.

»Guten Morgen!« Er kommt auf mich zu und nimmt mich so selbstverständlich in den Arm, dass auch das letzte bisschen Unsicherheit verfliegt. Unter seinem Kuss beginne ich zu lächeln. »Echt so offiziell?«

»Ähm, ich dachte, schon. Weil anders –«

»Nein, nein! Alles gut«, versichere ich ihm, stelle mich auf die Zehenspitzen und schlinge ihm meine Arme um den Hals. Von mir aus darf es die ganze Welt erfahren.

Und die scheint es eh schon zu wissen, denn als wir gemeinsam das Büro betreten, werden wir von allen mit einem wissenden Lächeln empfangen. Ausgenommen Tessa. Ich sehe, wie sie schlucken muss, und lasse daraufhin Kjells Hand los. Zur Schau stellen müssen wir uns nicht, schon gar nicht vor ihr.

»Schön, dass du wieder mit an Bord bist, Svea«, begrüßt mich Kristan offiziell in der Runde und kommentiert mein plötzliches Verschwinden und Wiederauftauchen zum Glück nicht weiter, sondern legt gleich los. »Wir haben viel vor, daher hier noch mal der Ablauf: Die meiste Zeit wird das Dekorieren des Speisesaals in Anspruch nehmen.« Girlanden, Luftschlangen, Tischdeko. Er zählt auf, was alles gemacht werden muss, als plötzlich mein Handy vibriert. Nele? Unauffällig schaue ich aufs Display.

Bin angekommen. Und ... OMG!!!! Lasse ist soooo süß!

Auch wenn ich versuche, mir das Grinsen zu verkneifen, entgeht es Kjell wohl nicht, denn als ich wieder hochschaue, trifft mich sein neugieriger Blick.

Nele, formen meine Lippen. Dazu der hochgehaltene Daumen. Kjell versteht und nickt – ebenfalls grinsend.

Wenn sie gut durchkommen, sind sie in vierzig Minuten da! Unruhig rutsche ich auf meinem Stuhl herum. Ich kann Nele gleich umarmen, ihr das Hotel zeigen. Sie lernt Kjell kennen, seine Eltern, Caja ... Wieder vibriert mein Handy.

Ich nehme alles zurück.

Hä? Stirnrunzelnd starre ich aufs Display.

Nele schreibt ...

Der isst echt Elche?????

Kjell lacht laut auf, als ich ihm draußen die Nachricht übersetze. »Quatsch, der redet wahrscheinlich mal wieder nur Müll. Lasse ist Vegetarier.«

»Echt? Nele auch.« Und sie liebt Elche. »Da kann er sich jetzt aber schön was anhören!«

Hand in Hand laufen wir den Weg zur Eisbahn runter. Caja will uns ein paar neue Kunststücke zeigen, und zwischen ihren Hopsern und Drehungen spähe ich immer wieder zur Straße.

»Das sind sie, oder?« Mein Magen fängt an zu kribbeln, als ich Lasses Jeep zwischen den Bäumen entdecke, und wir laufen los.

Er parkt vor dem Hotel, die Beifahrertür geht auf und ich sehe Neles blonde Locken. Sie ist da! Also ... so wirklich! Ich beginne zu rennen, zu winken, zu rufen.

»Svea!« Sie hat mich entdeckt, läuft mir entgegen, und erst

als sie bei mir ist und wir uns stürmisch umarmen, wird mir bewusst, wie sehr ich sie vermisst habe.

Wir lachen, sehen uns an, umarmen uns wieder.

»Ha! Ich kann es noch gar nicht glauben. Ich bin in Schweden!«, jubelt sie und sieht sich begeistert um.

»Welcome, Nele!« Kjell taucht bei uns auf, und ich sehe, wie er Nele erst mal die Sprache verschlägt.

»Der ist in live ja noch cooler«, raunt sie mir zu, bevor sie ihn fröhlich begrüßt. »Hi, Kjell. Nice to meet you.«

Die beiden tauschen sich auf Englisch ein wenig aus, und ich halte dabei nach Lasse Ausschau. Er steht noch immer vor dem geöffneten Kofferraum. Weil er darauf wartet, dass Nele ihre Koffer selbst rausholt?

»Sie will sich nicht helfen lassen«, beantwortete er meinen fragenden Blick, als wir zurück zum Auto kommen.

»Weil?«

»Keine Ahnung.« Unwissend zuckt er mit den Schultern, doch ich sehe seinen amüsierten Blick zu Nele und drehe mich zu ihr um. »Du willst dir nicht helfen lassen?«, frage ich sie – wieder auf Deutsch. Ein ganz schönes Sprachchaos.

»Nö.«

»Weil?«

»Er isst gar keine Elche.«

Kjell versteht wahrscheinlich nur das Wort *Elch*, und sein Blick wechselt interessiert von Nele zu mir. »Gibt's ein Problem?«

»Nein.« Ich versuche, mein Lachen zu unterdrücken, schaffe es aber nicht. Und unter Neles Locken sehe ich, dass auch sie versteckt grinst.

Lasse scheint sie echt zu interessieren.

Was sie ihm dann in die Sprach-App eintippt, weiß ich nicht, doch es führt dazu, dass Lasse tatsächlich mit anpackt und ihren Koffer aus dem Jeep wuchtet. Ein Riesending! Für zwei Tage? Was hat sie denn alles dabei?

Kjell und Lasse haben noch irgendwas zu bequatschen, Nele und ich auch – und zwar eine Menge, daher verabschieden wir uns schon mal und gehen hoch auf mein Zimmer.

»Ist das schön hier, Svea! Und da ist ja auch Berti.« Nele öffnet die Balkontür und macht sofort ein Selfie mit ihm.

»Kjell hat ihn gestern Abend wieder hochgebracht.«

»Der ist echt der Wahnsinn – also, Kjell. Und seine Mütze erst!«

Wir lachen beide, lassen uns aufs Bett fallen und kommen aus dem Erzählen erst mal nicht raus. Klar haben wir telefoniert und uns geschrieben, aber das ist was anderes. »Dass du hier bist, toppt einfach alles!«

Nele drückt mich fest an sich, springt dann aber plötzlich auf und kniet sich vor ihren Koffer. »Apropos Top. Ich habe Kleider für uns dabei.«

Eins nach dem anderen holt sie heraus, und mir wird klar, warum sie diesen riesigen Koffer mithat. »Aber das sind doch nicht alles deine, oder?«

»Nö. Ich hab den Schrank meiner Schwester geplündert.«

Neugierig setze ich mich zu ihr, und es dauert nicht lange, bis mein ganzes Zimmer glitzert und funkelt. Pailletten, mit Strass verzierte Dekolletés, schimmernde Seide. Um uns herum auf dem Boden verteilt liegt ein Kleid neben dem anderen. Dazu auch passende Schuhe. Und wir? Spielen völlig aufgedreht Modenschau, drehen uns vor dem Spiegel und machen Fotos von den verrücktesten Posen. Für Nele haben wir ziemlich schnell ein Kleid gefunden, ein weinrotes, mit einem tiefen Ausschnitt.

Ich aber schwanke noch – zwischen dem kurzen schwarzen und einem langen in Silbergrau.

Was Kjell wohl tragen wird?

»Alles gut?«, fragt Nele, als ich mich seufzend zurück aufs Bett plumpsen lasse.

»Ach, ich würde Kjell so gern was schenken. So fürs neue Jahr. Weiß aber nicht, was.«

»Hattest ja auch nicht wirklich viel Zeit. Irgendeinen Gutschein oder so?«

Gutschein? Kjell hat Caja zu Weihnachten eine Ankreuzliste für ein Wunschwochenende mit ihm geschenkt. Und mir kommt eine Idee. »Sag mal, hast du deine Polaroidkamera mit? Und dein iPad?«

»Ja. Wieso?«

»Ich will Kjell Berlin zeigen. Aber ... oh Mist! Nele, wir müssen runter, den Saal dekorieren!«

Kjell

Lasse lehnt am Türrahmen und schaut mir grinsend zu, wie ich mit meinen Schnürsenkeln kämpfe. »Brauchst du Hilfe?«

»Ne. Hab's schon.« Ich richte mich auf.

Schwarzer Smoking, weißes Hemd, schwarze Fliege. Wir sehen aus wie so ein Gangster-Duo, fehlen nur noch die schwarzen Sonnenbrillen.

»Und wir müssen gleich echt tanzen?« Skeptisch verzieht Lasse das Gesicht.

»Ich auf jeden Fall! Und dich wird sich Caja ganz bestimmt schnappen. Aber wir müssen, oder?« Ich höre Türengeklapper, dann Mamas Stimme, und plötzlich schießt mein Puls in die Höhe.

Ich habe keine Ahnung, was Svea heute Abend tragen wird, bin mir aber sicher, sie wird umwerfend aussehen. Lasse wird noch gebeten, das obligatorische Familienfoto von uns zu machen, bevor es dann losgeht.

Mum und Dad betreten als Erstes die Lobby, Lasse und ich folgen ihnen, mit einer aufgeregt hüpfenden Caja in unserer Mitte. Um uns herum wimmelt es bereits von festlich gekleideten Gästen und meine Eltern starten ihre Begrüßungsrunde. Caja mischt sich unter die Kinder, ich aber kann meinen Blick nicht von der Treppe abwenden. Svea und ich, wir wollen uns hier treffen. In ... zwei Minuten.

»Und sie ahnt echt nichts? Also, von der Überraschung?«, fragt Lasse.

»Nö. Aber wie auch? Ich hab Svea ja kaum gesehen. Heute war Nele-Time.« Total verständlich, und doch habe ich sie jede Minute vermisst.

»Was Nele angeht, hättest du mich echt vorwarnen können. Die ist ganz schön krass drauf.«

»Passt doch gut, oder?« Ich will ihm gerade auf die Schulter klopfen, als von oben Schritte zu hören sind. Und ... ist das nicht Neles Lachen? Ich lockere meine Fliege, weiß dann nicht, wohin mit meinen Händen, und vergrabe sie in meinen Hosentaschen.

Erst sehe ich nur glitzernde Schuhe mit hohen Absätzen. Dann sehe ich Svea.

Ich würde gern lächeln, sie strahlend ansehen, komme aber aus dem Staunen nicht heraus. Svea trägt ein schmales silbriges Kleid. Beinahe bodenlang, mit einem hohen Schlitz an der Seite. Gehalten wird es nur von zwei dünnen Trägern, sie führen an ihrem Hals vorbei und kreuzen sich wohl auf dem Rücken.

Mein Mund ist staubtrocken, dann endlich gelingt mir ein Lächeln. »Du bist wunderschön, Svea.«

»Danke! Du aber auch.« Sie lässt ihre Hand über mein Hemd bis hoch zur Fliege wandern, und behutsam ziehe ich sie in meine Arme. Ihre Haare hat sie hochgesteckt, doch einzelne Strähnen fallen locker auf ihre Schultern. Sie kitzeln, als ich Svea küsse.

»Halt mir einen Platz an deiner Seite frei, ja?«, flüstert sie.

»Natürlich!«

Svea löst sich von mir, begrüßt auch Lasse, bevor sie sich zwischen den Gästen hindurch in Richtung Wintergarten schlängelt. Sie muss gleich spielen, zusammen mit Tommas. Und ich muss erst mal wieder mit meiner Atmung klarkommen. Das Kleid ist von vorne schon der Hammer. Aber ... dieser Rückenausschnitt! Nur zwei dünne Träger, die sich verdammt tief kreuzen. Und Sveas wunderschöne helle Haut.

»You look amazing«, höre ich Lasse hinter mir sagen und schaffe es endlich, auch Nele zu begrüßen.

»Wow!« Ich kann ihm nur zustimmen. In ihrem roten Kleid, die Locken hochgesteckt, sieht Nele wirklich fantastisch aus.

»Thank you!« Ihre Wangen fangen an zu glühen. Ob es an unseren Komplimenten liegt oder an Lasses Arm, den er ihr ausgesprochen galant anbietet, weiß ich nicht.

Doch was auch immer das zwischen ihnen ist, es scheint beiden auf jeden Fall zu gefallen.

Pablo Pannini. Mit roter Nase, geringeltem Shirt und einem Koffer in der Hand erscheint der kleine Magier stolpernd im Wintergarten. »Wie schön, wieder hier zu sein!« Er beginnt, die Kleinen um ihn herum zu begrüßen, findet dabei Münzen hinter ihren Ohren oder zieht Blumen aus ihren Haaren. Ich weiß, wie gut er zaubern kann, kenne sein professionelles Jonglieren mit Bällen, Tellern und Eiern, doch magisch ist für mich heute Abend nur eine Person hier im Saal. Svea. Ihr beim Spielen zuzusehen ist einfach nur überwältigend.

Und doch muss ich gehen, denn mein Handy vibriert. Ich gebe Nele und Lasse einen Wink und verschwinde möglichst unauffällig aus dem Wintergarten, um unsere besonderen Gäste in Empfang nehmen zu können.

Der rote Kombi fährt gerade vor.

»Und sie weiß wirklich von nichts?« Yva küsst mich auf beide Wangen, bevor auch ihre Freundin Alma mich herzlich umarmt. Beide in festlich bunter Abendgarderobe.

»Nein, sie ist völlig ahnungslos.«

Ich überlasse Nik an der Rezeption die Koffer, überreiche den beiden aufgeregt flüsternden Damen ihre Zimmerkarten und führe sie in den Wintergarten. Direkt am Eingang warten drei reservierte Stühle auf uns.

»Svea wieder spielen zu sehen, ist eine wahre Freude, Kjell!«, flüstert Yva mir zu und strahlt dabei über das ganze Gesicht. »Und sie sieht dabei so glücklich aus. Hab ein Auge auf sie, ja?«

»Ich gebe mein Bestes!«

Svea

Wo ist Kjell? Ich lasse meinen Blick durch den Wintergarten schweifen, sehe ihn aber nicht. Die meisten Gäste strömen bereits hinaus und steuern den Festsaal an. Ich schlängele mich vorsichtig an ihnen vorbei, als ich plötzlich eine Stimme höre.

»Svenni! Huhu.«

Yva? Abrupt bleibe ich stehen. Das gibt's doch nicht. Keine zwei Meter von mir entfernt steht tatsächlich Yva! Mein Bauch fängt an zu kribbeln und ich zwänge mich zu ihr durch. »Was machst du denn hier? Und ... und Alma auch?«

Wir fallen uns in die Arme, blockieren irgendwie den Weg, aber ich kann sie grad einfach nicht loslassen. Doch als ich kurz Luft hole und meinen Kopf hebe, sehe ich vor mir blaue, vergnügt blitzende Augen. Kjell!

»Du bist unglaublich!« Ihn schnappe ich mir als Nächstes. »Aber ein bisschen Angst macht mir das ja schon, wie verschwiegen du sein kannst.«

»Sagt grad die Richtige, oder?«

Lasse und Nele gesellen sich zu uns und wir machen uns gemeinsam auf den Weg zum Festsaal. Wobei ich eher schwebe. Erst Nele, und jetzt ist auch noch Yva da! Ich sehe zu Kjell, der mir galant den Stuhl zurückzieht, damit ich mich setzen kann, und mich durchströmt ein so unglaubliches Glücksgefühl, dass meine Haut zu kribbeln beginnt. Oder ist es seine Hand, die ganz kurz nur meinen Rücken streift?

»Dein Kleid ist echt der Wahnsinn!«, raunt er mir zu.

Und das Knistern erwischt jetzt auch noch meinen Magen. Wie soll ich gleich eigentlich auch nur irgendwas von dem köstlichen Büfett runterkriegen?

Janne kommt an unseren Tisch und nimmt mit einem Augenzwinkern unsere Getränkebestellungen auf. Die Arme muss echt arbeiten, doch wenn der offizielle Teil des Abends zu Ende ist, wird sie noch ausgiebig mit uns feiern.

Die Band auf der Bühne spielt einen Tusch, und mit einem Weinglas in der Hand erheben sich Kjells Eltern, um die Silvesternacht feierlich zu eröffnen. Caja stößt so überschwänglich mit uns an, dass ihre Apfelsaftschorle quer über den Tisch spritzt. Lasse kann noch rechtzeitig aufspringen, reißt dadurch aber Neles Glas mit. Ich muss so heftig lachen, dass ich es mir nicht verkneifen kann und schließlich alle am Tisch mit einstimmen. Am lautesten Yva, die den Großteil von Neles Wasser abgekriegt hat.

Das Essen verläuft dann aber ohne große Zwischenfälle, mal abgesehen davon, dass Lasse einen Heidenspaß daran hat, Nele jede Speise ins Schwedische zu übersetzen – nur absichtlich falsch. Caja kriegt sich kaum mehr ein, und auch mein Bauch tut einfach nur noch weh vor Lachen, als Nele aufsteht, um sich noch *ein paar Schweinsaugen* zu holen.

Der Nachtisch wird wie schon bei der Wild-Gala unter Wunderkerzengefunkel vom Personal in den Saal getragen: silberne Platten mit riesigen Eisbechern. Ich schaffe nur die Hälfte von meinem und sehe, wie auch Kjell zu kämpfen hat. »Ich glaube, ich kugel gleich mit dir über die Tanzfläche.«

Unbemerkt von den anderen greift er unter dem Tisch nach meiner Hand und ich schlinge meine Finger fest um seine. Tanzen mit Kjell! Wie oft habe ich davon geträumt?

Die Band spielt einen weiteren Tusch, und da Kjell mit seinen Eltern und Caja nach vorne muss, gebe ich ihn schweren Herzens frei. Kjells Vater hält eine rührende Dankesrede an seine Familie, bei der Yva sogar nach ihrem Taschentuch angeln muss. Dann wünscht er allen einen vergnüglichen Tanzabend und gibt der Band einen Wink. *Perfect* von Ed Sheeran erklingt im Saal, und mein Herz beginnt zu flattern, als Kjell mit einem Lächeln in meine Richtung sieht. Ja, perfekt. Für mich ist er das.

Seine Eltern beginnen, einen Walzer zu tanzen. Caja stürmt zu Lasse, und Kjell kommt mit langsamen Schritten auf mich zu. »Darf ich bitten?«

Meine Knie zittern so sehr, dass ich kaum aufstehen kann. Yva lächelt. Nele ebenfalls und zückt schon ihr Handy. An seinem Arm führt Kjell mich in die Mitte der Tanzfläche. Mit einer kurzen Verbeugung nimmt er sich dann meine Hand, seine andere spüre ich auf meinem Rücken. Warm und weich legt sie sich auf meine Haut und jagt mir ein Prickeln durch den Körper.

»Alles gut?«, fragt er.

»Viel besser als gut.«

Er zieht mich enger an sich, und als er mit mir zu tanzen beginnt und sich die Welt um uns herum dreht, gibt es für mich nur noch uns zwei. Kjell und mich. Und ein wundervoll schwirrendes Gefühl von Glück im Bauch.

»Ich hab davon geträumt«, flüstere ich.

»Ich auch, Svea.«

Immer mehr Paare gesellen sich zu uns auf die Tanzfläche, und beim nächsten Lied sehe ich auch Lasse und Nele. Was genau sie da tanzen, ist nicht wirklich zu erkennen, aber sie drehen sich, lachen und scheinen genauso viel Spaß zu haben wie Yva, die gerade mit Kjells Vater an uns vorbeirauscht. Ihr Fuß scheint wieder in Ordnung zu sein.

Kjell muss irgendwann auch improvisieren, Walzer ist der

einzige Tanz, den sein Vater ihm mal beigebracht hat, doch unser »Wir machen einfach mal« ist fast noch schöner. Und lustiger, denn er wirbelt mich herum, fängt mich auf. Wir stolpern, lachen und küssen uns.

Ich tanze auch mit Lasse, zwischendurch mit Nele, manchmal auch wir vier irgendwie zusammen.

Ich könnte die Nacht einfach so durchfeiern, verliere jegliches Zeitgefühl, bis die Band plötzlich losschmettert: *The Final Countdown*. Es ist schon Viertel vor zwölf!

Lautstark singen alle mit, und wir hüpfen ausgelassen durch den Saal. Dann aber muss ich schnell noch mal hoch, das Geschenk für Kjell holen. Und meine Jacke.

Im Wintergarten hat ein DJ die Musik übernommen, die Türen zum Garten stehen schon offen und es wird Champagner gereicht. Mit einem Glas in der Hand schiebe ich mich zu Kjell und den anderen durch. Mein Herz klopft so schnell, dass ich kaum mitzählen kann. »Zehn. Neun. Acht ...«

Kjell nimmt mich in den Arm und in meinem Magen tanzen Hunderte von Schmetterlingen. Das Jahr endet fantastisch. Und ich habe mich noch nie so sehr auf ein neues gefreut.

»Drei. Zwei. Eins.«

Von draußen ertönt das Feuerwerk, Abba singt *Happy New Year*, ich aber sehe nur Kjell. Seine strahlend blauen Augen und das Lächeln, mit dem er sich zu mir beugt.

»Frohes neues Jahr«, flüstert er.

»Dir auch!«

Seine Lippen legen sich auf meine, und wir küssen uns. Küssen uns in das neue Jahr hinein.

In unser neues Jahr.

Atemlos löse ich mich von ihm. Und als ich Nele sehe, die ein wenig ungeduldig zu mir rüberspäht, muss ich lachen.

»Happy New Year, Nele!« Wir umarmen uns, drehen uns immer wieder um uns selbst, bis wir schließlich von Lasse aufgefangen werden.

Gemeinsam stoßen wir mit Yva an, mit Alma und Kjells Eltern, und auch Caja taucht zwischen uns auf. Mit einer Apfelsaftschorle, die sie diesmal aber bei sich behält.

Das Feuerwerk nähert sich seinem Höhepunkt, ein wahrer Funkenregen erstrahlt über uns am schwarzen Himmel, und da alle begeistert hochschauen, nutze ich den Moment, Kjell ein wenig aus dem Getümmel herauszuziehen.

»Ich hab noch was für dich.«

Neugierig beobachtet er, wie ich den Umschlag aus meiner Jackentasche fische. Ich habe die Polaroid-Bilder so aufgeklebt, dass ich das große Blatt Papier mehrmals knicken konnte, und Kjell faltet es vorsichtig auseinander. Im Schein einer Laterne sieht er sich alle genau an. Das Brandenburger Tor, meinen Lieblingsplatz an der Spree, das Bistro bei uns gleich um die Ecke, den kleinen Strand am Wannsee. Alles Aufnahmen, die wir von Neles iPad abfotografiert haben.

Dann wandert sein Blick zu der von mir vollgeschriebenen Mitte, und ein Strahlen geht über sein Gesicht. »Eine Wunsch-Ankreuzliste für Berlin?«

»Ne, das ist eine Abkreuzliste. Ich will das alles mit dir machen.«

Kjell zieht mich in seinen Arm und küsst mich. »Ich komme so gern!«

Aus der Dunkelheit vor uns schälen sich plötzlich Schatten heraus, und dann tauchen sie alle nacheinander auf: Janne,

Kristan, Frida und Nik. Die Hotelkleidung schon gegen die Abendgarderobe getauscht.

Ich drücke alle, Janne ganz besonders, und als sie von drinnen die ersten Takte von *Life Is Life* hört, zieht sie uns einfach mit sich. Im Wintergarten wird schon ausgelassen getanzt, und wir schieben uns mitten rein, bilden einen Kreis und singen aus vollem Herzen mit.

Life is life.

So viel Leben wie jetzt gerade habe ich noch nie in mir gespürt. Es rauscht durch mich hindurch, pulsiert in meinen Adern und lässt mein Herz so strahlen, dass alles in mir zu leuchten beginnt.

Ich habe mich hier gefunden. Ich bin bei mir zu Hause.

Und auch wenn ich nicht weiß, wie genau Kjell und ich das Jahr gemeinsam hinbekommen sollen – dass wir es hinbekommen werden, daran glaube ich fest.

Epilog

Svea

Meine Finger sind eiskalt. Ich drehe sie, strecke sie, um sie zu lockern.

Lampenfieber! Warum lässt es mich immer so frieren?

»Eröffnen wird das Abschlusskonzert des Meisterkurses unsere jüngste Teilnehmerin. Freuen Sie sich mit uns auf Svea Larson – mit der *Fantasie Impromptu* von Chopin.«

Ich höre den Applaus und trete auf die Bühne. Das Scheinwerferlicht blendet mich auf den wenigen Metern zum Flügel, und kurz, nur ganz kurz, schaue ich in den Zuschauerraum. Irgendwo da im Dunkeln sitzen meine Eltern und drücken mir die Daumen.

Auf dem schmalen Hocker schließe ich die Augen.

Blonde Haare, blaue Augen. Ich sehe Kjell vor mir. Sein Lächeln.

Er ist immer bei mir, wenn ich spiele.

Ich atme noch einmal tief durch, hebe dann langsam meine Hände. Erwartungsvolle Stille erfüllt den Konzertsaal, legt sich prickelnd auf meine Haut. Unter meinen Fingern spüre ich die Tasten.

Wir haben heute viel zu erzählen, du und ich, flüstere ich dem Flügel in Gedanken zu.

Der erste Akkord. Ich setze ihn kraftvoll, lasse ihn verklingen, bevor meine Finger zu fliegen beginnen. So sicher, so voller Leichtigkeit wie noch nie. Die Musik strömt einfach aus mir heraus, und selbst die Stelle, die im Kurs so oft gehakt hat, klappt völlig rund. Es ist ein einziger Klangrausch. Mein Klangrausch – in den ich mich fallen lassen kann. Bevor ich all meine Liebe und Sehnsucht in die langsame, so wundervolle Melodie lege.

Ich lebe die *Fantasie*. Bin von ihrer Musik erfüllt. Bin eins mit ihr.

Die letzten Töne verhallen im Saal, dann ist es still.

Ich höre das Publikum atmen und ringe selbst nach Luft.

Gorginas bewunderndes Lächeln am Seitenaufgang zur Bühne. Es ist das Erste, was ich wahrnehme, bevor stürmischer Beifall aufbrandet.

Ich stehe auf und trete an den Bühnenrand. Mama und Papa! Sie sitzen in der vierten Reihe, ein Strahlen auf den Gesichtern, das mir beinahe die Tränen in die Augen treibt. Das Larson-Trio! Wir, die gemeinsam alles schaffen.

Ich will mich gerade verbeugen, als mein Blick an einem Lächeln hängen bleibt. Einem Lächeln, das ich liebe. Aber ein Lächeln, das hier doch gar nicht sein kann?

Kjell! Mein Herz beginnt zu flattern. Er sitzt direkt neben Papa.

Mich verbeugen? Das geht nicht mehr. Ich nicke nur dankbar, während Kjell und ich uns mit Blicken umarmen.

Er ist wirklich hier, in Salzburg!

Fünf Auftritte noch bis zur Pause. Völlig hibbelig tigere ich im Aufenthaltsraum hin und her. Leute kommen und gehen, sind angespannt oder erleichtert – doch in mir kribbelt die Vorfreude so doll, dass ich um mich herum nicht viel mitbekomme.

Zwei Monate haben wir uns nicht gesehen. Aber fast täglich telefoniert. Heute Morgen noch – und er hat nichts gesagt!

Endlich erklingt der Pausengong, und mich hält nichts mehr zurück. Ich fliege die Stufen runter, höre immer wieder Stimmen, die mich begeistert loben, doch ich kann nirgendwo stehen bleiben, nicke lächelnd und suche. Nach blonden Haaren.

»Hej!«

Ich wirbele herum.

»Kjell!« Mit einem Seufzen lasse ich mich in seine Arme fallen. Mein Herz spielt völlig verrückt, seins aber auch. Ich höre es ganz laut schlagen.

»Du warst so großartig, Svea«, flüstert er.

»Danke!« Ich schließe meine Augen und muss ganz tief einatmen. An der ganzen Freude vorbei, die durch mich hindurchströmt.

»Seit wann wusstest du, dass du kommst?«

»Schon als du bei mir warst. Im Februar.«

»Du Fiesling!« Lachend haue ich ihm auf die Brust. »Und ich hab gedacht, ich seh dich erst in den Ferien wieder.«

»Das war mir zu lange hin.«

Lächelnd beugt er sich zu mir, und als ich seine Lippen auf meinen spüre, wird mir ganz schwindelig vor Glück.

ZUCKERSÜSS UND
HERZERWÄRMEND

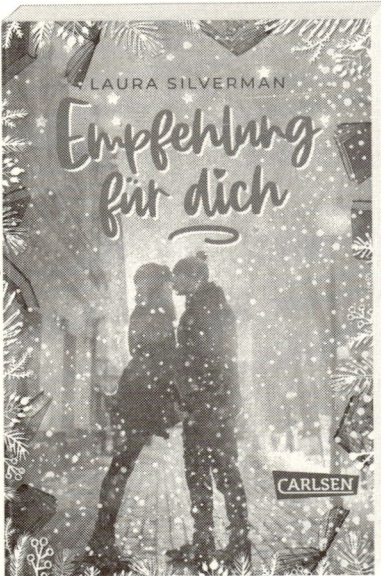

Laura Silverman
EMPFEHLUNG FÜR DICH
Taschenbuch
336 Seiten
ISBN 978-3-551-32027-8
Auch als E-Book erhältlich

SHOSHANNA LIEBT IHREN JOB IN DER BUCHHANDLUNG. Was ist schöner, als anderen die passende Lektüre zu empfehlen? Und Shoshanna hat fast immer den richtigen Tipp. Darum ist sie siegessicher, als ihre Chefin eine Feiertags-Challenge ausruft: Wer bis Weihnachten die meisten Bücher verkauft, dem winkt ein Bonus. Doch Shoshanna bekommt unerwartet Konkurrenz. Ausgerechnet Neuzugang Jake erweist sich als geschickter Verkäufer – dabei liest er nicht mal! Jake mag süß sein (sehr süß), trotzdem ist Shoshanna wild entschlossen, ihn zu übertrumpfen. Und kommt ihm im Laufe des Wettbewerbs immer näher ... Eine turbulente Liebesgeschichte für Bücherfans und Kuscheljunkies.

CARLSEN

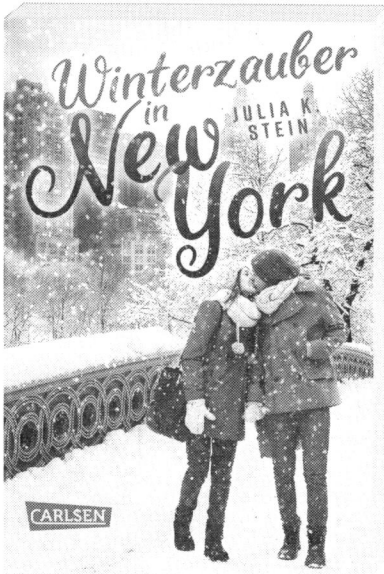

Julia K. Stein
**WINTERZAUBER IN
NEW YORK**
Taschenbuch
320 Seiten
ISBN 978-3-551-32033-9
Auch als E-Book erhältlich

DAS GANZE SEMESTER über hat sich Hannah auf diesen Moment gefreut: Endlich kann sie das amerikanische College verlassen und mit ihrer Familie in Deutschland Weihnachten feiern. Doch ausgerechnet am 23. Dezember werden in New York wegen eines Schneesturms alle Flüge gestrichen und Hannah sitzt fest – in der angeblich aufregendsten Stadt der Welt, aber leider ohne Geld und ohne Bleibe. Zu allem Übel trifft sie dort auf Kyle, den schlimmsten Womanizer des ganzen Colleges, der das gleiche Problem hat wie sie. Während der Schnee die Stadt allmählich in einen Eispalast verwandelt, wird ihnen klar, dass sie die nächsten Stunden gemeinsam verbringen müssen. Doch so wenig die beiden miteinander anfangen können, so sehr sind sie sich in einer Sache einig: Weihnachten muss gefeiert werden, egal wo man ist …

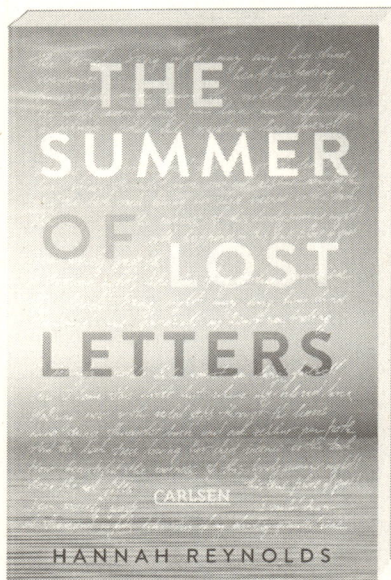

BAUCHKRIBBELN UM MITTERNACHT
IM VERSCHNEITEN VERMONT

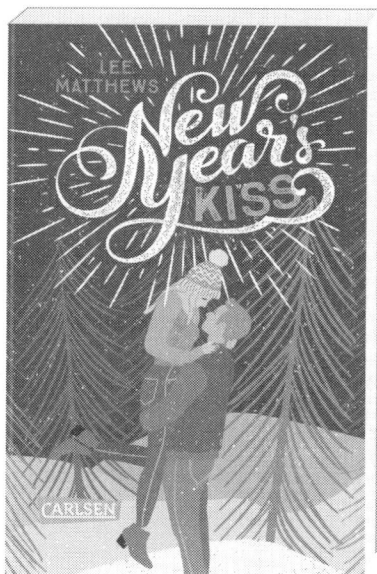

Lee Matthews
NEW YEAR'S KISS
Klappenbroschur
256 Seiten
ISBN 978-3-551-32065-0
Auch als E-Book erhältlich

O DU FRÖHLICHE? VON WEGEN! Die 16-jährige Tess muss die Tage nach Weihnachten im Hotel ihrer Großmutter verbringen. Und die will ihrer Enkelin genau vorschreiben, wie sie die Ferien verbringen soll. Doch Tess hat andere Pläne: endlich die Dinge zu tun, die sie schon immer machen wollte. Karaoke singen, Sushi essen, knutschen – insgesamt zehn Punkte bis zum Jahresende. Ermutigt wird sie dabei von Christopher, ihrer Urlaubsbekanntschaft mit den strahlend grünen Augen. Er führt Tess sachte aus der Komfortzone und verdreht ihr dabei zunehmend den Kopf. Bis ein Geheimnis das Happy End in der Silvesternacht zu verhindern droht …

WINTERMÄRCHEN –
ICH KOMME!

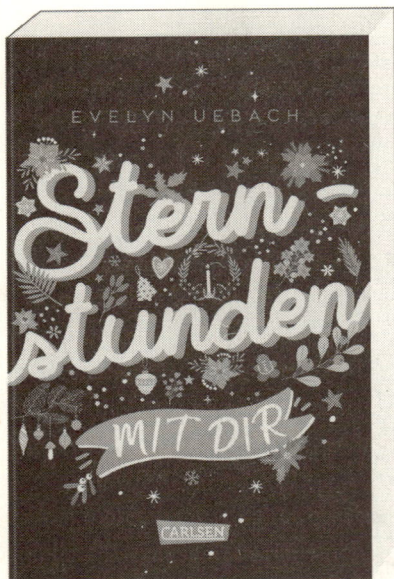

Evelyn Uebach
**STERNSTUNDEN
MIT DIR**
Taschenbuch
304 Seiten
ISBN 978-3-551-32076-6
Auch als E-Book erhältlich

IN DIESEM JAHR LÄUFT ALLES RUND! Kimara hat tolle Noten, einen unglaublichen Sommer gemeinsam mit ihrer besten Freundin in London verbracht und den ersten Platz beim DIY-Wettbewerb belegt. Fehlt nur noch eins, um das Glück perfekt zu machen: ihr persönliches Real-Life-Wintermärchen! Schon seit Monaten ist sie in den süßen Jona verliebt, doch bisher scheint er sie kaum wahrzunehmen. Um das zu ändern, entwickelt Kimara einen bombensicheren 20-Schritte Plan für eine romantische Adventszeit mit Jona – denn Pläne schmieden kann sie besonders gut. Blöd nur, dass die auch gerne mal schief gehen …

EINE INSEL IM SCHNEE UND EINE GROSSE LIEBE

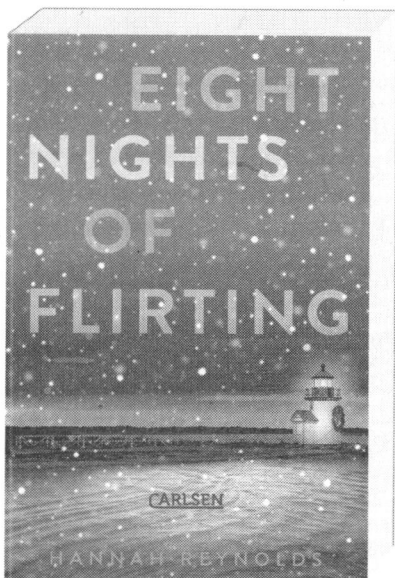

EIGENTLICH WOLLTE SHIRA MIT IHRER FAMILIE Chanukka auf Nantucket feiern. Und sich bei der Gelegenheit den charmanten Isaak angeln. Obwohl sie noch nicht so genau weiß, wie, denn in Sachen Flirten hat sie null Talent. Doch ein Schneesturm legt den gesamten Flugverkehr lahm und Shira ist die einzige, die es auf die Insel schafft. Nur Tyler ist noch da, ihr Erzfeind von nebenan, den sie aber gnädigerweise aufnimmt, als bei ihm die Heizung ausfällt. Der Deal: Flirtnachhilfe gegen ein warmes Haus. Nach acht Nächten Flirttraining muss Shira allerdings einsehen, dass das Glück manchmal unerwartete Wege nimmt …